천년의
비밀

천년의
비밀

엄광용 장편소설

호메로스

차례

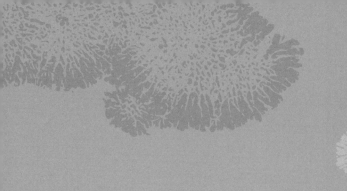

제 1 장

음모의 노래

1

궁궐 담장 언저리에서 달빛이 출렁대고 있었다. 아니, 출렁대는 것은 달빛이 아니라 나무 그림자였다. 바람도 없는데 시종 물결무늬처럼 너울거리는 나무 그늘 밑으로 문득 한 사내가 들어섰다. 그는 한참 동안 담장 밑을 기더니, 눈 깜짝할 새에 나무 둥치 뒤로 몸을 숨겼다.

숨통을 막는 한여름의 더위가 나무 뒤에 숨은 사내의 거친 숨소리를 잔뜩 찍어 누르고 있었다. 사내는 숨을 고르느라 나무에 등을 기댄 채 꼼짝도 하지 않았다.

달빛을 받은 나무와 그 뒤에 숨은 사내는 한몸이 되어 더욱 큰 부피의 그늘을 만들었다. 그늘은 빛의 굴절 각도를 따라 궁궐 담장 밑에 납작 달라붙어 있었다. 달빛은 궁궐 담에 빨래처럼 걸쳐져 있는 그늘의 끝자락을 물고 달팽이보다 더 느린 속도로 이동하고 있었다. 시간은 그렇게 소리를 죽이며 흘러갔다. 너무 느려서 마치 시간이 달빛을 조율하고 있는 듯했다. 가야금의 느린 산조가 달빛을 저울질하듯, 시간은 그렇게 담 위에서 오래도록 서성대고 있었다.

자세히 보면 서성대는 것은 시간이 아니었다. 달팽이의 빨판 같은 발놀림은 더더구나 아니었다. 그것은 사내의 몹시 조심스러운 몸놀림이었다. 어느 사이 먹이를 노리고 기어가는 사마귀처럼 나무를 타고 오른 사내가 담장 위에 몸을 잔뜩 밀착시킨 채 숨고르기를 하고 있었다. 그리고 잠시 후, 담장 너머에서 누군가가 빨래자락을 거둬가듯 사내의 그림자는 순식간에 궁궐 안으로 자취를 감추었다.

사내는 후미진 별궁의 후원으로 숨어들었다. 후원은 은밀하였다. 특히 공주의 처소인 별궁은 나무숲에 반쯤 가려져 있어 음험해 보이기까지 했다. 교교한 달빛 때문에 더욱 그렇게 느껴지는 것인지도 몰랐다. 후원으로 내리는 달빛은 어둠을 덥석 베어 물고 숨소리조차 죽인 채 땅바닥에 납죽 엎드려 있었다.

공주 처소의 기와지붕 위로 뜬 것은 둥그런 보름달이었다. 달빛은 마치 금가루를 가득 뿌려놓은 듯 후원의 뜰을 적요로 물들여놓고 있었다. 모든 시간은 멈추어 있는 듯했다. 그 순간 움직이는 것은 오직 사내의 그림자뿐이었다. 그 검은 일획을 빼면, 아직 글을 쓰지 않은 화선지처럼 궁궐의 공백은 무방비 상태 그대로 노출되어 있었다.

별궁 후원의 나무 그늘에 몸을 숨긴 채 사내가 예의 주시하는 곳은 바로 공주의 처소였다. 사내가 숨어 있는 후원 뜰에서 보면, 공주의 처소는 출입문 정반대의 뒤쪽 벽과 측면을 노출시키고 있었다. 기와지붕으로부터 골을 타고 내려온 달빛은 측면의 벽을 반쯤 가리면서 주르르 흘러내렸다. 그러나 뒤쪽 벽은 지붕의 짙은 그늘에 가려 완벽한 어둠을 만들고 있었으므로, 정작 육안으로 식별되는 것은 측면 벽 쪽이었다.

나무 그늘 속에서 사내는 한동안 꼼짝도 하지 않았다. 이제 어느 정도 안정감을 찾은 듯, 거친 숨을 몰아쉬느라 어깨를 들썩이는 법도 없이 그대로 나무 그늘이 되어버린 듯했다.

'그 소문이 사실이라면 오늘쯤 놈이 나타나리라.'

사내는 마음속으로 속삭였다. 벌써 며칠째 그는 도둑고양이처럼 공주의 처소 후원으로 숨어들어 야수 같은 눈빛으로 어둠을 직시하고 있었다. 어둠은 좀처럼 그에게 내장을 드러내지 않았다. 그저 달빛 끝자락에 매달린 모호한 그늘 속에서 무거운 침묵을 지키고 있을 뿐이었다.

한여름의 밤은 수밀도처럼 깊어갔다. 낮에 태양의 혓바닥이 핥고 지나간 자리에선 여전히 지열이 후끈거렸고, 그 위에 조요하게 비치는 달빛은 마치 잘 익은 복숭아의 젖빛 살결처럼 조금만 힘을 가해도 껍질이 홀렁 벗겨질 것 같았다.

그러고 보니 수밀도가 익어가는 계절이었다. 궁궐 후원 어디선가, 아니면 담장 밖 민가의 과수원에서 복숭아 향기가 밤의 기류를 타고 흘러오는 듯했다. 한여름 밤의 농밀한 공기가 만들어내는 그 특유의 냄새는 젖몸살이 난 여성의 체취 같기도 했다. 그런 밤의 기류는 미미한 소리도 예외 없이 실어나르련만, 그 순간만큼은 풀벌레 울음조차 삼켜버린 듯 침묵으로 일관하고 있었다.

사내는 마른침을 꿀꺽 삼켰다. 잠시 졸음에 취해 있던 그는, 자신의 목으로 침 넘어가는 소리에 깜짝 놀랐다. 바로 그때 달빛이 지붕 자락을 따라 사선을 긋고 있는 공주의 처소 뒤쪽 벽에서 불쑥 그림자 하나가 튀어나왔다. 몸피는 없고 허름한 옷만 걸친 허수아비처럼, 그 검은 그림자는 달빛 가운데서 잠시 길을 잃은 듯했다. 어디로 가야 할지 방향을 잡지 못한 채 뭔가 망설이는 듯 어정쩡한 동작을 취하고 있었다.

'바로 저 놈이다.'

나무 그늘에 숨어 있던 사내는 용수철이 튀어 오르듯 쏜살같이 튀어나갔다. 순간, 허수아비처럼 달빛에 노출되어 있던 검은 그림자가 움찔하며 몸을 낮추었다. 그 민첩함은 동물적이었다. 오래도록 야생에서 길들여진 자기 보호 본능 같은 것이 그 동작 속에 배어 있었다.

"네놈이로구나! 내가 여기서 기다린 지 벌써 여러 날이다!"

사내는 소리를 한껏 낮춘 채 허리에 차고 있던 칼을 뽑았다. 칼날이 달빛을 베면서 푸른빛을 뿜어냈다.

상대의 칼날 앞에서 검은 그림자는 마치 탈춤을 추는 어릿광대의 모습처럼 해학적인 몸짓으로 응대했다. 순간적으로 방어 자세를 취하긴 했지만, 그것은 그저 바람에 펄럭이는 옷자락인양 허술해 보이기 짝이 없었다. 몸통도 없는 허깨비가 재주를 넘는 듯했다.

검은 그림자는 무방비 상태에서 상대에게 허점을 드러내 보이고 있는 듯했지만, 사내의 칼끝은 번번이 허공을 찔러대기만 할 뿐이었다. 검은 그림자의 동작은 예외 없이 상대의 칼끝을 비껴 몸을 트는데, 어설퍼 보이면서 묘하게도 여유가 느껴졌다. 그래서 그런 허점은 오히려 사내의 칼끝을 유도하면서 새로운 방어 자세를 취하기 위한 준비 동작처럼 보이기도 했다.

사내의 칼끝에서 달빛이 튀었다. 마치 그것은 달빛이 허공에다 회초리질을 가하는 것 같았다. 달빛에 반사된 칼날이 만들어내는 예리한 곡선들이 허공을 어지럽게 갈랐다. 그 사이를 검은 그림자는 용케도 피해 다녔다.

칼로 몇 번 허공을 찔러대던 사내는 거친 숨을 몰아쉬었다. 그러나 검은 그림자는 숨조차 쉬지 않는 듯 조용히 낮은 자세를 유지하고 있었다. 잠시의 침묵을 먼저 깬 것은 칼을 든 사내였다.

"정체를 밝혀라! 너는 대체 누구냐?"

"내가 묻고 싶은 말이다. 그런 너는 누구냐?"

검은 그림자가 조용히 반응했다.

"말로는 안 되겠군! 네가 말을 안 해도 결국 이 칼이 네 정체를 밝혀줄 것이다!"

사내는 다시 칼을 세워 달빛을 갈랐다. 이번에는 숨쉴 틈조차 주지 않고 빠른 공격을 감행했다. 검은 그림자는 가벼운 몸놀림으로 칼끝을 피하면서 계속해서 허점을 보여주었다. 두 사람은 팽팽한 긴장감 속에서 서로의 일정 거리를 저울질하고 있었다. 너무 가깝지도 멀지도 않은 거리에서 그들은 긴장의 줄을 잡고 힘겨루기를 하고 있는 것이었다.

그러한 긴장의 거리는 칼을 든 사내보다 오히려 맨손의 검은 그림자 쪽에서 조율을 하고 있는 것처럼 보였다. 가야금으로 치면 검은 그림자는 조용히 현을 고르고, 칼을 든 사내는 그 현을 함부로 튕겨내는 꼴이었다.

문득 현을 고르던 검은 그림자가 동작을 멈추고 궁궐 담 쪽을 바라보는 듯한 자세를 취했다. 여차하면 도망이라도 칠 기세였다. 사내가 그 허점을 노려 깊숙이 칼을 찔러왔다. 그때 검은 그림자는 살짝 몸을 옆으로 피하면서 오른발로 사내의 명치끝을 걸어찼다. 허점을 이용하여 상대의 급소를 노린 것이었다.

순간 사내는 칼을 놓치며 땅바닥으로 나뒹굴었다. 그러는 사이 검은 그림자는 어둠 속으로 몸을 날려 순식간에, 자취도 없이, 그야말로 바람처럼 사라져버렸다.

바로 그때 발자국 소리가 요란해지면서 궁궐을 지키던 숙위 군사들이 무리 지어 들이닥쳤다. 사내가 다시 칼을 들고 일어서려고 할 때 이미 군사들은 그를 포위해 버렸다. 군사들이 든 횃불이 사내의 얼굴 위에 어른거리는 그림자를 만들었다.

"꼼짝 마라! 어서 그 칼을 버려라!"

군사들의 창끝이 사방에서 사내의 몸통을 향하고 있었다.

사내는 체념한 듯 칼을 버리고 일어섰다. 군사들은 그에게 곧 오라를 지워 어디론가 끌고 갔다.

다시 공주 처소의 후원은 아무 일도 없었다는 듯 교교하게 달빛만 넘실대고 있었다.

2

　궁궐 기와지붕에 내린 이슬이 채 마르기도 전, 이른 새벽부터 병부의 앞뜰은 매우 분주했다. 달은 서산으로 꼴까닥 넘어갔고, 궁궐 곳곳에 피워놓은 화톳불이 어둠 속에서 되살아났다.

　이른 새벽에 병부령 무산(茂山)은 칼을 든 수상한 사내가 범궐을 했다는 보고를 받았다. 별궁 공주 처소 근처에서 사로잡았는데, 일단 죄인을 감옥에 가두어두었다고 했다. 그래서 급히 의관을 정제해 입궐한 그는 휘하 군사들을 독촉했다.

　"어서 그 자를 끌어내 대령시켜라!"

　사내가 붙잡힌 곳이 바로 공주의 처소 근처라는 보고를 받고 무산은 앓던 이가 쑥 빠진 듯했다. 사실 달포 전 편전에 불려 들어간 그는 공주를 음해하는 노래를 퍼뜨린 자가 누구인지 알아내 잡아들이라는 어명을 받았다. 서라벌 안팎으로 더 이상 노래가

퍼지지 않도록 시일을 다투어 죄인을 잡아들이라는 추상 같은 명령이었다.

그러나 군사들을 풀어 수소문을 해보았지만 범인의 정체는 쉽사리 드러나지 않았다. 신라왕 백정(白淨: 眞平王)은 거의 매일 병부령을 불러 그동안의 진척 과정을 보고토록 했다. 그리고 범인을 속히 붙잡지 못할 경우 그에 합당하는 죄를 묻겠다고 준열하게 질책했다.

여러 날이 지나도록 범인의 정체를 밝힐 수 없게 되자, 무산은 내심 초조해지지 않을 수 없었다. 그러던 차에 지난밤 공주의 처소 후원에서 칼을 들고 나타난 수상한 자를 잡았다는 보고를 받았던 것이다.

"죄인이 당도하기 전에 서둘러 치죄할 준비를 갖춰라!"

병부령의 명이 떨어지기 무섭게 군사들은 바쁘게 움직였다.

점차 밝아오는 어둠 속에서 군사들의 발걸음은 보이지 않을 만큼 빨라졌고, 손에 든 창들도 새벽하늘을 예리하게 찔러대고 있었다. 그러한 움직임은 어수선한 발소리가 뒤섞인 가운데서도 빠르고 질서 있게 착착 진행되었다.

잠시 후 무장한 군사들이 병부 앞마당에 좌우로 늘어섰고, 그 뒤를 이어 간밤에 잡혀 옥에 갇혔던 사내가 옥리들에 의해 끌려나왔다. 양손을 등 뒤로 결박당한 사내의 얼굴은 매우 수척해 보였다. 풀어헤쳐진 긴 머리칼 때문에 더욱 그러한 느낌을 주었다.

옥리들은 병부 마당 한가운데 사내를 무릎 꿇렸다. 그때 무산의 목소리가 고개를 꺾은 사내의 머리 위로 떨어졌다.

"너는 누구냐? 정체를 밝혀라."

무산의 목소리는 묵직한 칼날이 되어 사내의 목으로 날아들었다. 그러나 사내는 대답이 없었다.

"앞에 계신 분은 병부령이시다. 이놈, 어서 이실직고하지 못할까?"

사내 옆에 지켜선 옥리가 소리쳤다.

"저는 그저 공주마마의 안위가 걱정되어……."

사내는 말을 하다 말고 한숨을 내뱉었다.

"무엇이라? 공주마마의 안위? 그런 놈이 공주마마의 처소에 함부로 칼을 들고 뛰어들었단 말이더냐? 적반하장이 따로 없구나. 저놈의 입에서 바른 소리가 나올 때까지 주리를 틀어라."

무산의 명이 떨어지기 무섭게 사내는 형틀에 매어졌고, 곧 옥리들은 양쪽에서 다리 사이에 주대를 집어넣어 비틀었다. 비명소리가 새벽하늘을 찢어발기듯 울려 퍼졌다. 피를 토하듯 동녘하늘이 붉게 물들기 시작했다. 그래서 마치 사내의 비명소리가 날아가 하늘을 핏빛으로 채색하고 있는 듯했다.

사내는 이를 악물고 있었다. 굳게 닫힌 입은 쉽사리 열릴 것 같지 않았다. 혼절할 때마다 옥리들은 찬물을 뒤집어씌워 깨어나게 했다. 두 번 혼절하고 세 번째 깨어났을 때, 사내는 혼이 나간 표정으로 높은 층계 위에 올라앉은 병부령을 쳐다보았다.

"저는 아무 죄도 없소이다. 풀어주시오."

"그래도 이놈이 정신을 못 차린 모양이다. 등짝에 인두 자국을 새기고 싶은 게로구나? 어서 불화로를 대령하라."

무산의 눈에서도 불꽃이 튀었다. 이미 날은 훤히 밝아 있었다. 궁궐 뜰에 내려앉았던 어둠 자락도 어디론가 사라지고, 높게 뜬 하늘은 서러울 정도로 푸르렀다. 동녘에서 불쑥 해가 솟아올랐다.

그때서야 사내는 정신이 번쩍 드는 듯 고개를 빳빳하게 치켜들었다.

"저 실은……."

"이제야 네놈이 실토를 할 모양이구나. 어서 네 정체부터 밝혀라. 너는 어디에 사는 누구냐?"

무산은 앉았던 의자에서 벌떡 일어나 돌층계를 밟고 마당으로 내려섰다.

"저는 낭도이며, 이름은 물금(勿金)이라 하옵니다."

사내가 고개를 들었다. 그 눈빛이 매우 처연해 보였으나, 목소리만큼은 낭랑하고 또렷했다.

"낭도라? 허면 화랑 누구의 수하란 말이더냐?"

의외라는 듯 무산의 목소리는 무딘 칼날로 변하고 있었다. 잔뜩 걸었던 기대가 한순간에 무너지는 그런 기분이었다.

공주의 처소 후원에서 잡혔다면 필시 세간에 떠도는, 요사스런 노랫말을 퍼뜨린 바로 그 궐자이겠거니 싶었다. 그런데 화랑도를 배우는 낭도의 신분으로서는 감히 그런 일을 저지르지 못할 것이란 생각이 들었던 것이다.

무산은 사내 앞으로 바짝 다가서며 재차 물었다.

"왜 말이 없는가? 네 주인이 누구냐?"

"………."

사내는 굳게 입을 다물었다.

"어서 말하라. 네가 말하지 않아도 곧 밝혀질 일이지만, 네 주인의 이름을 네 입으로 대거라."

무산의 목소리가 다시 커졌다.

"전 풍월주 보리(菩利)공이십니다."

"무엇이라? 어찌 감히 네가 보리공을 입에 올리느냐?"

"……!"

사내는 어떤 결심이 선 듯 병부령을 똑바로 올려다보았다.

"거짓말하지 마라. 보리공의 수하라면 그런 경솔한 짓은 저지르지 않을 것이다. 그러나 조사해 보면 사실이 곧 밝혀질 터……. 허면 너는 어찌하여 간밤에 칼을 들고 공주마마의 처소 근처를 얼쩡거렸단 말이더냐? 공주마마를 위해하려고 하였던 것이냐?"

"아, 아닙니다. 공주마마를 위해하려고 하다니요? 천부당만부당한 말씀이옵니다. 저는 다만……."

"다만 무엇이냐?"

그 순간 무산의 목울대가 꿈틀, 하고 움직였다. 그도 화랑 시절에 동고동락한 화랑 보리를 잘 알았다.

한때 보리는 제12대 풍월주를 지내기도 했던 화랑이었다. 무산은 그의 수하에 저런 낭도가 있을 리 없다고 생각했던 것이다.

"다만 저는, 공주마마를 보호하려고 했던 것입니다."

"뭐라? 공주마마를 보호하려는 녀석이 칼을 빼들고 감히 범궐하여 후원으로 뛰어들었단 말이더냐?"

이러한 무산의 추궁에도 죄인은 더 이상 대답을 회피했다. 그저 그렇게 오라에 묶여 치죄를 당하고 있는 그 자신이 한탄스럽다는 듯, 기와지붕 위에 뜬 푸른 하늘만 서러운 눈으로 바라보고 있을 뿐이었다.

죄인의 입에서 더 이상 바른 소리가 나올 것 같지 않자, 무산은 한차례 더 주리를 틀게 한 후 다시 옥에 가두었다. 일단 죄인이 보리 수하의 낭도 '물금'이라고 그 스스로 신분을 밝혔으므로, 뒷조사를 해본 연후에 다시 치죄를 하는 것이 좋을 듯싶었던 것이다.

무산이 부관을 보내 알아본 결과 죄인은 전 풍월주 보리 수하의 낭도가 틀림없다고 했다. 물금이라는 자는 낭도로 들어오기 전에 보리의 가형(家兄)인 스님 원광(圓光)의 시봉이었다고 했다.

원광이 중원 땅의 진(陳)나라로 유학을 떠날 때, 직접 물금을 동생 보리에게 데려가 수하로 부리도록 특별히 부탁을 했다는 것이다. 보리가 풍월주의 소임을 맡기 두 해 전의 일이었다.

"그런데 놈의 처소에서 이런 글이 발견됐습니다."

부관이 건네는 종이를 펴본 무산은 만면에 묘한 웃음기를 머금었다.

"그러면 그렇지……."

무산은 고개를 주억거리며 종이에 적힌 글을 다시 찬찬히 살폈다. 세간에 떠돌던 바로 그 해괴한 노랫말이었다. 무산은 곧 추상같은 명령을 내렸다.

"여봐라! 냉큼 그 물금이란 자를 끌어내라."

명이 떨어지기 무섭게 물금은 다시 병부 앞마당으로 끌려 나왔다. 때는 어느덧 서쪽 하늘이 붉은 울음을 토해내는 저녁 무렵이었다.

궁궐의 기와지붕은 높았고, 지붕과 지붕 사이에 걸린 하늘은 붉게 취한 노을빛을 기와의 골과 골 사이로 쏟아내고 있었다. 죄인을 취조하는 무산의 얼굴도 술 사발이나 들이켠 듯 불콰하게 달아오른 상태였다.

무산은 회심의 미소를 지으며 물금을 내려다보았다.

"네가 낭도라면 이름자는 쓸 줄 알렷다?"

"……네!"

"글은 어디서 배웠느냐?"

"절에서 스님에게 배웠습니다."

"허면 네놈이 원광법사의 시봉 노릇을 한 게 사실이더냐?"

무산의 말에 물금은 움찔 놀라 고개를 들었다. '원광'이라는 소리에 정신이 번쩍 든 것이었다.

이미 병부령이 자신의 신상에 대해 다 알고 있다는 것을 깨달은 듯, 물금은 한동안 지붕 위의 노을빛 하늘을 쳐다보다가 이내 고개를 떨어뜨렸다. 체념의 빛이 역력했다.

"저놈에게 지필묵을 갖다주어라."

곧 지필묵이 물금 앞에 놓였다.

무산이 명했다.

"여기다 네 이름자를 써보거라."

물금은 붓을 들어 종이 위에 이름자를 썼다.

이름자를 쓴 종이는 곧 병부령에게 전달되었다.

무산은 방금 물금이 이름자를 쓴 종이와 노랫말이 적힌 종이를 번갈아 보며 필체를 비교했다. 필체가 똑같았다.

무산은 벌떡 일어나 물금에게 가까이 다가가 두 가지의 종이를 보여주었다.

"이것은 둘 다 네가 쓴 글씨렷다? ……맞느냐?"

"……."

그 순간 물금은 아무 말도 하지 못한 채 벌벌 떨기만 했다.

"왜 대답을 못하느냐? 네 터진 입으로 이 해괴망측한 노래를 읊어보거라. 네가 지은 것이 맞지 않느냐?"

"아, 아닙니다. 저는 그런 일을 하지 않았습니다. 절대로, 절대로 그런 글을 지은 일이 없습니다."

"네, 이놈! 방금 네놈이 쓴 이름자와 네 처소에서 발견된 이 종이의 노랫말 글씨체가 똑같은데, 그래도 발뺌을 하려고 드느냐?"

"저는 다만, 세간에 떠도는 노래를 옮겨 적어본 것뿐입니다."

"이렇게 물증이 확실한데도 변명을 하려고 드느냐? 안 되겠다. 이놈이 이실직고할 때까지 불인두로 등짝을 지져라."

날은 이미 어두워져 있었다. 벌겋게 달구어진 불인두가 물금의 등짝에서 지지직, 타들어가는 소리를 냈다. 푸른 연기가 등짝에서 솟아올랐고, 살 타는 냄새가 코를 찔렀다.

물금은 비명을 지르다 혼절했다.

그러자 물금의 몸 위에 물이 부어졌고, 깨어나기 무섭게 다시 불인두가 살을 파고들었다. 혼절했다가 다시 깨어났을 때 그는 마침내 입을 열었다.

"사실은 어젯밤에 별궁 후원에서 그 노랫말을 지었을 것으로 추측되는 자를 보았사옵니다."

물금은 당시 군사들이 들이닥칠 때 이미 그 자가 궁궐 담을 넘어 도망친 뒤였으므로 병부령이 믿지 않을 것 같아 말을 하지 않았다. 그러나 끝까지 버티다가는 영락없이 자신이 누명을 덮어쓰게 될 처지에 놓였다는 판단이 서자, 그는 다시금 마음을 고쳐먹고 그 허수아비 같은 정체 모를 사내에 대해 발설을 한 것이었다.

"무엇이라? 네놈 말고 또 한 녀석이 있었다고?"

병부령 무산은 물금에게로 한 발짝 더 다가섰다.

"군사들이 들이닥치기 전에 저는 그 자와 싸웠습니다. 그 자는 칼도 들지 않는데 몸이 아주 날랬습니다. 제가 찌르고 베는 칼을 용케도 피하면서 발길로 제 명치를 걷어찬 후 잽싸게 도망쳤사옵니다."

이러한 물금의 말을 곧이들을 병부령이 아니었다.

"허허헛! 이놈이 이젠 머리를 쓰는구나. 네놈이 한 짓을 누구에게 덮어씌우려고 하느냐?"

무산은 큰소리로 호통을 쳐댔다.

"덮어씌우려는 게 아니라 실제로 저 말고 범궐한 자가 또 있었사옵니다."

물금은 병부령에게 제발 자신을 믿어달라고 하소연했다.

"어젯밤 이 자를 체포한 군사들은 누구냐?"

병부령은 도열한 군사들을 둘러보았다. 그중 서너 명이 앞으로 나섰는데, 선임인 듯한 군사가 대표로 말했다.

"네, 제가 체포하였사옵니다."

"허면, 너는 이놈의 말처럼 범궐한 또 다른 자가 있는 걸 보았느냐?"

"보지 못하였사옵니다. 이 자는 거짓말을 하고 있습니다."

"너희들도 보지 못하였느냐?"

무산은 앞으로 나선 다른 군사들에게로 몸을 돌려 물었다.

"네, 보지 못하였사옵니다. 별궁 후원에서 이상한 소리가 들려 저희들이 달려갔을 때 이 자가 땅에 넘어져 있다가 칼을 들고 일어섰사옵니다. 후원 마당에는 이 자 하나뿐이었습니다."

다른 군사의 이 같은 말에 무산은 크게 고개를 끄덕인 후 물금을 돌아보았다.

"네놈이 감히 내 앞에서 거짓을 말하다니? 제정신이 아닌 모양이로구나. 여봐라! 이놈이 제정신을 찾을 때까지 매우 쳐라."

무산의 호통을 불같았다.

곧 물금의 엉덩이에 곤장이 떨어졌다. 그때마다 그는 이를 악물며 괜히 허수아비 같은 사내 얘기를 꺼냈다고 후회했다. 그러나 이미 엎질러진 물이었다.

살점이 떨어져 나갈 정도로 곤장을 맞았지만, 그러나 물금은 결코 자신이 그 해괴한 노랫말을 지었다는 말을 허위로 자백하지는 않았다. 매가 두려워 그 말을 하는 순간, 그는 살아남지 못할 것이라는 사실을 잘 알고 있었기 때문이었다. 그렇게 죽기는 너무도 억울했다.

3

　병부령의 명을 받고 온 부관이 물금에 대해 조사를 하고 돌아갔을 때부터 보리는 오래도록 깊은 생각에 잠겨 있었다. 밤새 뒤척이며 잠을 못 이룬 것도 그 때문이었다. 물금의 일이 걱정되어서도 그렇거니와, 10여 년 전 그를 자신에게 맡기고 진나라로 간 형 원광에 대한 그리움 또한 마음에 깊이 사무쳤던 것이다.

　"내가 불법을 공부하고 네가 선도를 익히면 우리 집안과 나라를 안정시킬 수 있을 것이다."

　원광이 불문에 귀의하면서 보리에게 한 말이었다.

　어려서부터 보리에게 있어서 형 원광은 경외의 대상이었다. 그는 형의 말을 아버지 이화랑(二花朗)이나 어머니 숙명(叔明)의 말보다 더 미덥게 생각했으며, 그것은 반드시 지켜야 할 어떤 의무감 같은 것이기도 했다.

원광과 보리는 출생부터 순탄치 않았다. 어머니 숙명은 진흥왕(眞興王)의 왕후였다. 진흥왕이 미실(美室)과 가까워지면서 왕후를 멀리하게 되자, 숙명은 이화랑을 마음속으로 연모했다. 결국 숙명은 이화랑의 씨앗인 원광을 잉태하게 되었고, 진흥왕에게 그 사실이 발각될까 두려워 궁궐에서 몰래 도망쳤다.

　이렇게 되자 진흥왕은 숙명의 왕후 자리를 폐하고, 출궁한 죄를 엄히 물으려고 했다. 이때 지소태후(只召太后)가 극구 말리는 바람에, 진흥왕은 뒤늦게나마 이화랑과 숙명이 같이 사는 것을 허락해 주었다. 보리는 바로 그 무렵에 태어났다.

　그 후에도 숙명과 이화랑은 왕실의 눈치를 보며 살얼음판을 걷듯 살 수밖에 없었다. 언제 어느 때 진흥왕의 진노가 폭발할 지 알 수 없었기 때문이다.

　출생이 그러하였으므로, 원광과 보리는 어린 시절부터 안정적인 가정에서 자라날 수가 없었다. 그러다가 아버지 이화랑이 제4대 풍월주가 되면서 가정은 평온을 되찾았다.

　그러나 화랑의 우두머리인 풍월주는 정무에 바쁠 수밖에 없었다. 따라서 원광과 보리는 아버지의 사랑을 별로 받아보지 못했다. 보리가 오직 형 원광을 믿고 따르게 된 것도 바로 그러한 이유 때문이었다. 원광이 보리에게 아버지의 빈자리를 대신해 주었던 것이다.

　그래서 원광이 불문에 귀의했을 때 보리는 형의 당부를 받아들여 아버지처럼 화랑이 되었다. 그런 형이 유학을 떠날 때, 이미 열

일곱 살이나 된 청년 물금을 맡긴 것이었다.

"부모가 누구인지도 모르는 녀석이다. 내가 일찍이 진자(眞慈) 스님의 부탁을 받고 거두었는데, 이제 유학길에 오르니 돌보아줄 수가 없구나. 네 밑에 두고 낭도로 키워보기 바란다. 이름은 물금이다. 좀 미욱한 데가 있긴 하지만 보기보다 영민하고 의지가 굳은 녀석이니, 곁에 두어 후회할 일은 없을 것이다. 다만 어려서부터 부모 없이 자라 정에 굶주린 것이 녀석의 흠이긴 하지."

보리는 형 원광이 물금을 자신에게 맡길 때 한 말을 또렷이 기억하고 있었다.

'정에 굶주린 것이 흠이라?'

차를 들다 말고 보리는 원광이 물금에 대해 마지막으로 한 말을 가만히 되뇌어보았다.

'정에 굶주려서 선화공주를 연모하였단 말인가.'

보리는 물금을 가까이에 두고 아꼈다. 원광의 부탁이 있어서도 그러했지만, 부모 없이 자란 녀석치고는 모난 데가 없고 매사 신실했다. 믿음이 가는 낭도라서 특히 곁에 두고 수하로 부렸던 것이다. 뼈대 있는 가문 출신이었다면, 그가 풍월주로 있을 때 부제(副弟)로 삼았을지도 모를 일이었다.

그런데 그런 물금이 선화공주를 남몰래 연모하여 해괴한 노랫말을 지어 서라벌 도처에 퍼뜨렸다니, 그것도 모자라 칼을 들고 범궐하여 공주의 처소를 기웃거렸다는 사실이 도무지 믿기지 않았다.

형 원광을 생각하면 이 일을 어찌해야 할지 참으로 난감하다는 생각이 들었다. 보리는 한숨을 쉬며 천장을 올려다보았다.

바로 그때 수하로 부리는 낭도가 와서 알렸다.

"병부령께서 오셔서 만나 뵙기를 청하십니다."

보리는 번쩍 정신이 들었다. 물금의 일로 온 것이 틀림없었다. 병부령이 직접 찾아온 걸 보면 그만큼 사태가 급박하다는 뜻일 것이었다.

"어서 뫼시어라."

보리는 방에서 나와 뜰로 내려섰다. 벌써 병부령 무산은 말에서 내려 마당으로 들어서고 있었다.

"보리공, 오랜만이오. 풍월주로 계실 때는 자주 뵈었었는데, 그간 너무 격조했소이다."

무산은 그러면서 껄껄 웃었다. 보리와 나이 차이는 조금 있지만 화랑 시절 두 사람은 생사고락을 같이한 경험이 있었다. 백제와의 전투에도 같이 출전했던 적이 있어 더욱 친근감이 두터웠다.

"병부령께서 친히 오시다니, 이거 몸 둘 바를 모르겠소이다. 어서 방으로 드시지요. 마침 차를 마시던 중입니다. 같이 하십시다."

보리는 무산을 방으로 안내했다.

차를 마시면서 무산이 먼저 물금의 이야기를 꺼냈다.

"보리공, 물금이란 자가 원광법사의 시봉이었다는 게 사실이오?"

"맞습니다. 가형께서 유학길에 오르실 때 내게 맡겼지요. 그런데 병부령께선 요즘 세상에 떠도는 해괴한 노랫말을 물금이 지었다고 믿으시는 거요?"

무엇보다 먼저 보리는 병부령의 내심을 알고 싶었다.

"이렇게 물증이 나왔으니, 그건 틀림없는 사실이 아니겠소?"

무산은 물금이 쓴 노랫말 종이와 자필 서명 종이를 품에서 꺼내 보리 앞에 내놓았다.

"물금이 세상에 떠도는 노래를 그냥 적어보았을 수도 있지 않겠소?"

"지금 폐하께선 빨리 범인을 잡아들이라는 추상 같은 명을 내리시었소."

증거가 될 만한 물건이 나왔으니 해괴한 노랫말을 퍼뜨린 자를 물금으로 판단, 사건을 일단락 짓겠다는 뜻이었다.

"아직 폐하께는 알리지 않았군요?"

"그렇소. 다만 범궐한 수상한 자가 공주 처소를 기웃거려 치죄하고 있단 보고는 드렸소이다. 그러나 물금의 일은 일단 보리공의 의견부터 들어보는 것이 좋을 것 같아 내 이렇게 온 것이오. 그자와 원광법사와의 관계가 좀 걸리는 것도 사실이고……."

무산은 끄응, 하고 호흡을 안으로 삼켰다. 꽤나 난감하게 됐다는 표정이 역력했다.

"나는 물금이란 자를 잘 알아요. 따라서 그 자가 세간에 떠도는 노랫말을 지어 퍼뜨린 진범이라고 단정하기는 어렵습니다. 우선 그 자가 그렇게 해야 할 이유가 없기 때문이지요."

그러면서 보리는 자신이 데리고 있으면서 보고 느꼈던 물금에 대해 자세하게 털어놓았다. 물금은 태생이 불명확하여 핏줄을 알 수 없지만, 천출은 아니고 적어도 몰락한 귀족 집안의 자제일 가능성이 높았다. 심성이 올곧은 데다 영특함까지 있어 알려진 귀족 혈통이라면 훌륭한 화랑이 될 인재라는 말도 했다.

"그래도 보리공이 나서면 그 자가 진실을 말하리라 믿소. 아무리 고문을 가해도 이실직고를 하지 않으니, 보리공이 그 자를 좀 설득해 주시오."

이제 무산은 보리에게 사정을 하는 투였다.

고문을 가했다는 무산의 말에, 보리는 저절로 인상이 찡그려졌다. 물론 예상은 하고 있던 바였지만, 물금이 어찌 그 험한 고문을 견뎌냈을까 싶어 가슴이 다 뜨끔거렸던 것이다. 그만큼 그는 물금을 아꼈다.

"물금이 하지 않았다면, 아마 노랫말을 지은 자는 따로 있을 겁니다. 그러니 어찌 내 수하에게 하지 않은 일을 했다고 거짓 자백케 강요할 수 있겠습니까?"

보리는 정색을 하고 말했다. 물금의 사건을 접하고 나서 그가 우려했던 일을, 지금 병부령이 요구하고 있었던 것이다.

"국문 끝에 그 자도 변명을 하더이다. 자신 말고 또 다른 자가 범궐하여 공주의 처소를 노렸다고. 바로 그 자가 노랫말을 지은 놈임에 틀림없다고. 허나 당시 현장을 목격한 숙위 군사 누구도 물금이란 자 이외에 본 적이 없다 하니, 어찌 그 말을 믿으란 말이오?"

무산이 목소리를 높였다.

"비록 범궐을 한 것은 잘못이나 물금이 노랫말을 지은 범인은 아니오."

보리는 단안을 내리듯 잘라 말했다.

"이 증거물을 보고도 어찌 그리 생각하시오? 그런 불순한 자를 수하로 두고 있었던 보리공 또한 책임이 없다고 할 순 없겠지요."

물금이 노랫말을 적은 종이를 흔들어 보이며, 무산은 은근히 보리의 책임론까지 들고 나왔다.

보리는 이미 전날 병부령의 부관이 물금의 처소에서 발견한 종이를 보았기 때문에, 더 이상 그것은 거들떠볼 필요도 없었다.

"좋소이다. 내가 일단은 물금을 만나봐야 저간 사정을 알 것 같소."

보리는 벌떡 일어섰다.

곧 무산과 보리는 나란히 말을 타고 궁궐로 향했다.

오랜 가뭄으로 땅은 성마른 농부들의 갈라진 손바닥처럼 강퍅하기만 했다. 하늘의 태양은 오후의 불볕더위를 대지 위에 쏟아붓고 있었고, 습기 하나 없는 땅바닥에서는 흙먼지만 뿌옇게 일어났다. 그래서 두 마리의 말이 달리는 뒤편에서 자우룩하게 일어난 먼지구름이 땅을 박차는 말발굽을 바짝 따라붙고 있었다. 그 형상은 마치 말들이 뭉게구름처럼 번지는 먼지를 끌고 가는 것처럼 보였다.

말을 채찍질하며 달리는 동안 무산은 아무 소리도 하지 않았다. 보리도 뒤처지면 먼지를 뒤집어쓸 것 같아 나란히 보조를 맞추기 위해 양발로 연신 말의 뱃구레를 걸어차기에 바빴다.

잠시 후 궁궐에 도착한 보리는 감옥에 갇힌 물금을 단독으로 만나겠다고 말했다. 병부령도 그것만큼은 허락해 주었다.

그동안 몇 차례의 혹독한 고문으로 물금은 초주검이 되어 있었다. 옥리가 문을 따고 들어가 몸을 일으켜 앉혔을 때에야 그는 겨우 어룽거리는 눈동자 위에 희미한 얼굴이 떠오르는 걸 느낀 듯 고개를 쳐들었다.

옥리가 물금을 부축해 나무 창살 곁으로 데리고 왔다.

"정신이 좀 드느냐? 나를 알아보겠느냐?"

보리의 말은 목울대에서 걸려 기침 끝에 나온 소리처럼 사뭇 갈라져 있었다. 그러나 물금은 그의 얼굴보다 목소리로 상대를 알아본 모양이었다.

물금은 방망이로 흠씬 두들겨 맞은 듯 얼굴이 퉁퉁 부어올라 있었다. 그래서 그는 눈조차 제대로 뜨지 못한 모습으로 흐느껴 말했다.

"……흑흑, 제가 죽을죄를 지었습니다."

물금의 눈에서는 닭똥 같은 눈물이 떨어졌다.

"오늘 병부령에게서 네 얘기를 들었다. 병부령은 세간에 떠도는 그 해괴한 노랫말을 지은 자로 너를 지목하고 있다. 그러나 나는 네가 그런 일을 할 리 없다고 했다. 숨기는 것이 있다면 내게 다 말하여라."

물금이 나무 창살을 두 손으로 꼭 붙든 채 겨우 고개를 내밀며 보리에게 말했다.

"범궐을 한 죄는 달게 받겠습니다. 그러나 저는 그 노랫말을 짓지 않았습니다. 사실 저는 선화공주님을 놈으로부터 지키기 위해 궁궐 담을 넘은 것입니다. 며칠을 후원의 나무 그늘에 숨어 놈이 나타나기를 기다렸지요. 그리고 제가 붙잡히던 날 밤에 놈을 보았습니다. 저는 놈과 겨뤘습니다. 그러나 놈은 칼도 들지 않았는데도 몸이 날랜 데다 무술이 워낙 뛰어나, 그만 아깝게도 놓쳐버리고 말았습니다. 놈의 발길질에 제가 명치끝을 가격당해 쓰러져 신음할 때, 궁궐을 돌던 숙위 군사들에게 사로잡힌 것이옵니다."

"그게 정녕 사실이렷다?"

보리는 다짐을 받듯 물었다.

"어느 안전이라고 제가 거짓을 아뢰겠습니까?"

"그러나 네 말을 믿을 사람은 아무도 없다. 설령 내가 믿는다 하더라도 병부령은 내가 너를 감싸고돈다고만 생각할 것이다. 어찌해야 이 사태를 슬기롭게 넘길 수 있을지 모르겠구나. 다만 너는 지금 네가 한 말을 번복하지 말거라. 국문이 무섭기는 하지만 끝까지 참고 견뎌야 한다. 고문에 못 이겨 병부령이 시키는 대로 거짓 자백이라도 하는 날에는 결단코 목숨을 부지하기 어려울 것이다. 알겠느냐?"

그 순간에, 보리가 진정으로 물금에게 해줄 수 있는 말은 그것이 전부라고 생각했다.

보리는 병부령의 강퍅한 성격을 잘 알고 있었다. 전장에서도 무산은 포로가 된 적병을 살려두는 법이 없었다. 전과를 올리기 위해서는 아군 적군 가릴 것 없이 병사들의 생명을 파리 목숨 죽이듯이 했다. 사실 그가 병부령의 지위에 오른 것도 개인의 영달에 집착한 나머지 전장에서의 공훈을 부풀린 덕이었다고 볼 수 있었다.

감옥을 나서면서 보리는 궁궐 높은 지붕 위에 걸린 하늘을 쳐다보았다. 기와지붕이 태양의 열기에 달구어져 지글지글 타오르고 있었다. 머리에 불화로를 인 듯 뜨거운 기운이 몸으로 들어오는 걸 느끼면서, 그럴수록 마음만 더욱 답답해지는 걸 그는 어찌하지 못했다.

4

가만히 앉아 있어도 등줄기로 땀이 줄줄 흘렀다. 눈을 꾹 감은 채 오래도록 침묵으로 일관하고 있었지만, 신라왕 백정은 심기가 그리 편치 않았다. 한여름의 찜통더위 때문이 아니었다. 그의 감은 눈앞에 떠오르는 환영이 실제로 옆구리에 예리한 비수를 들이대는 아픔을 느끼게 할 만큼 강렬했던 것이다.

몇 년 전 이름 모를 병에 걸려 궁궐에서 자취를 감춘, 그래서 지금은 죽었는지 살았는지 생사조차 알 수 없는 미실의 얼굴이 백정의 동공 앞에서 어른거리고 있었다. 환영이었지만, 아픔의 실체는 바로 그녀의 살을 저밀 듯 매서운 눈매였다. 그런데 어느 순간 그 눈이 온화하고 아름다운 미소로 변하면서 또 다른 얼굴로 바뀌었다. 그 얼굴의 주인공은 바로 선화였다.

"흐음!"

백정은 신음을 깨물었다.

미실을 떠올릴 때마다 그 얼굴 위에 선화의 얼굴이 겹치는 것은 백정에게 매우 괴로운 일이 아닐 수 없었다. 선화가 마치 미실의 화신처럼 느껴졌던 것이다. 세간에 선화와 관련된 해괴한 노랫말이 떠돈다는 말을 들었을 때부터 특히 그런 생각을 지울 수가 없었다.

선화의 처소에 칼을 든 자가 범궐했다가 잡혔다는 보고를 받은 뒤부터 백정의 심사는 더욱 심난했다. 겉모습은 선화를 지목하고 있지만, 실상 그 노랫말 속에는 신라 왕실의 허약성을 비웃는 비수가 숨겨져 있다고 생각했던 것이다.

왜 하필이면 선화일까, 하는 물음을 스스로에게 되물을 때마다 백정은 정말로 비수에 옆구리를 찔린 듯 아프게 신음을 깨물었다. 그리고 이유를 알 수 없는 열패감으로 온몸에서 기운이 쑥 빠져 달아나는 느낌을 지울 수가 없었다.

옥좌에 등을 기댄 채 잠시 깊은 생각에 잠겨 있는 백정의 눈앞에, 다시금 미실의 얼굴이 떠올랐다. 초승달처럼 가는 눈을 살며시 떠서 눈웃음을 치는 그녀의 미소는 매력적이었다기보다 등이 시릴 정도의 무서운 그 무엇이었다. 할아버지 진흥왕도, 아버지 동륜(銅輪) 태자도, 삼촌 진지왕(眞智王)도 그 요염한 미소 앞에서 여지없이 무너졌다는 사실을 백정은 상기했다. 미실은 타고난 관능미로 그들의 혼을 빼놓았고, 그들을 대리하여 권력을 휘둘렀다.

특히 선대 진지왕은 재위 3년 만에 폐위되었는데, 그 주된 이유가 황음에 있었다. 처음에는 미실이 진지왕에게 색을 가르쳤다. 그런데 그녀가 권력을 좌지우지하게 되자 진지왕은 정사를 제쳐 두고 다른 여자를 탐하는 데만 골몰하여 매일 유화들 속에서 열락에 빠져 지냈다.

황음을 탐하는 진지왕을 보고 미실은 적이 실망했다. 권력뿐만 아니라 진지왕의 사랑까지 독차지하고 싶은 것이 그녀의 욕심이었다. 그녀는 자신의 세력을 이용하여 진지왕을 옥좌에 앉히는 데 성공했고, 이를 기회로 스스로 왕후가 되려고 했다.

그러나 미실은 선왕인 진흥왕의 후궁이었던 관계로, 아무리 권력을 좌지우지하는 위치에 있다고 하나 왕후의 자리에 오르는 일은 그리 쉽지 않았다. 결국 진지왕은 지도부인(知道夫人)을 왕후로 맞이했다.

하지만 왕위에 오른 진지왕은 유화들과의 환락에 젖어, 끝내는 돌이킬 수 없는 지경에까지 이르고 말았다. 여기서 미실은 재빠르게 생각을 바꾸었다. 진지왕을 폐위시키게 되면, 일찍 죽은 그의 형인 동륜의 아들 백정이 다음 왕위를 잇게 될 가능성이 컸다.

당시 진지왕의 아들은 너무 어렸다. 더군다나 왕위가 형제상속에서 다시 장자 상속으로 이어지는 것은 당연한 이치임을 미실은 너무나도 잘 알고 있었다. 그래서 그녀는 동륜 태자의 아들인 백정에게 접근했다.

당시 30대 중반의 미실이었지만, 미색은 스무 살 청춘의 나이를 방불케 했다. 어머니 만호부인(萬呼夫人)이 일찍 세상을 떠나 어려서부터 외롭게 자란 백정은 10여 세의 나이에 불과하였으므로 미실에게서 모정 같은 것을 느끼고 있었다.

미실은 모정에 굶주린 백정을 유혹해, 어린 그에게 색을 가르쳤다. 나이는 어리지만 몸은 이미 성인의 체격을 갖추었을 만큼 장대했던 그는 한동안 미실에게 마음을 빼앗겼다.

그러고 나서 얼마 후 미실은 화랑인 세종(世宗), 문노(文弩) 등의 세력을 동원하여 진지왕을 폐위시켜 유궁(幽宮)에 감금했다. 진지왕은 폐위되고 나서 얼마 안 되어 세상을 떠났다. 겉으로 드러난 바로는 도무지 이유를 알 수 없는 죽음이었으나, 미실이 그 죽음에 알게 모르게 관여했다는 사실을 모르는 사람은 없었다.

진지왕 폐위 직후 그 뒤를 이어서 백정이 왕위에 올랐다. 그가 바로 신라왕이 될 수 있었던 것은 전적으로 미실의 힘이 작용했기 때문에 가능한 일이었다. 이로써 신라는 진흥왕의 태자 동륜이 젊은 나이에 죽는 바람에 동생 금륜(金輪)이 왕위를 이어 진지왕이 되었는데, 동륜의 아들 백정이 그 뒤를 이으면서 다시 장자 계승이 이루어진 셈이었다.

아무튼 이때부터 미실은 전보다 더욱 강력한 권력을 갖게 되었다. 실제적으로 화랑의 우두머리였던 그녀는 제6대 풍월주 세종, 제7대 설원랑과 더불어 무소불위의 권력을 휘둘렀다. 그리고 제8대 풍월주로 당시 국선의 우두머리였던 문노를 추천하였으며, 김후직(金后稷)을 병부령에 앉혀 수족처럼 부리는 등 인사권까지 틀어쥐고 있었다.

이렇게 미실이 권력을 좌지우지하고 있었기 때문에, 백정은 실권 없는 허수아비에 불과했다. 신하들에게 어명을 내리는 것은 백정이었으나, 그 뒤에 조종간을 쥐고 있는 것은 미실이었다.

미실은 진흥왕 후기부터 미색 하나로 신라의 왕권을 뒤흔들어 놓았다. 백정이 마야부인(摩耶夫人)을 왕후로 맞이한 이후에도, 미실은 측근 사람들을 주요 요직에 심어놓아 권력을 한 손아귀에 쥐고 흔들었다.

화랑과 병부가 모두 미실의 지시에 따라 움직였으므로, 백정도 왕위를 보전하기 위해서는 그녀의 눈치를 보지 않을 수 없었다. 특히 백정이 가장 곤혹스러워했던 것은, 사저에 살고 있던 미실의 딸 보화(寶華)를 자신의 친딸로 인정하는 문제였다.

미실은 보화를 낳았을 때, 처음부터 왕실의 핏줄이라고 주장했다. 즉 백정의 딸이라는 것이었다.

그러나 이미 그때 미실은 제7대 풍월주 설원랑(薛原郎)과 정을 통하여 아들 보종(寶宗)을 낳았으며, 그 이후 보화를 잉태했다. 따라서 백정은 보화를 자신의 딸이라고 인정하고 싶지 않았다.

물론 그 무렵에도 백정은 가끔 미실과 잠자리를 같이한 적이 있었지만, 그녀의 말을 전적으로 믿기에는 의심스러운 데가 많았다. 우선 사가에서 보종과 보화를 친남매처럼 함께 키운 것부터가 세간에 이상한 풍문을 떠돌게 하기에 충분했다. 즉 보화가 백정의 핏줄이 아닌 설원랑의 딸이라는 소문이 자자했던 것이다.

보화가 예닐곱 살쯤 되었을 때 미실은 백정에게 강력히 주청했다. 왕실의 핏줄을 더 이상 사가에서 키울 수 없으니 궁궐에서 살게 해달라는 것이었다. 미실의 입김을 받은 대신들까지도 서로 나서서 주청을 하는 바람에, 백정은 미적미적하다가 결국 뒤늦게 보화를 공주의 신분으로 추인하여 궁궐에 들어와 살게 했다.

이때 백정은 보화의 이름을 '선화'로 바꾸도록 했다. 이는 설원 랑의 아들이 '보종'이고 '보화'가 어린 시절 친남매처럼 자랐기 때문에, 세간에 떠돌던 소문을 불식시키기 위한 하나의 방편이었다. 그래서 백정은 미실로 하여금 새로운 이름을 짓게 하였고, 그녀는 화랑의 으뜸인 '미륵선화(彌勒仙花)'에서 그 이름을 따다가 '선(仙)'을 '선(善)'으로 한자의 뜻만 바꾸어 '선화(善花)'라고 부르게 되었던 것이다.

이렇게 하여 선화가 궁궐에 들어온 지도 10여 년이 흘렀다. 그런데 근자에 이르러 세간에 요상한 노랫말이 떠돌면서, 백정은 몇 년 전 궁궐을 떠난 미실을 떠올리지 않을 수 없었다. 그 어미의 피를 이어받았다면 색을 밝히는 것 또한 당연하다는 생각이 주마등처럼 스치곤 했던 것이다.

백정은 왕후 마야부인과의 사이에서 덕만(德曼)과 천명(天明)을 낳았다. 배는 다르지만 선화까지 합하면 세 명의 공주를 둔 셈이었다.

왕자를 생산하지 못하고 공주만 둔 백정은 어려서부터 색에 대한 두려움을 갖고 있었다. 10여 세의 나이에 미실이 색을 가르칠 때부터 그 두려움은 싹이 텄다. 그의 생각에 색은 남녀 간의 정사나 생식을 위한 동물적 본능의 의미를 가진 일반적인 것이 아니었다. 색은 권력이고, 일단 한 번 빠지면 헤어나기 어려운 깊이를 알 수 없는 우물 같은 것이었다.

그런 의미에서 백정은 10여 세의 어린 시절부터 색에 관한한 미실의 종에 불과했다. 미실의 색 앞에서 그는 언제나 굴종적일 수밖에 없었다. 왕위에 오르고 나서도, 마야부인을 왕후로 맞이한 이후에도, 한동안 그는 '미실'이라는 깊이 모를 색의 우물에 빠져 허우적대고 있었다.

마야부인도 그런 백정의 내심을 잘 알고 있었지만, 그것은 왕후로서도 감히 어찌할 수 없는 일이었다. 그래서 결혼 이후 두 사람의 금침은 자주 썰렁했다. 미실로 인하여 마음속 깊이 뿌리박힌 색에 대한 두려움은 백정을 '밤이 두려운 남자'로 만들었다. 어쩌면 자신이 왕자를 생산하지 못한 것도 그러한 색에 대한 두려움과 무관치 않으리라고 그 스스로 생각하고 있을 정도였다.

이처럼 미실이 실권을 쥐고 있을 때 온갖 수치와 모멸을 당한 마야부인은, 그 미운 감정이 나중에 선화에게로 미쳤다. 따라서 미실이 궁궐을 떠나 어디론가 자취를 감춘 이후, 선화는 사사롭게는 의붓어머니가 되는 마야부인에게 구박을 받으며 괴로운 나날을 보낼 수밖에 없었다.

백정이라고 그러한 사실을 모를 리 없었다. 그러나 그 역시 미실을 생각할 때마다 선화가 설원랑의 핏줄인 것만 같아 살가운 정을 주지 못했다. 그래서 애써 마야부인에게 구박을 받는 선화를 모른 척하고 있었던 것이다.

'그 노랫말의 내용이 사실이라면 선화가 밤마다 남몰래 외간남자를 만나고 있다는 것이 아닌가?'

백정은 만약 선화가 색을 밝히는 미실의 성적 본능을 이어받았다면 충분히 그럴 수 있는 일이라고 생각했다. 선화의 미모 또한 그 어미를 쏙 빼닮았는데, 그래서 나중에 미실처럼 신라 왕실을 좌지우지하면 어쩌나 하는 우려 또한 없지 않았다.

다행히도 선화는 그 이름처럼 성격이 곱고 어디 한 군데 모난 데가 없었다. 그 사실만큼은 백정도 인정하고 있는 바였다. 그러나 선화의 얼굴 뒤에 드리워져 있을지도 모를 미실의 환영에 대한 두려움은, 여전히 그의 마음 깊은 곳에 진한 앙금으로 남아 있었다.

미실이 궁궐을 떠난 후 선화로 하여금 별궁으로 거처를 옮기게 한 것은 마야부인이었지만, 백정은 굳이 그것을 말리지 않았다. 같은 궁궐 안이지만, 별궁 거처는 일종의 유폐나 다름없는 처사였다.

문득 옥좌에 앉아 있던 백정은 벌떡 일어나 팔짱을 낀 채 그 주변을 왔다갔다했다. 마음이 좌불안석이라 앉아 있는 것이 오히려 불편했다.

"병부령 입시요."

내관의 목소리가 문밖에서 들렸다.

"들라 이르라."

백정은 얼른 옥좌에 앉아 자세를 가다듬었다. 체구가 우람하여 옥좌가 오히려 좁아 보였다.

곧 병부령 무산이 들어와 예를 올렸다.

"신 병부령, 어명을 받자와 죄인 물금을 국문한 바……."

무산의 말이 채 끝나기도 전에, 백정이 걸걸한 목소리로 언성을 높였다.

"그래 어찌 되었소? 거두절미하고 본론부터 말하시오."

백정은 그만큼 마음이 급했다.

"네! 죄인은 끝내 설토하지 않았지만, 그가 노랫말을 지은 자임이 확실한 증거물을 입수하였사옵니다."

무산은 물금이 쓴 노랫말과 자필 이름이 적힌 종이를 백정에게 바쳤다.

"흐음……, 이것이 그 자의 글씨렷다?"

"네, 틀림없이 죄인의 필체이옵니다. 노랫말을 지어 퍼뜨린 자가 분명하옵니다."

"헌데 어찌하여 그 자는 자신의 죄를 자백치 않는 것이오?"

"그 자는 끝까지 범인이 아니라고 주장합니다. 다만 세간에 떠도는 노랫말을 옮겨 적어본 것이라 하옵니다."

무산은 물금이 범궐을 한 것이 선화공주를 보호하기 위해서라는 말이나, 사건 당일 노랫말을 지은 자로 짐작되는 정체불명의 사내와 겪은 작은 소요에 대해서는 단 한마디도 입에 올리지 않았다.

바로 그때 문밖에서 다시 내관의 목소리가 들렸다.

"전 풍월주 보리공 입시요."

그때 백정은 문 쪽으로 고개를 돌렸다가 병부령을 쳐다보며 물었다.

"전 풍월주라?"

무산은 문득 긴장한 얼굴로 문 쪽을 바라보았다. 보리가 나타나 백정에게 물금에 대한 저간 사정을 밝히면 사건이 더욱 복잡해질 수 있다는 생각이 들었던 것이다.

적어도 병부령은, 물금을 예의 그 노랫말을 지은 죄인으로 판단하여 단죄를 내리는 것으로 사건을 일단락 짓고 싶었다. 그래서 보리가 옥에 갇힌 물금을 만나러 간 사이에 한 발 앞질러 편전에 들어와 보고를 하고 있는 중이었다.

"폐하, 죄인 물금은 바로 보리공 수하의 낭도이옵니다. 아마도 물금의 일로 폐하를 알현코자 하는 것 같사옵니다. 보리공은 자신의 수하를 두둔하려 들 것이나, 이렇게 물증이 확실하니 폐하께서 옳은 판단을 내려주시기 바라옵니다."

끝내 무산은 떨떠름한 표정을 지우지 못했다. 그때 백정은 뭔가 서두르는 것 같은 병부령의 기색을 놓치지 않았다.

"허면, 어서 들라 이르라."

백정의 말이 떨어지기 무섭게 보리가 들어와 예를 올렸다.

"전 풍월주 보리, 폐하께 문후 드리옵니다."

"오, 보리공! 실로 오랜만이오."

백정은 보리를 반갑게 맞았다. 보리를 보면 그의 형 원광이 떠오르기 때문에 더욱 미쁘기 그지없었던 것이다.

"신, 죄인 물금의 일로 폐하께 긴히 아뢰올 말씀이 있사옵니다."

"마침 잘되었구려. 방금 병부령으로부터 그 자에 관한 얘길 듣던 참이었소. 그 물금이란 자가 보리공 수하의 낭도라 들었는데, 그것이 정녕 사실이오?"

"네, 사실이옵니다. 불경죄를 저질러 폐하의 심기를 어지럽힌 점, 신의 죄가 크옵니다."

"그것이 어찌 상선(上仙)의 죄이겠소? 그 물금이란 자의 죄지."

'상선'은 풍월주를 지낸 사람을 높여 지칭하는 것인데, 백정은 보리를 그렇게 예우했다.

"아니옵니다. 신이 잘못 가르친 죄 또한 크지 않을 수 없사옵니다."

보리는 감히 굽힌 허리를 펴지 못했다.

"상선, 천천히 그 물금이란 자에 대해 말해 보시오."

백정의 말에, 보리는 물금이 형 원광의 시봉이었다는 것에서부터 진나라 유학길에 오르면서 자신에게 그를 맡긴 일련의 일들을 가감 없이 털어놓았다.

"원광법사의 시봉이었다? 그런 자가 어찌?"

백정은 원광을 믿었다.

"물금이 범궐을 한 것은 잘못이오나, 공주마마의 안위를 지키려 한 것만은 틀림없다고 믿사옵니다. 그날 물금이 범궐했을 때 그 해괴한 노랫말을 지어 퍼뜨린 것으로 여겨지는 수상한 자를 보았다 하니, 그 자가 붙잡힐 때까지 이 사건을 보류해 주시기를 감히 청하는 바이옵니다.”

보리는 간절한 눈빛으로 왕을 바라보았다.

“흐음, 알 수 없는 일이로군. 진범이 따로 있다?”

백정은 신음을 깨물었다.

그때 병부령이 정색을 하고 나섰다.

“폐하! 보리공은 지금 그의 수하인 물금의 말만 믿고 그대로 진 언하는 것이옵니다. 허나 사건 당일 물금이 보았다는 수상한 자 는, 당사자 이외에 목격자가 없으므로 그 말을 신뢰하기 어렵습 니다. 또한 물금의 필체가 분명한 증거물이 나왔으므로, 이에 대 한 명확한 해명이 없으면 그 자가 진범임을 부정하지 못할 것이 옵니다.”

이 같은 무산의 말에 보리는 난감한 표정을 지었다.

그러나 보리는 곧 얼굴을 펴고 백정에게 아뢰었다.

“폐하, 물금은 자기 양심을 배반할 자가 아니옵니다. 소신은 사 사롭게는 가형(家兄)인 원광법사를 믿사오며, 그러므로 시봉이었 던 물금 또한 믿지 않을 수 없사옵니다. 물금이 거짓을 말한다면 원광법사가 거짓을 말하는 것이 되기 때문이옵니다.”

백정이 들으니, 보리의 말이 그르지 않은 것 같았다. 원광은 신 라를 대표하는 대덕 스님이었다. 물금이 그의 시봉이었다면, 스승을 욕되게 하는 일은 결코 하지 않으리라 생각되었다.

"물금의 거짓말은 곧 원광법사의 거짓말이라! 어찌 우리 신라의 대덕인 원광법사가 거짓을 말할 수 있겠소? 병부령은 들으시오. 짐의 생각에는 보리공의 말이 옳은 것 같소. 물금이란 자는 일단 진범이 잡힐 때까지 옥에 가두어두시오. 그리고 빠른 시일 내에 진범으로 의심되는 자를 추포토록 하시오."

백정은 그러면서 병부령과 보리를 물러가도록 했다. 갑자기 피곤기가 몰려왔던 것이다.

5

사위는 조용했다. 그러나 바람 한 점 없는데도 촛불은 저 혼자 춤을 추며 벽에 여울 같은 그림자를 만들어내곤 했다. 선화가 가만히 촛불만 바라보고 있는데도 그림자는 쉴 새 없이 일렁거렸다.

벽 그림자를 바라보고 있던 시녀 분이가 선화의 등 뒤에서 조심스럽게 입을 떼었다.

"공주마마, 밤이 늦었사옵니다. 어서 침수에 드시지요."

깨어 있는 것은 오직 선화와 분이 두 사람뿐, 별궁의 밤은 사뭇 적막감에 휩싸여 있었다. 풀벌레 소리도 어느덧 멎었고, 간헐적으로 들려오는 소쩍새 울음소리만 밤을 더욱 그윽한 세계로 이끌어들이고 있었다.

선화는 그 소리를 들을 때마다 이상하게도 가슴 한쪽이 무너져 내리는 것 같은 허탈감에 빠졌다. 그 소리는 때로 칼처럼 그녀의 가슴을 저며댔으며, 때론 송곳처럼 아프게 찔러오기도 했다. 그리고 그 여운은 끝내 북받쳐 오르는 슬픔으로 젖어들게 하는 것이었다.

특히 요즘 들어 부쩍 소쩍새 울음소리가 자주 들렸다. 그것도 자정이 넘은 한밤중에 들려와서, 선화의 잠을 깨우곤 했다. 그래서 그녀는 그 소리 때문에 침소에 들어서도 한참 동안이나 엎치락뒤치락하다가 새벽녘에야 선잠이 들곤 했다.

"먼저 가서 자거라."

선화가 돌아보지도 않고 분이에게 말했다.

"내일 편전에 드실 일이 걱정돼서 그러시는……."

분이의 말이 채 끝나기도 전에, 선화가 그 말꼬리를 싹둑 잘랐다.

"혼자 있고 싶어서 그런다."

어찌할 줄 몰라 눈만 껌벅대던 분이는 뒷걸음질을 쳐 이내 방에서 사라졌다.

이제 선화 혼자 남았다.

저녁 무렵 해서, 내관이 어명을 전하러 별궁에 왔었다. 다음 날, 날이 밝는 대로 편전에 들라는 것이었다.

그 순간 선화는 드디어 올 것이 오고야 말았구나, 하는 생각에 가슴이 철렁했다. 분명 작금에 벌어진 사건 때문일 것이었다. 범궐을 하여 별궁 후원에 잠입했다 잡혔다는 사내에 대하여 분이로부터 들은 바가 있었다.

그날 이후 분이는 열심히 궁중의 시녀들 입에서 오르내리는 말들을 귀에 새겨두었다가 선화에게 전했다. 들을수록 괴이쩍은 이야기가 아닐 수 없었다.

'대체 물금이란 자는 누구인가?'

선화는 자신이 어떤 모함의 구렁텅이에 빠져들고 있다는 느낌을 지워버릴 수가 없었다. 몇 달 전부터 세간에 떠돈다는 그 해괴한 노랫말부터가 그랬다. 자신이 외간남자와 놀아난다는 그 내용이야말로 황당무계한 것이었고, 그래서 선화로선 더욱 억울하지 않을 수 없었다.

'선화공주님은 남몰래 짝지어 두고, 서동을 밤에 몰래 안고 간다네.'

선화는 분이로부터 전해 들은 그 해괴한 노랫말을 마음속으로 되뇌어보았다. 자신이 언제 무슨 짝을 지어두었다는 것이며, 서동은 도대체 누구인지 알 수 없는 노릇이었다. 거기에다 이젠 범궐까지 한 사내가 별궁 후원에서 잡혔다니 필시 누군가의 모함이 아니고는 도무지 있을 수 없는 일이었다.

'왕후마마가 꾸민 일일지도 모른다.'

세간에 떠도는 노랫말의 소문을 접하는 순간부터 선화는 마야부인의 얼굴을 떠올리지 않을 수 없었다. 친모 미실이 궁궐을 떠나고부터 자신을 별궁으로 내친 것이 마야부인임을 알고 있는 선화로선, 어쩌면 그렇게 생각하는 것이 당연한 노릇이기도 했다.

기습처럼, 바람 한 줄기가 문틈으로 새어들자 촛불은 자지러질 듯 까부라졌다가 다시 살아났다. 선화는 문득 뒤를 돌아보았다. 그러나 그녀의 등 뒤에선 바닥부터 천장까지 닿은 큰 그림자가 벽을 가득 채운 채 흔들리고 있을 뿐이었다. 순간적으로 흠칫, 놀랐지만 그것이 곧 자신의 그림자임을 알고 저절로 한숨이 새어나왔다.

벽 위의 그림자는 때론 상하로 우쭐대고 좌우로 요동치기도 하며 깊은 밤의 고요를 저울질해대고 있었다. 아무런 기척이 없었건만 선화가 숨을 쉴 때마다 오르내리는 가녀린 어깨까지도, 그림자는 촛불의 흔들림에 따라 짓까불듯 우쭐대는 것이었다.

선화의 어깨는 무거웠다. 촛불 가까이 머리를 숙이자 그림자는 천장까지 장악하며 마치 천근의 무게로 찍어 누르듯 어깨에 강한 압박을 가해 왔다. 숨이 컥 막혔다. 바로 그 순간 그냥 시간이 딱 멈춰버리기라도 했으면 좋겠다는 생각을, 그녀는 잠깐 했다. 태생부터가 비밀에 싸여 있었고, 그 누구도 그것에 대해 확실한 답변을 해주지 않았다. 뱃속에서 열 달을 채워 낳은 친모조차도 부처님의 공덕으로 태어났다는 말로만 얼버무렸다.

"너는 부처님의 공덕으로 하늘에서 내려온 선녀다."

선화가 자신의 출생에 대해 물을 때면 친모 미실은 그렇게 말했다.

사가에 있을 때 선화는 오빠 보종과 함께 자라났다. 보종은 미실과 설원랑 사이에서 태어난 아들이었으므로, 선화와 부계로는 핏줄이 다를지 모르나 모계로는 한배에서 태어난 엄연한 오라버니었다.

　사실 '보화'라고 불리던 어린 시절, 선화는 설원을 친부로 알고
자라났다. 그런데 궁궐로 들어오면서 자신의 친부가 신라왕 백정
이라고 하는 바람에, 그녀는 큰 충격에 휩싸였다. 갑자기 공주의
신분으로 바뀌자 그녀는 오래도록 걷잡을 수 없는 마음의 혼란을
겪지 않으면 안 되었다.

　촛불을 하염없이 바라보던 선화의 입에서 또다시 깊은 한숨이
새어 나왔다. 자신의 운명이 저 촛불 같으리라 여겨졌던 것이다.
바람이 불면 자지러지듯 몸부림치다가 홀연히 일어서며 불꽃을
키우고, 그렇게 불을 밝히기 위해 눈물을 흘리며 자신의 몸을 조
금씩 소멸시켜가는, 그리고 끝내는 마지막 심지를 태우며 허공으
로 날아가버리고 말 미물 같은 존재에 다름 아니라고 생각했다.

　선화는 그저 생명이 붙어 있어 숨을 쉬고 있을 따름이었다. 촛
불과 함께 사위어가는 밤의 속절없는 시간을, 그녀는 겨우 자신
의 생명을 이어가는 호흡 같은 것이라고 생각했다. 그래서 더욱
모래 위에 뚜렷이 난 사행(蛇行) 같은 밤의 자취가 그녀를 흠칫흠
칫 놀라게 했다.

　날이 샐 무렵이면 촛불이 심지를 다 태우고 사라지듯, 밤 또한
어둠을 걷어내는 새벽에게 그 자리를 내어줄 것이다. 선화는 저
흔들리는 촛불이 마지막 심지를 태우며 운명의 순간을 맞이하게
되듯, 그런 시간의 압박감에 시달리고 있었다.

　선화의 숨통을 가로막는 것은 바로 그러한 한 치 앞을 내다볼

수 없는, 자신의 운명과 관련한 불확실성의 미래였다. 그래서 밤이 지나고 새벽이 오는 것이 그녀는 무엇보다 두려웠다. 그 해괴한 노랫말을 지었다는 작자를 한 번도 본 적은 없지만, 선화 스스로도 정말로 죄를 지은 것만 같은 기분을 지울 길이 없었다. 자신이 아무리 결백함을 주장한다 하더라도 왕실에서 누구 하나 믿어줄 것 같지 않았던 것이다. 그녀의 입장을 대변할 우군이 주변에는 하나도 없었다.

친모 미실이 궁궐을 떠나면서 실권은 신라왕 백정에게 넘어갔고, 그녀를 보좌하던 세력들도 모두 퇴출당했다. 그런 마당이니 선화는 자신의 막막한 심정을 토로할 데조차 없다는 것이 그저 안타까울 따름이었다.

지금 당장 선화로서는, 명색이 부친인 왕조차 신뢰할 수 없었다. 모친 미실이 궁궐에 있을 때만 해도 부왕의 사랑을 독차지하다시피 했었다. 그러나 미실이 궁궐에서 사라진 후 마야부인이 선화를 별궁으로 내칠 때 부왕은 짐짓 모른 체했다.

그때부터 선화는 석연치 않았던 자신의 태생에 대하여 부정적인 생각을 갖게 되었다. 세간에 떠도는 풍문대로 자신의 몸속에 신라왕의 피가 아닌 설원랑의 피가 흐르고 있을지도 모른다는 의문이 부쩍 들기 시작했던 것이다.

이런저런 생각에 선화는 거의 뜬눈으로 밤을 지새우다시피 했다.

"공주마마!"

분이의 소리를 듣고서야 감았던 눈을 떴는데 어느새 창이 훤히 밝아오고 있었다. 잠옷으로 갈아입지도 않은 채 옆으로 쓰러져 졸다가 깨어난 것이었다.

"아아!"

선화는 피곤을 이기지 못해 손으로 이마를 짚었다.

"세상에나! 공주마마, 이대로 밤을 새우셨단 말예요?"

분이가 화들짝 놀란 얼굴로 선화를 바라보았다.

"편전으로 갈 준비를 해야겠다."

선화는 분이를 돌아보지도 않은 채 등 너머를 향해 차분한 어조로 말했다.

간단하게 세안하고 동경을 들여다보니, 잠을 제대로 못 잔 탓인지 피부가 매우 거칠었다. 그러나 선화는 얼굴 화장을 하는 데 꽤나 오랜 시간 공을 들였다. 여느 때와 마찬가지로 분이는 뒤에서 머리 장식을 만져주고 있었다.

두 사람 사이에는 별다른 대화가 없었다. 선화는 얼굴 화장에 몰두해 있었고, 분이는 머리 장식을 그 어느 때보다 정성들여 매만지고 있을 뿐이었다. 그러나 그것은 몰두라기보다 다가오는 시간에 대한 두려움이 만들어내는 긴장감 같은 것이라고 해야 옳았다.

흐르는 시간 속에서 딱히 두려움의 정체를 족집게처럼 끄집어내기는 어려웠지만, 선화는 화장을 다 마무리하고 옷을 갈아입을 때쯤 되면서 차츰 마음이 가라앉았다. 달리 생각하면 오히려 아주 간단한 문제였던 것이다. 자신은 아무런 죄도 없었다. 그러므로 있는 그대로의 사실을 고백하면 그뿐이었다. 누군가의 모함이라고 변명할 필요조차 없는 일이었다. 그러면 그럴수록 의혹만 더 커질 것이므로 마음이 시키는 대로만 말하기로 결심했다.

"자, 가자꾸나."

편전으로 향하는 선화의 발걸음은 가벼웠다. 오히려 발걸음이 어수선한 것은 그 뒤를 종종거리며 따르는 분이 쪽이었다.

선화가 편전으로 들어섰을 때, 부왕은 옥좌에 높다랗게 앉아 있었다. 옥좌가 그리 높은 위치에 있는 것도 아닌데 우람하고 큰 체구 때문에 더욱 그렇게 보였다. 그에 비하여 선화의 몸매가 너무 작아서도 그렇거니와, 더욱 부쩍 움츠러들 수밖에 없는 이유가 그날따라 부왕이 심리적으로 가까이하기 어려운 벽처럼 느껴졌기 때문이다.

선화의 눈에 비친 부왕은 말 그대로 절벽이었다. 아무리 힘센 장사가 밀어도 끄떡하지 않을 것 같은, 마음의 속내를 자루처럼 뒤집어 진실을 밝혀도 믿어줄 것 같지 않은, 그런 막막하고 아득한 절벽의 부조 앞에 서 있는 기분이었다.

그렇게 절벽에 새긴 마애불처럼 앉아 있던 부왕이 감았던 눈을 번쩍 떴다.

"오랜만에 보는구나."

부왕의 목소리는 억지로 시간을 찍어 누르는 듯한 분위기가 느껴질 만큼 낮게 잠겨 있었다. 무감각하다고나 해야 할 정도로 애써 감정을 자제하고 있는 듯했다.

그래서일까, 방금 전까지만 해도 침착함을 유지하던 선화는 갑자기 두려움에 떨기 시작했다. 간밤에 촛불에 일렁이던 어둠의 그림자가 잔뜩 어깨를 찍어 누르듯 부왕에 대한 두려움이 바위 같은 존재감으로 다가왔다.

"얼굴을 들라."

선화가 말없이 고개를 숙이고 있자, 부왕이 목소리를 높였다.

편전의 천장을 울릴 듯한 우렁우렁한 목소리에, 선화는 화들짝 놀라 부왕의 얼굴을 쳐다보았다.

"그동안 얼굴이 많이 상했구나. 딴은 그럴 테지. 저간의 사정을 들어 잘 알고 있을 것으로 안다. 네 입으로 직접 그 해괴한 소문에 대한 진실을 말해 보아라."

부왕의 목소리는 낮았지만, 그러나 단호했다.

"소녀는 아무것도 모르옵니다."

어깨가 잔뜩 움츠러든 선화의 목소리는 안으로 말려들어가고 있었다.

"그 해괴한 노랫말도 모르느냐?"

"전해 들은 바 있지만, 그 출처가 어딘지는 모르옵니다."

"며칠 전에 별궁에서 있었던 소란은 알고 있느냐?"

"그것도 전해 듣긴 하였사오나……."

말꼬리가 목구멍 안으로 자꾸 말려들어가 선화는 더 이상 목소리를 내지 못했다. 그 말이 채 끝나기도 전에 울음이 목울대를 치밀고 올라왔던 것이다.

"칼을 들고 범궐을 한 물금이란 낭도를 아느냐?"

부왕은 추궁의 끈을 놓지 않았다.

"모르……, 모르는 자이옵니다."

선화는 냉정을 되찾으려고 노력하면서 간신히 대답했다. 울음을 안으로 삼켜 목소리는 겨우 시늉을 낼 수 있었지만, 들먹거려지는 어깨만은 도무지 주체할 수가 없었다.

"네가 진정 죄를 짓지 않았다면, 지금 어찌하여 어깨를 들먹거리며 우느냐?"

"……"

"왜 대답이 없느냐?"

부왕의 목소리는 아까보다 다소 누그러져 있었다.

"소녀도 왜 울음이 터지는지 그 연유를 모르겠사옵니다. 다만……."

"다만……, 무엇이냐? 억울하다는 것이냐?"

"……네! 소녀는 결백합니다."

선화는 더 이상 토해낼 말이 없었다.

잠시 침묵이 흘렀다. 고개를 숙인 선화도 감정이 어느 정도 진정이 된 듯 높낮이가 고른 어깨의 흔들림만 감지되었다.

길지 않은 침묵의 시간이었지만, 선화에게는 그것이 너무도 길게 느껴졌다. 부왕에게서 어떤 호령이 떨어질까 두려워 그녀는 도무지 고개를 들어올릴 수가 없었다. 목덜미 위로 천둥과 벼락이 한꺼번에 떨어져 내릴 것만 같았다.

그러나 침묵 끝에 나온 부왕의 목소리는 의외로 부드러웠다.

"네 진실을 믿어보겠다. 일단 물러가 있도록 하라."

자상함이 느껴지는 부왕의 목소리에, 선화는 예를 갖춘 뒤 조심스럽게 편전에서 물러나왔다. 뒷걸음질을 칠 때 다리가 부들부들 떨려 도대체 어떻게 그곳에서 빠져나왔는지 알 수 없을 정도였다.

편전 밖에서 기다리고 있던 분이가 잡아주지 않았다면, 선화는 아마 그 자리에 털썩 주저앉아버리고 말았을 것이다.

그런데 더더욱 선화가 놀란 것은 바로 편전 앞에 서 있는 마야부인의 차가운 눈길이었다. 창졸간에 예를 갖추었으나, 한여름에도 냉기가 감돌 정도로 마야부인의 노기 띤 눈초리는 매서웠다.

"요사스러운 것! 부끄러운 줄 알아야지."

마야부인은 마치 징그러운 벌레를 쳐다보듯 선화를 일별하고는, 이내 편전으로 발걸음을 옮겼다.

분이의 부축을 받아 편전 밖 뜰로 나온 선화는, 눈부신 햇살과 마주치자 더 이상 몸을 주체할 수가 없었다.

"아아⋯⋯."

선화는 작은 외침과 함께 편전 뜰 앞에서 그만 혼절을 해버렸다.

6

마야부인이 편전으로 들어서자 백정은 전혀 의외라는 듯 큰 눈을 꿈쩍거렸다.

"중전께서 어인 일이시오?"

"방금 전에 선화가 폐하를 알현하고 나가는 걸 보았사옵니다."

마야부인은 옥좌를 바라보고 오른편에 좌정했다.

"내가 공주를 잠시 보자 하였소."

"선화가 이실직고를 하였사옵니까?"

"그것은 중전이 관여할 바가 아니오."

백정은 무덤덤한 표정으로 천장을 올려다보았다. 잠시 시선을 어디에 두기가 마땅치 않았던 것이다.

"아니라니요?"

백정의 말끝을 이어 마야부인이 다그치듯 말꼬리를 높였다.

그때 문득 백정의 시선이 마야부인에게로 화살처럼 날아가 꽂혔다. 그러나 그 시선이 왕후의 그것과 부딪치자, 허공에서 서로 갈 길을 찾지 못했다. 중간에 선화가 긴 일을 논할 때면 두 사람의 관계가 늘 그렇게 엇갈리고 서먹서먹하기 그지없었던 것이다.

여느 때 같으면 왕을 똑바로 마주 바라보는 것조차 저어하던 마야부인이었다. 그런데 이번에는 달랐다. 따라서 그 당돌함에 놀란 것은 오히려 백정 쪽이었다.

그 순간 백정의 굵고 검은 눈썹이 꿈틀, 움직였다.

"중전은 대체 무엇을 알고 싶은 거요?"

"선화를 어찌 처리하실 요량이신지요?"

"어찌 처리하다니?"

마야부인의 말이 채 끝나기도 전에, 백정의 목소리가 편전 천장을 우렁우렁 울렸다.

그러나 마야부인은 단단히 벼르고 온 듯 꿈쩍도 하지 않았다.

편전의 기류가 팽팽한 긴장감으로 부풀어 올랐다. 갑자기 침묵이 흘렀다. 두 손을 마주잡고 선 내관은 마치 자신이 큰 죄라도 지은 양 고개를 들지 못한 채 그저 얼굴을 바닥으로 향하고 있었다. 그러나 내관의 시선은 왕과 왕후 사이를 부지런히 오가며, 사태 파악을 하느라 사뭇 분주한 모습이었다.

"외간사내를 궁궐로 끌어들인 것은 우리 왕실을 욕되게 한 대죄입니다. 당연히 선화는 큰 벌을 받아야 마땅치 않사옵니까? 왕실의 권위를 세워야지요."

조리를 갖추어 자분자분 이야기했지만, 마야부인의 목소리에는 뼈가 들어가 있었다.

"누가 누구를 끌어들였단 말이오? 방금 전에 공주는 짐에게 결백하다고 말했소. 범궐을 한 것은, 그저 한낱 미치광이 광대 같은 사내가 저지른 일일 뿐이오."

"피는 못 속이는 법입니다. 선화의 생모가 저지른 저간의 일들을 보면 짐작이 가고도 남사옵니다."

마야부인은 미실을 걸고 넘어졌다.

"허헛, 참!"

그러자 백정은 뭔가 찔리는 구석이 있는 듯, 반대편 벽으로 시선을 돌리며 입맛만 쩝쩝 다셨다.

"폐하, 너무 선화를 감싸고돌지 마시옵소서. 따지고 보면 근본도 정확히 알 수 없는 아이가 아니옵니까?"

그날따라 마야부인은 거침이 없었다. 이때를 틈타 아예 백정에게 선화가 신라 왕실의 피가 아님을 확실하게 다짐 받아두자는 속셈이었다.

"다 지나간 일은 왜 또 거론하고 그러시오? 짐이 이미 받아들인 일, 되돌릴 수 없음을 왜 모르시오?"

백정의 목소리가 높아졌다.

"이번 일은 내명부 소관이니 폐하께서는 모른 체해 주시기 바라옵니다. 이렇게 간청드리옵니다."

마야부인은 이미 단단히 각오를 한 듯 입을 사리물었다.

"허허, 선화는 아무 죄도 없다고 하질 않소? 이는 분명 누군가의 모략임이 틀림없소. 내명부의 문제로 간단히 처리할 사안이 아니란 말이오. 우리 왕실을 가벼이 여기는 자의 소행이니, 그 해괴한 노랫말을 지어 퍼뜨린 자를 추포하기 전까지는 이 일에 누구도 관여치 못할 것이오."

마야부인은 실망한 눈빛으로 백정을 쳐다보았다.

그러나 백정의 눈길은 애써 왕후의 눈빛을 피해 바닥으로 미끄러지고 있었다.

"하지만……."

"중전 나가신다. 어서 뫼시어라."

마야부인의 말을 더는 듣기 싫다는 표정으로, 백정은 내관에게 급히 명했다. 그러나 왕후는 그 자리에 앉아 움직일 생각을 하지 않았다.

내관이 나서며 마야부인을 향해 말했다.

"중전마마, 어명을 받드셔야 하옵니다."

"무엇하느냐? 짐이 잠시 쉬고 싶어서 그러니, 어서 중전을 밖으로 뫼시지 않고?"

백정의 우렁우렁한 목소리가 편전 가득 울리고 나서야, 마야부인은 못 이기는 척 일어나 밖으로 나왔다.

얼굴이 잔뜩 상기된 마야부인은 왕후의 처소로 돌아와서도 분기가 풀리지 않아 두 손을 푸르르 떨었다.

"요망한 것!"

마야부인은 선화가 눈물로 거짓 호소를 하여 왕의 마음을 돌려 놓았다고 생각했다.

미실이 화랑의 수장 풍월주뿐만 아니라 병부령까지 좌지우지할 정도로 군사권을 장악하고 있던 시절이 떠올랐다. 그때 백정은 물론이거니와 마야부인도 바늘방석에 올라앉은 기분으로 숱한 나날을 초조함 속에서 보내야만 했다.

선대의 진지왕을 폐위시킨 것도 미실의 세력이었기 때문에, 그들에 의해 왕위를 이어받은 백정도 그녀의 눈 밖에 나면 언제 어느 때 옥좌에서 내려와야 할지 알 수 없는 노릇이었다. 옥좌에서 내려온다는 것은 곧 죽음을 뜻했다. 그러니 그때는 마야부인 또한 그녀의 눈치만 보느라 좌불안석일 수밖에 없던 시절이었다.

미실이 백정을 설득시켜 사저에 있던 선화를 공주로 만들어 입궐시켰을 때도, 마야부인은 말 한마디 제대로 하지 못했다. 내명부까지도 미실의 손아귀에서 놀아나고 있었기 때문이다.

백정 재위 7년에 미실은 남동생 미생(美生)을 제10대 풍월주로 삼았고, 이어서 그녀가 세종 전군과의 사이에서 낳은 아들 하종(夏宗)을 제11대 풍월주 자리에 앉혔다. 이때야말로 미실이 최고 권력을 휘두르던 시절이었다. 이처럼 동생과 아들이 연달아 풍월주의 자리를 차지하면서 미실의 권세는 최절정에 이르렀다.

그러나 그 위력은 얼마 가지 않았다. 미실은 이미 늙었고, 이름 모를 병에 걸려 스스로 궁궐을 떠나버렸던 것이다. 많은 사내들을 정인으로 두었지만, 마지막까지 사랑하는 관계였던 설원랑이 모든 것을 버리고 미실을 따라갔다.

　이렇게 미실이 궁궐을 떠나고 나서야 비로소 백정은 왕권을 회복할 수 있었으며, 원광을 진나라에 보내 불법을 구하게 하고 남산성(南山城)을 쌓고 명활성(明活城)을 증개축하는 등 국력 증강에 힘썼다. 미실의 세력이었던 김후직을 대신해 무산을 병부령에 앉힌 것도 바로 그 무렵의 일이었다.

　그러나 백정에게는 아들이 없었다. 마야부인이 크게 걱정을 하는 것도 바로 그 문제였다.

　마야부인은 자신이 낳은 덕만과 천명 두 공주 중 하나를 택하여 왕위를 잇게 하고 싶었다. 그러나 미실의 딸로 나중에 궁궐에 들어와 공주가 된 선화의 존재가, 어쩐지 마음 한구석을 찌르는 낚시 미늘처럼 껄끄러웠다. 따라서 천명을 진지왕의 아들 용춘(龍春)과 결혼시킨 것도 다 그럴 만한 이유가 있었다. 만약 덕만이 왕이 되지 못할 경우, 천명과 용춘 사이에서 낳은 아들을 왕으로 추대할 수도 있다는 계산이 깔려 있었던 것이다. 이는 모두가 자신이 딸만 둘을 낳았다는 심리적 불안에서 비롯된 발상이었다.

　그러한 심리적 불안은 이미 궁궐을 떠난 미실이 언제 또다시 나타나 권력을 휘두를지 몰라, 마야부인을 매일 노심초사하게 만들고 있었다. 선화의 얼굴만 보면 미실이 떠올라 저절로 몸서리가 쳐지는 것이었다.

　그래서 왕을 알현하고 돌아온 마야부인은 내심 무서운 생각을 하게 되었다.

'이 기회에 선화를 없애 미리 그 화근을 제거해야 한다.'

마야부인은 선화를 미실의 화신으로 보고 있었다. 궁궐을 떠난 후 죽었는지 살았는지 도무지 생사를 알 길이 없는 미실이었지만, 그 피를 이어받은 선화이므로 좌시할 수 없는 일이라 생각했던 것이다.

겉으로 보기에 선화는 착한 심성의 소유자였다. 마야부인 역시 그것을 모르는 바 아니었지만, 사람의 마음이란 천 길 물속보다 더 들여다보기 어려운 법이었다.

'피는 못 속인다.'

마야부인은 마음속으로 그렇게 외쳤다. 순서가 뒤바뀌어 둘째 공주 천명을 출가시켰지만, 아직 첫째 공주 덕만은 배우자를 만나지 못했다. 명색이 셋째 공주인 선화는 덕만과 배다른 자매지만, 어찌 보면 그 두 사람은 경쟁 관계라고 할 수 있었다.

백정의 뒤를 이을 태자가 없었기 때문에 그 경쟁은 더욱 치열할 수밖에 없었다. 두 공주의 사이가 나쁜 것은 아니지만, 그들을 앞세우고 뒤에서 정쟁을 벌일지도 모를 세력들에 대해서 결코 간과하고 넘어갈 수 없는 일이었다. 더구나 미실이 궁궐을 떠나면서 정치의 뒷면으로 사라진 세력들이 다시 권력을 되찾기 위해 호시탐탐 기회만 노리고 있을 것이었다. 권력이란 당의정과 같아서 한번 맛을 들이면 결코 그 달콤함의 마력에서 벗어날 수 없기 때문이었다. 따라서 만약 그들이 다시 야욕을 품는다면 필시 미실의 핏줄인 선화를 앞세워 권력 다툼을 벌일지도 모를 일이었다.

고심을 거듭하던 끝에 마야부인은 결심을 굳혔다. 덕만을 위해서 선화는 사라져주어야 한다고 생각했던 것이다. 어느 한쪽의 희생 없이는 쟁취하기 어려운 것이 권력의 속성이었다.

하루 종일 이런저런 생각으로 고뇌를 거듭하던 마야부인은 자정이 가까운 시각에 왕후의 처소를 나섰다. 그 뒤에 두툼한 보따리를 든 시녀가 뒤따르고 있었다. 그 둘이서 선화의 거처인 별궁으로 가는 것을 발견한 사람은 아무도 없었다. 궁궐 수비를 하는 숙위 군사들이 가끔 있었지만, 그때마다 나무 그늘로 피하여 소문이 새어 나가지 않도록 했다.

깊은 밤중에 마야부인이 들이닥치자 선화는 놀라움을 금치 못했다. 별궁으로 쫓겨난 후 마야부인은 단 한 번도 찾아온 적이 없었던 것이다.

잠옷으로 갈아입고 막 침소에 들려던 선화는 옷도 챙겨 입지 못한 채 마야부인을 맞았다.

"보기 흉하구나. 어서 옷부터 챙겨 입어라."

마야부인은 잠옷 차림의 선화를 보고 꾸짖어 말했다.

"네, 마마!"

분이가 대신 대답하며 급히 선화에게 옷을 입혀주었다.

"먼 길을 가려면 단단히 챙겨 입어야 한다."

"네? 먼 길이라뇨?"

이번에도 역시 마야부인의 말을 받은 것은 분이였다. 옆에 서 있던 선화는 너무 당황스러워 그저 벌어진 입조차 다물지 못하고 있었다.

"어명이시다. 오늘밤 안으로 멀리 떠나거라. 다시는 궁궐에 발을 들여놓을 생각 말아라. 왕실의 명예를 실추시킨 죄 죽어 마땅하나 폐하께서 목숨만은 부지할 수 있게 하라는 명을 내리셨다. 폐하의 너그러우신 성덕이 네 목숨을 살렸으니, 그리 알라."

마야부인의 이 같은 말에 선화는 어찌할 바를 몰랐다.

"그래도 이렇게 갑자기……. 마마, 소녀는 결단코 죄를 지은 일이 없사옵니다. 그런데 어찌 소녀를 궁궐에서 쫓아내시려 하옵니까?"

선화는 뒤늦게 북받쳐 오르는 울음을 참을 길이 없었다.

"시끄럽구나. 어명이라 하지 않더냐? 어서 그 보따리를 주어라."

마야부인의 말이 떨어지자 함께 온 시녀가 분이에게 보따리를 건넸다.

"그래도 준비할 시간이……."

선화가 사태의 심각성을 깨닫고 먼길을 갈 때 필요한 행장을 꾸려야 한다고 말을 하려는데, 마야부인이 그 말끝을 싹둑 잘랐다.

"당장 필요한 것은 그 보따리에 다 있다. 금붙이도 넉넉히 넣었으니 노자에 보태 쓰도록 해라. 서문을 열어놓았다. 그리로 나가거라."

마야부인은 앞장서서 별궁을 나왔다. 바로 뒤에 시녀가 따라붙었고, 좀 떨어져서 선화와 분이가 목맨 송아지처럼 끌려갔다.

서문에는 궁궐을 지키는 군사들이 없었고, 문은 그냥 열려 있는 상태였다. 마야부인이 미리 조처를 취해 아무도 선화가 궁궐 밖으로 나가는 것을 보지 못하게 한 것이었다.

"저, 그러면……."

선화가 하직인사를 올리려고 하자 마야부인이 차디차게 한 마디했다.

"예법 차릴 것 없다. 어서 가거라."

마야부인은 서문을 벗어난 선화와 분이가 멀리 어둠 속으로 사라질 때까지 그 뒷모습을 한참 동안 바라보고 서 있었다. 그들의 모습이 궁궐 담 모퉁이로 사라졌을 때, 어둠 속에서 불쑥 한 사내가 튀어나왔다.

"궁궐에서 멀리 벗어나 한적한 곳에 갔을 때 쥐도 새도 모르게 처리토록 해야 하느니라."

마야부인이 작은 소리로 사내에게 말했고, 시녀는 미리 준비한 금붙이를 건넸다.

"예, 마마! 실수 없이 처리토록 하겠사옵니다!"

사내가 읍을 올렸다. 달빛에 비친 그의 얼굴은 애꾸눈이었다. 왼쪽 눈을 가죽으로 된 가리개로 덮어 자못 험상궂게 보였다.

"어서 떠나거라. 되도록 멀리 벗어나서 처리해라. 일을 깨끗이 처리하면 저들의 보따리에 든 금붙이 또한 네 몫이 될 것이다."

사내의 등 뒤에 대고 마야부인이 차갑게 던진 말이었다.

7

마야부인과 시녀가 다시 서문 안으로 사라지고 나자, 궁궐 담 그늘 아래 납작 엎드려 있던 낯선 그림자 하나가 나타났다. 사내는 별궁에서부터 몰래 뒤를 밟아왔고, 마야부인이 애꾸눈에게 당부하는 이야기도 다 엿들었다.

벌써 오래전부터 사내는 별궁의 동태를 살펴왔다. 그래서 선화와 관련된, 궁궐 안에서 일어나는 모든 일들을 한 가닥 실에 구슬 꿰듯 전후사정까지 잘 알고 있었다.

사내의 동작은 바람처럼 민첩하였고, 달릴 때도 발소리 하나 들리지 않았다. 애꾸눈의 뒤를 따르면서도 사내는 전혀 상대가 눈치를 채지 못하게 나무와 나무 사이로 그늘만 찾아 이동했다. 그래서 어떤 때는 그가 나무 그늘인지, 나무 그늘이 그의 그림자인지 분간하기 어려울 정도였다.

보름이 지난 지 얼마 안 된 달은 한쪽 귀퉁이부터 이지러져가고 있었다. 이른 봄 언 강이 풀리며 물 위에 떠도는 얼음조각처럼, 구름이 하늘 위로 드문드문 흘러가고 있었다. 그래서 지상에 내리는 달빛은 잠시 밝았다가 어두워졌다가를 반복했다. 어디선가 바람이 조금씩 불어왔고, 바람에 밀린 구름이 달보다 빠르게 흘러가고 있었다. 바람에 실려오는 공기는 후텁지근했다. 한차례 소나기라도 퍼부을 듯 하늘은 점차 먹구름으로 가득차고 있었다.

저 멀리 선화와 분이의 옷자락이 보일 듯 말듯 움직이고 있었다. 그 움직임은 하도 느려서, 바람에 날리는 옷자락이 마치 바지랑대로 뻗쳐놓은 줄 위에서 너울대는 빨래 같았다.

애꾸눈의 발걸음이 다소 느려졌다. 앞서가는 선화와 분이에게 들키지 않기 위해 그 역시 나무 그림자 사이로 몸을 숨기며 이동하고 있었다. 그러나 그는 앞에만 신경을 곤두세우다 보니, 뒤에서 자신을 쫓는 사내가 있다는 사실을 전혀 눈치 채지 못했다.

바람 같은 사내는 나무 그림자 뒤에서 애꾸눈의 뒤통수를 노려봤다. 나무 그림자 밖의 달빛에 드러난 땅에 주먹보다 작은 흰 조약돌 하나가 눈에 띄었다. 사내는 얼른 그것을 주워 주먹 안에 감췄다. 맞춤하게 주먹 안에 들어오는 동그스름한 차돌이었다.

애꾸눈이 움직이자 사내도 민첩하게 몸을 놀렸다. 거리만 이만큼 떨어져 있을 뿐 두 사내의 동작은 거의 흡사했다. 애꾸눈이 나무 그늘로 숨을 때 사내도 바람처럼 자취를 감추었다. 애꾸눈이 선화와 분이의 뒤를 밟을 때 사내 또한 애꾸눈의 뒤를 쫓았다.

어느덧 달이 서산으로 기울고 있었다. 이제는 먹구름에 가려 달빛조차 희미해졌다. 숲속은 어두웠고, 바람은 나무숲을 흔들며 더운 김을 훅훅 불어대고 있었다. 바람소리를 머금은 숲속은 음험한 짐승의 숨소리를 토해내고 있었다.

무더운 밤은 폭식을 한 짐승처럼 식식대고 있었다. 낮부터 데워진 지열은 좀처럼 식을 줄 몰랐고, 그래서 조금만 움직여도 숨이 콱콱 막혔다. 습기를 잔뜩 머금은 바람은 시원하다기보다 오히려 끈적끈적해 불쾌지수만 더욱 부채질하고 있었다.

선화와 분이는 가던 길을 멈추었다. 숲속에 몸을 숨기고 잠시 쉬려는 것이었다. 밤새 걸어 궁궐을 벗어난 지도 한참 됐으니 지칠 만도 했다.

애꾸눈은 잽싸게 숲속으로 스며들었으며, 곧 들쥐처럼 땅을 기어 좀 더 두 사람에게로 가까이 다가갔다. 바람 같은 사내 역시 최대한 애꾸눈 가까이 접근해 나무 뒤에 몸을 숨겼다.

선화의 어깨가 흐느낌으로 흔들리고 있었다.

"공주님, 이제 그만 우세요. 그보다 빨리 이곳을 벗어나, 어디 편히 쉴 수 있는 곳이라도 찾아봐야겠어요. 곧 비가 올 것 같아요."

분이 역시 걸으면서 몹시 운 듯 코맹맹이 소리로 말했다.

바로 그때 어둠 속에서 애꾸눈이 두 사람 앞에 정체를 드러냈다. 그의 손에는 칼이 들려져 있었다. 손바닥 길이보다 약간 큰 단도였다.

"후후후, 내가 아주 편히 쉴 수 있는 곳으로 데려다주지."

죽어 쓰러진 나무둥치 위에 앉았던 선화와 분이는, 그대로 몸이 굳고 말았다.

"누, 누구……?"

"쉬잇! 큰 소리 치면 재미없지. 내가 누군가 하면 도척이지, 애꾸눈 도척! 우선 그 보따리부터 이쪽으로 던져라."

애꾸눈이 분이에게 손짓을 했다.

보따리를 한 손으로 잔뜩 끌어안은 분이는 다른 한 손으로 손사래를 쳤다.

"안 돼요. 이건 안 돼!"

분이가 소리치자 선화가 말렸다.

"조용히 하여라. 그리고 그 보따리를 내어드려라. 그래야 목숨이라도 살려줄 것이 아니냐?"

선화는 침착하게 목소리를 낮추어 말했다. 분이는 애꾸눈에게서 좀 더 멀리 떨어진 곳으로 보따리를 던졌다.

"후후후, 진작 그렇게 나올 것이지."

애꾸눈은 저만큼 땅에 떨어진 보따리를 잠시 바라보았다.

"보따리를 끌러보시게. 그 안에 있는 옷가지는 놔두고 금붙이만 가져가시게."

선화의 목소리는 차분했다. 조금도 겁에 질린 목소리가 아니었다.

"옷가지는 뭐하게? 이 자리에서 죽을 목숨들이!"

애꾸눈은 보따리를 땅에 던져진 모양 그대로 놔둔 채, 선화와 분이를 향해 다가섰다. 그가 막 선화의 가슴을 향해 칼을 찌르려는 순간, 어디선가 날아온 돌이 정확하게 칼을 맞춰 땅에 떨어뜨렸다.

"누, 누구냐?"

얼떨결에 애꾸눈은 돌이 날아온 쪽을 바라보며 소리쳤다. 그때 바람 같은 사내의 몸이 번개보다 빠르게 애꾸눈의 옆을 스쳤다. 바로 그 순간, 애꾸눈은 저만큼 멀리 나가떨어지고 말았다.

나자빠진 애꾸눈이 엉덩이를 땅에서 떼기도 전에, 바람 같은 사내는 그의 몸통을 타고 올라앉았다. 사내는 애꾸눈을 향해 주먹을 겨누며 소리쳤다.

"이놈, 누가 저 여인들을 죽이라고 했는지 바른대로 말하라. 그렇지 않으면 남아 있는 멀쩡한 네 오른쪽 눈까지 멀게 해줄 것이다."

사내는 오른손 중지와 검지를 펴서 애꾸눈의 멀쩡한 눈을 겨냥했다.

"저, 저는 그냥 불쌍한 좀도둑에 불과합니다요. 제발 목숨만 살려주십쇼."

애꾸눈은 애원을 하다시피 했다.

"이놈이 그래도 제정신을 못 차린 모양이군!"

사내는 애꾸눈의 나머지 한 눈을 향해 손가락을 꽂았다.

"아쿠구구!"

애꾸눈은 누워서 몸부림을 쳤다. 그러나 올라탄 사내의 몸무게 하나 감당하지 못할 정도로 그는 기력이 떨어져 있었다.

"다음은 네 목숨이다. 나는 두 번 말하지 않는다. 이번에도 바른 대로 대지 않으면 이 손가락이 네 목젖을 뽑아놓을 것이다. 누가 시킨 짓이냐?"

"그 말을 하면 저는 죽습니다요. 제발……."

애꾸눈의 목소리는 이제 자지러들고 있었다.

"발설하지 않고 지금 죽는 것보다, 발설하고 조금 더 생명을 연장하는 것이 좋지 않겠느냐?"

사내는 애꾸눈의 목을 조이고 들었다.

"캑, 캑! 이 목을 놔야 말을……."

"그래, 어서 말해 보아라."

사내는 일단 애꾸눈의 목을 풀어주었다.

"왕후마마의 부탁으로……."

애꾸눈은 마치 모기소리처럼 기어들어가는 소리로 말했다.

"이놈아! 더 큰 소리로 말하라. 그래서 무슨 소린지 알아듣겠느냐?"

"네, 왕후마마가 시킨 일입니다요."

체념한 애꾸눈은 큰 소리로 말했다. 일단 몸 위에 올라탄 사내로부터 풀려나고 보자는 심산이었다.

"알아들었다. 이만 가보거라."

그때서야 사내는 애꾸눈을 놓아주었다.

남은 한 눈까지 찔려 피를 줄줄 흘리면서 애꾸눈은 비틀걸음으로 달아났다. 두 눈이 다 안 보였으므로, 허둥대다 돌부리에 걸려 넘어지고 나무둥치에 이마를 부딪쳐가며 어디론가 멀리 사라졌다.

　한참 동안 애꾸눈이 사라지는 것을 바라보던 사내는, 끝내 그 모습이 시야에서 멀어지자 천천히 선화와 분이 곁으로 다가갔다. 그리고 허리를 깊이 숙였다.

　"어디 다치신 데는 없는지요, 공주님!"

　"고맙습니다. 덕분에 다친 데는 없습니다. 그런데 댁은 누구신가요?"

　선화는 생명의 은인을 쳐다보았다.

　"지나가던 객이옵니다. 우연히 궁궐 곁을 지나다가 서문 근처에서 저 애꾸눈을 보았습니다. 거동이 하도 수상하여 뒤를 쫓다 보니……."

　"정말 다시 한 번 감사드립니다. 이 은혜를 어찌 갚아야 할지?"

　"은혜라니요? 천부당만부당한 말씀이옵니다. 그러나저러나 어서 이 자리를 피하셔야 하옵니다. 무슨 연유인지 모르오나 방금 저 자에게 들은 바로는 왕후마마가 공주님을 해코지하려는 모양입니다. 곧 소나기가 쏟아질 것 같으니 잠시 피할 곳을 찾아야겠습니다."

　사내는 땅에 떨어진 칼과 보따리를 챙겼다. 그리고 선화와 분이로 하여금 자신의 뒤를 따르게 하고 서둘러 길을 찾았다.

이제 달은 서산으로 꼴까닥 넘어갔고, 짙은 어둠 속에서 숲은 아까보다 더 거센 바람소리로 수런대고 있었다. 그러더니 어느새 나무 이파리 위로 빗방울 듣는 소리가 들려왔다.

"큰일입니다. 민가로 찾아들면 왕후마마가 보낸 자들에게 들킬 염려가 있으니 산속의 동굴로 가는 게 좋겠습니다. 때마침 제가 가끔 잠자리로 사용하는 동굴이 있으니 그리로 가시지요."

사내가 길을 서둘 때는 이미 장대비 같은 소나기가 퍼붓기 시작했다.

어찌되었거나 선화로서는 사내를 믿고 따라갈 수밖에 없었다. 그러나 비가 내리자 산길이 미끄러워 분이의 손을 잡고 걷는데도 선화는 자꾸 비칠거리기만 했다.

"아이쿠!"

끝내는 가죽신이 진흙에 미끄러져 선화는 털썩, 그 자리에 엉덩방아를 찧으며 주저앉고 말았다.

"어마, 공주님!"

분이가 얼른 선화의 손을 잡아 일으켰다.

그러나 선화는 다시 주저앉고 말았다.

"아아, 어쩜 좋으냐? 발목을 접질렸나 보다."

그때 앞서가던 사내가 되돌아와 선화 앞에 등을 돌리고 앉았다.

"등에 업히십시오."

"아니, 어떻게……."

"비가 너무 옵니다. 빨리 서둘러야 합니다."

사내는 재촉했다. 결국 선화는 그의 등에 업혔다.

일행이 겨우 동굴을 찾아 들어왔을 때는 새벽이었다. 어느새 장대비는 그치고 보슬비로 변해 있었다. 동굴 입구를 통해 바라본 안개와 그 사이로 언뜻언뜻 비치는 산봉우리의 풍경은 신선의 세계와도 같았다.

사내는 서둘러 모닥불부터 피웠다. 선화와 분이는 옷을 입은 채로 불을 쬐었다. 보따리까지 다 젖어 갈아입을 옷이 없었으므로 입은 그대로 말려야만 했던 것이다.

그러는 가운데도 사내는 여러 가지로 바빴다. 나무 물통으로 물을 길어다 동굴 입구에 걸어놓은 솥에 붓고, 젖은 나뭇가지로 아궁이에 불을 붙이느라 연기를 피워가며 눈물을 찔끔거렸다. 그리고 한편으로는 동굴 한쪽에 쌓아둔 마를 씻어 즙을 내어 마죽을 끓였다.

물이 펄펄 끓자, 사내는 베수건을 적셔 분이에게 건넸다. 그것을 받아든 분이는 곧 선화의 접질린 발목에 찜질을 해주었다.

"누구신지 성함이라도……."

"공주님, 저는 장(璋)이라고 합니다. 이 산속에서 마를 캐어 장터에 내다 팔지요."

사내가 말했다.

선화는 장을 말끄러미 쳐다보았다.

"보기에 귀한 집 자제분 같사온데, 어찌 이런 곳에서 고생을 하시나요?"

장은 삼베옷에 더벅머리였지만, 자세히 뜯어보면 그 풍모는 매우 영특해 보였다.

"저의 모친께서 늘 말씀하시기를 부친이 귀하신 분이라고 하셨습니다. 그러나 저는 단 한 번도 부친의 얼굴을 뵌 적이 없습니다. 태어날 때부터 모친과 함께 마를 캐서 생계를 해결하며 곤궁하게 살았지요."

자신의 운명적인 태생을 이야기하면서도 장의 얼굴은 해맑았다. 귀티가 저절로 흘렀다.

선화는 가만히 고개를 끄덕였다.

"이제 우리는 어찌하면 좋을까요?"

이번에는 찜질에 열중하던 분이가 장에게 다 식은 베수건을 건네며 물었다.

"간밤에 들으니 공주님이 무슨 억울한 모함으로 쫓기는 몸이 되신 것 같습니다. 도적 행세를 하던 자를 살려 보냈으니, 왕후마마가 몰래 사람들을 풀어 공주님의 행방을 수소문할 것입니다. 잠잠해질 때까지 이곳에 머물다가 안전한 곳으로 옮기도록 하시지요."

질문은 분이가 던졌으나, 장은 선화를 향해 답변했다.

"그 자를 왜 살려 보내셨어요? 죽여도 시원찮을 놈!"

분이가 이를 갈아붙였다.

"살아 있는 생명을 어찌 함부로 하겠습니까? 죄를 지었을지언

정, 그 자도 사람인데…….”

그러면서 장은 사람 좋게 웃었다.

“분이야, 이 분 말씀이 옳은 것 같구나. 너는 어찌 아녀자의 입으로 그런 험한 말을 할 수 있느냐?”

선화는 짐짓 분이를 야단치며 장의 눈치를 살폈다.

“공주님, 그런 자는 욕을 먹어도 싸요.”

분이는 아직도 분이 풀리지 않는 듯 씩씩거렸다.

그런 모습을 보며 장은 빙그레 웃기만 했다.

“불심이 매우 깊으신 분 같군요.”

선화가 장을 향해 말했다.

“모친께서 불심이 깊으시지요. 저는 그저 모친을 따라 몇 번 절에 가본 적밖에 없답니다.”

장은 여전히 얼굴에서 웃는 모습을 거두지 않았다.

그런 모습에 선화는 적이 안심이 된 듯 표정이 밝아졌다. 그리고 조심스럽게 물었다.

“아까 안전한 곳으로 옮기는 게 좋다고 하셨는데, 혹시 마음에 두고 있는 곳이 있는지요?”

장이 한참 생각하다가 이내 입을 열었다.

“이곳 서라벌은 위험합니다. 아주 먼 곳으로 갈수록 좋습니다.”

그러자 분이가 다급하게 물었다.

“먼 곳 어디요?”

“국경을 넘으면 더욱 좋겠지요.”

장의 입에서 '국경'이라는 말이 나오자, 선화가 깜짝 놀라 눈을 동그랗게 떴다.

"국경이라면?"

"우리 같은 장사치들은 나라를 가리지 않습니다. 더 많은 이득이 있는 곳이라 여겨지면 어디든지 달려가지요. 원래 저는 백제 땅에서 왔습니다. 마를 캐러 돌아다니다 보니 신라 땅인 줄도 모르고 이곳에 이르렀고, 서라벌이 사람 살기에 좋고 재화가 풍부하여 장사하기에는 이만한 곳이 다시없다 여겨졌습니다. 땅이 기름져 마도 질이 좋으니 고향으로 돌아갈 생각도 잠시 잊을 정도였습니다. 모친께서 홀로 기다리고 계시니 캐놓은 마만 다 팔면 고향으로 돌아갈 생각입니다. 그때 같이 국경을 넘으시면 살길이 있을 것입니다."

장의 이 같은 설명은 아퀴가 잘 들어맞았다. 백제 사람이라고는 하지만, 국경을 넘나들며 장사를 한다는 말이 큰 설득력을 얻고 있었던 것이다.

동굴 밖의 안개가 말끔히 걷히고 나니, 간밤에 언제 비가 내렸냐는 듯 하늘은 푸르고 드높았다.

그날 장은 마를 한 짐 지고 산을 내려가 선화와 분이가 덮고 잘 이불이며, 갈아입을 옷가지들을 장만해 왔다.

"공주님, 이 옷으로 갈아입으시지요. 평상복이 생활하기에 더 편하고, 또 남들 눈에 띄어도 의심받지 않을 것입니다. 신분을 속이려면 머리 장식도 풀어 평민처럼 꾸미는 게 좋을 듯합니다."

장은 그때까지도 궁중에서 입던 옷을 걸치고 있는 선화와 분이에게 말했다.

듣고 보니 그 말이 백번 옳다고 여겼는지, 선화와 분이는 장이 시키는 대로 머리장식을 풀고 평상복으로 갈아입었다.

그로부터 한 달 후, 장은 선화와 분이를 동행하고 산길을 통해 국경을 넘어 백제 땅을 밟았다.

제 2 장

달의 화신

1

산길은 적요했다. 낙엽이 하릴없이 떨어져 쌓이며 길을 묻었다. 낙엽의 낙하 현상으로 볼 때 시간은 땅과 하늘 사이를 오가는 것 같았다. 사람의 자취가 없으니 시간도 수평을 거부하고 수직으로 상승하여 시공을 초월한 듯했다.

이러한 공산무인(空山無人)의 지경에서 소를 몰듯 시간의 고삐를 잡고 오는 사람이 있었다. 사람도 풍경의 하나인 것처럼, 그 걸음걸이는 그저 물이 흐르는 듯 자연스러웠다. 발자취도 낙엽 속에 파묻혀 흔적이 없었고, 치렁한 장삼자락이 무릎 아래를 덮어 걷는 동작이 멈춘 듯 움직이는 것 같았다. 가만히 서 있는 것 같은데, 정작은 아주 빠른 걸음으로 미끄러지듯 산을 내려오고 있었다.

고요한 걸음걸이에다 얼굴에는 미소가 가득하였는데, 그는 바로 중원으로 유학을 갔다가 11년 만에 돌아온 원광이었다. 진(陳)

나라 때 바다를 건너가서 수(隋)나라 때 신라로 돌아온 그는, 지금 서라벌 궁궐로 가는 길이었다. 귀국 직후 수나라 사신단과 함께 왕을 잠시 알현하긴 했으나, 삼기산 암자에 거처를 마련하느라 얼마 동안 산속에 묻혀 지냈다. 그런데 며칠 전 왕이 신하를 보내 원광을 궁궐로 불렀던 것이다.

산길을 벗어나 민가들이 즐비한 성밖 거리로 들어서자 원광의 발걸음은 더욱 빨라졌다. 천천히 걸음을 옮기는 것 같은데 범인 들은 아무리 발을 재게 놀려도 그를 따라잡지 못했다.

궁궐로 가기 전에 원광은 동생 보리에게 먼저 들러 가기로 했 다. 왕이 원광을 만나고자 한다는 소문을 들은 보리가 엊그제 일 부러 삼기산 암자로 수하를 보내, 궁궐로 가기 전에 자신에게 먼 저 들러주기를 청하였던 것이다. 귀국하자마자 왕을 알현할 때 아우를 잠시 보긴 했으나, 피를 나눈 형제로서 속 깊은 이야기를 할 시간은 없었다. 아무래도 10년여의 세월이 흐르는 동안 할 이 야기가 많을 것이라고 짐작은 하고 있었다.

"상선께서 어찌 폐하를 알현하기도 전에 나를 보자 하는 것인 가?"

서로 오랜만에 형제의 정을 나눈 인사 끝에 원광이 보리에게 물었다.

보리가 친동생이긴 하지만, 원광은 전 풍월주로서의 예우를 하 기 위해 '상선'으로 불렀다.

"스님, 물금의 일 때문이옵니다."

보리 또한 원광이 친형이지만 출가한 몸이라 '스님'이라고 부르는 것이 편했다.

"물금의 일이라?"

"물금이 벌써 일 년도 넘게 궁궐의 옥에 갇혀 있사옵니다."

"허허……? 무슨 연고로 그리 됐단 말인가?"

원광의 얼굴은 놀라운 소식 앞에서도 늘 그렇듯 미소로 일관하고 있었다.

보리는 원광에게 물금이 감옥에 갇히게 된 일련의 사건에 대하여 자초지종을 털어놓았다.

"헛헛! 이런 변고가 있나? 백제의 장을 대신해 신라 낭도 물금이 죄를 뒤집어썼구먼."

"백제의 장이라뇨?"

"얼마 전에 백제에서 마를 캐며 살던 장이란 젊은이가 왕이 되었다는 소식 못 들었는가? 이미 나는 수나라 사신의 입을 통해 들었느니."

원광은 그러면서 한참 동안 고개를 끄덕거렸다. 그의 내면에서 여러 가지 생각이 오가고 있었던 것이다. 물금을 보리에게 맡기고 간 입장이라 그 역시 마음자리가 편할 리 없었다.

"백제의 법왕이 죽고 나서 정비에게 후사가 없자, 어느 시골구석 촌부가 낳은 핏줄을 데려다 왕을 삼았다는 소문을 듣긴 하였사옵니다."

"그러면서 선화공주 얘긴 못 들었는가?"

원광이 보리 앞으로 얼굴을 가까이 들이대며 물었다.

"선화공주라면……, 물금의 일이 있고 나서 궁궐에서 홀연히 자취를 감췄다는 이야기밖에."

"허허, 등잔 밑이 어둡다는 건 이를 두고 하는 말이렷다? 바로 우리 신라의 선화공주가 마장수 장을 따라 백제로 가서 혼약을 맺었고, 그러고 나서 얼마 후에 장이란 자가 백제의 왕이 되었다네. 수나라 땅에 있다가 온 나도 아는데 상선께서 모르시다니?"

원광은 말끝에 츳츳, 혀를 찼다.

"금시초문입니다."

보리는 갑자기 머리가 복잡해진 듯 한참 동안 말을 끊었다. 그때 원광이 침묵을 깨며 말했다.

"물금이 정에 약한 게 탈이야. 어릴 때 어미의 정을 받지 못하고 자랐으니, 굳이 그것을 탓할 수도 없는 노릇이고……."

"어찌 됐든 선화공주가 백제왕이 된 마장수 장을 따라갔다면 물금의 혐의는 벗겨질 수 있겠습니다."

보리가 원광을 민망한 눈길로 바라보았다.

형이 진나라로 유학을 떠나면서 맡긴 물금을 제대로 보살펴주지 못한 보리로서는, 결과적으로 원광을 볼 낯이 없게 되었던 것이다.

"상선은 물금의 일을 가지고 너무 심려치 마시게. 내가 폐하께 선처를 부탁하도록 하지."

원광은 환한 미소를 지으며 일어섰다.

"실은 제가 그 일 때문에 스님 뵐 낯이 없었습니다."

보리도 얼굴을 펴며 기쁜 기색을 감추지 않았다.

다시 궁궐로 향하면서 원광은 황룡사에 있을 때 물금을 데리고 자신을 찾아왔던 괴승 진자(眞慈)를 떠올리지 않을 수 없었다.

당시 흥륜사(興輪寺) 스님이었던 진자는 미륵이 하생했다며 '미시(未尸)'라는 소년을 진지왕에게 데리고 갔다. 불교에 심취해 있던 진지왕은 미시를 궁궐에 머물게 하고, 모두가 그 소년을 국선(國仙)으로 예우케 했다. 그러나 진지왕이 죽고 나서 미시는 오갈 데 없는 처지가 되고 말았다. 그 이후 누구도 어린 미시를 국선으로 대우하는 자가 없었던 것이다. 미실이 진지왕 측근들을 퇴출시키면서 미시 역시 끈 떨어진 방패연 같은 신세가 되어버렸기 때문이다.

그때 진자는 궁궐에 가서 미시를 데리고 나와 황룡사로 원광을 찾아왔다.

"장차 이 아이는 귀하게 될 것이오. 소승은 뜻한 바가 있어 산속으로 들어가 석공 노릇이나 하려고 하니, 스님께서 이 아이를 맡아주시오."

이처럼 간곡하게 말하는 진자의 부탁을 거절할 수가 없어, 원광은 '미시'라는 이름을 '물금'으로 바꾸어 황룡사에 머물게 했다. 진자가 장차 귀하게 될 것이라고 했으나, 그렇게 큰 믿음은 가지 않아 그저 불목하니나 시킬 심산이었다.

그러나 몇 년 후 원광 역시 뜻한 바가 있어 진나라로 유학을 떠나게 되면서 불목하니를 겸해 시봉 노릇을 하던 물금을 화랑인 동생 보리에게 데리고 가서 수하 낭도로 부리도록 한 것이었다.

입궐하여 원광이 편전에 들자, 신라왕 백정이 반갑게 맞았다.

"소승 원광, 폐하께 문후 드리옵니다."

원광은 예의를 갖춰 허리를 숙이며 합장을 했다.

"그래, 이게 얼마 만이오?"

"달포 전에 수나라 사신들과 함께 귀국 인사를 올리지 않았사옵니까?"

"허허, 그땐 사신들 때문에 법사와 담소를 나눌 시간조차 없었지 않소이까? 그래서 일부러 짐이 법사를 보자 하였소."

백정은 그러면서 원광에게 중원 땅에 얼마나 머물러 있었는지 물었다.

"올해로 십 년 하고도 일 년이 지났사옵니다."

"허허허, 벌써 세월이 그렇게 흘렀구려."

"소승이 바다를 건너갈 때는 진나라였는데, 지금은 수나라가 되지 않았사옵니까? 십 년 세월에 중원 땅에는 변동이 많았습니다."

"실로 그러하구려."

백정은 감개어린 표정으로 고개를 끄덕거렸다.

곧 김이 모락모락 나는 따뜻한 차가 나왔다. 수나라에서 사신단을 통해 보내온 차였다.

"폐하, 수나라 차가 괜찮사옵니다. 드시옵소서."

원광은 먼저 백정이 차를 들기를 기다렸다.

"실은 진작부터 법사가 귀국하길 기다리고 있었다오. 전처럼 궁궐과 가까운 황룡사에 머물도록 하시면 어떻겠소? 그래야 짐이 법사를 자주 만날 수 있지 않겠소?"

"황공하옵니다. 폐하! 삼기산 암자에서 심신을 정양한 연후에 황룡사에 머물도록 하겠나이다."

"이런, 차가 식겠소이다. 법사, 어서 차부터 드시오."

백정은 너털웃음을 떼어 물었다. 큰 체구의, 어깨까지 흔들리는 매우 유쾌한 웃음이었다.

원광은 차를 마셨다. 마시면서 물금의 이야기를 어떻게 꺼내야 할까 궁리했다. 자연스럽게 이야기가 이어져야만 순리대로 풀려 나갈 것 같았기 때문이다.

"풍문으로 들리는 소문이 하도 해괴해서……. 나중에 수나라 사신을 통해 듣고 사실임을 알았소. 법사도 그 소문을 들었는지 묻고 싶소이다."

차를 들다 말고 문득 백정이 입을 열었다.

"어떤 소문 말씀이온지요?"

"우리 선화공주가 올해 새롭게 백제왕이 된 장과 이미 결혼을 한 사이라니 그런 해괴한 일이 또 있겠소?"

"아, 그 소문을 폐하께서도 들으셨군요. 소승도 수나라 사신을 통해 처음 그 소식을 접하고 놀랐는데, 귀국해서 알아보니 그럴 만한 사연이 있었사옵니다."

원광은 왕이 먼저 그 이야기를 꺼낸 것을 참으로 다행스럽게 생각했다.

"수나라에까지도 알려진 사실을 가까이에서 모르고 있었다니……."

"백제왕 장이 왕위에 오른 직후 수나라에 사신을 보냈으니 충분히 그럴 만도 한 일이라고 사료되옵니다. 소승도 당치 않은 일이라고 여겼다가, 귀국해서 들리는 풍문을 접하고 사실로 인정하지 않을 수 없었사옵니다. 그 해괴한 노랫말은 바로 장이 지어 퍼뜨린 것이옵니다. 장은 백제 법왕의 피를 이어받기는 했으나 비천한 촌부의 아들로 태어나 홀어미 품에서 자라나면서, 어려서부터 마를 캐다 팔아 생계를 유지했다 하옵니다. 그래서 항간에서는 '서동'이라 부르기도 했는데, 그가 지은 노랫말을 흔히 '서동요'라고 하는 것은 그 때문이옵니다. 백제왕이 된 장이 그 노랫말을 지은 것은 바로 선화공주를 궁궐에서 쫓겨나도록 만들기 위한 계략이었사옵니다."

원광의 자세한 설명은 아퀴가 제대로 들어맞았다. 백정도 더는 의심할 여지가 없다는 표정을 지으며 그저 허허롭게 웃을 뿐이었다.

"허헛 참, 하찮은 마장수에게 속아넘어가다니. 이건 우리 신라 왕실의 수치가 아닐 수 없군. 짐이 반드시 이 원수를 갚고야 말리라."

"폐하, 이 일은 진중하셔야 하옵니다. 우리 신라의 선화공주 신변이 자칫 위태로워질 수 있는 문제이기 때문이옵니다."

"딴은 그렇기도 하겠군!"

"선례는 우리 신라에도 있었사옵니다. 법흥대왕이 태자 시절 국공의 신분으로 백제에 갔을 당시 동성왕의 딸 보과공주를 사랑하여, 공주로 하여금 몰래 궁궐에서 도망쳐 신라로 오도록 하지 않았사옵니까?"

원광은 거침없이 말했다. 다른 신하들 같으면 감히 왕실의 사사로운 일을 입에 올리지도 못했다.

"과연 그렇구려. 우리 신라에도 그런 일이 있었지."

백정은 분노를 애써 죽인 채 원광의 이야기에 귀를 기울였다.

"폐하! 작년에 선화공주의 별궁 후원에서 잡힌 물금이란 자가 있사옵니다. '서동요'가 백제왕 장의 음모로 꾸며진 노랫말임이 드러난 마당이니, 이젠 그 자의 죄를 사하여주심이 어떠하올는지요?"

원광은 이때를 기다렸다는 듯이 주청했다.

"그 자에 대해 잠시 잊고 있었구려. 보리공으로부터 그 물금이란 자가 법사의 시봉이었다는 이야길 들었소."

"시봉이라기보다는 당시 어린 나이였으므로 불목하니처럼 부리던 자이옵니다."

"칼을 들고 범궐한 것은 큰 죄이나 법사의 간청이니 짐이 들어주지 않을 수 없게 되었구려. '서동요'가 백제왕이 된 장의 장난이라니 그 혐의는 벗었으나, 칼을 들고 범궐한 죄는 좌시할 수 없는 일이오. 허나 법사의 시봉이었다니, 특별히 병부령으로 하여금 적당히 죄를 묻게 한 후 방면토록 해주겠소."

"성은이 망극하오이다, 폐하!"

원광은 합장을 올렸다.

차를 다 마실 때까지 백정은 원광에게 중원 땅에 가서 불경 공부를 한 이야기를 계속 물었다.

그런 대화가 길게 오고 간 끝에 원광은 겨우 백정의 질문에서 놓여나 편전을 벗어날 수 있었다. 해는 어느 사이 서편으로 어슷하게 기울어 있었다.

2

궁궐의 담 자락에 붉은 노을이 일렁이는 저녁 무렵, 워낭 소리
를 앞세운 소달구지 하나가 천천히 북문 쪽으로 길을 잡아 나가
고 있었다. 달구지 위에 짐은 없었고, 흰 수염을 휘날리는 범상치
않은 눈빛의 노인과 누더기 옷을 아무렇게나 걸친 열서너 살쯤
되어 보이는 더벅머리 소년이 타고 있었다.

"정자(貞慈) 거사! 가여운 생명 하나 건져주시오. 그 아이와 처
음 인연을 맺은 사람도 거사이니, 이제 거사가 거두어주셔야 하
지 않겠소? 소승은 다만 잠시 그 생명을 맡아두었을 뿐인데 저리
될 줄 누가 알았겠습니까? 다 소승의 부덕이 만든 소치이니, 그저
거사에게 면구스러울 따름이외다."

노인은 며칠 전 원광이 일부러 남산 은적골(隱寂谷)까지 찾아와
당부하던 말을 떠올렸다. 원광이 '정자 거사'라고 말한 그는, 전에

94

'미륵'을 찾아다녔던 스님 '진자'였다. 전날 '미륵선화'라 여겨 진지왕에게 '미시'란 소년을 데려갔던 그는, 진지왕 사후 그 소년을 원광에게 맡긴 후 어디론가 종적을 감추었었다.

그때 진자는 뜻한 바가 있어 승복을 벗어던지고 남산 은적골에 숨어들어 돌을 다루는 석공이 되었다. 이름까지 '정자'로 바꾸고, 돌을 캐어 부처를 다듬거나 바위 절벽에 마애불을 새기는 일에만 전심전력을 다했다.

소달구지가 흔들리는 대로 몸을 맡긴 채 정자는 붉은 노을이 취기를 더해 가는 하늘을 망연히 올려다보았다.

'아아, 미륵은 아직 이 세상에 오지 않았다.'

정자는 원광을 통해 물금의 이야기를 전해 듣고, 전에 자신이 그토록 찾아 헤맸던 '미륵'이 '미시'가 아니었음을 한탄스럽게 생각했다. 진지왕 사후 미시를 궁궐에서 빼내어 원광에게 맡길 때까지만 해도 실낱같은 희망을 갖고 있었다. 그러나 미시가 '물금'이란 이름으로 바뀌어 나중에는 화랑의 낭도가 되고, 선화공주를 남몰래 연모하여 범궐까지 하는 죄를 저질렀다는 이야기를 듣고는 실망이 이만저만 큰 것이 아니었다.

하지만 정자로서도 어찌할 수 없는 일이었다. 부모 없이 떠돌던 아이를 거두어준 죄가 있으니, 이제 와서 그 책임을 외면할 수는 없는 노릇이었다.

'데려다 돌이나 다듬는 석수장이라도 만드는 수밖에……'

정자는 스르르 눈을 감은 채 마음속으로 읊조렸다.

덜커덩, 하는 소리에 정자는 다시 눈을 떴다. 길은 울퉁불퉁한 자갈길이었고, 달구지가 흔들릴 때마다 워낭 소리가 더욱 요란을 떨었다. 그 소리가 하늘로 퍼져 나가면서 저녁노을은 더욱 붉게 타올랐다.

"날 저물겠다. 어서 가자."

정자는 하늘을 올려다보며 말했다.

"네, 스승님! 이랴, 이랴!"

소년이 끄덕끄덕 졸다 말고 눈을 번쩍 뜨며, 오른손에 쥐고 있던 고삐로 소의 잔등을 후려쳤다.

그러나 소의 걸음걸이는 전보다 더 나아진 게 없었다. 언덕길이라 더욱 느렸고, 입가로 침을 질질 흘리는 소는 그럴수록 머리를 크게 휘저어 워낭 소리만 요란스러울 뿐이었다.

마침내 소달구지가 궁궐 북문에 이르렀다.

"여기 달구지를 잠시 세워 두어라."

정자는 달구지에서 뛰어내렸다.

소년도 소를 세우고 달구지에서 뛰어내려 재재바른 걸음걸이로 정자의 뒤를 따랐다.

궁궐의 북문은 시구문(屍口門)이었다. 궁궐 감옥에서 병들어 죽거나 고문을 당하다 죽으면 시구문에 내다버렸다. 가족이 있으면 시체를 찾아가지만, 간혹 주인 없는 시체들은 북문 밖에 그대로 버려져 썩어가는 경우도 있었다. 그래서 구더기와 쉬파리가 들끓었고, 특히 여름철에는 시체 썩는 냄새가 진동했다.

정자의 뒤를 따르던 소년은 시체 썩는 냄새를 맡자 코부터 틀어쥐었다.

"우에엑, 억!"

끝내 소년이 구역질까지 해대자 정자가 한마디했다.

"예끼 이놈! 네놈도 죽으면 저렇게 썩을 몸이다. 무얼 더럽다고 그 난리냐?"

정자는 시체들 사이를 오가며 이리저리 살폈다. 시구문 앞에는 시체 서너 구가 나뒹굴고 있었다.

"나무관세음보살!"

정자는 시체들을 향해 합장했다. 마침내 봉두난발을 한 채 널브러진 낯이 익은 얼굴 하나를 발견한 그는, 가만히 그 자의 코끝에 손을 대보았다.

"죽었나 봐요. 꿈쩍도 하질 않잖아요."

소년이 얼굴을 찡그리며 말했다.

"겨우 숨은 붙어 있는 것 같구나. 질긴 목숨이다. 어서 거들어라."

정자는 소년에게 시체처럼 늘어져 있는 자를 부축해 자신의 등에 업히도록 하라고 일렀다. 늘어져 있는 자는 다름 아닌 물금이었다.

늘어진 물금은 천근처럼 무거웠다.

"이런 돌미륵 같은 놈! 이놈아, 이제부터 너는 미시가 아니라 돌미륵이다. 아니 돌장승이지. 너 같은 놈한테 미륵이 웬 말이냐?

돌장승 같은 놈!"

물금을 등에 업은 정자는 혼잣소리처럼 중얼거렸다.

"스승님, 방금 뭐라고 하셨어요?"

소년이 늘어진 물금의 엉덩이를 받쳐주며 정자의 뒤를 바짝 따르고 있었다.

"이렇게 죽도록 맞고도 살아 있으니 돌장승이지 무엇이겠느냐?"

정자는 물금을 소달구지 위에 실었다.

"돌장승이라고요? 헤헤, 스승님은 돌을 너무너무 좋아해요."

소년은 시체 썩는 냄새 때문에 코를 틀어쥐면서도, 한편으로는 뭐가 우스운지 연신 킬킬거리는 것이었다.

"돌쇠야! 어서 가자."

소년은 얼른 달구지 앞에 올라앉아 쇠고삐를 움켜쥐었다.

소년의 이름은 돌쇠였다. 돌 석(石) 자, 쇠 금(金) 자를 써서 손수 지어준 이름이 '석금(石金)'임에도 불구하고, 정자는 애써 소년을 '돌쇠'라고 불렀다. 아니 애초에 '돌쇠'로 불렀는데, 이름자는 그럴 듯하게 '석금'이라고 지어준 것이 옳았다.

"이랴, 이랴!"

돌쇠는 쇠고삐를 잡고 소리쳤다. 소달구지가 덜컹대며 움직이기 시작하자 시체처럼 늘어져 있던 물금이 가늘게 앓는 소리를 해댔다. 점차 정신이 들면서 곤장을 맞은 상처가 아파오기 시작한 것이었다. 더구나 길이 험하여 달구지가 덜컹대니 몸에 난 상처에 가해지는 충격을 견디기 어려울 수밖에 없었다.

"으음, 으으음……."

입이 부르터 갈라진 물금은 목이 몹시도 타는 모양이었다.

정자는 허리춤에 차고 있던 호리병을 꺼내 물금의 입을 적셔주었다.

눈을 허옇게 뜬 채 물을 들이키던 물금은 다시 몸이 축 늘어졌다. 그의 입에서는 계속해서 앓는 소리가 고양이 울음처럼 가르릉거리고 있었다.

정자 일행이 남산 은적골 초막에 당도한 것은 이미 캄캄한 밤중이 다 되어서였다. 그나마 달이 있어 밤길을 비추어주었기 때문에 고생 덜하고 수월하게 도착할 수 있었다.

돌쇠는 아궁이에 불을 지피고 물을 길어오느라 수선을 떨었으며, 그 사이 정자는 손수 미음을 쑤었다. 방에 누워 있는 물금은 구들이 뜨끈하게 데워지기 시작하자 더욱 끙끙대며 앓는 소리의 강도를 높여갔다.

정자가 미음을 끓여 물금의 입에 흘려 넣자, 조금씩 받아먹다가 그만 혼절하여 버렸다.

한편 돌쇠는 정자의 지시대로 따뜻한 물에 베수건을 적셔 상처투성이가 된 물금의 몸뚱이를 깨끗이 닦아냈다.

다음날 아침 햇살이 문살 근처에서 어른댈 무렵, 물금은 눈을 떴다. 그러나 정신은 그저 멍한 상태여서 동공이 풀려 있었다.

"대, 대체 여기가 어디요?"

정자가 문을 열고 들어서자 물금이 기어들어가는 소리로 물었다.

"이제야 정신이 좀 드는 모양이군!"

"그, 그런데 대, 댁은 뉘시오?"

물금은 몸을 일으켜 보려고 애썼으나 등짝이 방바닥에 들러붙어 도무지 떨어지지 않았다.

"애쓸 것 없다. 이놈아! 원광법사가 아니었다면 너는 지금 살아 있는 목숨이 아닐 것이다."

정자의 말을 듣고 나서야 물금은 사태를 파악한 모양이었다.

"스, 스님! 지, 진자 스님!"

물금의 눈꼬리에 이슬이 맺혔다. 그것은 곧 눈물이 되어 볼을 타고 흘러내렸다.

"질긴 목숨이다. 그나마 다행인 줄 알아라. 이 미련한 돌장승아!"

정자는 물금의 손을 꼭 쥐어본 뒤 벌떡 일어섰다.

방에서 나온 정자는 걸망을 찾아 짊어졌다. 걸망 속에는 낫과 곡괭이가 들어 있었다.

"스승님, 어디 가시게요?"

마당을 쓸던 돌쇠가 빗자루를 든 채 허리를 펴며 정자를 바라보았다.

"저 돌장승 같은 놈 간병이나 잘 해주어라. 산에 올라가 약초 뿌리를 캐다 저 목숨 질긴 놈 달여 먹이려고 그런다."

정자는 산을 오르기 시작했다. 남산 은적골의 계곡을 타고 올라가다 보면 좌우로 기암절벽의 바위들이 석주처럼 서 있었다. 남산 중턱 위로는 거의 바위산이나 다름없었다. 바위산을 감고 도는 안개가 아침 햇살을 받으며 녹아내리고 있었다. 마치 그 안개가 녹아 흰 바위가 된 듯, 남산 중턱의 바위들은 말끔하게 때를 벗어 하얗게 빛났다.

바위는 말이 없었고, 늘 거기에 그 자태 그대로 있었다. 그러나 정자는 매일 보는 풍경임에도 바위들이 다른 빛깔과 언어로 그에게 묵언의 눈빛을 보내고 있다고 생각했다.

정자는 바위에 대한 남다른 믿음을 갖고 있었다. 바위의 침묵이 말하는 위대한 말씀을 그는 이 세상 어떤 성자의 그것보다 더 신뢰했다. 한때 그는 스스로가 부처가 되고자 한 적이 있었다. 그래서 출가하여 '진자'란 법명으로 승려 생활을 한 적이 있지만, 인간에 대한 절대적인 믿음이 깨지면서 스스로 부처가 되겠다는 것 역시 부질없는 욕망이었음을 깨달았다.

부처가 되고자 하는 인간은 많았다. 그러나 그것은 대부분이 이 세상을 용화세계로 이끌고자 하는 것이 아니라 자신의 권력이나 부귀영화를 누리기 위한 욕망에서 출발하고 있었다. 이차돈(異次頓)의 희생적인 순교로 법흥왕이 그렇게 왕권을 강화했고, 진흥왕에 이르러서는 그 스스로 부처가 되려는 욕망에 사로잡혔다. 구리쇠 수만 근을 들여 황룡사에 장육상을 세우더니, 그 이듬해에는 장육상이 눈물을 흘려 발뒤꿈치까지 적셨다는 억지를 꾸며

내 풍문으로 떠돌게 했다. 또한 말년에는 진흥왕 스스로 머리를 깎고 승려의 옷을 입었으며, '법운(法雲)'이란 법명을 지어 마치 스스로 부처라도 된 듯 행세했다. 뿐만 아니라 왕후까지도 그런 진흥왕을 본받아 비구니가 되어 영흥사(永興寺)에서 생애를 마감했다.

정자는 흥륜사에서 진자 스님으로 있던 당시, 법흥왕과 진흥왕의 개인적 욕망에 사로잡힌 처세에 실망을 느껴 진정으로 이 세상에서 용화세계를 구현할 미륵은 따로 있다고 믿었다. 그래서 매일 흥륜사 법당의 불상 앞에 나가 미륵을 만나게 해달라고 소원을 빌었다.

그러던 어느 날 불공을 드리다 법당에서 그대로 잠이 들었다. 그때 진자의 꿈속에 한 승려가 나타나 천둥치는 소리로 말했다.

"어찌 이리 미욱한가? 그대 가까이에 미륵을 두고 어디서 미륵을 찾는 것이냐?"

진자는 깜짝 놀라 일어나 앉았다. 불상은 언제나 그랬듯이 염화시중의 미소를 짓고 있었다. 그는 꿈속에 나타난 승려가 바로 눈앞에 있는 저 부처인지도 모른다는 생각을 했다.

진자는 꿈에 본 승려의 목소리가 생생하게 기억났다. 가까이에 미륵이 있다는 그 말이 아직도 그의 귓바퀴 안에서 나무옹이를 통과하는 바람소리처럼 맴돌고 있었다.

'가까이에 미륵이 있다니?'

진자는 주위를 둘러보았다. 법당 안 구석에는 오후의 느슨한 햇살을 받은 채 거지 소년 하나가 잠들어 있을 뿐이었다. 그 소년은 무슨 꿈을 꾸는지 싱끗벙끗 웃음을 지으며 잠들어 있었다.

며칠 전, 진자는 서라벌 도성 안으로 탁발을 하러 돌아다니다가 영묘사(靈妙寺) 동북쪽 길가의 나무 아래서 거지 소년을 보았다. 몸에 누더기 옷을 걸친 걸인의 모습이었으나, 소년의 얼굴에는 어쩐지 귀티가 흘렀다. 소년은 어릴 때 부모를 모두 여의어 성이 무엇인지 모르나, 이름이 '미시'라고 했다.

진자는 미시를 데려다 절에서 키우기로 했다. 때마침 불목하니로 일할 동자승이 필요하던 참이었다. 아직 허드렛일을 시킬 나이는 안 됐지만, 잘 키우면 불목하니로 두었다가 시봉으로 삼을 수도 있으리라 생각했던 것이다.

'그런데……, 이 아이가?'

진자는 눈을 비비고 다시 한 번 잠자는 거지 소년 미시를 바라보았다.

바로 그때 미시의 얼굴에서 연꽃 같은 미소가 번지더니, 그 위에 부처의 형상이 피어올랐다.

진자는 벌떡 일어섰다. 그러고는 세상모르는 채 잠들어 있는 미시를 향해 절을 올렸다. 거듭해서 수도 없이 절을 올리고, 또 올리기를 수백 번을 헤아리도록 했다.

그 다음부터 진자는 미시를 살아 있는 미륵으로 받들었다. 얼마 지나지 않아 그 소문이 서라벌 궁궐에까지 들어갔다. 진지왕은 그 소문을 듣고 진자를 궁궐로 불러들였다.

진자는 진지왕에게 미시를 천거하여 국선으로 삼도록 했다. 그러자 궁궐 내에서도 모두가 떠받들어 미시를 진짜 세상을 구하러 온 미륵으로 믿고 귀하게 여겼다.

그러나 진지왕이 죽고 나서 미시의 존재는 차츰 사람들의 관심 밖으로 밀려났다. 결국 진자는 미시를 데려다 원광에게 맡겼던 것이다.

'진자'란 법명으로 미륵을 찾아 떠돌던 때를 생각하던 정자는, 문득 바위산을 배경으로 파랗게 펼쳐진 하늘을 바라보았다. 어느새 안개는 말끔히 걷혀 있었고, 남산의 바위들은 그의 눈에 새로운 자태로 비쳤다. 그것은 하나의 형상으로 재구성되고 있었다. 그 순간, 바위는 그냥 바위가 아니었다. 바위의 형상을 한 다른 어떤 것, 비현실과 현실이 조우하는 곳에서 새롭게 생성되는, 마치 절벽의 틈서리를 비집고 나오는 나무들의 생명력과도 같은 어떤 존재감을 그는 느끼고 있었다.

그런 생각들이 스치는 순간, 정자는 바위 위에 새겨지는 부처의 실존을 체험하곤 했다. 부처는 이미 바위 속에서 미소를 짓고 있었다. 바위에 부처를 새기는 일은 사실상 그 안에 존재하고 있는 부처의 형상을 찾아 정으로 쪼아대는 것에 불과할 뿐이었다. 바위 속에 실존하는 부처는 침묵과 묵시를 통하여 용화세계의 진리를 설파하고 있었다.

정자가 '진자'라는 법명을 버리고 승복조차 세상 밖으로 훌훌 집어던진 채 남산 은적골로 숨어들어온 것은, 오직 바위에 부처를 새기겠다는 일념 때문이었다. 불상이든 마애불이든 부처의 형상 천 개를 만들면 하늘도 감동하여 미륵을 이 세상에 내려 보내리라고 그는 믿었다.

이제 더 이상 미시를, 아니 물금을 미륵의 현신이라고 믿지 않겠다고 정자는 생각했다. 원광이 물금을 동생 보리에게 보내 화랑의 낭도로 키울 때만 해도 실낱같은 믿음을 가지고 있었던 것이 사실이다. 그러나 선화공주를 연모하다 범궐까지 하여 옥살이 끝에 치도곤을 당하는 벌을 받은 마당에야 그런 기대조차 물 건너 간 일이 되고 말았던 것이다. 현신한 미륵이 상사병에 걸리다니, 도무지 믿기지 않았다. 소가 웃을 일이었다.

산에는 하고초(夏枯草)가 한창 보랏빛 꽃망울을 터뜨리고 있었다. 정자는 이 약초를 달여 먹이면 어혈이 빨리 풀린다는 사실을 경험으로 터득하고 있었다. 깊은 계곡에 숨어살다 보니 산에서 나는 약초며 먹어도 좋은 풀들에 대해서는 자연스럽게 알게 되었고, 그런 것들의 채집과 상용은 이제 일상이 되어버렸다고 해도 좋았다.

약초를 캘 만큼 다 캔 정자는 천천히 산을 내려왔다. 중천에 뜬 해는 땅을 후끈 달아오르게 하였고, 올라오는 지열은 숨통을 막았다. 땅보다 바위는 더욱 뜨거워서 짚신을 신었지만 발바닥까지 그 열기가 전해질 정도였다. 문득 시장기가 느껴졌다.

3

"츳츳츳, 이런 화상을 보았나? 네놈은 이제부터 돌장승처럼 살아라. 새로운 생명으로 다시 태어났다 생각하고, 이전 것은 모두 잊고 깨끗이 버려라. 미시도 버리고, 물금도 버려라. 이제부터 네이름은 '석주(石柱)'다. 돌장승처럼 사는 것만이 네가 앞으로 살아갈 수 있는 유일한 길이니, 그리 부르는 것이다."

스승 정자의 말에 물금은, 아니 석주가 된 그는 그저 가타부타 말도 없이 미륵부처처럼 가부좌를 튼 채 앉아 있었다.

'어찌 잊을 것인가? 그 인연의 끈을 어찌 잘라버릴 것인가?'

새로 이름을 얻은 석주는, 그러나 물금으로 불릴 때 연모하던 선화공주를 도저히 잊을 수 없을 것만 같았다. 그것은 죽으라는 것과 진배없는 일이었다.

그런데 방금 스승 정자는 석주에게 죽으라고 강요하고 있었다.

106

사실상 석주 자신은 전에 스승이 그렇게 생각했던 것처럼 스스로를 미륵이라고 생각해 본 적이 단 한 번도 없었다. 스승이 그렇게 믿으니까 그저 순종하듯 따랐을 뿐이었다. 궁궐에 들어갔을 때도 그렇고, 원광에게 맡겨져 황룡사에서 불목하니 노릇을 할 때도 그저 스승의 뜻대로 했던 것이다.

다만 석주에게 죄가 있다면 '물금'이란 이름을 갖고 황룡사 불목하니로 일하던 시절, 정월대보름 탑돌이 행사에 나온 선화공주를 보고 남몰래 연모를 하게 된 사실 하나뿐이었다. 처음 선화공주의 모습을 본 순간, 그는 그 아름다운 얼굴이 자신의 가슴에 화인처럼 박히는 걸 느꼈다.

당시 선화공주는 열 살이 채 안 된 소녀로, 친모 미실의 손을 잡고 탑을 돌았다. 많은 궁녀들이 그 뒤를 따라붙었지만, 물금의 눈에는 오직 선화공주밖에 보이지 않았다. 보름달은 너무나도 뚜렷하고 밝았으며, 그녀는 마치 그 달빛을 타고 하늘에서 내려온 선녀 같았다.

물금의 눈에 보이는 선화공주는 바로 달의 화신이었다. 그는 스승 진자가 찾는 미륵이야말로 따로 있다고 생각했다. 스승은 물금을, 아니 '미시'를 미륵이라고 믿었던 적이 있었다. 그러나 물금은 달의 화신을 본 그 순간부터, 미륵은 그 자신이 아니라 바로 선화공주라고 굳게 믿기 시작했던 것이다.

이제 스승 정자의 말처럼 미시도 죽고, 물금도 죽었다. 남산 은적골로 들어온 이후 그는 '석주'로 다시 태어났다.

'그래, 돌장승처럼 살리라.'

어느 날 문득 석주는 마음속으로 그렇게 중얼거리며 스승 정자를 따라나섰다.

매일 정자가 하는 일은 남산의 바위와 절벽을 찾아다니며 불상을 새기는 작업이었다. 스승이 지고 다니는 바랑에는 여러 종류의 망치와 정이 들어 있었다.

마침내 석주는 정자의 어깨에 메어져 있는 바랑을 벗겼다.

"스승님, 제가 바랑을 지겠습니다."

"허구한 날 구들만 지고 있던 돌장승이 오늘은 웬일이냐?"

정자가 바랑을 석주에게 건네며 물었다.

"오늘부터는 걸어 다니는 돌장승이 되겠습니다."

"잘 생각했다. 죽을 목숨 살려줬는데 헛되이 살아서야 쓰겠느냐? 바위에 천 개의 부처를 새기면 미륵이 하생할 것이다."

정자는 아직도 미륵이 세상에 내려오기만을 기다리고 있었다. 그 기다림의 행위가 바로 바위를 깎아 불상을 만들고, 바위 절벽에 마애불을 새기는 일이었던 것이다. 그것은 일종의 기도 행위였다.

석주는 이렇게 해서 매일 정자와 함께 남산에 올라가 불공을 드리고 불상을 새겼다. 그가 보기에, 스승의 돌을 다루는 행위는 그야말로 경건하고 엄숙한 의식 절차에 의해 치러지고 있었다. 산에 오르기 전에 은적골 계곡의 물웅덩이에서 목욕재계부터 했다. 그런 후 부처를 새기기로 한 바위 절벽에 이르러서는 먼저 금강경을 독송하고 '나무아미타불'을 수도 없이 외며, 무릎에서 피가 나고 이마가 흙투성이가 되도록 절을 올린 뒤에야 정과 망치를 들었다.

정자가 말하지 않더라도 석주는 자신도 모르는 사이에 그 모든 행위를 따라서 하고 있었다. 어떤 날은 정과 망치조차 들지 않고 하루 종일 절만 하다 산을 내려오는 적도 있었다. 정자가 그렇게 했기 때문에 석주도 다만 따라서 그렇게 했다.

그런 날이면 석주는 하산 길에 문득 스승에게 묻지 않을 수 없었다.

"오늘은 왜 정을 잡지 않으셨는지요?"

"마음이 내키지 않으면 정을 잡지 못한다. 정과 망치는 수단에 불과할 뿐, 바위 절벽에 부처를 새기는 것은 바로 마음이 하는 일이니라. 부처의 형상은 바위 속에 이미 있다. 나는 다만 그 형상을 따라 정과 망치로 바위를 쪼아대는 것이다. 그런데 오늘은 그 바위에 부처의 형상이 떠오르질 않는구나. 신심이 부족하여 부처가 스스로 형상을 보여주지 않는데, 내 어찌 함부로 가상의 형상을 만들어낼 수 있겠느냐? 감히 부처의 형상을 만든다는 것은 범부들의 욕심이고 위선이다."

정자의 말에 석주는 그저 감읍할 따름이었다.

그때서야 석주는 스승이 자신에게 정과 망치를 드는 일을 좀처럼 허락하지 않는 이유를 깨달았다. 그러니 그가 할 수 있는 일이란 바위 절벽에 나무를 엮어 사다리를 설치하는 것에서부터 물을 길어오고, 마포를 적셔 부처를 새길 돌의 표면을 닦는 등 잡다한 심부름을 하는 것이 고작이었다.

그렇게 몇 개월이 흐르자 정자는 비로소 석주에게 돌 다루는 법을 가르치기 시작했다. 채석장으로 가서 돌을 고르는 법에서부터 결에 따라 바위를 쪼개는 방법에 이르기까지 기초 단계부터 철저하게 전수해 주었다.

"정과 망치를 다루다 보면 돌 파편이 튄다. 돌의 성질을 모르면 파편이 어디로 튀는지 몰라, 어설픈 석수장이는 기술도 제대로 배우기 전에 눈부터 멀어버리기도 한다. 석수장이에게는 돌 파편이 눈에 들어가면 치명상이지."

정자의 말을 석주가 받았다.

"스승님, 돌 파편이 눈으로 튀게 하지 않으려면 어떻게 해야 하나요?"

우문(愚問)이었지만, 석주는 스승에게 한마디 질책을 들을 각오를 하고 물은 것이었다.

"돌 파편이 날아들기 전에 눈을 감으면 된다."

이 같은 정자의 말이 우답(愚答)인지 현답(賢答)인지 석주로선 도무지 알 길이 없었다. 그저 알아들은 척 고개만 주억거릴 뿐이었다.

그러자 정자는 장자(莊子)의 우화 한 토막을 들어 돌의 결과 석수장이의 기술을 설명해 주었다.

"장자의 우화에 이런 것이 있다. 한 백정(白丁)이 소를 잡는데,

110

그의 손이 닿거나 어깨를 기대는 곳, 발로 밟거나 무릎으로 누르는 곳은 푸덕푸덕 살과 뼈가 떨어져 나갔다고 한다. 칼이 지나갈 때마다 설경설경 소리가 나는데 모두가 음률에 들어맞았고, 그의 동작은 마치 나무가 춤을 추는 것 같았다고 하니, 이는 가히 신의 경지가 아니고 무엇이겠느냐?"

정자는 잠시 뜸을 들이고 석주를 쳐다보았다.

"어찌하면 그리할 수 있는지요?"

석주는 목울대가 아래위로 심하게 오르내릴 정도로 침을 꿀꺽 삼켰다. 정자도 침을 한 번 삼키고 나서 다음 말을 이었다.

"그 백정이 처음 소를 잡았을 적에는 보이는 게 모두가 소였다고 했다. 그러나 삼 년 뒤에는 소가 완전히 보이지 않았다고 한다. 그는 정신으로 소를 대하지 눈으로는 보지 않았다는 것이야. 칼을 다룰 때 그는 감각을 아예 잊어버리고 정신의 작용에 따라 손을 움직였다고 한다. 소가 가진 본래의 구조에 따라 칼을 쓰므로 힘줄이나 질긴 근육에 부닥뜨리는 일이 없었다는 얘기지. 그래서 그의 칼은 십구 년 동안 잡은 소만 수천 마리나 되었어도, 칼날이 마치 숫돌에 새로 갈아 내온 것처럼 예리했다는 것이다."

문득 정자의 말 사이로 석주가 질문을 찔러 넣었다.

"그렇게 많은 소를 잡았는데도 칼날이 어찌 무뎌지지 않을 수 있단 말입니까?"

"훌륭한 백정은 일 년마다 칼을 바꾸는데 살을 자르기 때문이고, 보통 백정들은 달마다 칼을 바꾸는데 뼈를 자르기 때문이란

다. 그 백정의 말이, 소의 뼈마디엔 틈이 있으나 칼날에는 두께가 없어, 두께가 없는 것을 틈이 있는 곳에 밀어 넣기 때문에 칼날의 움직임에는 언제나 반드시 여유가 있다는 것이다. 칼날이 뼈에 부딪치면 무뎌지겠지만, 뼈와 뼈 사이에서 칼날이 자유자재로 노닐다 보니 저절로 버려지는 것이 아니겠는가. 이제 그 이치를 이해하겠느냐?"

정자의 이 같은 말을 듣고, 석주는 백정의 소 다루는 기술이 곧 석수장이가 돌을 다루는 기술에 다름 아님을 깨닫게 되었다.

"돌을 다룰 때 정신으로 대하라는 말씀 아니옵니까? 소를 대신해 돌을 다루되 장자의 우화에 나오는 백정처럼 하라는 뜻, 깊이 아로새기겠습니다."

석주의 목소리는 어떤 감동으로 떨려서 나왔다.

"소와 돌은 다르면서 같은 것이니라. 백정과 석수장이도 칼과 정을 든 것의 차이가 있을 뿐, 자신이 다루는 대상에 대한 인식과 태도에 있어서만큼은 같은 것이다. 나도 명색이 돌을 다루는 석수장이지만 그 백정만큼 하려면 아직 멀었느니라. 그 백정은 소를 잡을 때 힘줄과 근육 사이로 칼을 지나가게 하여 오히려 숫돌에 버린 것보다 예리하고, 칼 하나로 십구 년을 쓴다고 하지 않더냐? 나는 돌을 다루는데 일 년도 안 돼 정이 무뎌져 대장장이에게 가져가 헌것을 주고 새것으로 바꾸니, 그 백정처럼 도가 트려면 아직 멀었느니라."

정자는 그러면서 먼 하늘을 바라보았다. 석주의 눈길도 자연

스승이 바라보는 곳으로 향했다. 희미한 낮달이 서쪽 하늘에 걸려 있었다.

'저 달도 점점 배가 불러오면 곧 보름달이 되리라.'

석주는 자신도 모르는 사이에 한숨을 내뱉었다.

"이런 돌장승 같은 놈! 차라리 바위 절벽을 보고 경을 읽는 것이 낫겠구나. 낮달 뜬 것을 보고 웬 한숨이냐?"

채석장에서 캐낸 편편한 돌 위에 앉아 있던 정자는 끙, 하고 힘을 주며 천천히 몸을 일으켰다. 그러더니 뒤도 돌아보지 않고 산 아래로 내려갔다. 석주도 연장이 든 바랑을 걸머지고 부지런히 그 뒤를 따랐다.

석주가 은적골에 들어온 것이 녹음 짙은 한여름이었는데, 어느덧 겨울이 가고 새봄을 지나 사월 초파일이 가까워지고 있었다.

채석장에서 돌아온 정자는 그날 밤 석주와 돌쇠를 불러놓고 연등을 만들라고 했다. 다음날부터 두 사람은 연등을 만드는 데 골몰했다.

댓가지를 쪼개고 한지를 자르고 풀을 발라 연등을 만들면서, 석주는 선화공주를 생각했다. 자신이 만든 연등에 불을 켜면, 선화공주의 모습이 거기 떠오르리라는 기대감에 그는 한껏 마음이 부풀어올랐다.

곧 사월 초파일이 되자 정자는 석주와 돌쇠를 불러놓고 말했다.

"부처님 오신 날이니 용장사(茸長寺)에나 올라가보자."

용장사는 남산 은적골에서 야산 하나를 넘어 올라가다 보면 그 중턱어름의 바위가 많은 곳에 터를 잡은 작은 암자였다. 그 절에는 면벽수도를 하는 선승이 한 명 있었다. 법명도 모르고, 어디서 왔는지도 적(籍)을 알 수 없기에 그저 세간에 '무적 선사'라 불리고 있었다.

정자는 곧잘 용장사에 올라가 무적 선사와 어울려 차를 마시며 선문답을 나누기도 하고, 때론 곡차를 즐겨 저녁노을처럼 불콰하게 취해 누가 먼저랄 것도 없이 법당에 벌렁 드러누워 코를 드르렁드르렁 골기도 했다.

석주는 돌쇠와 함께 며칠 전부터 만들어두었던 연등을 챙겼다. 정자가 앞장을 섰고, 두 사람이 연등을 등에 걸머지고 뒤따랐다.

용장사는 작은 암자인 데다 험한 산 중턱에 있어 신도들이 많이 찾아오지도 않았다. 특히 여름에는 뱀이 많았다. 봄철이 되면 바위 틈 여기저기서 겨울을 난 뱀들이 길바닥에 나와 몸을 길게 늘인 채 햇볕을 쪼이곤 했다.

사월 초파일이었으므로, 이미 계절은 봄의 한가운데 놓여 있었다. 석주는 앞서가던 스승 정자의 발자국 소리에 놀란 뱀들이 풀섶에서 튀어나오는 바람에 물컹한 뱀을 밟고 놀라 자빠질 뻔했다. 그걸 보고 바로 뒤에 따라오던 돌쇠가 킬킬대며 웃었다.

"뱀도 생명이니라. 밟지 않도록 조심해라."

정자가 뒤도 돌아보지 않고 석주에게 한마디했다.

이미 정자와 돌쇠는 여러 해 겪은 일이라 뱀이 나타나도 겁내는 법이 없었다. 그러나 한 번 뱀을 밟은 석주는 길바닥 근처의 풀만 움직여도 머리 끝이 쭈뼛쭈뼛 섰다.

사월 초파일 낮에는 봉축법요식에 참여하는 신도들이 꽤나 있었는데, 밤에 하는 탑돌이 행사에 참여하는 신도들은 그리 많지 않았다. 절 아랫마을 사람들이 주로 찾아왔는데, 낮에만 좀 붐비고 밤이 되자 일찌감치 산을 내려가버렸다. 특히 바위산이라 산길이 험해서 해가 지기 전에 서둘러 하산을 할 수밖에 없었던 것이다.

그래서 정작 밤이 깊을 때까지 연등을 들고 탑돌이를 하는 사람은 석주와 돌쇠 두 사람밖에 없었다. 스승 정자는 어느 사이 무적 선사와 어울려 곡차를 즐기는 모양인지 그림자조차 보이지 않았다. 벌써 술에 취해 절 어느 곳에선가 세상모르게 곯아떨어진 채 자고 있을지도 모를 일이었다.

석주는 탑돌이를 하면서 하늘 위에 뜬 달을 바라보았다. 별빛은 총총하였고, 아직 되다만 듯한 반달은 수줍은 듯 미소를 짓고 있었다. 비 갠 뒤 초가지붕 위에 갓 피어난 박꽃처럼, 그렇게 달은 캄캄한 하늘을 등불처럼 환하게 밝혀놓고 있었다.

어느새 달의 숨소리가 손에 잡힐 듯 들려오는 이슥한 밤중이었다. 탑돌이 하던 돌쇠도 스승 정자를 찾아본다며 어디론가 사라지고 없었다. 이제는 석주 혼자서 탑돌이를 하며 달과 기이한 줄다리기 놀음을 하고 있었다.

석주는 달의 화신이 탑을 타고 지상으로 내려온다고 믿었다.

그리고 또한 그 자신이 탑을 타고 하늘로 올라간다는 상상을 했다. 그렇게 그와 달은 심리적인 줄다리기를 하면서 하늘과 땅 사이를 오락가락하고 있었다. 탑은 그 둘 사이의 대화를 가능하게 해주고, 서로의 숨소리를 느끼게 해주고, 마침내는 한몸이 되는 물아일체의 매질 같은 것이 되어주었다.

바로 그렇게 물아일체의 지경으로 빠져드는 순간, 문득 석주는 달 속에서 선화공주의 얼굴을 보았다. 석주는 탑돌이를 하는 내내 10여 년 전 정월대보름날 황룡사에서 선화공주와 친모 미실이 등불을 켜들고 탑돌이 하던 장면을 떠올리고 있었던 것이다. 당시 그의 눈에는 두 모녀의 얼굴이 마치 연등처럼 비쳤다. 어쩌면 저 높은 하늘에서 보름달의 환영이 사람으로 변해 내려온 듯 싶기도 했다.

하늘에 달이 있다면 이 땅에는 선화공주가 있었다. 석주는 '물금'으로 불리던 시절 황룡사에서 탑돌이를 하던 선화공주를 본 이후 그렇게 생각했다. 당시 선화공주는 채 열 살이 안 된 소녀였고, 불목하니였던 물금은 열다섯 살의 소년이었다. 물금이 '미시'라는 이름으로 궁궐에 머물고 있을 때는 선화공주를 본 적이 없었다. 그가 황룡사로 거처를 옮긴 후에야 선화공주가 설원랑의 사저에 있다가 궁궐로 들어왔기 때문이다.

달 속에서 선화공주의 얼굴을 발견하는 순간, 문득 석주는 환영에서 깨어났다. 달은 숨소리를 멈추었고, 탑에서 까마득히 먼 저 하늘에 그저 하나의 발광체로 떠 있을 뿐이었다. 실제로 초승

달 속에선 선화공주의 모습을 떠올리기가 쉽지 않았던 것이다. 그녀의 얼굴 반 이상이 달 뒤편으로 숨어버린 듯했다.

그랬다. 선화공주는 이미 달의 뒤편으로 숨어버렸다. 더 이상 그녀는 가까이할 수 없는, 바라볼 수 없는 아득히 먼 곳에 있는 존재였다. 안타깝게 달의 뒤편으로 사라지는 선화공주의 환영을 바라만 보던 석주는 아아, 하고 탄식의 소리를 내뱉었다.

'선화공주가 백제왕과 결혼을 하다니…….'

석주는 궁궐 감옥에서 나온 후 스승 정자에게서 그 소식을 들었다. 불과 1년여의 시간이 흘렀지만, 당시 범궐을 하여 선화공주가 기거하던 별궁 뜰에서 만났던 바로 그 허수아비 같은 사내의 모습을 그는 생생하게 떠올렸다.

'그가 바로 백제왕이 된 장이란 작자였단 말인가?'

석주는 깊이 한숨을 토해냈다.

선화공주는 이미 석주가 다가갈 수 없는 먼 곳에 가 있었다. 백제의 땅이었고, 감히 범접할 수 없는 이웃나라 왕실은 실제 거리보다 심정적으로 더 멀게만 느껴졌다. 캄캄한 밤하늘에 뜬 저 달보다도 더 먼 거리에 선화공주는 있었다. 달은 언제고 바라볼 수 있지만, 선화공주는 바라볼 수 없는 곳에 있었으므로 그의 가슴은 숯 덩어리처럼 까맣게 타들어갔다.

4

　용화산(龍華山)의 품에 안겨 있는 사자사(師子寺) 법당 뜰로 달빛이 조요하게 내리비치고 있었다. 선화는 탑돌이를 하다 문득 달을 쳐다보았다. 달 속에 친모 미실의 얼굴이 어리는 듯싶었다.

　신라 궁궐에서 쫓겨날 때 선화는 미처 친모의 생사를 알아볼 겨를도 없이 백제 땅으로 왔다. 왕후 마야부인이 보낸 추격자들에게 들키면 목숨을 부지하기 어려울 거라는 장의 말에 친모를 찾아볼 엄두조차 내지 못하고 국경을 넘었던 것이다.

　그러나 장을 따라 백제 땅으로 온 선화는 부쩍 친모가 그리워 뜬눈으로 밤을 지새울 때가 많았다. 어린 시절 친부처럼 여기던 설원랑이 어느 절에선가 병든 친모를 돌보고 있다는 뜬구름 같은 소문을 전해 듣긴 했다. 그러나 신라 궁궐의 별궁에 갇혀 있다시피 한 선화로서는 그 소문조차 확인할 길이 없었던 것이다.

탑돌이를 하다 말고 선화는 법당 돌계단에 털썩 주저앉아 버렸다. 달을 바라보다가 그만 눈물이 주르르 흘러내리는 걸 그녀는 애써 닦지 않았다.

장을 따라 백제 땅을 밟을 때만 해도 선화는 자신의 신세가 이렇게 처량하게 되리란 생각을 못했다. 그때는 장이 백제의 왕자인지도 몰랐고, 선화는 그저 생명의 은인이란 일념으로 그에게 몸을 의탁했던 것이다.

당시 장은 금마산(金馬山) 밑에 터를 잡고 오막살이 같은 초가에서 홀어머니를 모시며 살았다. 그 집에 들어간 선화는 그날부터 장과 부부관계를 맺었다. 그로부터 몇 달 동안은 참으로 행복했다.

선화는 신라 궁궐을 나올 때 마야부인이 준 패물을 팔아 집을 새로 꾸미고, 세간도 장만했다. 때마침 장은 전부터 마를 캐어 금마산 토굴에 감춰두곤 했었는데, 그곳에서 새롭게 금맥이 발견되었다. 선화가 가져온 패물 중 일부는 금광을 개발하는 자금으로 유용하게 쓰였다.

그러나 백제 땅에 온 지 몇 달이 지나지 않아 선화에게는 그야말로 천지개벽 같은 큰 변화가 일어났다. 어느 날 갑자기 백제 궁궐에서 신하들이 군사를 이끌고 나타났다. 그들은 곧바로 금마산 밑에 사는 장의 집으로 들이닥쳤으며, 그중 대표가 되는 자가 부복하고 말했다.

"신 대좌평 사택적덕(沙宅積德), 왕자님을 뵈옵니다."

대좌평 사택적덕의 말에 정작 당황한 사람은 마장수 장이었다.

"아니, 왜들 이러십니까? 나는 단지 마장수에 불과할 뿐입니다."

장이 소리쳤고, 뒤이어 달려 나온 선화는 그 자리에 얼어붙고 말았다.

'왕자라니?'

분명 그때 선화는 대좌평이 남편 장을 지칭하여 '왕자'라고 한 말을 또렷하게 들었다.

"승하하신 선왕의 유언이옵니다. 왕자님은 선왕의 유일한 혈육으로 다음 왕위를 이어받으실 분이옵니다."

부복한 자세 그대로 대좌평이 말했다.

그때 뒤뜰에 숨어 마당을 살피던 장의 어머니가 뛰어나오며 엎드려 통곡했다.

"아이고, 폐하께서 승하하셨다니……. 이런 청천벽력이 어디 있단 말이오."

아들을 붙들고 우는 어머니에게 장이 침착한 어조로 물었다.

"어머니, 자세히 말씀을 해주세요. 제가 어찌 승하하신 폐하의 아들이란 말이옵니까? 전에 아버지에 대해 물으면 그저 '귀한 신분'이라고만 하시더니, 제가 정말 백제 왕실의 핏줄이란 말이옵니까?"

"그렇단다. 이제까지 감추고 있던 비밀이지만, 너는 분명 백제 왕실의 피를 이어받았다. 벌써 오래전 폐하께서 젊은 시절에 이

곳으로 사냥을 나오신 일이 있었지. 그때의 인연으로 너를 낳아 길렀단다."

장의 어머니 말로, 당시는 백제 위덕왕(威德王) 시절이었다고 했다. 위덕왕의 왕제였던 계(季)의 장자 선(宣)이 바로 장의 친부라는 것이었다. 당시에는 사사로운 정을 통하여 얻은 핏줄이므로 백제 왕실에 알려질까 두려워 비밀에 붙여두고 있었다고 했다. 그리하여 어머니는 홀로 아들 장을 키우며 살았으나, 그 이후 친부는 단 한 번도 찾아오지 않았다. 사통을 했다는 소문이 두려워 발길을 끊었던 것이다.

위덕왕에게는 아들이 없었다. 따라서 위덕왕이 죽자 왕제였던 계가 왕위를 이어 혜왕(惠王)이 되었다. 혜왕은 재위 2년 만에 세상을 떠났고, 다시 그 뒤를 이어 장자인 선이 즉위했다. 그가 바로 장의 친부였다. 그러나 그 또한 즉위 2년 만에 갑자기 세상을 떠나게 되자, 단 하나 남은 금마저(金馬渚: 익산)의 혈육 장에게 왕위를 잇게 하라는 유언을 남겼다는 것이었다.

갑작스런 일이었지만, 장은 곧 침착하게 말했다.

"그러하면 우리 식구 모두 사비성(泗沘城) 궁궐로 가는 겁니까?"

"아니옵니다. 우선 왕자님 먼저 가서 위를 이으셔야 하옵니다. 그런 연후 당장 해야 할 일이 선왕의 장례를 모시는 일이옵니다. 어서 옷을 갈아입으시고 어가에 오르시지요."

대좌평은 어가를 대령케 했다. 그리고 의전을 맡은 내관들은 서둘러 장에게 용포를 입혔다.

선화는 이와 같은 일들이 너무 순식간에 일어나서, 남편인 장에게 뭐라고 말 한마디 제대로 건네지도 못했다. 백제 궁궐에서 나온 신하들과 군사들이 호위하는 바람에 가까이 접근하기조차 쉽지 않았던 것이다.

그렇게 남편 장은 백제의 궁궐이 있는 사비성으로 떠났다. 선화는 시어머니와 함께 여전히 금마산 밑에 자리한 초가집에 남아 있었다. 남편이 떠난 지 어느덧 한 해가 지나가고 있었다. 선화에게는 그 기간이 천 년처럼 길게 느껴졌다.

궁궐로 간 남편에게선 소식이 없었다. 다만 남편 장이 금마저를 떠난 지 한 달 후 백제 왕실에서 먹을 것과 입을 것, 금붙이로 된 패물 등을 보내주었을 뿐이었다. 또 그로부터 얼마 후 백제왕이 보냈다는 장인들이 번듯한 기와집을 지어주었다. 그리고 금마저 호족들이 가끔 들러 곡물과 비단을 놓고 가기도 했다.

선화는 사비성에서 보낸 장인들이 기와집을 지을 때부터 어쩌면 오래도록 남편인 장과 떨어져 있어야 할지도 모른다는 불안감에 휩싸였다. 선왕의 장례를 치르고 나면 시어머니와 함께 사비성으로 갈 수 있을 것이란 희망을 가져보았지만, 한편으로는 그것이 결코 쉽지 않을 것이라는 불길한 예감도 들었던 것이다.

이렇게 초조함 속에서 왕이 된 남편의 소식을 기다리면서 선화가 그래도 그 막막함을 견뎌낼 수 있었던 것은, 신라에서부터 따라온 분이가 곁을 지켜주었기 때문이다. 신라 궁궐에 있을 때

분이는 시중을 들던 시녀였지만, 선화는 이제 분이를 가장 가까운 친지나 친구처럼 여기며 지냈다.

"나무관세음보살!"

문득 선화가 소리 나는 쪽으로 고개를 돌려보니, 사자사 주지 지명법사(知命法師)가 합장을 한 채 미소를 짓고 있었다. 아니 그 얼굴은 언제나 근엄했는데, 어찌 보면 늘 미소를 짓는 듯 아주 미묘한 표정이었다. 근엄함 속에 미소가 숨어 있었고, 그 미소 속에서 또한 근엄함이 은연중에 내비치고 있었다.

"법사님! 법당에 계신 줄 알았는데 언제 나오셨어요?"

"고귀하신 부인 마님께서 낙루를 하시는데 어찌 기도가 되겠나이까?"

지명은 선화를 '부인 마님'이라고 불렀다. 정식으로 궁궐에 들어가 왕후의 자리에 오르지 않았기 때문에, 후(后) 다음의 예우를 갖춘 호칭을 사용하고 있는 것이었다.

지명의 말에 선화는 그때서야 두 볼에 흐르는 눈물을 옷소매로 닦아냈다.

"이런 모습 아무에게도 보이지 않으려고 했는데……."

"허허허! 소승은 그저 돌과 같은 몸이니 보았다고 해서 본 것이 아니외다. 그러니 너무 심려치 마시옵소서. 사람이 부처에게 기도를 드리고 마음속의 비밀한 소원까지도 빌 수 있는 것은, 부처가 들어도 듣지 못하는 것과 같다고 생각하기 때문이지요. 사실 부처도 돌이니, 사람들이 그렇게 믿는 것이옵니다. 소승 또한 부처를 받드는 몸이니 돌이라 생각하고, 고뇌가 있으면 언제고 털어놓으시지요. 마음의 짐이 많으면 어깨가 무거운 법, 그 짐을 홀홀 털어버려야 가볍게 세상의 자유를 누릴 수 있을 것이외다."

그러면서 지명은 선화를 법당으로 안내했다.

법당에 들어간 선화는 부처 앞에 엎드려 절을 올렸다.

마음속의 번뇌를 씻으려면 백팔 배가 아니라 천 배, 만 배를 해도 모자랄 것이라고 선화는 생각했다. 마음의 짐이 그처럼 무거웠던 것이다. 그래서일까, 묵지근한 어깨 또한 천근처럼 느껴졌다.

선화가 지쳐 쓰러질 것 같은 순간이 올 때까지도 지명은 모른 체 불공만 드리고 있었다.

"사리자 색불이공 공불이색 색즉시공 공즉시색 수상행식 역부여시……."

반야심경(般若心經)이었다. 지명의 염불 소리는 점점 더 높아갔고, 선화의 이마에서는 땀방울이 뚝뚝 떨어졌다.

거의 탈진 상태에 이르렀을 때 선화는 절을 하다 말고 그 자리에 털썩 주저앉아버렸다.

"부처님!"

선화의 목소리가 가늘게 떨려 나왔다.

"아제 아제 바라아제 바라승아제……."

지명의 염불 소리는 계속해서 반복되고 있었다.

"어머니!"

이어서 다시 들려온 선화의 목소리에 지명이 염불을 멈추고 번쩍 눈을 떴다.

"나무관세음보살! 부인 마님께옵선 모친을 그리워하는 정이 깊으시군요?"

지명은 천천히 선화 쪽을 향해 돌아앉으며 말했다.

"네, 법사님! 지금 살아 계신지 어떠한지 도무지 알 길이 없어서……."

"궁궐 소식은 아직 없는가요?"

지명이 묻는 것은 엉뚱하게도 백제왕이 된 선화의 남편 장으로부터의 소식이었다.

"……네, 아직!"

"소승의 생각에는 폐하께서 신라왕에게 사신을 보내면 어떨까 싶소이다. 그러면 자연 부인 마님의 모친 소식도 알게 될 터이고, 우리 백제와 신라의 관계도 좋아질 것 같습니다만. 부인 마님께서 그 소원을 폐하께 주청해 보시지요. 소승이 궁궐에 다녀올 수도 있습니다."

지명의 말에 선화는 고개를 번쩍 들었다.

"법사님께서 그 일을 해주실 수 있겠습니까?"

"있다마다요. 부인 마님의 일이온데."

"고맙습니다. 제가 서찰 하나를 써드리지요."

선화는 곧 지명이 가져온 지필묵으로 간단한 내용의 서찰을 준비했다.

5

법왕의 뒤를 이어 백제왕이 된 장(武王)은 옥좌에 올라앉아 오랫동안 침묵을 지키고 있었다. 보위에 오른 지 1년이 넘었지만, 아직도 옥좌가 불편하게만 느껴져 등받이에 등이 제대로 붙지 않았다. 주청을 드리는 대신들은 장의 입이 열리기만을 기다린 채 머리를 조아리고 있었다.

"폐하! 이는 왕실을 굳건히 하고, 나라 기강을 바로잡는 데 실로 중차대한 국가 대사이옵니다. 어서 가납하여 주시옵소서."

문무백관들이 모두 모인 조회 자리였다. 신하들은 장에게 국혼을 주청하고 있었다. 백제의 피를 이어받은 왕후를 맞이해야 한다는 것이었다.

"짐은 이미 신라의 선화공주와 결혼을 한 몸이오. 그러니 마땅히 왕후도 선화공주가 되어야 하지 않겠소?"

장은 대신들을 둘러보았다. 눈에 노기가 서려 있으나, 애써 그런 심사를 겉으로 드러내려 하지는 않았다. 그래서 목소리는 한결 부드러웠다.

예법을 관장하고 있는 최고 수장 내법좌평 왕연무(王延武)가 선뜻 앞으로 나섰다.

"천부당만부당한 말씀이옵니다. 적국의 공주를 국모로 삼을 수는 없는 일이옵니다. 예전에 신라 태자 원종(法興王)이 우리 백제의 보과공주를 몰래 신라로 데려갔으나, 왕이 된 뒤에도 그는 자국의 진골 출신 박씨를 왕후로 삼았습니다. 신라 왕실의 골품제가 그러하다 하나, 이는 백제를 업신여기는 술책이라 아니할 수 없는 일이옵니다. 그런데 만약 폐하가 신라 공주를 왕후로 삼는다면, 신라가 우리 백제를 얼마나 우습게 여기겠나이까? 이는 나라의 자존심이 걸린 문제이옵니다."

바로 내법좌평의 뒤를 이어 또 한 사람의 대신이 선뜻 앞으로 나섰다.

"신 달솔 진풍(眞馮), 아뢰옵니다. 위덕왕은 위대한 군주였으나 후사가 없어 왕제이신 혜왕께서 위를 받으셨습니다. 모름지기 왕위는 장자 승계로 이어져야 국가 기강이 바로 잡히며, 굳건한 왕권도 유지할 수 있사옵니다. 그리고 반드시 왕자는 백제의 피를 이어받아야만 왕실의 권위가 바로 서게 됩니다. 폐하께서도 어서 백제의 피를 가진 왕후를 맞으셔서 하루 빨리 후사를 두어야 하옵니다. 그것이 왕실을 튼튼히 하고 국가 기강을 바로 세우는 일이옵니다."

달솔 진풍의 말이 끝나기 무섭게, 모든 대신들이 주청의 목소리를 높였다.

"폐하, 부디 가납하여 주시옵소서."

장은 내심 괴로웠다. 대신들의 주청을 일언지하에 물리치고 싶었지만, 그에게는 그럴 만한 힘이 없었다. 권력은 대신들이 쥐고 있었고, 왕은 그저 허수아비에 불과할 뿐이었다.

"일단 물러들 가 있으시오."

대신들보다 한참 젊은 나이였지만, 장은 도무지 좀이 쑤셔서 옥좌에 오래 버티고 앉아 있을 수가 없었다. 생각 같아서는 저 멀리 사냥을 나가서 마음대로 산야를 휘젓고 다니고 싶었다. 차라리 마를 캐며 초근목피로 연명하던 시절이 더 그리웠다.

대신들이 모두 물러가고 나서, 장은 양손으로 머리를 감싼 채 옥좌에 한동안 그대로 앉아 있었다. 어지러운 머릿속에 선화공주의 얼굴이 오락가락했다. 불과 1년 남짓 지나는 사이에 그 자신에게는 너무 많은 변화가 있었다. 이제는 선화공주의 얼굴조차 가물가물할 정도로, 명색이 백제왕인 그는 당장 면전의 대신들에게 극심한 시달림을 받고 있었다.

왕권은 바닥이었고, 왕은 그저 있으나마나한 존재였다. 권력은 대신들이 쥐고 있었다. 특히 대좌평 사택적덕은 대신들 사이에서도 무소불위의 권력을 휘두르는 인물이었다. 좌평들 중에서 가장 연로한 데다 병권을 쥐고 있는 병관좌평을 사위로 둔 대좌평은,

사실상 백제 권력의 중심이었다.

백제는 성왕을 거쳐 위덕왕에 이르는 동안 신권보다 왕권이 강해서 국가 기강이 바로 서 있었다. 그러나 위덕왕의 후사가 없어 성왕의 둘째아들 '계'가 대를 이어 혜왕이 되면서 왕권은 급속하게 추락하였고, 그 대신 신권이 권력 전면으로 등장했다. 사택씨 일가의 세도정치가 시작된 것은 바로 그때부터였다. 사택씨는 위덕왕의 외척으로 성왕 사후부터 권력의 중심 세력으로 부상했으며, 혜왕과 법왕 때는 백제 최고의 관직인 6좌평(六佐平)의 요직을 두루 거쳤다.

법왕 사후 대좌평 사택적덕은 선왕의 유지를 받든다는 명목으로 직접 나서서 금마저에 숨어사는 마장수 장을 찾아내 다음 왕위를 잇게 했다.

새로 백제왕이 된 장은 그 공적을 모르지 않았다.

그런데 왕후를 백제의 명문가 핏줄 중에서 간택해야 한다는 문무백관들의 주청이 있을 때, 정작 사택적덕은 칭병을 하고 조례에 참석치 않았다. 장은 그것을 참으로 이상하게 여겼다.

대신들 모두가 주장하는 어떠한 일도 사택적덕의 허락이 떨어지지 않으면 실행될 수 없었다. 장 역시 허수아비에 불과하였으므로, 매사에 있어서 그의 의견을 들어 최종적으로 어명을 내려야만 했다.

왕위에 오른 지 한 해를 넘겼지만, 장의 주변에는 정사를 논할 만한 신하가 단 한 사람도 없었다. 모두들 대좌평의 눈치만 보고 있었기 때문이다.

여러 가지 복잡한 생각으로 장이 홀로 번민을 거듭하고 있을 때, 내관이 들어와 아뢰었다.

"용화산 사자사 주지 지명법사가 폐하를 알현코자 하옵니다."

그 소리에 장은 눈을 번쩍 떴다.

장은 금마저의 모친이 불공을 드리러 다니는 용화산 사자사 주지를 잘 알고 있었다. 어린 시절 모친은 그를 지명에게 데리고 가서 글을 깨우치게 했고, 그때부터 그를 통하여 사서오경부터 불경에 이르기까지 두루 공부를 할 수 있었다. 사사롭게는 지명이 장의 스승이 되는 셈이었다.

그래서 장은 반가웠고, 지명이 금마저 사저의 소식을 갖고 왔다는 것을 직감적으로 알아차렸다.

"지명법사라 했느냐?"

장은 내관에게 다시 확인하듯 물었다.

"네, 그러하옵니다."

내관이 머리를 조아렸다.

"어서 들라 이르라."

장은 큰 소리로 이르고 옥좌에서 자리를 고쳐 앉았다.

곧 지명이 편전으로 들어와 합장을 하며 예를 갖추었다.

"소승 지명, 폐하께 문후 드리옵니다."

"오, 법사! 정말 반갑구려. 짐이 그렇지 않아도 금마저로 사람을 보내어 기별을 넣으려 했는데, 법사께서 고향 소식을 가지고 왔구려."

장은 지명에게 편히 앉기를 권했다.

"먼저 이 서찰부터 받으시옵소서."

지명은 옷소매 속에 넣어두었던 서찰을 왕에게 올렸다. 내관이 곧 그 서찰을 대신 받아 옥좌에 높이 앉은 장에게 전달했다.

장은 그 서찰이 고향에 두고 온 부인 선화의 글씨임을 한눈에 알아보았다.

서찰에 적혀 있는 사연을 다 읽고 난 장은 그저 말없이 고개만 끄덕이고 있었다. 간단한 내용이었다. 짤막한 안부를 전하면서 자세한 내용은 지명에게 들으면 알 것이라고만 적혀 있었던 것이다.

"자세한 이야기는 법사께 들으라고 하는구려. 고향 사저에 무슨 일이라도 있다는 것이오?"

장의 얼굴에는 그늘이 드리워져 있었다.

"대부인 마님과 부인 마님, 모두 무탈하시옵니다."

지명은 왕의 친모를 '대부인 마님'이라 불렀고, 장은 그것을 바로 알아들었다.

"다행이구려. 이곳에 있으면서 짐은 늘 금마저 일이 걱정되었는데……."

장은 한참 동안 고개를 주억거렸다. 친모와 부인 선화의 얼굴을 잠시 떠올려보고 있었던 것이다.

"폐하! 이곳으로 오다 보니 궁궐 밖 백성들 사이에 새로 왕후를 간택한다는 소문이 자자하더이다. 어찌된 영문이온지요?"

문득 지명의 목소리가 장을 상념에서 깨어나게 했다.

"아니 벌써 그런 소문이 백성들에게까지 퍼졌단 말이오?"

"사택 가문에서 왕후가 난다는 소문까지 있더이다."

"무엇이라?"

지명의 말에 장은 감전이라도 된 듯 움찔, 하고 놀랐다. 대좌평이 칭병을 이유로 조례에 참석치 않는 데는 그런 까닭이 있었다는 걸 그때서야 알아차린 것이었다.

"폐하께서도 모르시는 일이옵니까?"

"문무백관이 연일 주청을 하나 짐은 허락하지 않고 있소. 헌데, 법사! 사택 가문에서 왕후가 난다니, 그건 또 무슨 소리요?"

장은 앞뒤 짐작이 가는 바가 없지 않았으나, 내심 지명은 그 사안에 대해 어찌 생각하고 있는지 듣고 싶었다. 대신들 중에는 우군이 단 한 명도 없었는데, 지명을 보게 되자 의지하고 싶은 마음이 부쩍 생긴 것이었다.

지명은 왕의 그런 내면을 훤히 꿰뚫어 보고 있는 듯 목소리를 한껏 낮추었다.

"조용히 주청을 드리고 싶은 게 있사옵니다."

이 같은 지명의 말에 장은 내관까지 물리치면서 아무도 근처에 얼씬거리는 자가 없도록 하라고 명했다.

"그래, 이리 더 가까이 와서 말씀해 보시오."

장도 목소리를 낮추었다.

지명은 왕 앞으로 가까이 다가가서 다음과 같이 털어놓았다.

"지금 대신들은 대좌평 사택적덕의 둘째딸을 왕후로 간택하려는 것이옵니다. 그렇게 함으로써 확고한 권력 기반을 다져 신권을 강화하겠다는 속셈이니 폐하께서는 신중을 기하셔야 하옵니다."

사택적덕에게는 딸이 둘 있었다. 맏딸은 이미 병관좌평에게 시집을 보냈고, 이제 혼기가 찬 둘째딸을 왕후로 들이겠다는 욕심을 갖고 있었던 것이다.

"그래, 짐이 어찌하면 좋겠소? 어찌 선화공주를 두고 다른 왕후를 들일 수 있단 말이오?"

장의 입에서 '선화공주'라는 말이 나오자, 지명은 기다렸다는 듯이 다음 말을 이었다.

"소승이 폐하를 뵈러 온 이유도 바로 그것이옵니다. 이미 폐하께서는 신라의 공주를 배필로 맞으셨습니다. 이는 하늘이 내린 천륜이며, 국가 대 국가의 혼사로 누구도 감히 어찌지 못할 일이옵니다. 지금으로부터 백오십여 년 전 우리 백제의 비유왕(毗有王)과 신라의 눌지왕(訥祇王)은 고구려 장수왕(長壽王)의 남진 정책을 막기 위해 동맹을 맺었사옵니다. 백제와 신라 연합군 때문에 고구려는 더 이상 남침을 못했고, 그 이후 우리 백제의 동성왕(東城王)은 신라의 이벌찬 비지의 딸과 결혼하여 두 나라의 관계가 더욱 돈독해졌사옵니다. 그러한 평화는 무려 백 년 이상 지속되었는데, 백제와 신라 연합군이 고구려를 쳐서 점령한 아리수(漢

江) 하류 지역에 신라 진흥왕이 신주(新州)를 설치하면서 우호 관계는 적대 관계로 바뀌었사옵니다. 이에 성왕은 대가야와 연합하여 신라 관산성을 쳤으나, 그 전투에서 안타깝게도 우리 대왕은 승하하셨사옵니다. 그 다음 위를 이은 위덕왕 때부터 지금까지 신라와는 원수지간이 되었고, 툭하면 신라와 경계를 이룬 변방에서는 일진일퇴를 거듭하는 전투가 벌어지곤 했사옵니다. 바로 이러한 때에 폐하와 신라의 선화공주가 부부의 연을 맺게 된 것은 다시 두 나라가 평화의 시대를 맞이할 천재일우의 기회라 아니할 수 없사옵니다. 소승을 신라에 사신으로 보내주시면 폐하와 선화공주의 결혼을 국가 대 국가의 혼사로 인정하여 대내외에 공표케 할 것이며, 그리하면 지금 금마저에 계신 부인 마님은 정식으로 왕후가 되어 백제 왕실의 내명부를 장악할 수 있게 될 것이옵니다. 부디 폐하께서는 왕권을 굳건히 하고 대신들의 인사권을 행사하여 신권의 득세를 막으셔야 하옵니다."

목소리를 애써 죽여서 말하고 있지만, 지명의 이러한 제안은 논리정연하면서도 강한 설득력을 발휘했다. 그 말에 동감한 장은 지명에게 더욱 귀를 가까이 대며 연신 고개를 끄덕거렸다.

"법사! 옳으신 말씀이오. 실로 법사 같은 신하가 단 한 명이라도 짐 곁에 있다면 한시름 놓을 수 있을 터인데……."

젊고 패기가 있었지만 지지 기반이 미약했던 장은 지명의 말에 천군만마를 얻은 기분이었다.

이때 장은 가장 시급한 것이 왕권 강화라고 생각했다. 당시 고구려와 신라에 비하면 백제의 국력은 지극히 약화되어 있었다. 고구려는 영양왕(嬰陽王)이 말갈 군사를 동원하여 수나라의 요서 지방을 공격하는 등 강력한 왕권군주국가로 떠올랐다. 신라 또한 진흥왕 때 고구려 땅이었던 아리수 이북을 공략하여 북한산을 경계로 삼았으며, 거기에다 가야까지 병합하여 강력한 군사력으로 백제 변경을 위협하고 있었다.

백제가 특히 두려워하는 것은 고구려의 남침이었다. 지명의 말처럼 이제라도 신라와 다시 동맹 관계를 맺어 고구려의 공격을 막는 것이 무엇보다 시급한 일이라고 장은 생각했다. 그러기 위해서는 선화공주와의 결혼을 공식 선포하여 밖으로는 신라와의 우호 관계를 회복하고, 안으로는 양국 왕실과의 혼인을 통하여 신권을 더욱 강화하려는 사택씨의 세력을 견제할 필요가 있었다.

장은 지명의 지혜로움에 놀랐다. 그는 시대를 읽을 줄 아는 예리한 현실 감각을 갖고 있었으며, 미래에 대한 예견력도 매우 뛰어났다.

"폐하, 금마저의 부인 마님께서는 신라 땅에 두고 온 친모를 그리워하시옵니다. 아마도 몇 년 전 이름 모를 병에 걸려 궁궐을 떠나 어디론가 떠돌고 계신 모양이온데, 그 소식이나마 알았으면 하는 마음 간절한 것 같사옵니다. 소승을 사신 일행과 함께 신라에 보내주시면, 부인 마님의 친모 소식까지 두루 알아보고 올까 하옵니다."

지명은 한 번 더 다짐을 받아두고 싶었던 것이다.

"왜 아니 그렇겠소? 선화공주를 생각하면 짐 역시 가슴에 사무치는 것이 많소이다. 법사, 일단 금마저로 돌아가 기다리시오. 짐이 반드시 신라에 사신을 보낼 때 법사를 동참토록 명할 것이오. 그때 신라에 가서 일을 마친 후 사신 먼저 돌려보내고 법사는 더 머물면서 선화공주의 친모 소식과 아울러 두루 그곳의 사정과 민심을 파악해 짐에게 알려주시오."

장은 지명을 사신단 일행으로 파견하면서 별도로 신라의 정세를 파악하도록 특명을 내렸다. 승려의 신분이었으므로 지명이 신라 관원들에게 의심을 살 가능성이 누구보다 적다고 판단했던 것이다.

"폐하! 성은이 망극하오이다."

지명의 눈빛에서 순간 불꽃이 튀었다. 장은 그것을 놓치지 않고 보았다.

오랜만에 장은 만면에 웃음을 머금을 수 있었다. 지명을 만난 이후 어떤 자신감이 가슴속으로부터 불뚝거리며 솟아오르는 듯한 확연한 느낌을 받았던 것이다.

6

지명은 행장을 꾸렸다. 백제왕 장을 만난 지 한 달여가 지난 후 신라로 떠날 사신 일행이 곧 금마저로 온다는 전갈을 받았던 것이다. 그 전갈은 금마산 아래 선화가 사는 사저에서 왔다.

선화가 기다리고 있다는 소식을 접한 지명은 서둘러 산을 내려갔다.

"법사님, 어서 오세요."

지명에게 선화가 내놓은 것은, 신라왕 백정에게 보내는 서찰과 곱게 보자기에 싼 작은 궤 하나였다.

"부인 마님, 이것이 무엇이옵니까?"

보자기를 건네받던 지명은 크기가 작은 것에 비해 제법 묵직한 무게에 놀라지 않을 수 없었다.

"황금이옵니다. 아바마마께 전해 주시옵소서. 백제왕이 보낸 것이라고."

　지명은 선화가 준비한 선물이 금마산 금광에서 채굴한 황금임을 모르지 않았다. 남편 장이 백제왕이 되어 금마저를 떠난 이후 선화는 남다른 수완을 발휘하여 금광을 제법 규모 있게 관리하고 있었던 것이다.

　"신라왕에게 아주 값진 선물이 되겠습니다."

　지명은 황금이 든 궤를 소중히 다뤄 가슴에 보듬어 안았다.

　"그리고 이것은 아바마마께 올리는 서찰입니다. 법사께서 직접 전달해 주시기를 부탁드립니다."

　선화는 눈물이 비치는 얼굴을 지명에게 보이지 않으려는 듯, 애써 신라 땅이 있는 먼 하늘을 올려다보았다.

　"반드시 소승이 직접 전해 올리겠습니다. 부인 마님께서는 너무 심려치 마시옵소서."

　지명은 그러면서 선화에게 친모 미실의 안부도 반드시 알아가지고 오겠노라는 약속도 잊지 않았다.

　백제 사신의 일행으로 지명이 신라의 서라벌 궁궐에 도착한 것은 그로부터 열흘이 채 지나지 않아서였다. 그리고 지명이 특별히 신라왕을 독대할 기회를 얻게 된 것은 서라벌에 도착한 지 사흘 후의 일이었다.

　지명은 신라왕 백정에게 예를 올린 후 선화의 서찰과 함께 황금이 든 작은 궤를 바쳤다.

　"우리 대왕과 선화공주님께서 폐하께 올리는 진상품이옵니다."

서찰을 읽고, 작은 궤를 열어본 백정은 금세 얼굴이 환해졌다.

"오오, 우리 공주가 황금을 보내다니? 짐이 백제왕을 사위로 둔 덕에 이런 호사를 다 하는구려."

신라왕이 백제왕에 대하여 '사위'라는 말을 언급한 것은 처음이었다. 사흘 전 백제 사신 일행을 알현했을 때도 별다른 언급이 없었음을 지명은 분명히 기억하고 있었다.

"그러하옵니다. 이제 백제는 신라의 부마국(駙馬國)이 되었사옵니다. 폐하께서 양국의 혼사를 정식으로 공표해 주시면, 다시 옛날과 같은 동맹국이 되어 남진 정책을 쓰는 저 고구려를 방어할 수 있을 것이옵니다."

지명은 애써 '부마국'이라는 말에 힘을 주었다. 듣기에 따라 다르겠지만, 그것은 신라에 대하여 백제가 한 급 낮은 단계에 있음을 암시하는 말이기도 했다.

"허허허! 지명법사께선 불법 교화만이 아니라 국가 간의 외교술에도 능한 재주를 가지고 있소이다."

이러한 백정의 말에는 은근히 가시가 숨겨져 있었다. 그것을 모르는 바 아니지만, 그런 비난에도 지명은 결코 마음이 흔들리지 않았다.

"나라의 평화가 백성들을 편안케 하니, 그것이 곧 미륵부처의 용화세계가 아니겠사옵니까? 우리 백제와 신라의 화평은 바로 폐하의 너그러우신 성품에 달려 있는 일이라 사료되옵니다."

지명은 은근히 백정을 미륵의 존재로까지 추켜세우고 있었다.

"용화세계라? 법사께선 미륵의 하생을 믿으시오?"

"황공하옵니다만, 소승은 미륵이 반드시 하생하여 용화세계를 이룰 것이라고 믿사옵니다. 미륵부처는 도솔천에서 오십육억 칠천만 년의 수명을 누린 후 인간 세상에 내려오신다고 했사옵니다."

지명은 거침없이 대답했다.

"그렇게 오랜 세월을 어찌 기다린단 말이오?"

백정은 계속 추궁을 하고 들었다.

"도솔천에서는 인간의 나이로 계산하지 않사옵니다. 인간의 수명이 팔만 세로 늘어날 때 미륵부처가 사바세계에서 다시 태어난다 하였사오나, 그 숫자 역시 천상의 시간일 뿐이옵니다. 이는 시간의 문제가 아니오라 인간의 문제이옵니다. 달리 말씀드리면, 미륵으로 현신한 위대한 인물이 어떻게 용화세계를 여느냐가 더 중요하다는 뜻이옵니다."

"허허허, 지명법사의 설법이 참으로 그럴 듯하오. 짐도 가만히 있을 수 없으니 우리 선화공주를 위하여 백제를 부마국으로서 예우토록 하겠소."

백정의 이 같은 말을 듣고 지명은 편전에서 물러나왔다.

신라 왕실에서는 백제에 대하여 부마국에 준하는 예물을 돌아가는 사신 편에 보냈다.

백제 사신들이 떠나고 나서도 지명은 그대로 신라에 머물러 있었다. 백제왕의 특명을 받들어 신라의 정세를 정탐하기 위해서이기도 했지만, 선화의 친모인 미실의 생사를 알아보는 일도 또다른 목적 중의 하나였다.

그러나 지명이 선화를 부추겨 신라 땅을 밟고 싶었던 근본 목적은 말로만 듣던 황룡사를 직접 눈으로 보고 느끼기 위해서였다. 진흥왕 때부터 대대적인 불사를 일으켜 진지왕을 거쳐 백정이 왕위를 이었을 때에 와서야 비로소 완성을 본 대사찰이라 하니, 그 규모도 실로 어마어마하리라 생각되었던 것이다.

지명은 먼저 수나라 유학 당시 만난 적이 있던 원광을 찾아가기로 했다. 그 무렵 원광은 황룡사에 머물면서, 왕이 부르면 궁궐에 들어가 자주 국사를 논하곤 했다.

황룡사는 신라 궁궐인 월성(月城) 동쪽에 자리하고 있었다. 너른 들판의 수만 평이나 되는 대지 위에 세워진 대사찰은 그 규모만으로도 위압이 될 만큼 매우 웅장했다.

"지명법사께서 우리 신라 땅까지 어인 일이시오?"

원광이 지명을 반갑게 맞았다.

"사신 일행을 따라왔다 고명하신 원광법사를 아니 뵙고 갈 수 없어 이렇게 찾아왔소이다. 수나라 장안 흥선사(興善寺)에서 뵌 것이 벌써 십 년 가까이 되었는데도, 법사께서는 그때나 지금이나 변함이 없는 듯하외다."

지명이 원광을 만난 것은 수나라가 진나라를 멸하고 중원을 통일한 직후의 일이었다.

일찍이 수원사 주지로 있던 지명은 특히 미륵신앙에 관심이 많았다. 그래서 야심을 갖고 중원 땅으로 유학길에 올랐고, 수나라의 홍선사에 머물며 불경을 연구하던 신라 유학승 원광을 만날 수 있었던 것이다.

지명은 홍선사에 머물던 한 달 동안 원광과 교유를 했다. 그때 수나라 승려 담천(曇遷)에게서 함께 불경을 배웠다. 가까이에서 본 원광은 넓은 식견을 가진 학승으로 설법과 작문에 뛰어났다. 불교뿐만 아니라 도교와 유교에도 조예가 깊어 무불통지의 경지에 도달해 있었다.

"지명법사께서 백제 사신 일행과 함께 오신 것은 무슨 특별한 이유가 있어서겠지요?"

원광은 빙그레 웃었는데, 지명에게 던지는 그 질문은 은근히 탐색을 하는 말투였다.

지명은 속으로 뜨끔했으나, 짐짓 태연을 가장하여 그 질문에 답했다.

"물론 특별한 이유가 있지요. 선화공주의 부탁을 받고 이렇게 오게 된 것이 아니오니까?"

"선화공주요?"

"네, 지금 선화공주께서는 친모를 많이 그리워하고 계십니다. 친모가 궁궐을 떠난 이후 통 소식을 모르고 있을 때, 공주께서 갑자기 백제로 오셨으니 그럴 만도 한 일이지요."

지명은 그러면서 은근히 원광의 표정을 살폈다.

"허헛, 참! 왜 아니 그러시겠소? 나무관세음보살!"

원광은 염주를 굴리며 먼 하늘을 잠시 쳐다보았다.

"선화공주께서는 모친이 이름 모를 지병 때문에 궁궐을 떠나셨다고 하시던데……."

"소승도 수나라에서 돌아와서야 그 얘길 들었소이다. 아마도 영흥사에 가면 선화공주의 친모 소식을 접할 수 있을 거외다. 그러나 지금은 거의 사람들의 발길이 끊긴 지 오래돼놔서……."

원광은 잠시 말을 멈추었다.

"아니, 왜요?"

"가보면 아시게 될 거외다. 나무관세음보살!"

그리고 나서 원광은 선화공주의 친모에 관해서는 입을 닫아버렸다.

지명도 더 이상은 그와 관련한 질문을 던지지 않기로 했다. 언제라도 영흥사에 가보면 자연히 알게 될 일이기 때문이었다.

지명은 서두르지 않았다. 신라 최고의 사찰인 황룡사에는 구경할 것이 너무도 많았기 때문이다. 그는 황룡사에 며칠 동안 머물며 원광과 우의를 다지고, 틈이 날 때마다 경내를 두루 살폈다. 황룡사는 무려 2만 5천여 평에 달하는 대지에 세워진 절로, 그 규모가 실로 웅장했다.

"과연 신라 최고의 사찰이라 할 만합니다. 이렇게 넓은 터에 대사찰을 건축할 생각을 하다니……."

지명은 자신도 모르는 사이에 감탄사를 연발하지 않을 수 없었다.

"허허, 원래 이 터는 궁궐을 지으려고 했던 곳이지요. 이곳에 큰 연못이 하나 있었는데, 진흥대왕 꿈에 그 연못에서 황룡이 하늘로 날아오르는 것을 보고 궁궐 대신 사찰을 건립하라 명했답니다. 그래서 절 이름도 황룡사가 된 것이지요."

원광의 말에 지명은 속으로 꿈틀, 하고 놀랐다.

'용이 연못에서 하늘로 솟아올랐다?'

지명은 그 꿈이 예사롭지 않다고 여겼다. 실제로 원광의 말처럼 신라 진흥왕이 용꿈을 꾸고 나서 황룡사 창건을 명했는지는 알 수 없는 일이었다. 그러나 용은 왕을 상징하고 있으며, 용이 연못에서 솟구쳐 하늘로 오르는 것은 신라가 천하를 제패하겠다는 의지의 표현이라고 보아도 좋았다. 그 의지의 표현은 진흥왕의 아들인 동륜(銅輪)과 금륜(金輪)의 이름에서도 드러나고 있었다. 두 왕자의 이름은 불교가 발생한 천축(天竺: 인도)의 전래신화 '전륜성왕(轉輪聖王)' 이야기에서 따온 것이 분명했다. 전륜성왕 신화는 통치의 수레바퀴를 굴려 천하를 통일한다는 내용인데, 그 왕들의 이름이 동륜·은륜·금륜·철륜 네 명이었다. 아육왕(阿育王: 아소카왕)은 이러한 신화적인 이야기를 현실적으로 받아들여 나라를 통일하고 스스로를 전륜성왕이라 일컫기도 했다.

이러한 이야기를 알고 있는 지명으로서는 실로 가슴 떨리는 일이 아닐 수 없었다. 즉 황룡사의 창건에는 신라의 통일 의지가 숨어 있는 것이었다. 이미 동륜은 왕이 되기 전에 죽었고, 금륜은 진지왕의 이름인데 왕위에 오른 지 3년 만에 미실의 세력에 의해 폐위되었다가 곧 죽었다. 그리고 그 다음으로 위를 이은 것이 동륜의 아들 백정이었다. 더구나 신라왕 '백정'은 석가의 아버지 이름을 그대로 따른 것이고, 왕후인 '마야부인'이란 명칭 역시 석가의 어머니 이름과 똑같았다. 이를 미루어 판단할 때 백정과 마야부인 사이에서 석가와 같은 부처가 탄생되기를 비는 간절한 기원의 뜻이 담겨 있는 것이었다. 그러나 공주만 셋을 두었으니, 다행스럽게도 아직은 미륵의 세상을 열 때가 아닌 듯했다.

지명은 이러한 놀라운 발견을 통하여 신라가 꿈꾸고 있는 세상이 무엇인지 확연하게 깨달을 수 있었다. 신라 왕실은 천하를 제패하여 불국토를 이루겠다는 의지로 단단히 무장이 되어 있었던 것이다. 이에 대하여 백제가 어떤 대책을 세워야 할 것인지도 더욱 명확해졌다.

더구나 황룡사의 대표적인 건축물인 금당은 지명의 입을 딱 벌어지게 만들기에 충분했다. 금당은 황금으로 만든 부처를 모신 황룡사의 중심이 되는 법당으로, 중앙과 동서 양쪽 세 개의 건물에 각기 불상이 하나씩 조성되어 있었다. 바로 이 불상을 '장육존상(丈六尊像)'이라고 하는데, 구리로 만든 몸체에 금으로 도금을 하여 화려함의 극치를 보여주고 있었다. 장육존상은 높이가 실로 거대하였으며, 구리의 무게만 3만여 근에 도금을 하는 데도 무려 황금 1만여 푼이 들었다고 했다.

"과연 대단합니다. 대체 이 아름다운 금당의 설계와 건축을 맡은 공장(工匠)은 누구입니까?"

지명이 원광에게 물었다.

"지명법사께선 아직 모르고 계셨군요? 그 사람 백제 출신 공장이지요. 한번 만나보시겠습니까? 아마도 반가워할 거외다."

원광은 그러면서 슬쩍 지명의 눈치를 살폈다.

"오, 그래요? 역시 건축물에서 백제의 숨결이 느껴지는 듯하군요. 한번 만나게 해주시지요."

지명은 반색을 하며 말했다.

오래도록 지명은 금당 앞을 떠나지 못했다.

원광이 저녁 예불 준비를 핑계로 그 자리를 떠나고 나서도 지명은 한참 동안 금당의 아름다움에 넋이 빠져 있었다.

때마침 저녁노을이 금당의 기와지붕을 타고 내려와 벽을 물들였다. 그러자 금당의 벽에 그려진 솔거의 노송이 붉은 기운을 머금으며 생기를 번뜩이기 시작했다. 실제 살아 있는 소나무처럼 푸른 가지들이 노을빛을 머금으며 춤을 추고 있는 듯했다. 날아가던 새가 와서 소나무에 앉으려다 머리를 벽에 부딪고 떨어졌다는 말이 그대로 실감되는 순간이었다.

그 감동은 '황홀'의 다른 이름이었다. 지명은 자신이 금당 앞에 서 있는 것조차 의식하지 못했다. 그 자신 또한 그림 속의 분신이 되어 노을빛에 취해 버린 형국이었다.

그날 저녁, 공양을 끝내고 차를 마실 때 지명이 거처하는 요사 채로 거사 한 명이 찾아왔다.

"원광법사께서 찾아뵈라 하시기에……."

거사의 차림새는 머리만 길렀지 승려와 다를 바가 없었다.

"금당을 설계하고 건축했다는 바로 그……."

지명은 거사를 방안으로 들게 하여 마주 앉았다.

"네, 소인이 바로 그 공장이옵니다. 이름은 '막근개(莫根介)'인데 모두들 '막 거사'라 부르옵니다."

"어찌하여 백제인이 신라 땅에 오게 되었소?"

지명의 말에, 막근개는 얼굴색이 변하여 금세 경계하는 눈빛이 되었다.

"그것만은 묻지 말아주시길……."

"알겠소. 다시 백제로 돌아갈 생각은 없소이까?"

"아직은, 여기에 할 일이 좀 남아 있어서……."

막근개는 자꾸만 말끝을 흐렸다.

"앞으로 백제도 이곳 황룡사보다 더 큰 불사를 일으킬 것이오. 그때 소승이 부르면 와주시겠소?"

"글쎄요. 지금도 고향에 가고 싶긴 하지만……."

"소승이 그대의 신분을 보장해 드리리다."

눈치가 빠른 지명은, 막근개가 백제 땅에 살 수 없게 된 어떤 사연이 있을 것으로 짐작했다.

"그렇게만 된다면야……."

막근개는 지명의 눈치를 살폈다.

이때 지명의 머리는 빠르게 돌아갔다. 그는 백제왕이 신라의 정세와 민심을 파악해 오라고 한 특명을 기억하고 있었다. 이 기회에 신라 땅에 세작(細作) 하나를 심어놓는 것도 괜찮으리라는 생각이 번개처럼 그의 뇌리를 스쳤던 것이다.

"반드시 그렇게 해드리리다. 다만 이곳 신라 땅에 있으면서 소승과 자주 연락 관계를 유지해야 하오. 백제를 위해 공을 세워야 한단 말이오. 소승이 귀국하면 가끔 그대에게 사람을 보낼 것이니, 신라의 돌아가는 형편을 그때그때 알려주시오."

지명은 미간을 좁혀 막근개를 뚫어지게 쳐다보았다.

그 말을 듣고 막근개는 눈물을 뚝뚝 흘렸다. 방바닥으로 떨어지는 눈물을 바라보면서, 지명은 그가 진실로 백제 땅에 가서 살고 싶어 한다고 믿게 되었다.

그런 생각이 들자 지명의 얼굴에는 회심의 미소가 떠올랐다. 혹시 원광이 세작으로 활용하기 위해 막근개를 자신에게 보낸 것인지도 모른다는 의심이 들기도 했지만, 그것은 그것대로 좋다고 생각했다. 세작이란 어차피 이중첩자 노릇을 하기 십상이었다. 자신의 목숨을 부지하기 위해서는 그것이 가장 현명한 선택일지도 몰랐다.

지명은 설사 막근개가 원광의 지시에 따르는 세작일지라도, 그것을 역이용하면 오히려 더 좋은 결과를 얻게 될지도 모른다는 것을 철저하게 계산에 넣어두고 있었다.

다음날 아침 지명은 영흥사로 떠났다.

7

서라벌에 있는 사찰들은 주로 천변에 자리를 잡고 있었다. 흥
륜사와 영흥사는 서천에, 영묘사는 남천에, 황룡사는 북천 인근
에 있어 주변 풍경과 썩 잘 어울렸다. 들판을 종횡으로 가로지르
는 물줄기들은 그 양편으로 너른 농토와 곳곳에 농가 마을을 형
성해 놓았고, 그 물줄기를 에두르듯 적당한 자리에 크고 작은 사
찰들이 맞춤하게 들어앉아 있었던 것이다. 어찌 보면 물줄기가
농가와 사찰을 껴안고 돌며 흐르는 형국이라고도 할 수 있었다.

바랑을 걸머진 설원랑은 북천에서 서천으로 이어지는 길을 따
라가면서 이미 추수가 다 끝난 들녘으로 황소울음처럼 퍼져 나
가는 노을을 바라보았다. 노을이 질 때 들판 저 너머에서 들려오
는 황소울음은, 언제나 그의 귀에 처연한 슬픔의 그 무엇으로 각
인되었다. 슬픔이 한꺼번에 덩어리져서 밀려오는 것이었는데, 그

래서 그것은 슬픔이라기보다 삶에 대한 처절한 몸부림이란 생각
도 들었다.

불과 몇 년 전까지만 해도 설원랑은 저물어가는 인생을 고요
하게 관조하면서 즐기고 싶었다. 그런데 삶의 질곡들은 그런 여
유야말로 오히려 치기로 느껴지게 할 만큼 각박했다. 노년에 이
르러 고통스런 삶을 살아가고 있는 미실을 생각할 때마다 그는
심한 자괴심을 느꼈다. 그 고통에 비하면 자신의 치기어린 생각
은 한낱 비린내를 풍기는 비웃두름에 지나지 않았다.

그래서 영흥사로 향하는 설원랑의 발걸음은 비칠거렸고, 그 마
음은 쓸쓸하고 적막했다. 인가가 별로 없어서도 그렇지만 사람들
의 자취 하나 찾아보기 어려워서 사위는 더욱 을씨년스럽기까지
했던 것이다.

더구나 영흥사가 가까워질수록 그 인근에선 집 한 채 찾아볼
수가 없었다. 들판 한가운데 덜렁 절집만 하나 서 있었는데, 절
안팎으로 잡풀들이 무성하게 자라나 도무지 사람이 살 것 같지
않았다. 오래전에 불에 타서 대웅전도 없었으며, 잡풀 속에 드러
난 석등만 옛날의 화려했던 시절을 짐작할 수 있게 해줄 뿐이었
다.

퇴락한 영흥사 절터로 뿌려지고 있는 노을 속에서, 설원랑은
그 자신이 석등이 된 듯 잡초 더미 속에 허허롭게 서 있었다. 지
는 노을 속에 미실이 아련한 형상으로 떠오르고 있었다. 이제 그
녀는 노루 꼬리보다 짧아진 석양처럼 이승의 삶을 마감해야 할

때가 멀지 않았다. 그녀 스스로 몸을 운신할 수 없어 대소변조차 다른 사람의 손을 빌려 받아내야만 할 처지였다. 살은 썩어 문드러지고, 그 곱던 얼굴에는 온갖 주름과 검버섯이 피어 추할 정도였다. 궁궐에 있을 때부터 그녀를 모시던 시녀조차도 대소변은 물론 몸을 닦아주는 일조차 꺼려한 지가 꽤 오래되었다.

결국 대소변을 받아내는 일은 설원랑의 몫으로 남았다. 뿐만 아니라 세 목숨의 질긴 생명을 책임져야 할 소임까지 그에게 맡겨져 있었다. 아니, 누가 맡긴 게 아니라 그 스스로가 선택한 길이었다. 이젠 미실이 궁궐에서 나올 때 챙겨온 금붙이와 온갖 패물들도 다 팔아버려서, 식량을 구하기 위해서는 그가 직접 탁발승처럼 남의 집 대문을 두드리지 않으면 안 되었다.

그래서 설원랑은 몸에 누더기 승복을 걸치고, 머리에 갓을 쓰고, 등에 바랑을 걸머지고 매일 일주문을 나섰다. 목탁까지 챙겨 들었으니 영락없는 탁발승이었다. 아침저녁으로 미실을 위해 부처에게 지성으로 불공을 드리니, 이미 그는 그 옛날의 화랑이나 풍월주가 아니라 온전한 스님의 모습이었다. 미실은 그러한 그를 두고 '미륵선화'라고까지 불렀다.

영흥사가 불에 탄 것은 백정이 왕위에 오른 지 18년이 되었을 무렵의 일이었다. 그 이후 다시 불사가 이루어져야 했으나 당시 신라 왕실에서는 감히 영흥사를 재건할 엄두를 내지 못하고 있었다. 그 황룡사를 지으면서 이미 재정이 바닥났기 때문이었다.

뼈대만 서 있는 일주문을 지나 절 마당으로 들어서다 말고 설원랑은 문득 놀랐다. 겨우 터만 남아 있는 대웅전 뜰을 허허롭게 바라보고 있는 낯선 스님을 발견했던 것이다.

설원랑은 습관적으로 무너진 절의 담벼락 뒤로 얼른 몸을 숨겼다.

낯선 스님은 절 마당에 한동안 돌기둥처럼 우두망찰하고 서 있었다. 그러다가 요사채 쪽으로 걸음을 옮기려 할 때, 기둥 뒤에서 이쪽을 몰래 훔쳐보는 사람의 옷자락을 발견했다.

"저, 여보세요!"

스님은 요사채 쪽으로 다가가며 소리쳤다.

그러자 어떤 사람이 기둥 옆으로 간신히 얼굴을 내밀었는데, 머리에 흰 베수건을 쓴 노파였다. 주름진 얼굴에 눈썹도 하얗게 세었고, 이빨까지 다 빠져서 언뜻 보면 귀신이 현신한 듯했다. 늘 보는 시녀의 얼굴이지만 설원랑의 눈에도 그렇게 보였다.

"뉘시우?"

노파가 고개를 갸우뚱거리며 낯선 스님에게 물었다.

"혹시 여기 미실 궁주님이 계신다 하기에……."

스님은 노파에게 합장을 한 채 어물거렸다.

그 소리를 듣자 흠칫 놀라는 시늉을 하던 노파가 이내 고개를 좌우로 흔들었다. 담벼락 뒤에 숨은 설원랑도 깜짝 놀라지 않을 수 없었다. 몇 년 동안 미실을 찾는 사람이 거의 없었던 것이다. 실로 해괴한 일이란 생각이 들었다.

"그런 분이 계시지 않다는 겁니까?"

다시 스님이 물었지만 노파는 연신 고개만 좌우로 흔들다가 요사채 뒤로 자취를 감추었다.

일주문 뒤에서 두 사람이 주고받는 이야기를 듣고 있던 설원 랑은 마침내 인기척을 보이며 절 안마당으로 들어섰다. 노파가 사라진 요사채 쪽으로 발걸음을 옮기려던 스님은 문득 인기척을 느끼고 뒤를 돌아보았다.

"스님은 어디서 오신 뉘신지요?"

설원랑이 스님에게 합장을 한 뒤 물었다.

그런데 그 낯선 스님은 대답도 하지 않고, 오히려 설원랑에게 이렇게 묻는 것이었다.

"혹시 전 풍월주 설원랑이 아니신지요?"

"……그렇소만. 스님께선 뉘신지?"

그때 스님은 서둘러 설원랑에게 합장을 하며 반색을 하고 말했다.

"소승은 백제 땅에서 온 지명이라 하옵니다. 방금 황룡사에서 원광법사를 뵙고 나서 미실 궁주님이 여기 계신다 하기에 찾아 온 길이었소이다."

"원광법사께서? 백제에서 온 스님이시라고요?"

설원랑은 전혀 의외라는 듯 묘한 표정을 짓다가, 이내 고개를 끄덕이며 마른 풀잎이 무성한 돌층계에 주저앉았다. 옆에 앉으라 는 그의 손짓에 따라 지명도 자리를 잡고 앉았다.

"원광법사와는 수나라 유학시절에 만났었지요."

이렇게 지명이 일부러 우회를 하여 이야기의 실마리를 풀어나가려고 했으나, 이미 설원랑은 어느 정도 짐작이 가는 일이 있었으므로 다짜고짜로 물었다.

"백제 땅에서 오셨다면 무슨 긴한 용건이 있으실 터인데……."

"단도직입적으로 말씀드려서 미실 궁주님을 찾아왔소이다."

지명도 더는 미룰 이유가 없다고 생각했다.

"미실 궁주님은 왜요?"

설원랑도 이미 짐작은 하고 있었기에 놀라지 않고 태연하게 물었다.

"선화공주님의 부탁으로 왔습니다."

지명의 말에 설원랑은 말없이 고개를 주억거렸다.

설원랑도 몇 년 전에 선화가 궁궐에서 쫓겨나 백제 땅으로 갔다는 소문을 들었다. 그리고 거기서 새로 백제왕이 된 마장수 출신 장의 부인이 되어 살고 있다는 것까지도 알고 있었다. 이미 그러한 이야기가 서라벌에 왁자하니 떠돌고 있었기 때문에, 그는 탁발을 다니며 수차례 들었던 것이다.

'선화가 어미의 소식을 알고 싶어 하는 모양이로군!'

설원랑은 지명이 더 이상 이야기하지 않아도 그 사정을 충분히 알 것 같았다. 선화는 어린 시절 같이 한집에 살 때 그를 친부처럼 따랐었다. 그는 아직도 그녀의 몸속에 누구의 피가 흐르고 있는지 그 의문을 지울 수 없었다.

미실은 선화를 신라왕 백정의 핏줄이라고 주장하였지만, 설원랑은 그때까지도 그 진위에 대해서만큼은 확실한 판단을 보류해 두고 있었다. 어찌됐든 어린 시절 선화는 그를 '아버지'라 부르며 따랐었다.

설원랑이 입을 열 때까지 기다리고 있을 참인지, 지명은 그의 입만 시종일관 쳐다보고 있었다. 지루할 정도로 한동안 시간이 흐른 후에야 설원랑은 겨우 입을 열었다.

"공주님께서는 잘 계시오?"

"잘 계십니다. 소승에게 친모의 안부를 알아 가지고 오라고 긴히 부탁을 하셔서."

그러자 설원랑은 깊은 한숨을 내쉰 후에 다음과 같이 털어놓았다.

"먼 길을 오신 스님에게 이런 대접을 해서 죄송하외다. 그러나 사정이 있어 안으로 뫼시지 못하오니, 그 점 혜량하여 주시기 바라오."

설원랑은 그러면서 미실이 영흥사에 머물고 있는 것은 사실이나 만날 수 없는 사정이 있다고 말했다. 그녀가 궁궐을 떠날 때부터 앓고 있던 병은 대풍악질(大風惡疾)이었다. 이 병은 대마풍(大麻風)이라고도 하는데, 이른바 '문둥병'이었다.

미실이 궁궐을 나온 뒤 설원랑은 그녀를 데리고 신라의 산천을 두루 돌며 피부병, 특히 문둥병에 좋다는 온천과 약수터를 순례했다. 그러나 그녀의 병은 차도가 없었다. 점점 더 병이 악화되어 사람들 앞에 나서기조차 어렵게 되자, 몇 년 전부터 불에 타서 요사채만 겨우 남은 영흥사에 와서 머물게 된 것이었다.

미실이 영흥사에 오기 전까지만 해도, 이 절은 신라 왕실에서 관리하던 큰 사찰이었다. 그러나 절이 불에 탄 데다 그녀가 문둥병을 앓고 있다는 사실이 알려지면서 그나마 남아 있던 비구니들까지 다 떠나고 신도들도 더 이상 얼씬대지 않게 되었다. 심지어는 인근에 사는 사람들마저 집을 버리고 이사를 가버리는 사태까지 벌어졌다.

"아까 한 노파를 보기는 했습니다만……."

지명의 말에, 설원랑은 그가 혹시 그 노파를 미실인 줄 알고 있는 모양이라고 생각했다.

"미실 궁주님이 궁궐에 있을 때부터 데리고 다니던 시녀 말씀인가 보군요. 옆에서 시중을 들다 보니 그 노파 역시 문둥병에 걸려 문밖 출입을 삼가고 있지요."

설원랑은 눈길을 땅에 박아둔 채 말했다.

"설원랑께선 괜찮으신 것 같은데……."

지명은 삿갓 속에 숨겨진 설원의 얼굴을 쳐다보았다.

"아직은 괜찮소이다. 보시다시피, 민가에 내려가 먹을거리라도 구할 수 있으니 천만다행이긴 하오만. 그러나 차라리 내가 아프고 미실 궁주님께서 병이 깨끗이 나았으면 좋겠소이다."

그러는 설원랑의 눈에서 눈물방울이 두 볼을 타고 주르르 흘러내렸다.

"나무관세음보살!"

무안해진 지명은 더 이상 그 자리에 앉아 있기가 거북했다. 그래서 그는 일어섰다.

"잠깐, 선화공주님에게는 미실 궁주님이 요양을 하며 잘 계시다고만 전해 주시오. 대마풍 이야기는 전하지 말았으면 좋겠다는 게 내 생각이오. 부탁이오."

설원랑은 그 자리를 막 떠나려는 지명을 불러 세우며 간절한 목소리로 말했다.

멀어져가는 지명의 등 뒤로 어둠이 내리고 있었다. 설원랑은 어둠이 들판을 잠식할 때까지 대웅전 터 돌층계에 우두커니 앉아 있었다. 캄캄한 하늘에서 별들이 하나 둘 눈을 뜨기 시작했다.

설원랑은 하늘에 무수히 떠 있는 저 별들이야말로 이 세상 만물들의 영혼이란 생각을 해보았다. 그렇다면 미실의 영혼은 저 별들 중 어느 별로 떠서 자신의 존재 증명을 빛으로 보여주고 있는 것일까, 생각하며 그는 그 별을 찾기 위해 한동안 고개를 하늘로 향하고 있었다.

까만 하늘에선 유성우가 사선을 그으며 떨어지고 있었다. 가는 유성우의 빛줄기가 하늘 중간에서 소멸되는 것을 바라보면서, 설원랑은 그 순간 자신의 가슴이 무너져 내리는 소리를 들었다.

8

    백제왕 장이 신라에 사신을 보내고 난 다음해 겨울의 일이었다. 신라왕 백정은 다음과 같은 신하의 보고를 듣고 노발대발하지 않을 수 없었다.

    "백제왕 장이 지난 가을에 새로 왕후를 맞이했다고 하옵니다. 대좌평 사택적덕의 여식이라 하옵니다."

    "무엇이라? 허면, 우리 선화공주는 어찌되었소?"

    백정은 눈을 부릅뜨고 소리쳤다.

    "아직도 금마산 밑 사저에서 백제왕의 모친과 함께 살고 있다 하옵니다."

    "이런, 이런! 내 어찌 백제의 장이란 놈을 사위라 하였단 말인가? 오늘 이후 백제는 부마국이 아니라 원수국이다. 감히 우리 신라 왕실을 능멸하다니? 내 반드시 이 원한을 갚고야 말리라."

백정은 이를 부드득 갈고는 곧 병부령 무산을 불러들이게 했다.

"폐하, 신 병부령 대령이옵니다."

병부령은 백정의 추상 같은 명령에 급히 달려오느라 숨까지 헐떡거렸다.

"백제를 치려고 하는데, 지금부터 준비를 하면 언제쯤 원정을 할 수 있겠소?"

"지금은 때가 이르옵니다. 적어도 십여 개월의 준비 기간이 필요하다고 사료되옵니다."

무산의 말에 백정은 진노한 목소리로 소리쳤다.

"뭐가 그리 오래 걸린단 말이오? 내일 당장 문무백관들을 소집해 백제 공략을 논할 것이니, 그리 아시오."

백정은 다음날 일찌감치 편전에 나와 문무백관들의 조회를 받았다. 백관들은 하나같이 병부령의 말처럼 전쟁을 할 시기가 아님을 강조했다.

파진찬 건품(乾品)이 아뢰었다.

"그동안 불사를 일으키느라 국고가 비었사옵니다. 진흥대왕 때 무려 십육 년에 걸쳐 황룡사를 완공하였고, 금당을 완성한 것은 지금으로부터 십칠 년 전의 일이옵니다. 더구나 사 년 전에 무위사(無爲寺)와 삼랑사(三郞寺)를, 그리고 작년에는 금곡사(金谷寺)와 가실사(加悉寺)를 창건하였으니, 군사를 기를 여력이 없었사옵니다. 허나 화랑을 중심으로 한 젊은 낭도들이 용감무쌍하고, 특히 원광법사께서 화랑들을 위해 '세속오계(世俗五戒)'라는 계율을 정해 정신적 가르침을 주고 있으니, 그동안 녹슨 무기를 버리고 군사 훈련을 통해 기강을 바로잡으면 적어도 일 년 내에는 출병이 가능하리라 사료되옵니다."

이와 같은 건품의 말을 듣고 나자, 백정도 수긍을 하고 곧 고개를 끄덕일 수밖에 없었다. 그래도 원광이 세속오계를 지어 화랑들의 정신적 지주 역할을 하고 있다는 것은 큰 위안이 아닐 수 없었다.

"군부조직을 재정비하고, 무기를 새로 만들고, 젊은이들을 뽑아 철저히 훈련시켜 강한 군대를 기르도록 하시오."

백정은 엄명을 내렸다.

"폐하, 분부대로 거행하겠나이다."

문무대신 모두가 깊이 머리를 조아렸다.

대신들이 다 물러간 후 홀로 편전을 지키던 백정은 내관에게 명하여 원광을 입궐케 하라고 일렀다.

다음날 황룡사에 있던 원광이 입궐하여 백정을 알현했다.

"법사께서 세속오계를 지어 화랑들의 정신 교육을 시키고 있다 들었소. 가까이에서 눈여겨본 화랑들 가운데 쓸 만한 인재가 있더이까?"

백정이 원광 가까이 몸을 기울이며 조용한 목소리로 물었다.

"폐하! 화랑은 우리 신라의 보배이옵니다. 잘만 키우면 나라의 큰 동량이 될 것이오니, 구국의 차원에서 적극 후원을 할 필요가 있다고 사료되옵니다."

원광은 늘 시원시원하게 말했다. 백정은 그것이 마음에 들었으며, 그래서 더욱 그를 미더워하고 있었다.

"허허, 그것 참 반가운 일이오. 법사께서도 이미 알고 있는 일이겠지만, 선화공주 일로 백제를 공략하려 하오. 화랑 가운데 무예가 출중하고 용맹한 인물이 있으면 추천해 주시오."

"네, 가장 먼저 소승을 찾아와 가르침을 청한 귀산(貴山)과 추항(箒項)이라는 두 젊은이가 있사옵니다. 사실은 이들이 가르침을 부탁하여 처음에 세속오계를 지었사옵니다. 마음가짐이 신실한 데다, 싸움에 임하면 물러서지 않는 용감무쌍한 화랑들이니 전장에 나가면 큰 공을 세울 인물들이라 판단되옵니다."

"법사의 말을 들으니 짐의 마음이 든든해지는구려."

백정의 어두웠던 얼굴에 금세 화색이 돌았다.

"황공하옵니다. 폐하!"

"법사, 명년에는 황룡사에서 백좌강회(百座講會)를 여는 게 어떻겠소?"

"성은이 망극하옵니다. 어명을 받들어 강회를 준비토록 하겠나이다."

원광이 두 손을 모아 합장을 하며 머리를 조아렸다.

백좌강회는 나라가 어지러울 때 힘을 하나로 모으기 위해 여는 귀족 중심의 호국적인 대행사였다. 높고 큰 상 백 개를 벌여놓고 초대된 귀족들이 그 상 앞에 차지하고 앉는데, 이를 부처가 앉은 자리라 하여 사자좌(師子座)라고 불렀다. 이 강회를 열면 큰스님이 나라의 공덕을 비는 설법을 하기 때문에, 이를 달리 '백고강좌(百高講座)'라고도 일렀다.

"실로 오랜만에 법사의 설법을 듣게 된다고 생각하니 벌써부터 기대가 되는구려."

백정은 언제 그랬냐는 듯 말끔히 시름을 걷어낸 얼굴로 웃었다. 이때 문득 원광은 다른 이야기를 꺼냈다.

"전에 지명법사를 만난 일이 있사옵니다."

"지명법사가 유학을 마치고 귀국했단 말이오?"

백정은 오래전에 진나라로 유학을 떠난 신라 승려 지명(智明)을 떠올렸다. 그러나 원광이 말하는 지명은 다른 인물이었다.

"우리 신라 승려가 아니고, 연전에 백제에서 사신을 따라왔던 지명법사를 이르는 말이옵니다."

"오, 그 백제 승려도 지명이었던가요? 그런데 어찌 그 승려가 백제로 돌아가지 않고 법사를 찾아갔단 말이오?"

백정은 의혹의 눈초리로 원광을 쳐다보았다.

"사신들 먼저 보내고 지명법사는 우리 신라 땅에 남아 두루 산천을 살피고 돌아갔다 하옵니다."

"흐음, 그것 참 괴이한 일이로고."

"당시 황룡사에 여러 날 머물렀는데, 사찰 경내를 두루 둘러보며 매우 놀라는 눈치가 역력하였사옵니다. 특히 금당을 보고 여러 번 감탄하는 말을 했사옵니다."

원광은 그러면서 왕을 정면으로 바라보았다.

"법사께서는 그 백제 승려의 정체를 뭐라 생각하셨소?"

"당시로선 알 수 없는 일이었사오나, 앞으로 백제의 지명법사가 뭔가 큰일을 낼 것 같은 예감이 들었사옵니다."

"큰일을 내다니요?"

백정은 눈을 크게 뜨며 고개를 갸우뚱거렸다.

"이를테면 크게 불사를 일으킬 생각인 모양입니다. 당시 소승에게 사찰 건축에 대해 이것저것 묻는 것이 많았사옵니다."

"허면, 백제가 우리 신라처럼 불국토를 만들겠다는 의지를 갖고 있다는 것이 아니겠소?"

"앞으로 백제를 만만히 봐서는 안 된다는 말씀이옵니다. 고구려는 강성하고, 백제 또한 군사력을 무시할 수 없사옵니다. 따라서 고구려와 백제를 견제하기 위해서는 수나라와의 외교를 강화해야 하옵니다. 수나라로 하여금 고구려를 공격케 하고, 백제가 수나라를 도와 고구려를 협공토록 하면, 우리 신라는 한동안 안심할 수 있을 것이옵니다. 그러는 가운데 군사력을 키워 삼국통일의 지지 기반을 마련하는 데 전력을 기울이는 것이 상책이옵니다."

원광의 말을 듣자, 백정은 크게 만족해 하며 무릎을 쳤다.

"과연 법사의 지혜는 놀랍구려. 허면 법사는 지금 서둘러 백제를 치는 것이 옳지 않다는 말이오?"

"그러하옵니다."

"문무백관 누구도 우리 신라의 군사력이 충분치 못해 백제를 치는 일을 미뤄야 한다고 말하면서도, 법사처럼 명쾌하게 대안을 제시하지는 못하였소. 우리 신라의 군사력을 강화하기 위하여 법사께서 화랑들에게 세속오계의 계율을 가르쳐 정신무장을 단단히 시키도록 해주시오."

백정은 큰 근심을 덜었다는 듯 모처럼 만에 호탕하게 웃었다.

제 3 장

용의 전설

1

편전에 홀로 앉아, 백제왕 장은 고독을 저작(詛嚼)하고 있었다. 고독이라는 시간 앞에 젊음은 오히려 독이었다. 혼란이고, 두통이었으며, 참을 수 없는 분노를 삭여야 하는 인내의 아픔이었다. 머릿속은 복잡했으나 어느 한 가지 정리되는 것이 없었다.

지명의 말대로 신라에 사신을 파견하여 선화와의 결혼을 움직일 수 없는 사실로 받아들이도록 했으나, 신라왕 백정이 백제를 부마국으로 얕잡아보는 것에 대해 신하들은 분노했다. 그것이 오히려 반사적으로 역효과를 가져왔다. 따라서 장은 백제의 피를 이어받은 귀족의 딸을 왕후로 맞이해야 한다고 주장하는 문무백관들의 고집을 꺾을 수 없었다.

결국 장은 대좌평 사택적덕의 둘째딸을 왕후로 맞아들였다. 그러면 자연히 선화는 후비의 자리에 머물 수밖에 없었다. 후비라 하지만 궁궐에 들어오지도 못한 채 여전히 멀리 떨어진 금마저의 사저에 머물러 있어야만 했다. 사택 왕후 쪽에서 선화의 입궐을 원치 않았고, 거개의 대신들 의견도 그러했기 때문이다.

장은 모친과 선화를 궁궐에서 살게 하려고 내심 부단한 노력을 기울였다. 그러나 무력한 왕권은 굳건한 권력을 쥐고 있는 신권을 이기지 못했다. 이렇게 신권의 강압에 못 이겨 사택왕후를 맞이하였는데도, 여전히 왕의 곁에는 믿을 만한 신하가 없었다.

그러니 젊은 왕의 고독은 날이 갈수록 더욱 깊어질 수밖에 없었다. 그 무렵, 용화산 사자사 주지 지명이 가지고 온 소식은 실로 놀라운 것이었다.

장이 왕위에 오른 지 3년이 지난, 그해 여름의 일이었다.

지명이 편전에 들어와 왕과 마주했다.

"폐하! 연전에 소승이 신라 땅에 갔다가 세작을 하나 심어두고 왔나이다."

"세작이라면? 첩자를 이르는 말이 아니오?"

장이 눈을 번뜩 빛내며 물었다.

"그렇사옵니다. 원래 우리 백제 태생인데, 신라 땅에 흘러들어 지금은 황룡사에서 공장의 소임을 맡은 거사이옵니다."

"오오, 그래요? 허면 그 자로부터 무슨 연락을 받았단 말이오?"

"그러하옵니다. 소승이 가끔 수하로 부리는 자들을 황룡사에 머물고 있는 세작에게 보내 알아본 결과, 지금 신라에선 전쟁 준비로 군사력을 강화하는 데 총력을 기울이고 있다 하옵니다. 폐하께서 사택 왕후를 맞은 일로 신라왕이 진노했다고 하는데, 그 래서 벌써 작년 겨울부터 군사를 정비하고 있다는 첩보이옵니다. 세간에 들리는 말로는 원광법사가 세속오계를 지어 화랑의 계율 로 삼는 등 정신 무장에도 만전을 기하고 있다는 것이옵니다."

장은 이미 짐작하고 있던 일이긴 하였으나, 지명의 말을 들으 면서 사태가 더욱 급박해졌음을 간파했다.

신하들 중 누구 하나 나라의 위태로움을 걱정하는 자가 없었 다. 그런데 지명은 비록 승려지만 백제의 안위와 미래를 걱정하 고 있다는 점에서, 권력이나 행사하고 치부로 자기 욕심만 채우 려는 대신들과는 질적으로 달랐다. 그런 의미에서 장은 지명과도 같은 선견지명을 가진 신하가 곁에 없다는 사실이 그저 한탄스 러울 따름이었다.

"짐 가까이에 있는 신하들 중 법사 같은 인물이 단 한 명이라도 있다면 얼마나 좋겠소? 나라 기강이 바로 서는 대로 궁궐 가까이 에 큰 절을 지을까 하오. 그때는 법사께서 그 절에 머물면서 짐의 곁을 지켜주시오."

장은 얼마 전부터 마음속으로 생각하던 계획을 지명에게 털어 놓았다.

"폐하! 금마저에 계신 대부인 마님을 위해서라도 소승은 용화 산 사자사에 그대로 남아 있어야 하옵니다."

지명은 이렇게 걱정하는 투로 말했지만, 사실상 그것은 은근히 왕이 모친과 선화를 금마저에 그대로 머물게 한 데 대한 질책의 의미가 담겨진 뼈 있는 말이기도 했다.

장 또한 그것을 모르지 않았다. 왕위에 오른 이후 한시도 모친과 선화의 안위를 걱정하지 않은 날이 없었다. 당연히 금마저에서 궁궐로 모셔 와야 하겠지만, 신하들의 반대로 그것이 결코 쉽지만은 않았다. 특히 사택 왕후가 궁으로 들어온 이후부터 선화에 대한 견제가 심해지면서 사정은 더욱 어려워졌다.

"물론 언젠가는 어머님과 부인을 궁궐로 모셔 와야지요. 그러려면 이 궁궐도 중수를 해야 하겠는데, 아직 군사력을 기르는 데 힘써야 하므로 좀 더 두고 볼 일이라 생각하오."

장은 그러면서도 지명 앞에서 부끄러운 생각을 거두기가 어려웠다. 궁궐 중수와 군사력 강화를 이유로 댔으나, 사실 왕권이 강하다면 모친과 선화를 입궐시키는 것은 문제도 아니라고 생각했다.

어쩌다 보니 모친과 선화는 실과 바늘의 관계처럼 되어 있었다. 모친을 궁궐로 모시려면 당연히 선화가 따라와야 했다. 그리고 선화를 금마저에 남겨둔다면 당연히 모친도 그곳에 있어야만 하는 것이었다. 그래서 두 사람을 다 입궐시키는 것이 쉽지 않았던 것인데, 그러나 장은 그것을 애써 말로 표현하지는 않았다.

"지당하신 말씀이옵니다. 지금은 국력 신장이 필요한 때입니다. 그러나 군사력 강화도 중요하지만 무엇보다 백성들의 뜻을 하나로 모으는 일이 시급하옵니다."

지명은 그러면서 은근슬쩍 왕의 눈치를 살폈다.

그때 장은 손짓을 하여 내관을 편전 밖으로 내보낸 후, 지명을 가까이 불러 작은 소리로 말했다.

"짐도 그런 생각을 해오던 참이었소. 지금 이 나라는 왕권보다 신권이 강해 귀족들이 나라 정사를 좌지우지하고 있소. 결국 백성들의 삶을 피폐하게 하고, 귀족들만 태평천하의 세상을 만드는 결과를 낳고 말았소. 짐은 백성들의 뜻을 따르는 정치를 하고 싶소이다. 허나 백성들의 뜻을 하나로 모으려면 어찌해야 하는지, 법사께서 그 지혜를 밝혀주시오."

장은 오래전부터 지명에게 하고 싶었던 말을 꺼낸 것이었다.

"백성들은 오직 폐하의 은총만을 바라고 있사옵니다. 폐하께서 성군이 되셔야 백성들이 뜻을 모아 따를 것이옵니다. 백성들이 폐하를 따르게 되면 자연 왕권이 강화되면서 신권이 힘을 못 쓰게 됩니다. 지금 백성들의 원성이 높은 것 또한 권력을 쥔 탐관오리들의 착취가 심하기 때문이옵니다. 왕권을 강화하는 길은 폐하께서 백성들의 마음을 얻는 방법밖엔 없사옵니다."

지명도 작지만 단호한 어조로 대답했다.

"그러니 법사의 지혜가 필요하다는 것 아니겠소?"

장이 조금은 답답하다는 듯한 표정을 지었다.

"지금 당장은 신라가 침공을 해올지 모르니, 그것에 대비해야 하옵니다. 폐하께서 신라와의 전투를 승리로 이끄는 것도 백성들에게는 큰 위안이 아닐 수 없사옵니다. 또한 더불어 권력을 쥔 신하들도 폐하를 두려워하게 될 것이옵니다. 지금이야말로 백성들의 마음을 얻고 왕권을 강화하는 절호의 기회라 생각되옵니다. 그런 연후에 나라가 점차 안정되면 그때 소승의 생각을 말씀드리겠나이다."

"법사께선 너무 걱정 마시오. 반드시 짐이 신라의 침공에 대한 특단의 대책을 마련토록 할 것이오."

장은 젊은 군주답게 패기가 있었다. 그리고 지명의 말이 백번 옳다고 생각했다. 우선 눈앞에 보이는 급한 불부터 먼저 꺼야만 했다.

지명이 편전에서 물러간 후 장은 장고를 거듭했다. 신라가 한창 전쟁 준비로 광분하고 있을 때 기습적으로 공격을 감행하여 간담을 서늘하게 해주겠다는 것이 그의 생각이었다.

그러나 신라를 먼저 공격하기 위해서는 전략이 필요했다. 우선 문무백관들을 설득할 명목이 있어야 했으며, 전쟁에서 반드시 승리할 수 있는 전략적 기반이 마련되지 않으면 섣불리 거병하기가 곤란하다는 점을 장은 결코 간과하지 않았다.

사택 왕후와 결혼한 후 장은 많은 부분에서 생각이 바뀌었다. 우선 정사를 움직이는 것이 군주 마음대로 되는 것이 아님을 알았다. 이상론보다는 현실론이 더 실리적인 힘을 발휘했다. 두 발 전진하기 위해 한 발 뒤로 물러서는 전략도 필요하다는 것을 깨달았다.

여름은 무더웠고, 장은 그 무더위보다 더 혹독한 내면의 열병으로 얼굴에 열꽃이 돋을 지경이었다. 나라를 다스리는 힘은 권력에서 나오는데, 그것을 얻으려면 궁극적으로 백성들의 지지를 끌어내지 않으면 안 된다는 지명의 말에 그도 백번 공감하고 있었다. 그 역시 오래전부터 갑론을박이나 일삼는 문무백관들보다 백성들의 지지를 얻어야만 왕권을 회복할 수 있다는 생각을 해오고 있었는데, 그것을 다시금 지명이 일깨워주었던 것이다.

때마침 장은 신라가 전쟁 준비에 광분하고 있다는 지명의 말을 듣고 나서야, 전쟁에서 적을 이겨 나라를 안돈시키는 길만이 백성들의 지지를 일격에 끌어낼 수 있는 절호의 기회라고 판단했다. 그러기 위해서는 직접 군주 스스로 원정에 나서야 하며, 신라의 급소를 쳐서 단시일 내에 괄목할 만한 성과를 얻어내야만 했다.

열흘 가까이 지도를 보며 고심하던 끝에, 장은 한 달 후 날씨가 선선해져 가을로 접어들었을 때 거병을 해야겠다고 생각했다.

결심이 서자 장은 문무백관들을 소집한 후 일성을 터뜨렸다.

"지금 신라가 전쟁 준비에 광분하고 있소. 왜 신라가 갑자기 우리 백제를 침공하려는지, 다들 그 이유는 잘 알고 있을 것이오."

장은 일단 사택 왕후와의 결혼을 극구 주장한 신하들의 입부터 틀어막을 필요가 있다는 판단에서, 그렇게 단단히 오금을 박아두었다.

문무백관들도 왕이 말하는 뜻을 잘 알고 있었다. 그래서 아무도 이렇다 할 반응을 보이지 않은 채 다음에 떨어질 말에만 귀를 기울였다.

이때 장은 잠시 뜸을 들였다. 일단 신하들의 분위기를 파악할 필요가 있었기 때문이다. 역시 아무도 먼저 입을 여는 신하가 없었다.

"해서, 짐은 우리 백제가 방심하고 있는 신라를 선제공격해야 한다고 생각하오. 신라를 선제공격한다고 해서 우리에게 전쟁의 명분이 없는 것은 아니오. 우리 백제의 성왕이 지금으로부터 약 오십 년 전 관산성(管山城: 옥천) 전투에서 훙거(薨去)하셨소. 그로 인하여 백 년간 이어오던 신라와의 동맹이 깨졌고, 그 이후 우리 백제는 이렇다 할 보복을 한 적이 없소. 이 기회에 성왕의 원수를 갚고, 그때 입은 나라의 오욕을 씻어야 할 것이오. 이번 전투는 속전속결로 끝내야 원정군에게 유리하므로, 장수와 군사들이 모두 용맹스러워야 하오. 누구 자원할 장수가 있으면 나서시오."

장이 성왕까지 들고 나오며 전쟁의 명분을 거론하자, 신하들은 하나둘 고개를 끄덕이며 동조의 눈빛을 보냈다. 그러나 누구도 먼저 내놓고 찬성하는 신하는 없었다.

권력의 중심인 대좌평 사택적덕이 침묵으로 일관하고 있었기 때문이다. 따라서 그를 추종하는 세력들 역시 눈치만 보며 선뜻 나서기를 꺼려 하였던 것이다.

사택적덕이 침묵을 지킨 것은 사위가 된 왕이 처음으로 정치 전면에 나선 마당이고, 그래서 이를 저지할 수 있는 입장이 못 되었기 때문이다. 그렇다고 대놓고 지지하고 나서면 자칫 오해를 불러올 수도 있는 일이었다. 신라에 전쟁의 명분을 준 것은 선화를 궁궐로 들이지 않고, 사택 왕후를 맞이한 일이 빌미가 되었다는 것을 왕이며 신하들 모두 잘 알고 있는 터였다. 따라서 그러한 빌미를 제공한 당사자가 신라를 선제공격하기 위해 앞장을 선다는 것은 결국 병 주고 약 주는 꼴밖에 되지 않음을 그는 잘 알고 있었다.

장은 사택적덕의 그러한 심리를 모르지 않았다. 그래서 더욱 신하들을 몰아붙이기로 했다.

"왜들 대답이 없소? 우리 백제에 이렇게 용기 있는 장수가 없단 말이오?"

장이 다시 큰소리로 다그치자 문득 병관좌평 해수(解讎)가 나섰다.

"소장을 보내주시옵소서!"

소리 나는 쪽을 바라보던 장은 만족스럽게 웃었다.

해수는 해씨 세력을 대표하는 인물로, 장이 사택씨의 세력을 견제하기 위해 전에 대좌평의 사위가 맡고 있던 병관좌평의 자리를 그에게 천거한 바 있었다. 사실 장은 사택 왕후를 맞아들이는 조건으로 병관좌평을 교체한 것이었다.

대좌평이 왕과 병관좌평을 사위로 둔다는 것은 권력을 사택씨 집안으로 몰아주는 것이 되므로, 사실상 다른 세력들의 반발이 없었던 것도 아니었다. 당시 해씨·진씨(眞氏) 등은 부여족 계통의 지배 세력이었고, 사택씨·연씨(燕氏) 등은 마한계(馬韓系)의 신흥 세력으로 서로가 핵심 권력을 놓고 주도권 다툼을 벌이고 있었던 것이다. 그래서 병관좌평을 교체한 것인데, 전 병관좌평 연근치(燕根治)의 경우 사사롭게는 왕과 동서지간이 되는 셈이므로 그에게는 따로 궁궐의 숙위 책임을 맡은 위사좌평 자리를 주었다.

장은 사택씨 세력을 견제하기 위해 새롭게 병관좌평 자리에 앉힌 해수에게 말했다.

"고맙소만, 병관좌평은 다시 크게 쓰일 때가 있을 것이오. 이번에는 짐이 직접 원정에 나서겠소."

장은 이미 작정한 바를 말한 것이었다.

신라와의 이번 싸움은 시작에 불과했다. 앞으로 얼마나 긴 세월을 놓고 일진일퇴의 공방전을 벌여야 할지도 몰랐다. 따라서 이번 출정은 기습 공격을 감행하여 치고 빠지는 전술로 신라군을 자극하는 것으로 족했다. 피를 흘려 전투를 하기보다 기선을 제압한 후 일단 철군을 하고, 곧이어 있을 신라군의 반격에 대비해 용기 있는 장수를 필두로 한 정예병을 기르는 것이 중요하다고 생각했던 것이다.

"이번 전투에도 소장이 폐하를 모시겠나이다. 원정군의 선봉장을 맡겨주시옵소서."

해수는 물러서지 않았다.

"아니 되오. 짐이 원정을 나간 사이 병관좌평께서는 다음 전쟁을 위해 군사를 조련시켜주시오. 이번 전쟁에선 큰 전투가 벌어지지는 않을 것이오. 그러나 다음 전투는, 신라가 어디를 공략해

올지 모르지만 아마도 큰 전투가 될 것이오. 짐이 해수 장군을 아껴두는 것은 바로 그 전투에 대비해서이니, 만전을 기하여 정예 군사를 조련토록 하시오."

이처럼 장이 다음에 치르게 될지도 모르는 신라와의 전투까지 예견하고 있는 것을 보고, 문무백관 누구도 감히 반론을 제기하고 나서지 못했다.

"소장 해수, 폐하의 분부대로 거행하겠나이다."

해수가 허리를 꺾었다.

이때 연근치가 나섰다.

"폐하! 이번 전투에는 소장을 보내주시옵소서."

연근치는 왕에게 신임을 얻을 수 있는 절호의 기회라고 생각했다.

"신 대좌평의 생각에도 연 장군이 적임자인 듯싶사옵니다. 그리고 폐하께서는 이번 전투에 출전하지 않으시는 것이 좋을 듯하옵니다."

뒤늦게 사택적덕이 한 발 앞으로 나서며 말했다. 연근치가 자원한 마당에 왕까지 원정길에 나선다면, 그에게는 두 사위가 모두 출전을 하게 되는 셈이었다. 그것은 매우 위험스러운 일이 아닐 수 없었다.

"아니오. 이번 원정에는 짐이 반드시 출전해야 하오. 대좌평께서는 너무 심려치 마시오. 이번 전투는 큰 싸움이 되지는 않을 것이오. 신라의 급소만 쳐서 따끔한 맛을 보여주는, 치고 빠지는 전략을 구사할 것이오."

장은 자신의 주장을 꺾지 않았다.

결국 장이 원정군을 이끌고 출전하고, 연근치가 그 선봉에 서기로 했다.

장이 공격 목표로 삼은 것은 전에 대가야 땅이었던 곳을 신라가 흡수해, 이젠 백제와 국경을 마주하고 있는 아막성(阿莫城: 지금의 雲峰)이었다. 이 성은 백두대간 줄기를 타고 내려와 지리산 동쪽에 자리한 지역으로 섬진강 줄기가 이어지는 군사적 요충지였다. 따라서 이 성을 차지하면 섬진강 너머로 펼쳐지는 옛날 가야 지역의 곡창지대를 경영할 수 있었다. 그 지역에서 나오는 세수만 확보해도 그동안 피폐해진 국가 재정에 큰 도움이 되리라 생각한 것이었다.

젊음이라는 패기를 앞세운 장은 자신만만했다. 정예병 3천이면 아막성을 공략할 수 있으리라 판단하고 선봉장 연근치로 하여금 용맹한 군사들로 원정군을 차출하라 일렀다.

장이 원정군 3천을 이끌고 신라의 변경인 아막성으로 떠난 것은 팔월 중순 무렵이었다. 당시 신라는 특히 한가위 명절을 기해 나라 곳곳에서 대단히 큰 행사들을 벌였다.

장은 이처럼 신라가 한가위 명절에 들떠 방심하고 있는 틈을 타서 기습적으로 공격을 감행하여 단시일 내에 성을 탈취하려는 심산이었다.

그러나 장이 예측했던 것과는 달리 아막성은 의외로 만만치 않은 방어벽을 형성해 놓고 있었다. 백제 정예병 3천 군사가 일시에 들이닥쳤으나 성문은 매우 견고하였고, 성벽은 높았으며, 신라군은 일당백의 방어 전술을 갖고 있었다.

아막성은 산세가 험악한 요새에 자리잡고 있었다. 따라서 공성 전투에 필요한 사다리와 운제와 투석기 등이 동원되었지만 산성은 끄떡도 하지 않았다. 백제군이 공격할 때마다 성벽 위에서는 돌이 굴렀으며, 뜨거운 기름이 부어져 머리가 깨지고 얼굴에 화상을 입어 떨어지거나 나자빠지는 자가 부지기수였다. 화강암의 성벽은 백제군의 피로 붉게 물들었고, 시체가 뒹구는 산비탈의 단풍 또한 붉은 울음을 토해 내고 있었다.

이때 정작 붉은 피울음을 토해내고 싶은 사람은 장이었다. 젊은 혈기로 덤벼들었으나, 그는 처음 전투에 임하는 마당이라 너무 경험이 부족하다는 사실을 뼈저리게 깨달았다.

'아아, 내가 너무 적군을 얕잡아보았군!'

장은 마음속으로 이렇게 외치지 않을 수 없었다. 첫 번째 공성 전투에 실패하자, 그는 더욱 마음이 다급해졌다. 신라에서 원군을 보내기 전에 성을 함락시켜야 하는데, 적의 방어벽이 워낙 탄탄하여 장기전으로 갈 가능성이 컸다.

"연 장군! 어찌하면 좋겠소?"

장은 군막에서 연근치와 마주 앉았다.

"폐하! 시간을 벌어야 할 것 같사옵니다. 초전에 군사들의 사기가 크게 떨어졌으므로, 며칠 시간을 두고 군사들을 정비해 성을 공략토록 하는 것이 좋을 듯싶사옵니다. 군사를 둘로 나누어 공격하면 저들도 어지러워져 방어벽을 쉽게 무너뜨릴 수 있을 것이옵니다."

"그러나 문제는 신라의 원군이오. 분명 저들이 원군을 요청했을 터인데, 시간을 끌면 원군과의 교전에도 대비해야 할 것이오."

장은 수심에 싸여 있었다.

일단 백제군은 정예병 3천 군사로 아막성을 포위하기는 했으나, 산세가 험하여 완벽하게 포위망을 형성할 수는 없었다. 따라서 아막성의 신라군이 띄운 파발마가 이미 원군을 요청하기 위해 백제군의 포위망을 빠져나갔을 가능성이 높았다.

이러한 장의 예견은 그대로 들어맞았다. 불과 사흘 만에 신라왕 백정이 보낸 신라 정기병(精騎兵) 수천이 아막성을 향해 진군해 오고 있다는 보고가 들어왔다. 밤낮으로 잠도 자지 않고 말을 달려 진군한 모양인지, 백제군이 재정비를 하기도 전에 신라 원군이 공격을 가해 왔다.

장은 잠시 혼란에 빠졌다. 백제군이 아막성의 포위망을 풀고 신라의 원군과 대적하면, 성내에서 방어하던 아막성 군사까지 몰려나와 앞뒤로 공격을 받을 수밖에 없는 상황이었다.

이처럼 진퇴양난의 기로에 서게 되자 장은 곧바로 결단을 내렸다.

"모두 철군한다!"

어찌 보면 장의 첫 원정은 실패로 끝났다고 볼 수도 있었다. 그러나 달리 생각해 보면 그것은 미리 계산된 장의 작전이기도 했던 것이다.

원정에 나설 때 장은 두 가지 경우의 수를 마음속에 계산해 두고 있었다. 어차피 아막성을 공격하는 의도는 신라군을 자극하기 위한 것이었으므로, 기습공격으로 점령하거나 그렇지 않으면 전투를 길게 끌지 않고 겁만 준 뒤 군사를 돌릴 생각이었다.

그래서 장은 철군 명령을 내리고도 크게 절망하지 않았다. 신라군의 협공에 쫓기던 백제 군사들이 다소 기가 꺾이긴 했지만, 절망하기에 앞서 어서 빨리 궁궐로 돌아가 대책을 논해야 한다는 생각 때문에 마음이 다급했을 뿐이었다. 다행스러운 것은 너무 빨리 백제군이 철군하자, 신라 원군도 적이 복병전술을 쓰는 것인지도 모를 일이라 생각하여 추격치 않고 산성 안으로 들어가버린 것이었다.

궁궐로 돌아온 장은 병관좌평 해수를 불러 다음과 같이 명령했다.

"이제부터 백제와의 본격적인 싸움이 시작될 것이오. 병관좌평은 정예병 훈련에 더욱 박차를 가하시오."

그리고 나서 채 두 달이 되기도 전에 신라군이 소타(小陀)·외석(畏石)·천산(泉山)·옹잠(甕岑) 네 성을 새로 쌓고 백제 변경을 공격했다. 백제왕 장은 병관좌평 해수로 하여금 그동안 훈련시킨 정예병 4만을 거느리고 가서 신라군을 맞서 싸우게 했다.

"신라군을 만만하게 보아선 안 되오. 적들은 지난 아막성 전투를 통해 우리 백제군이 별것 아니라고 생각하고 있을 것이오. 그때 짐이 일부러 져주는 척하며 회군을 한 것은 이번에 벌어질 큰 전투에 대비하기 위한 허허실실의 전술이었소. 따라서 장군은 신라군과 접전을 할 때 치고 빠지는 작전으로 유인책을 쓰는 것이 좋을 것이오. 그렇게 신라군을 움치고 뛸 수 없는 적소(適所)로 몰아넣은 후 복병을 활용하여 일망타진하는 계책을 강구해 보시오."

장은 비록 백제와의 첫 전투에서 실패하였지만, 이처럼 자신감에 차 있었다.

"신 병관좌평 해수, 폐하의 명을 받들어 신라군을 섬멸하고 개선하겠나이다."

해수는 곧 보기병(步騎兵) 4만을 이끌고 원정길에 나섰다.

2

때는 살얼음이 얼기 시작하는 시월이었다. 낮에는 그래도 따스한 햇살이 산야의 들풀을 말리고 있었지만, 밤이 되면 살로 파고드는 바람이 제법 매서웠다.

신라의 상장군 건품(乾品)은 휘하 장수 무은(武殷)으로부터 백제군 4만이 진격해 온다는 보고를 받고 대응 전략을 짜기에 골몰해 있었다.

"사만의 군사라면 만만치 않은 싸움이 될 거요."

건품이 무은을 바라보았다.

"백제 장수는 해수라고 합니다. 젊은 백제왕이 병관좌평에 제수한 자로, 지금까지 그리 알려진 인물은 아닌 것 같습니다. 왕이나 장수가 다 애송이니, 군사가 사만이라지만 오합지졸에 불과할겁니다. 뭐 전략이랄 게 있겠습니까? 우리 신라의 용맹한 군사들을 뽑아 일시에 들이치는 게 최선의 비책입니다. 소장이 선봉을 맡겠으니 상장군께선 적진이 어지러워질 때를 기다렸다 전군에 공격 명령을 내리십시오.”

성질 급한 무은이 말했다.

건품과 무은 사이에 놓인 큰 탁자 위에는 지도가 펼쳐져 있었다. 그리고 무은의 옆에는 귀산과 추항이 칼과 창을 움켜쥔 채 시립해 있었다.

귀산과 추항은 원광이 신라왕 백정에게 추천했던 바로 그 화랑들이었다. 아직 스무 살이 채 안 된 젊은 장수들이었다. 귀산은 무은의 아들이었고, 추항은 귀산과 절친한 친구 사이였다. 이들 젊은 화랑들은 무은을 수족처럼 따랐다.

“적을 어지럽게 만드는 일은 제게 맡겨주십시오.”

“저도 선봉에 서겠습니다. 임전무퇴의 정신으로 적을 무찌르겠습니다.”

먼저 귀산이 나섰고, 추항도 맞장구를 쳤다.

“오오! 젊은 장수들이 있어 든든하오. 무은 장군이 선봉장이 되어 귀산과 추항 두 장수를 앞세우고 공격토록 하시오. 그러나 백제군을 너무 얕잡아보아서는 안 되오. 복병이 있을지 모르니 너무 적진 깊숙이 파고들지는 말고, 일단 기선만 제압한 후 빠르게 군사를 돌리시오.”

상장군 건품은 믿음직스런 눈길로 귀산과 추항을 바라보았다.

신라의 주력군은 천산의 산성에 주둔하고 있었다. 산 아래에는 너른 들판이 펼쳐져 있었고, 저 멀리 들판의 서쪽 편에 갈대밭으로 둘러싸인 큰 호수가 보였다. 그리고 호수와 가까운 곳에 구릉이 있어, 그 사이가 마치 호리병의 목처럼 협소한 공간을 형성하고 있었다.

지도 위에도 호수와 구릉이 그려져 있었다.

"내일 백제군은 이 호수를 지나 쳐들어올 것이오. 그리고 이 불룩한 달항아리처럼 생긴 들판에서 우리 신라군과 격전을 벌이게 될 것인데, 선봉군은 백제군을 추격할 때 이 호수를 지나쳐 진격하는 일이 없도록 하시오. 이 구릉과 호수 사이는 마치 호리병처럼 협소한데다, 구릉과 갈대밭이야말로 적들이 매복하기 딱 좋은 곳이오."

건품은 너무 용맹스런 장수 무은이 걱정이었다. 더구나 믿음직한 젊은 장수 귀산과 추항이 있으니, 자칫 자만심을 가지고 적진 깊숙이 들어갈까 염려스러웠던 것이다. 이 세상 어떤 일이든 과하면 반드시 화를 부르게 되는 법이었다.

"초나라 항우는 쐐기 전법으로 적을 공략해 백전백승을 거두었습니다. 내일은 소장이 두 젊은 장수를 앞세워 백제군의 정중앙을 쐐기 박듯 뚫고 나가 적진을 어지럽게 만들 것입니다. 상장군께서는 좌우 양군으로 군사를 배치했다가 양편으로 갈라져 갈팡질팡하는 적들을 쓸어버리시면 됩니다."

무은의 자신만만함은 우렁우렁한 목소리에서도 감지되었다.

"지형제세로 보아 항아리 안에서의 싸움이므로, 아군이나 적군이나 퇴각로가 제대로 확보되지 않은 상태요. 이러한 때는 군사의 수보다도 용맹한 장수와 군사들의 투지력이 강한 쪽이 이기게 돼 있소. 선봉을 맡게 될 젊은 두 장수만 믿겠소."

건품은 귀산과 추항의 늠름한 모습에 다소 안심이 되었다.

다음날 새벽에는 살짝 싸락눈이 내렸다. 찬 서리와 함께 나뭇가지 끝에 얼어붙은 싸락눈은 하루아침에 세상을 온통 흰색으로 덧칠해 버렸다. 동쪽에서 붉은 기운이 돌며 아침노을이 진하게 지더니 산등성이 위로 해맑은 햇살이 비쳤다. 서리와 눈은 햇살이 닿자마자 자지러지듯 녹아내리면서, 나뭇가지와 갈색 풀 이파리에 금세 영롱한 물방울을 매달았다. 습기로 젖은 산과 들판에 운무가 끼기 시작했다. 들판 저 멀리 큰 호수로부터 안개가 스멀스멀 피어오르고 있었다.

백제군은 그 안개를 뚫고 천산 앞 너른 들판을 가득 메우며 쳐들어왔다. 안개 때문에 가시거리가 짧았으므로, 신라군이 보기에 백제군은 갑자기 땅속에서 불쑥 솟아오른 것처럼 느껴졌다.

미리 대비를 하고 있었지만, 안개를 뚫고 나타난 백제군을 보고 신라군은 일순 당황하지 않을 수 없었다. 그러나 곧 산성에서 쏟아져 나온 신라군도 들판을 가운데 두고 백제군에 맞서 공격 대형을 취했다.

기마대를 이끌고 앞장선 무은의 신라 선봉대는 횡렬로 늘어선 백제군의 중심부를 향해 전력으로 질주했다. 맨 앞에 선 것은 귀산과 추항의 기마대였는데, 그 기세가 마치 장마철 계곡으로 쏟아져 내리는 급물살 같았다. 말발굽 소리와 군사들의 아우성과 창칼이 부딪치는 소리가 한데 어우러져 들판을 가득 메웠다.

신라 선봉군이 도끼로 장작을 쪼개듯 백제군의 중앙을 파고들자, 백제군은 마치 바다가 갈라지듯 두 갈래로 나뉘었다. 곧 양군 사이에서 칼과 창이 어지럽게 부딪치며 공방전이 벌어질 줄 알았는데, 그러나 상황은 전혀 달랐다.

백제군을 이끌고 있는 장군 해수는 접전을 벌이는 척하다 군사를 뒤로 물렸고, 다시 돌아서서 싸우다가 후퇴하기를 거듭하면서 신라군을 유인하는 전략으로 나갔다. 백제군은 일부러 신라군 선봉대가 가운데로 진격하게 길을 터주면서 양편으로 갈라졌던 것이다. 그리고 중심부에 있던 백제군이 재빨리 뒤로 물러서게 되자 신라 선봉대는 졸지에 앞과 양옆의 3면으로부터 공격을 받는 처지에 놓였다.

싸움의 형세를 지켜보던 신라의 상장군 건품은 휘하 장수 둘을 불러 군사를 나누어 백제의 양편으로 갈라진 군대를 치게 했다. 그래야만 신라 선봉대가 백제군에게 협공당하는 것을 막을 수 있기 때문이었다.

그래서 싸움은 양편이 세 부대로 나뉘어 공방전을 벌이는 형태로 변했다. 결국 무은이 이끄는 선봉대는 양편으로 갈라선 백제군의 협공으로부터 벗어나기 위해 더욱 앞으로 질주하며 뒤로 물러서는 적을 추격했다. 그럴 수밖에 없는 것이 양쪽으로 갈라졌던 백제군이 건품의 명령을 받은 신라군의 공격으로 어지러워지면서 들판 가득 양군이 뒤섞여 공방전을 벌이는 형국이 되었기 때문에, 이미 앞으로 나간 선봉군으로서는 뒤로 물러설 처지가 못 되었던 것이다. 결국 앞으로 더욱 진격하여 후퇴하는 적을 추격하는 것이 유일한 길이었다.

하지만 너무 추격전에만 몰두하다 보니 신라 선봉대는 이미 적진 깊숙이 들어와 있었다. 상장군 건품이 호수 근처까지는 접근하지 말라고 신신당부한 것도 잊은 채, 무은은 후퇴하는 백제군을 거침없이 몰아붙였다.

그때 뒤쪽에서 후퇴하라는 징소리가 울렸다. 상장군 건품이 위기 상황을 알고 선봉대로 하여금 진격을 멈추고 되돌아오라는 신호를 보낸 것이었다.

"후퇴하라!"

무은은 그때서야 선봉대를 돌려세웠다. 그는 부대의 맨 뒤에서 다시 공격해 올지 모를 백제군의 동향을 살피며 퇴각하기 시작했다. 신라군 선봉대가 후퇴하는 것을 본 백제군은 재빨리 돌아서서 추격전을 벌였다. 쫓겨 가던 때와는 다르게 추격하는 백제군의 몸놀림은 날렵했다.

백제군에게 쫓겨 신라 선봉대가 지나쳐 왔던 호수 근처에 이르렀을 때였다. 갑자기 갈대밭 속에서 백제의 복병들이 새카맣게 쏟아져 나왔다. 반대편 구릉에서도 천지를 진동하는 함성과 함께 한떼의 백제군이 달려 내려오며 길을 막았다.

"아앗! 복병이다! 상장군의 예상이 옳았구나!"

후퇴를 하다 잠시 주춤한 상태에서 무은은 한탄을 했다.

바로 그때 갈고리 형태의 구겸창 하나가 갈대숲 속에서 불쑥 뛰어나와 무은의 말 앞다리를 걸었다. 그는 비명소리 한 번 제대로 지르지 못하고 말과 함께 땅으로 나뒹굴었다.

"앗! 아버지!"

그때 바로 뒤를 따르던 귀산이 말과 함께 나뒹구는 아버지를 보고 급히 말에서 뛰어내렸다.

"귀산아! 나를 두고 어서 후퇴하라!"

귀산이 아버지를 외쳐 부르며 급히 안아 일으키려 했으나, 무은은 땅에 떨어지면서 허리를 다쳐 꼼짝달싹도 하지 못했다.

"안 됩니다. 아버지!"

귀산은 아버지를 부축해 자신의 말에 태웠다.

"귀산아! 이건 명령이다. 나를 다시 내려놓고 너는 군사를 이끌고 어서 빨리 적진을 탈출하라."

무은이 아들을 향해 소리쳤다.

그러나 귀산은 들은 척도 하지 않고 바로 옆에서 적의 구겸창에 걸려 다리를 못 쓰고 자빠져 버둥대는 말의 고삐를 끊어 아버지의 몸을 자신의 말에서 떨어지지 않게 단단히 묶었다. 그러고는 급히 말에 채찍을 휘둘렀다.

"어서 가거라! 아버님의 목숨이 너한테 달렸다."

귀산은 아버지를 태운 말이 적진을 헤치고 질풍노도처럼 달려가는 것을 본 후 다시 칼을 잡았다.

이때 귀산의 친구 추항은, 그들을 에워싸는 백제 복병들을 상대로 그야말로 혈투를 벌이고 있었다.

"귀산아! 내 말을 타고 무은 장군을 호위해 적진을 빠져 나가라."

추항이 자신의 말을 내주며 소리쳤다.

"무슨 소리냐? 우리가 일찍이 스승에게 임전무퇴의 정신을 배우지 아니하였더냐? 이대로 물러설 순 없다."

귀산도 소리쳤다.

아버지가 백제군의 포위망을 벗어난 것을 본 귀산은 추항과 합심하여 야차처럼 달려드는 적과 혈전을 벌였다.

귀산은 추항과 등을 맞댄 채 사방에서 공격해 오는 백제군의 창과 칼을 받아내는 데 정신이 없었다. 졸지에 두 사람은 백제군에게 여러 겹으로 둘러싸였다.

그야말로 죽기 살기의 피나는 싸움이었다. 귀산과 추항의 창칼은 동에서 번쩍 서에서 번쩍 날아다녔다. 그때마다 백제 군사들이 비명을 지르며 쓰러졌다. 두 사람의 얼굴은 이미 피로 범벅이 되어 있었다.

신라 상장군 건품은 말 등에 꽁꽁 묶여 돌아온 무은을 보고 사태의 심각성을 깨달았다.

"우리 신라의 화랑인 귀산과 추항이 적진에 포위되었다. 그들을 살려야 한다. 전군, 총공격을 감행하라!"

건품은 칼을 빼어 높이 치켜들고 진두지휘하며 백제군 추격에 나섰다. 귀산과 추항의 혈전을 목격하고 용기백배한 신라군은 질풍같이 백제군을 몰아붙였다.

백제 장군 해수는 복병 전략으로 성공을 거두었다고 판단하여, 일단 군사를 거두어들이려던 참이었다. 그래서 징을 울려 전군에게 후퇴 명령을 내려 막 군사를 되돌린 참인데, 그와 때를 같이하여 후퇴하던 신라군이 갑자기 뒤돌아서서 일제히 공격하자 백제군은 당황하지 않을 수 없었다.

호수 근처에서 백제의 복병을 만나 집중 공격을 받은 귀산과 추항은 온몸이 만신창이가 된 채 신라군에게 발견되었다. 눈을 부릅뜬 채 죽은 두 젊은 장수의 시신을 보자, 신라군은 분기탱천하여 더욱 강하게 백제군을 추격했다.

"귀산과 추항 두 장수의 원수를 갚아야 한다. 백제는 오합지졸이다. 씨도 남기지 말고 도륙하라!"

원래 침착한 신라 상장군 건품도 이때만큼은 분함을 참을 수가 없었다. 젊은 두 장수의 죽음을 헛되이 해서는 안 된다는 생각이 드는 순간, 물불을 가릴 계제가 아니라고 판단했던 것이다. 몸소 적진 가운데 들어가 백제군을 향해 마구잡이로 칼을 휘둘렀고, 그때마다 적들이 추풍낙엽처럼 쓰러졌다.

그러자 상장군을 따르던 신라군들도 용기백배하여 백제군을 몰아쳤다. 질풍노도의 물결 앞에선 백년 묵은 나무도 견뎌내기 어려운 법이었다. 이미 기세는 신라군에게 기울어져 있었다. 4만의 백제군은 폭풍 속의 나뭇잎처럼 땅바닥으로 나뒹굴었다.

천산 앞의 들판은 시체들로 가득하였고, 다급한 김에 피를 흘리면서 호수로 뛰어들어 익사한 자가 또한 부지기수였다. 갈대숲과 호수 근처에도 백제군의 시체들이 여기저기 엎어지고 자빠진 채로 널브러져 있었다. 쓰러져 버둥거리는 말이며, 흩어진 병장기들도 흙먼지를 뒤집어쓴 채 어지럽게 들판에 널려 있었다.

　백제군의 거반은 시체가 되어버렸고, 겁먹은 자들은 뿔뿔이 흩어져 어디론가 도망쳐버렸다. 결국 장군 해수만 겨우 목숨을 구해 필마단기(匹馬單騎)로 사비성을 향해 줄행랑을 놓았다.

3

　백제군이 신라군에게 패전했다는 소식을 접했을 때 선화는 묘한 감정의 혼란을 겪지 않으면 안 되었다. 슬퍼할 수도 기뻐할 수도 없는 착잡한 심정이 되어 며칠 동안 잠도 제대로 이루지 못했다. 그저 방안에 들어앉아 두문불출하고 있을 뿐이었다.

　선화의 생각은 두 나라가 예전의 나제동맹 때처럼 우호적인 관계를 유지했으면 하는 바람이었다. 삼국 간의 이해관계에 대해서는 그녀도 잘 몰랐다. 다만 나제동맹이 다시 성립되면 고구려도 남침을 하기 어려울 것이고, 그렇게 되면 삼국이 모두 평화로운 세상을 만들 수 있다는 생각을 하고 있었다. 남편인 장을 위해서는 백제의 편을 들어야 하고, 모국을 위해서는 신라의 편을 들어야 하니, 그녀의 마음은 도무지 갈피를 잡을 수가 없었다. 마음이 가리키는 향방이 그저 묘연할 뿐이었다.

뜬눈으로 밤을 새워 부수수한 얼굴로 선화가 그저 멍하니 동경을 들여다보고 있을 때 방문을 두드리는 소리가 들렸다.

"뭐하니? 절에 가서 불공이나 드리자꾸나."

백제왕 장의 친모 우씨(于氏)부인의 목소리였다.

"네, 어머님!"

선화는 방문을 열고 나오다가 우씨부인을 보고 깜짝 놀랐다. 그 며칠 사이 시어머니의 얼굴이 몹시 수척해져 있던 것이다.

놀라기는 우씨부인 역시 마찬가지였다. 며느리 선화의 얼굴도 반쪽이 되어 있었다.

"내 그럴 줄 알았다. 네 시름인들 오죽했겠느냐? 절에 가서 불공이라도 드리면 마음은 편해질 것이다."

우씨부인은 선화를 앞세워 용화산 사자사로 향했다.

사저가 있는 금마저에서 용화산으로 가다 보면 너른 들판이 나오는데, 그 가운데 큰 연못이 있었다. 겨울이라 얼음이 살짝 얼어 있었는데, 햇빛을 받자 빙판이 거울처럼 반사되어 번들거렸다.

용화산 아래 들판은 끝없이 넓은 평야로 이어져 있었는데, 멀리 하늘과 맞닿은 공제선은 느리게 꿈틀대며 안개 속으로 스며들고 있었다. 그래서 하늘과 땅의 구분이 다소 모호해졌고, 그 짓뭉개진 시야 사이로 간혹 비늘처럼 야트막한 능선이 솟았다 가라앉았다 반복적으로 이어졌다. 그 형상은 마치 용이 꿈틀거리며 쉬지 않고 몸을 뒤채는 것 같았다. 언제나 땅과 하늘은 저 먼 곳에 그 모습 그대로 있었지만, 시야에 들어오는 풍경은 마치 붓끝을 따라 먹물의 번짐이 화선지 위에서 구불구불한 선으로 되살아나고 있는 듯했다.

연못 앞에 이르자 우씨부인은 문득 걸음을 멈추고 두 손을 들어 올려 합장을 했다. 그러고 나서 한동안 그녀 혼자만 들을 수 있는 소리로 기도를 드렸다. 앞서 걷던 선화는 그 모습을 보고 이상히 여겨 묻지 않을 수 없었다.

"어머님, 거긴 연못인데 무엇에 대고 기도를 드리는 것이옵니까?"

그때서야 우씨부인은 기도를 끝내고 선화를 향해 돌아서며 밝게 웃었다.

"우리 폐하께선 앞으로 크게 되실 분이다. 이 연못의 용왕님이 지켜주고 계시거든. 진작 여기 와서 기도를 할 걸 그동안 괜히 마음만 졸였구나."

우씨부인은 정말 마음이 편안해진 듯 얼굴에 화기가 돌았다.

"어머님, 이 연못에 무슨 사연이 있는 모양이군요?"

선화도 뒤늦게 우씨부인이 하던 것처럼 연못을 향해 합장을 하며 물었다.

"그래, 깊은 사연이 있지. 지금은 말해도 되겠구나. 이제는 누구도 우리 폐하를 어찌하지 못할 테니까."

우씨부인은 천천히 걸음을 옮기며 선화를 향해 말했다.

"무슨 사연인지 궁금하옵니다. 혹시 이 연못에 폐하와 얽힌 사연이라도……."

"우리 며느리가 영특하기도 하지. 벌써 그걸 눈치 챘구나."

우씨부인은 선화를 그윽한 눈길로 바라보며 오래도록 혼자만 간직해 오던 비밀을 털어놓았다.

이때 우씨부인이 선화에게 이야기한 것은 백제왕 장의 출생과 관련한 비밀이었다. 선왕인 법왕이 왕손 '선'이었던 시절, 당시 우씨부인은 금마산 밑 외딴 초가에서 살고 있었다. 그녀의 아버지는 오래전에 몰락한 가야 귀족의 핏줄로, 가야가 신라에 복속되고 나서 김해에서 금마저로 옮겨와 터를 잡고 살았다. 가야 충신이었으나, 신라에게 굴복하기 싫어서 농사를 지으며 숨어살게 된 것이었다.

당시 우씨부인의 아버지는 일찍 세상을 떠났고, 그녀는 처녀의 몸으로 홀어머니를 모시며 살아가고 있었다. 어느 날 일군의 군사들과 몇몇 사냥꾼 차림의 장정들이 그 집으로 들이닥쳤다. 그 중 부상을 입은 장정이 하나 있었는데, 피를 너무 많이 흘려 혼절한 상태였다.

사냥을 하다 낭떠러지에서 굴러떨어져 죽음이 경각에 이른 상태라 급한 나머지 금마산 밑에 외따로 떨어진 집을 찾아든 것인데, 때마침 그 집에 사는 우씨처녀의 어머니가 약초를 캐다 장에 내다 팔아 초근목피를 하였으므로 응급처치 방법을 알았다. 일단 급한 대로 지혈을 시켰고, 부상자가 안정을 되찾자 우씨처녀가 정성껏 병간호를 해주었다.

이렇게 하여 구사일생으로 살아난 사람이 바로 나중에 법왕이 된 백제의 왕손 선이었다. 우씨처녀와 왕손 선의 인연은 그렇게 해서 이루어졌으며, 그 집을 떠나기 하루 전날 밤 두 사람은 잠자리를 같이하여 장을 잉태하게 되었다.

우씨부인의 이야기는 바로 장을 잉태할 때의 태몽에 관한 것이었다. 용화산 밑의 너른 들판에 있는 큰 연못에서 용 한 마리가 하늘로 올라가는 꿈이었다. 당시 꿈속에서 우씨처녀는 발가벗고 목욕을 하고 있었는데, 갑자기 연못 가운데서 폭포수 같은 물이 솟아오르더니 황금빛 찬란한 용이 그녀를 입에 물고 하늘로 올라가는 것이었다. 땅과 하늘 사이에 용이 사다리를 놓은 듯 걸쳐져 있게 되자, 온누리가 황금빛으로 찬란하게 빛났다. 순간 황홀한 가운데도 아찔한 현기증이 느껴지며 눈을 떴는데, 정신을 차리고 보니 꿈이었다. 그런데 그 꿈이 너무도 선명하여 실제로 겪은 일처럼 생각될 정도였다.

당시 우씨부인은 자신과 잠자리를 같이한 사람이 왕손임을 어렴풋이 알았지만, 그가 나중에 백제왕이 될 줄은 꿈에도 몰랐다. 왜냐하면 위덕왕 당시 왕손 선은 둘째왕자 '계'의 아들이었으므로, 귀한 신분이기는 했지만 장자 계승으로 왕위가 이어진다고 할 때 왕이 될 가능성은 매우 희박했다.

그러나 역사의 시계바늘은 간혹 늦거나 빠르게 돌기도 하고, 어떤 때는 거꾸로 돌 때도 있는 법이었다. 위덕왕의 장자인 아좌(阿佐)태자는 특히 그림을 잘 그렸는데, 당시 어명을 받고 백제의 불교문화를 전파하기 위해 왜국으로 건너갔다. 그런데 바로 그 다음해에 위덕왕이 갑자기 세상을 떠나자, 둘째왕자였던 계가 왕위를 잇게 되었다. 이때 왕위 문제를 놓고 일부 대신들 가운데서는 왜국에 가 있는 아좌태좌를 모셔 와야 한다는 설이 분분했는데, 당시 군사력을 장악하고 있던 왕손 선이 앞장서서 아버지 계를 왕위에 즉위토록 힘썼다. 이렇게 되자 아좌태자는 왜국에서 돌아올 수 없는 처지가 되어버렸다. 졸지에 동생 계에게 왕좌를 빼앗겨버리고 만 것이었다.

위덕왕의 뒤를 이어 왕위에 오른 혜왕은 재위 2년 만에 세상을 떠났다. 그리고 그 뒤를 이어 장자인 선이 왕위를 물려받아 법왕이 되었다. 당시 법왕과 왕후 사이에선 아들이 없었다. 다만 왕손 시절 금마산으로 사냥을 갔다가 우씨처녀와의 하룻밤 인연으로 아들이 태어났다는 소식을 접하였으나, 당시 대신들의 반대가 심하여 궁궐로 데려올 수는 없었다. 엄연히 귀족 출신의 왕후가 있었으므로, 신분이 천한 우씨 모자에 대한 견제가 심했던 것이다. 그러다가 법왕 역시 재위 2년 만에 갑자기 병상에 눕게 되자, 마지막으로 금마저에 있는 유일한 혈육 장으로 하여금 다음 대를 잇게 하라는 유언을 남겼다.

우씨부인은 아들 장이 왕위를 잇게 되자, 그때서야 태몽이 왕자(王者)의 탄생을 예언하는 꿈이었음을 알게 되었다. 그 이야기가 먼저 세간에 알려지면 자칫 큰 변란을 불러올 수도 있다는 생각에, 그녀는 아들 장이 왕위에 오르기 전까지 그 누구에게도 발설한 적이 없었다.

"태몽 이야기는 아직 폐하께서도 모르고 계신단다. 이젠 발설해도 상관이 없지만, 언제 그런 이야기를 할 기회가 있었어야 말이지."

이렇게 말하면서 선화를 바라보는 우씨부인은, 그 선연한 눈길만으로도 아들 장을 보고 싶어 하는 마음으로 가득차 있음을 알수 있었다.

선화는 시어머니 우씨부인의 그런 마음을 십분 이해하고도 남았다. 아내의 입장에서도 그리움에 사무쳐 밤잠을 제대로 못 이룰 때가 많은데, 친모로서 아들을 생각하는 마음이야 오죽할까싶었던 것이다.

그런데 우씨부인은 백제군이 신라군에게 패한 것에 대해 크게심려할 바가 못 된다는 사실을 누구에겐가 각인시키고 싶었다. 즉 장은 하늘이 낸 인물이므로 나중에 크게 백제를 일으킬 영웅이 될 것임을 태몽 이야기로 예견할 수 있다고 애써 강조하고 있는 것이었다.

그것은 우씨부인이 용화산 중턱에 있는 사자사에 올라가 지명을 만났을 때, 선화에게 한 태몽 이야기를 그대로 되풀이해서 들려주는 것을 보면 미루어 짐작하기 어렵지 않았다. 그렇게 아들장에 대한 굳건한 믿음을 가지고 있어야만 당신의 마음이 편했던 것이다. 적어도 선화는 그렇게 생각할 수밖에 없었다.

지명은 우씨부인으로부터 왕의 태몽 이야기를 끝까지 듣고 나서 뭔가 감동한 얼굴로 말했다.

"대부인 마님! 폐하를 위해 불공을 열심히 드리도록 하시옵소서. 그러면 반드시 소원이 이루어질 것이외다. 나무관세음보살!"

선화는 우씨부인과 지명이 이야기를 나누는 동안에도 못 들은 척 열심히 기도만 드렸다. 무념무상의 상태에서 그저 불상을 바라보고 지극정성을 다해 절을 올리자, 한겨울인데도 이마에 송골송골 땀이 맺혔다.

어느 순간 선화가 정신을 가다듬고 보니, 지명은 보이지 않고 우씨부인이 옆에서 두 손을 모은 채 기도를 하고 있었다. 어쩌면 두 사람의 기도 내용은 그 성격이 조금 다를지도 몰랐다.

선화가 생각하기에 우씨부인은 오직 태몽이 예시한 것처럼 천운을 타고 난 장이 백제의 영웅, 즉 천하의 용이 되기를 빌고 있을 것이었다. 그러나 선화는 백제왕 장의 무사태평을 빌되, 백제와 신라 두 나라가 모두 화평한 세상이 되길 바랐다. 언젠가 지명에게서 들은 용화세계란 바로 그런 세상을 이르는 말이라고 생각했던 것이다.

또 하나 선화가 기원을 드리는 것은 친모에 대해서였다. 전에 사신 일행과 함께 신라에 다녀온 지명의 말에 의하면 친모는 설원랑과 함께 영흥사에 머물고 있다고 했다. 무슨 병을 앓고 있는지 자세한 말은 안 했지만, 설원랑이 지극정성으로 병간호를 해주고 있다는 말에 적이 안심이 되기는 했다. 그러나 그렇게 오래도록 앓고 있는 것을 보면 쉽게 나을 수 있는 병이 아님은 확실해 보였다.

친모에 대한 생각이 떠오르자 선화는 더 이상 기도를 드릴 수가 없었다. 그래서 한창 기도에 열중하고 있는 우씨부인의 눈치를 보다가 살며시 법당을 빠져나왔다.

법당에서 기도를 드리는 사이 눈이 온 모양이었다. 살짝 온 싸락눈이지만 신발 자국이 선명하게 날 정도로 눈이 쌓여 있었다.

산사에서 내려다보는 금마저의 들판 풍경은 아득했다. 특히 살짝 눈이 내려 갈색 들판이 하얗게 변하였으므로, 세상은 갑자기 눈부신 광채를 발휘하는 것 같았다. 갑갑하던 선화의 가슴이 탁 트이는 기분이었다.

'저 눈세계처럼 마음속의 시름도 한순간에 지워버릴 수 있다면……'

선화는 혼잣소리로 되뇌었다.

그러다가 문득 선화는 빗자루로 절 마당의 눈을 쓸고 있는 지명을 발견했다.

"법사님, 그 사이 눈이 내렸네요."

선화가 지명의 뒤로 가까이 다가가서 말했다.

"대부인 마님은 아직 법당에 계시나요?"

지명이 문득 선화를 돌아보며 물었다.

"네, 그런데 법사님께선 왜 빗자루로 눈을 쓸어버리세요? 별로 많이 내리지 않아 그대로 둬도 내일 아침 햇살이 비치면 자연히 녹아버릴 것 같은데요."

"허허헛! 할 일이 마땅히 없어 그냥 심심파적삼아 비질이나 하고 있을 따름이지요. 이 땅에서 태어난 용의 전설을 생각하면서."

"용의 전설이라뇨?"

선화는 언뜻 아까 시어머니가 말하던 백제왕 장의 태몽을 떠올리면서도 짐짓 모른 체하고 물었다.

"부인 마님께서도 들으셨겠지만, 폐하의 태몽 말입니다. 그 태몽이 범상치 않단 말씀이외다. 용은 임금을 상징하는데, 그 황룡이 연못에서 하늘로 솟아오르며 사다리 같은 모양을 만들었단 말입니다. 그리고 그 황금빛이 온누리를 아주 밝게 비추었다는데, 그것이 바로 용화세계가 아닐까 생각해 보고 있는 중이옵니다. 이것은 상징이긴 하옵니다만, 이 땅에서 용의 전설이 새롭게 태어난다는 증좌이기도 합니다."

이 같은 지명의 말을 선화는 도무지 이해할 수가 없었다. 상징은 무엇이고, 용의 전설은 또 무슨 속뜻을 갖고 하는 말인지 감이 잡히지 않았다.

"법사님, 전에도 말씀하신 바 있습니다만 과연 용화세계란 어떤 세상을 이르는 것이옵니까?"

선화는 불가에서 말하는 용화세계의 의미가, 그것을 해석하는 사람마다 조금씩 다르다는 생각을 했다. 원래 용화세계란 미래에 펼쳐질 가장 평화로운 세상으로, 전쟁이 없고 만백성이 태평성대를 누리는, 그야말로 행복이 가득 흘러넘치는 이상향이라고 들었다. 그런데 권력자들은 자기가 유리한 쪽으로만 해석하여 세상을 지배하는 사상으로 삼으려고 했다.

"미래에 미륵부처가 이 땅에 내려와 펼치시게 될 세상을 용화세계라 이르옵니다. 산야는 아름다워 금수강산을 이루고, 날씨는 화창하여 오곡이 풍성해지며, 바람은 산들산들 부드럽게 불어 사람 살기에 아주 좋고, 나라마다 이웃마다 선린(善隣)으로 천하가 태평성세를 이루는, 가장 이상적인 지상천국의 세상을 이르는 말이옵니다."

지명이 합장을 한 자세로 말했다.

"법사님, 과연 그러한 세상이 올까요?"

선화는 간절한 어떤 바람을 가지고 물었다.

"미륵부처가 현신하는 날, 바로 그날 용화세계가 열리옵니다."

"미륵부처란 누구이며, 언제 온다는 말씀이옵니까?"

"이 세상을 구원할 가장 크신 분이지요. 이 세상 모든 이들이 부인 마님처럼 간절한 기원의 뜻을 담고 불공을 드리면, 미륵부처님에게도 그 마음이 전달될 것이라고 믿사옵니다."

지명은 그러면서 얼굴 가득 미소를 지어 보였다.

"나무관세음보살!"

선화는 합장을 했다. 그러면서 고개를 드는데, 문득 지명의 얼굴 위에 친모의 미소 짓는 모습이 환영처럼 비쳤다.

지명이 사신 일행을 따라 신라에 다녀왔을 때, 그는 선화에게 친모의 이야기를 전해 주었다. 영흥사에서 설원랑과 함께 요양 중이라는 말, 궁궐에서 나올 때 지니고 있던 금붙이나 보석 등을 팔아 겨우 연명했으나 그것도 이미 다 떨어져 설원랑이 승복을 걸치고 탁발을 하여 겨우 목숨을 연명하고 있다는 것도 그때 들어서 알고 있었다.

선화는 신라에 다녀온 지명이 그 이후 수시로 믿을 만한 사람을 물색해 신라에 보내고, 황룡사에 있는 백제인 출신 장인 막근개와 연락을 취하고 있다는 사실을 알고 있었다. 그래서 사람을 신라로 보낼 때 지명을 통해 금괴를 주어, 그것이 영흥사에 전달될 수 있도록 했다.

일단 선화는 어린 시절 오라버니로 부르며 따르던 보종에게 금괴를 보내, 그로 하여금 영흥사에 먹을거리며 생활에 필요한 물품들을 구해 전달토록 했다. 보종은 미실과 설원랑 사이에서 태어난 아들로, 당시 그는 화랑이었지만 경치 좋은 깊은 산속에 들어가 심신수양에 힘쓰기를 즐겨 '무림거사(武林居士)'로 통했다.

선화는 자신이 보낸 금괴로 보종이 생필품을 구해 영흥사에 기거하는 부모에게 잘 전달하고 있는지 명확하게 알 수는 없었다. 그러나 오라버니에게 확실하게 금괴가 전해졌다면, 마음씨 착하고 효심이 지극하여 그 일을 충실히 해낼 것이라고 믿었다.

"법사님! 이번에도 사람을 신라에 보낼 때 이것을 전달해 주십시오."

선화는 품속에 간직했던 비단 보자기에 싼 금괴 한 덩어리를 꺼내 지명에게 내밀었다.

"부인 마님의 효성이 정말 지극하십니다. 틀림없이 보종공에게 전달되도록 하겠사옵니다. 그런데 요즘도 금광은 잘 운영이 되는지요?"

지명은 금괴를 받아 품속에 간직하며 물었다.

"네, 이번에 또 다른 큰 금맥을 찾았습니다. 그래서 앞으로 더욱 금광을 키워야 하는데, 금광 관리를 안심하고 맡겨도 좋을 믿을 만한 사람이 없어 고민입니다."

선화는 당시 금마산에서 금광을 개발하여 많은 금괴를 생산해 백제왕에게 보내고 있었다. 이 금광은 장이 마장수를 하던 시절 우연히 발견한 것인데, 그가 궁궐로 들어간 이후 선화가 본격적으로 광산을 개발하여 백제 왕실의 재정을 튼튼히 하는데 한몫을 단단히 하고 있었다. 금광에서 일하는 사람만 수십 명이 넘을 정도이니, 이제 그들을 통솔할 책임자가 필요했다. 광부들이 늘어나자 여자 혼자의 몸으로 억센 장정들을 통솔하기에는 역부족이었던 것이다.

"소승이 마땅한 인물을 하나 추천해 드리지요. 아미자(阿彌滋)란 인물인데, 나무와 돌을 잘 다루고, 특히 돌을 캐고 땅굴을 파는 데는 일가견을 가진 자이옵니다."

지명의 말에 선화의 수심 가득했던 얼굴이 조금 밝아졌다.

"법사께서 추천하는 사람이니 앞으로 금광을 믿고 맡겨도 되겠군요. 하루라도 빨리 보내주십시오."

그때 법당에서 기도를 드리던 우씨부인이 돌계단을 조심스럽게 밟으며 내려오는 것이 보였다.

　　선화와 우씨부인은 지명에게 합장을 하고 사자사를 떠나 금마
저의 집으로 돌아왔다.

4

하루 종일 빗소리가 문지방을 넘어오고 있었다. 방에 누워서 그 소리를 듣고 있으면, 소리가 물결처럼 넘실대며 방으로 흘러들어 바닥을 적시고, 요와 이불을 적시고, 이내 몸도 잠겨 나중에는 눈과 코와 입만 내놓고 겨우 숨을 쉬는 지경에까지 이르는 착각에 빠지게 했다.

이러한 착각 속에서 미실은 차라리 물을 방안 가득 흘러넘치게 하여 익사하고 싶다는 생각이 들 때도 있었다. 사람의 목숨이 이리도 질긴 것인가, 싶을 정도로 정말 죽지 않고 살아 있다는 것만도 기적이란 생각이 들었다. 아니, 그것은 기적이 아니라 옆에서 병간호를 하던 설원랑이 자신에게 생명을 나누어주었기 때문이라고 해야 옳았다.

미실은 이미 몇 년 전에 자신이 이 세상을 하직했어야 옳았다고 생각했다. 설원랑이 아니었더라면 진작 죽었을 목숨이다. 그런데 이제 설원랑의 병이 자신보다 더 깊어 방바닥 신세를 진 지 오래였다.

병간호를 하던 설원랑에게 미실의 대마풍이 전염된 것은 불과 한 해 전의 일이었다. 기이한 것은 설원랑의 병이 깊어지면 질수록 미실의 몸은 차츰 회복되어가는 기미를 보이기 시작한 것이었다. 대소변도 못 가리던 미실이 이젠 문밖출입을 하게 되었고, 그 대신 설원랑은 구들장 신세를 면치 못할 정도로 병세가 악화되어 갔다.

여러 해 동안 설원랑이 먹을거리를 구하기 위해 매일 절문을 나서곤 했었는데, 이제는 아들 보종이 그 일을 대신해 주고 있었다. 대마풍에 전염될 것을 염려하여 아예 설원랑은 절 안으로 아들을 들어오는 것조차 허락하지 않았다. 다만 절 밖 일주문 근처의 바위 밑에 먹을거리나 생필품을 가져다 놓으면, 밤중에 아무도 몰래 그것을 절 안으로 들여오는 방법으로 물품을 전달받았다.

설원랑이 드러눕게 되자 이젠 궁궐에 있을 때부터 미실이 곁에 두고 부리던 시녀가 그 일을 담당했다. 미실은 백제 땅에 가 있는 선화가 가끔 보종에게 보내오는 금괴를 팔아 먹을거리를 공수한다는 이야기를 설원랑으로부터 들었다.

처음에 보종이 태어날 때 미실은 신라왕 백정을 가까이에서 모셨기 때문에 당연히 자신이 왕자를 생산했다고 기뻐했다. 그런데 보종은 자라나면서 점점 설원랑을 닮아갔다. 미실은 왕을 모시면서도 다른 한편으로는 설원랑과 사랑을 나누고 있었다.

결국 나중에는 보종이 설원랑의 핏줄임이 밝혀졌다. 그래서 그 이후 보종은 궁궐을 떠나 설원랑의 집에 가서 살게 되었다. 그 다음에 태어난 미실의 소생 선화는 보종과 정반대의 입장에 놓였다. 처음 설원랑의 핏줄로 여겨 보종과 함께 남매지간으로 자라나다가, 나중에 백정의 핏줄이라 하여 궁궐로 들어간 것을 생각하면 한 배에서 낳은 두 자녀가 완전히 상반된 운명을 타고난 셈이었다.

"물, 무울……."

신음을 깨무는 설원랑의 소리에 미실은 퍼뜩 정신을 차렸다.

미실은 얼른 설원랑에게 물사발을 가져다 입술을 적셔주었다. 이제 설원랑은 일어나 앉아 물조차 먹을 수 없을 만큼 병마가 몸속 깊이 침투해 있었다. 대마풍은 그의 얼굴에서 코를 떼어갔으며, 두 귀까지 녹여버렸다. 방바닥에서 등을 떼지 못하니, 등창이 나서 살 썩는 냄새가 진동했다. 그 냄새 때문에 시녀는 끼니때마다 두 사람의 밥을 가져다주는 것 이외에는 방문 앞에 얼씬도 하지 않았다.

그러나 미실은 설원랑의 살 썩는 냄새까지 사랑했다. 아니, 그러고 싶었다. 설원랑이 미실을 대신해 병을 앓는다고 생각하자, 실상은 그 냄새가 그녀 자신의 것처럼 느껴지기도 했던 것이다.

설원랑은 미실을 오래도록 지그시 바라보았다. 그 아름답던 미실의 얼굴 또한 사람의 형상이라고 할 수 없을 정도로 일그러져 있었다.

방바닥에 등을 붙이고 누워 있어도 설원랑의 눈만은 살아 있어, 미실의 망가진 얼굴을 바라볼 때마다 눈물이 저절로 흘렀다.

"궁주님, 내가 먼저 가면 안 되는데. 궁주님은 누가 보살피라고……."

설원랑은 눈물을 흘리며 망연히 미실의 얼굴을 쳐다보았다.

"그대는 나를 위해 병을 얻었어요. 그대가 먼저 죽는다면 내가 그대에게 진 빚을 어찌 갚으란 말입니까? 그러니 앞으로 다시는 그런 소리 하지 마세요."

미실의 눈에도 이슬이 맺혔다.

"궁주님, 아직 궁주님의 눈물샘은 마르지 않았군요. 오랜만에 그 눈에 눈물이 고이는 걸 봅니다, 그려. 마음의 우물이 메마르지 않았다는 증거 아니겠소?"

순간, 설원랑의 얼굴에 기쁨이 가득 흘러넘쳤다.

미실은 울면서 기뻐하는 설원랑을 바라보며, 그 속내를 알기에 더욱 가슴이 저리도록 아파왔다.

"그대는 진정 미륵선화요. 나는 그대가 언제부턴가 부처님께 나를 대신해 병을 앓게 해달라고 비는 것을 보았어요. 그리고 정말로 내 병을 그대 몸에 옮겨서 이젠 그대가 앓고 있어요. 나는 전보다 좋아졌는데, 그대가 내 병을 대신 앓아 죽을 지경에 이르렀어요. 그대야말로 살아 있는 미륵부처가 아니고 무엇이겠소?"

설원랑의 두 손을 꼭 잡은 미실은 자신의 얼굴에서 두 볼을 타고 흘러내리는 눈물을 그대로 내버려두었다. 그 눈물이 설원랑의 얼굴 위로 방울방울 떨어졌다.

"울지 마시옵소서. 궁주님! 제발 부처님께서 제 소원을 받아들여 궁주님의 병을 깨끗이 낫게 해주셨으면 좋겠소. 옛날 그 아름답던 얼굴로 돌아가게 해주시면 죽어도 여한이 없을 것이오. 아마도 미륵부처가 이 세상에 온다면 그런 기적도 일어날 수 있지 않겠습니까?"

설원랑의 눈에서 흘러내린 눈물과 미실의 눈물이 범벅이 된 그 얼굴에선 어느 순간부터인가 미소가 번지기 시작했다.

바로 그 순간, 미실은 그런 설원랑의 미소를 보고 아름다움을 느꼈다. 사람의 얼굴이 이와 같이 아름다울 수 있을까, 의문이 갈 정도로 설원랑의 썩어 들어가는 얼굴에선 그윽한 향기처럼 미소가 피어오르고 있었다. 염화시중의 미소가 저럴까 싶을 만큼, 두 사람은 말하지 않고 그 얼굴만 보아도 다 뜻이 통했다.

"나는 방금 그대의 얼굴에서 부처님의 미소를 보았소. 그대야말로 미륵부처가 아니고 무엇이겠소? 참으로 아름다운 미소요."

미실은 충만감으로 가득한 마음에, 몹시 떨리는 목소리로 말했다.

"궁주님 얼굴도 아름다우십니다."

설원랑도 어느 사이 가까이 다가온 미실의 얼굴을 마주보았다. 두 사람의 눈길은 그렇게 오래도록 만나 마음의 소리를 주고받고 있었다.

그때 미실은 사랑이야말로 모든 것을 바꾸어놓을 수 있다고 믿었다. 한때 그녀는 색으로 권력을 얻고, 그 권력으로 세상을 바꾸려고 했었다. 대마풍을 앓고 있는 이 마당에 무소불위의 권력인들 다 무슨 소용일까 싶었다. 그것은 한때의 허망이었다. 다다를 수 없는 욕망의 사다리였다. 그 사다리를 통해 하늘까지 오를 수는 없는 일이었다.

그러나 미실은 설원랑을 통하여 사랑에 대한 믿음이 생겼다. 설원랑이 진정으로 마음 깊이 기도함으로써 그녀의 대마풍을 옮겨가 스스로 병을 앓게 된 것부터가 사랑의 힘이었던 것이다. 진정은 곧 믿음이었고, 그 믿음은 하늘도 감동시켜 소원을 들어준 것이라고 생각했다. 그녀가 궁극적으로 도달하고 싶은 곳은 하늘이었다. 천상의 미륵이 되는 일이었다.

미실은 미륵선화야말로 그녀를 천상으로 인도할 수 있는 대리자라고 생각했다. 그가 바로 설원랑이었다.

"그대는 분명 천상의 길을 아는 미륵선화가 틀림없소. 그러니 나를 먼저 천상으로 데려다주는 것이 옳다고 생각해요. 제발 부탁이니, 나보다 먼저 눈을 감으면 안 돼요."

이제 미실은 아래 창자로부터 끓어오르는 울음을 참을 길이 없었다. 소리 내어 울지 않으려고 입을 틀어막았으나, 들먹이는 어깨를 진정시킬 수가 없어 껙껙대기 시작했다. 그것은 사람의 입에서 뱉어지는 울음이 아니었다. 원초적인 슬픔의 소리, 아니

동물적인 울부짖음이라고 해야 옳았다.

"궁주님!"

설원랑은 미실의 손을 꼭 움켜잡았다. 제발 진정하라는 말을 하고 싶었지만, 그것은 소리가 되어 나오지 않았다. 그 역시 가슴이 미어져 소리조차 낼 수 없었기 때문이다.

그렇게 두 사람은 오래도록 서로의 마음과 마음을 옭아매고 있던 실타래들을 울음으로 풀어냈다.

그리고 그날 밤, 설원랑은 그렇게 미실의 손을 꼭 잡은 채 조용히 세상을 떠났다.

다음날 아침, 미실은 아들 보종에게 아버지의 부음을 알리는 편지를 써서 시녀에게 주며 말했다.

"보종이 올 때가 되지 않았는가? 일주문 앞 바위 밑에 두고 오게."

다시 하루가 지나고 나서 보종이 관을 든 사람들을 앞세우고 나타났다. 보종만 빼고 나머지 사람들은 모두들 얼굴과 손을 무명으로 감싸 눈만 겨우 내놓은 몰골들이었다. 비싼 일당을 준다기에 나선 길이지만, 대마풍에 전염될 것이 두려워 철저하게 대비한 것임을 미루어 짐작하기 어렵지 않았다.

"아버님!"

보종이 설원랑의 시신 앞에 엎드려 통곡했다.

"울지 마라. 네 아비는 아주 좋은 곳으로 가셨다. 나는 네 아비의 얼굴에서 부처님의 미소를 보았다."

미실이 돌아앉은 자세로 보종에게 말했다.

"어머님! 제게 단 한 번만이라도 얼굴을 보여주실 수 없사옵니까?"

무릎을 꿇고 보종이 미실에게 간곡히 청했다.

"아니 된다. 나는 너에게 내 얼굴을 보여줄 수 없다. 부탁이니, 거기 놔둔 내 비단 속곳을 네 아비의 관에 함께 넣어 장사지내다오."

미실은 끝내 아들 앞에 썩어문드러진 자신의 얼굴을 보이지 않았다.

더 이상 어머니에게 어떤 강요도 할 수 없음을 알게 된 보종은 껄껄대며 소리를 내어 울었다.

"어머니, 이제 그럼 저는 아버님을 모시고 가겠사옵니다. 부디 강녕하소서."

울음을 그친 보종은 곧 같이 온 사람들과 함께 입관 절차를 밟았다.

보종이 사람들과 함께 설원의 시신을 관에 넣어 방에서 들고 나가려고 할 때, 미실이 돌아앉은 자세로 말했다.

"설원랑! 나도 오래잖아 그대를 따라 하늘나라로 가겠어요. 먼저 가서 기다리세요."

드디어 설원랑의 관이 방에서 나갔다.

미실은 부동의 자세로 부처에게 기도를 드렸다. 그 기도는 설원랑을 떠나보낸 후 하루도 빠지지 않고 매일 계속되었다.

그리고 설원랑이 세상을 떠난 지 49일째 되는 날, 미실은 옷가지들과 이불과 아끼던 책자와 붓글씨를 쓰던 종이들을 방 한가운데 모았다.

"궁주님! 갑자기 이것들은 왜 모아놓으시옵니까?"

밥상을 들여오다 말고 깜짝 놀란 시녀가 물었다.

"밥맛이 없으니 도로 가지고 나가거라."

미실이 차디차게 한마디했으나, 시녀는 물러가지 않았다.

"궁주님, 그래도 곡기를 끊으시면……."

시녀는 벌써 며칠째 밥도 먹지 않은 채 물로만 버티는 미실이 너무 걱정되었던 것이다.

"어서 물러가지 않고 무엇 하는 게냐?"

다시 미실이 준엄하게 시녀를 꾸짖었다.

시녀는 밥상을 들고 방에서 물러나왔다.

잠시 후, 미실은 안에서 방문 고리를 걸었다. 그리고 방 한가운데 모아둔 옷가지며 종이에 불을 붙였다.

"궁주님! 궁주님!"

문밖에서 시녀가 다급하게 소리쳤다. 미실이 문고리를 걸어 잠그는 것을 보고 심상치 않은 사태가 벌어질 것이라고 예상했는데, 방안에서 불길이 치솟는 것이었다.

등잔 기름을 뿌렸기 때문에 옷가지며 종이는 금세 활활 타올랐다. 미실 역시 자신이 입고 있는 옷에 기름을 뿌려, 곧 그녀의 몸으로도 불길이 옮겨 붙었다.

"나무아미타불 관세음보살!"

미실은 옷이 불에 타는데도 가부좌를 튼 자세로 부처에게 기도를 드렸다.

불길은 금세 집을 삼켜버리기라도 할 듯이 지붕을 뚫고 타오르기 시작했다. 방문을 두드리던 시녀도 불길에 휩싸여 보이지 않았다.

영흥사의 요사채마저 그렇게 불타고 있었지만, 그 불길을 보고도 끝내 달려와주는 사람이 아무도 없었다. 용트림을 하듯 치솟는 화염만 마치 지상과 천상을 잇는 사다리처럼 하늘을 향해 기세 좋게 뻗쳐오르고 있을 뿐이었다.

5

용화산 아래로 펼쳐진 너른 들판은 운무에 싸여 있었다. 비가 내린 뒤 지열이 식으면서 안개가 피어올라 때론 덩어리로 뭉쳤다가 바람에 의해 풀어지기도 하면서, 들판에 납작 배를 드리운 채 하늘을 향해 머리를 곧추세우는 형세를 취하고 있었다. 언뜻 보면 여러 개의 발을 가진 용이 들판을 기어가다가 성긴 비늘을 세우면서 하늘을 향해 날아오르는 모습과도 흡사했다.

지명은 매일 산 아래를 굽어보면서 때가 이르기를 기다리고 있었다. '용화산'은 바로 그가 지은 산 이름이며, 그 중턱에 있는 '사자사' 역시 그가 세운 사찰이었다. 이러한 이름들은 철저하게 미륵신앙에서 가져온 것으로, 그는 유학승으로 수나라에 갔을 당시 용문석굴을 보고 미륵하생설(彌勒下生說)에 대한 굳은 신념을 갖게 되었다.

당시 신라 유학승 원광을 만난 지명은 한 달 동안 수나라 장안의 흥선사에 머물면서 교유를 하다가, 뜻한 바가 있어 하남성(河南省) 낙양(洛陽) 남쪽에 있는 용문석굴을 찾아갔다. 그곳에서 본 수많은 미륵부처를 통해 그는 깊은 깨달음을 얻었다.

"삼국 중에서 미륵이 하생하는 나라가 용화세계를 열 것이다."

정상에 오른 지명은 산 아래 펼쳐진, 용틀임을 하며 하늘로 기어오르는 운무의 기기묘묘한 형상을 바라보며 혼잣소리로 중얼거렸다. 그는 확신에 차 있었다.

그래서 산을 내려오는 지명의 발걸음은 가벼웠다. 마치 구름 위를 나는 듯한 기분에 휩싸여 산 중턱의 사자사까지 한달음에 내려왔다.

"법사님! 아까부터 기다리고 있었사옵니다."

달포 전에 신라에 보냈던 거사가 법당 앞에서 지명을 맞았다. 그가 부리는 수하들은 주로 재가불자(在家佛子)들로, 가끔 사자사에 와서 법문을 듣는 것 이외에는 일반 백성들을 중심으로 한 불법교화 운동에 동원되었다.

이러한 재가불자들은 흔히 '거사'라 불리곤 했는데, 그들은 전적으로 지명의 지시를 따랐다. 따라서 가끔 신라에 파견하는 세작도 그들 중에서 뽑혔다.

"그래, 신라에 갔던 일은 잘 되었소?"

지명은 법당으로 들어가 수하를 마주앉게 한 후 물었다.

"금마저의 부인 마님께 전할 서찰을 가지고 왔사옵니다."

수하는 우선 품속에서 서찰 하나를 꺼내 지명 앞으로 밀어놓았다.

"누구의 서찰이오?"

"신라 화랑 보종공의 서찰이옵니다."

지명은 서찰을 받아들었다.

그동안 보종은 단 한 번도 선화에게 서찰을 보낸 적이 없었다. 그것을 알고 있는 지명은 뭔가 짐작 가는 일이 있었다.

"흠, 그동안 무슨 일이 있었던 모양이로군!"

"네, 그러하옵니다. 전 풍월주 설원랑과 미실궁주께서 세상을 하직하셨나이다."

그러면서 수하는 신라 사람들 사이에 떠돌던 설원랑과 미실의 죽음에 관한 이야기를 간략하게 털어놓았다.

"그런 일이 있었군요! 나무관세음보살!"

지명은 합장을 하고, 한동안 눈을 감은 채 고인들의 명복을 빌었다.

수하의 말은 더 들을 필요도 없었다. 보종이 선화에게 보낸 서찰도 그 내용을 미루어 짐작하기 어렵지 않았다.

보종의 서찰을 품에 간직한 지명은 금마저 사저로 선화를 만나러 갔다.

"부인 마님, 신라에서 보낸 보종공의 서찰이옵니다."

서찰을 받아든 선화는, 그것을 뜯어보기 전에 지명의 표정부터 살폈다.

"잠시 차를 드시면서 기다려주시지요."

선화는 분이를 시켜 차를 끓이게 한 후, 내실로 들어갔다.

한동안의 시간이 흐른 뒤 선화는 다시 내실에서 나왔다. 차를 마시던 지명은 일어나면서 합장을 했다.

"나무관세음보살!"

"법사님, 죄송합니다. 잠시 법사님이 기다리신다는 걸 깜빡 잊었습니다."

선화의 얼굴에는 눈물자국이 남아 있었다.

"소승이야 시간이 너무 남아돌아 걱정인 걸요. 허허헛!"

지명은 재빠르게 선화의 눈치를 살핀 후 말끝에 너털웃음을 매달았다.

"며칠 후에 사자사에 가서 뵙겠습니다. 고인들 명복을 빌어드리려면 어찌해야 하는지 알려주십시오."

"부인 마님께서는 심려 마시옵소서. 이미 소승이 시봉과 보살들에게 준비를 하라 일러두고 온 길이옵니다. 다만 전에 소승이 부인 마님께 친모의 자세한 병세를 알려드리지 못한 점이 죄송할 따름이옵니다."

이제 와서 변명을 해봤자 아무 소용이 없는 일이지만, 지명은 선화에게 미실의 병이 대마풍이라는 사실을 알려주지 않았던 것을 두고 이르는 말이었다. 그저 이름 모를 병을 앓고 있는데, 천만다행인 것은 설원랑이 옆에서 지극정성으로 병간호를 해주고 있다는 이야기만 했을 뿐이었다.

"법사님께서 왜 사실대로 말씀하시지 않았는지 이제 다 알 것 같아요. 정작 고마워해야 할 쪽은 이 사람이지요. 준비가 갖추어지는 대로 사흘 후 사자사로 올라가겠습니다."

선화가 지명을 향해 합장을 했다.

그로부터 사흘 후 선화는 사자사로 가서 지명을 만났다. 하얀 소복 차림의 그 모습은 청초하고, 가녀리고, 그리고 아름다웠다. 초여름날 어스름 저녁에 초가지붕 위에 하얗게 피어난 박꽃 같다고나 할까, 그 자태에서는 어둠과 밝음의 희비가 교차되는 미묘한 마음자리까지도 은은하게 배어나오고 있었다.

고인에 대한 명복을 비는 제를 올리고 나서 선화가 지명에게 말했다.

"어젯밤 꿈에 폐하와 함께 이곳 사자사로 오기 위해 저 아래 연못을 지나오는데, 물속에서 미륵삼존(彌勒三尊)이 솟아오르는 걸 보았습니다. 그래서 폐하와 나는 수레를 멈추고 급히 내려 미륵불을 향해 합장을 하고 경의를 표했습니다. 그러고 나서 고개를 드니 미륵삼존은 어디론가 사라지고 보이지 않았습니다. 과연 미륵삼존의 현신을 어떻게 받아들여야 하겠습니까?"

선화의 이 같은 말에 지명은 크게 감화를 받은 표정을 애써 감추지 않았다.

사실상 지명은 우씨부인에게서 왕의 태몽 이야기를 들은 이후부터 마음속으로 '용의 전설'을 어떻게 현실화할 수 있는가를 놓고 부단히 고민해 왔다.

이미 금마저 일대에서 백제왕 장의 태몽 이야기는 전설이 되어 있었다. 지명이 재가불자들을 동원해 일부러 그 이야기를 세간에 널리 퍼뜨리도록 했던 것이다.

지명은 오래전부터 신라의 황룡사보다 더 큰 대규모의 불사를 일으켜 백제를 삼국 중 가장 으뜸가는 불국토로 만들겠다는 결심을 굳히고 있었다. 하지만 '용의 전설'만 가지고는 왕을 설득하기에 부족함이 많았다.

그런데 선화가 때마침 미륵삼존의 꿈 이야기를 통해 그동안 지명이 고심하던 문제의 실마리를 풀어준 것이었다. 그는 '용의 전설'과 '미륵삼존의 현신'을 잘 포장하면 용화산 아래 큰 도량을 열 수 있을 것이라고 생각했다.

사실 그동안 지명은 금마산에서 금광업으로 크게 부(富)를 일으킨 선화를 설득할 명분을 찾고 있었다. 해가 바뀔 때마다 금광은 점점 더 규모가 커져 금괴 생산량도 부쩍 늘어났다. 자주 백제 왕실에 금괴를 보내고 있지만, 금마저 사저에도 따로 숨겨둔 것이 상당량 있을 것으로 추측되었다.

몇 년 전에 지명이 선화의 부탁으로 아미자를 금광 관리인으로 추천했던 것도 다 이유가 있었다. 금마산에서 나는 금을 활용하면 신라의 황룡사보다 더 큰 규모의 불사를 일으키는 일도 가능하리라 판단했던 것이다.

그때 지명은 문득 신라가 황룡사를 건축하게 된 동인(動因)이 진흥왕의 꿈에서 비롯되었다는 사실을 떠올렸다. 꿈에 연못에서 황룡이 솟아오르는 걸 본 진흥왕은 당시 궁궐 건축 계획을 돌려 황룡사를 지었다는 사실을 원광으로부터 전해 들은 바 있었다. 그 말을 듣는 순간 지명은 신라가 황룡의 승천을 통하여 용화세계를 꿈꾸고 있음을 간파했던 것이다.

지명의 머리는 전광석화처럼 돌아갔다. 신라는 황룡의 승천을 꿈꾸었지만, 이제 백제는 미륵삼존의 하생을 통하여 용화세계를 열게 되었다고 생각했던 것이다. 신라 진흥왕의 꿈보다 한 단계 더 발전한 신화를 만들 수 있다는 착상은 그의 마음을 흥분시키기에 충분했다. 백제왕 장은 모친의 꿈에 황룡이 승천하는 것을 보고 태어났으며, 이제 부인 선화의 꿈을 통하여 미륵삼존의 현신을 보았던 것이다. 이는 승천한 황룡이 미륵으로 하생하여 용화세계를 여는 예지적인 선몽(禪夢)이 아닐 수 없었다. 그래서 선화를 향한 그의 목소리는 사뭇 상기되어 떨릴 수밖에 없었다.

"부인 마님! 과연 범상치 않은 꿈이옵니다. 이는 분명 부처님의 계시라 아니할 수 없사옵니다."

"부처님의 계시라면?"

선화가 눈을 반짝이며 지명을 쳐다보았다.

"저 아래 연못을 메우고 그 자리에 큰 사찰을 건축하라는 뜻이지요. 그리 해야만 비로소 폐하의 태몽에 나온 황룡이 승천하여 다시 미륵으로 하생할 수 있사옵니다. 그런 연후에 이제 태평성대의 용화세계가 열리게 되는 것이지요."

지명은 순발력 있게 선화가 꾼 '미륵삼존'에 대한 꿈에다 백제왕 장의 태몽인 '용의 전설'을 그럴 듯하게 갖다붙였다.

선화는 가만히 고개를 끄덕거렸다. 자신이 기원하던 바가 지명의 입을 통하여 그대로 나오고 있는 것이 신기하기도 하고, 그것이 불교적으로 어떤 인연(因緣) 같은 것이 아닐까 하는 생각에 은근히 가슴이 떨려오기도 했다.

백제나 신라나 전쟁을 하지 않고 태평한 세상을 여는 그런 용화세계가 되었으면 하는 것이 선화의 소망이었다. 어느 나라든 전쟁으로 이기고 지는 것은 결국 백성들만 괴롭게 만드는 결과를 낳을 뿐이었다. 전쟁을 하지 않고 서로 승리자가 되는 것, 그것이 바로 용화세계로 가는 가장 바람직한 길이라고 그녀는 생각했다.

이러한 생각에 몰두해 있던 선화는 조용히 입을 열어 말했다.

"부처님의 뜻이라면 그리해야겠지요. 그러나 나라의 대사이니만큼 폐하의 명이 있어야 할 것이 아니겠습니까?"

"이르다 뿐이겠습니까? 부인 마님께서 폐하께 올릴 서찰 하나만 써주시면 소승이 조속히 사비성 궁궐에 다녀오겠나이다."

너무 쉽게 선화가 대사찰 건축을 승낙하는 바람에, 지명은 처음엔 어리둥절한 기분이었다. 그래서 더욱 흥분이 되지 않을 수 없었다.

"그리하도록 하지요."

선화는 곧 백제왕에게 올리는 서찰을 작성했다.

이제 지명은 마음이 급했다. 그는 선화의 서찰을 품속에 간직하고 곧바로 사자사를 떠나 부여의 백제 궁궐로 달려갔다. 마음이 급한 만큼 걸음은 빨랐고, 흥분이 된 만큼 몸은 가벼웠다.

하루 한나절 만에 부여 사비성에 도착한 지명은 백제왕 장을 알현하고, 먼저 선화의 서찰을 전했다.

"용화산 아래 대사찰을 지어야 한다는 것은 누구의 뜻이오?"

서찰을 읽은 후 한참 동안 침묵을 지키던 장이 조용히 물었다.

"미륵의 뜻이옵니다."

지명은 거침없이 대답했다.

"미륵이라……."

"우리 백제의 땅에 미륵이 하생하여 용화세상을 연다는 뜻이옵니다."

"법사께선 미륵의 하생을 무엇으로 믿으시오?"

백제왕 장의 안광이 지명을 뚫어져라 직시하고 있었다.

"그것은 부처님의 두 가지 계시가 있었기 때문이옵니다."

"두 가지 계시라……."

"부처님께서는 폐하의 태몽을 통해 첫 번째 계시를 주셨사옵니다. 일찍이 용화산 아래 연못에서 용의 전설이 탄생된 것을 폐하께선 알고 계시는지요?"

지명은 왕의 눈길을 피하지 않았다. 두 사람의 눈길은 팽팽한 대결 구도 속에서 서로의 마음을 저울질하고 있었다.

"들어본 적 없소."

"그러실 것이옵니다. 폐하를 잉태하실 때 대부인 마님께서 용꿈을 꾸셨다고 들었사옵니다. 용화산 아래 연못에 사는 용을 만나 폐하를 잉태하셨다는 것이옵니다. 이미 이러한 이야기는 금마저 일대에 전설처럼 퍼져 있고, 백성들이 모두 폐하를 용의 아들로 떠받들고 있사옵니다. 이는 부처님께서 용으로 상징되는 미륵을 세상에 내려보내신 것이옵니다."

지명은 그러면서 넌지시 왕의 표정을 살폈다.

"......!"

그러나 장은 무표정한 얼굴로 침묵을 지키고 있었다. 지명의 다음 말을 기다리고 있는 것이었다.

"방금 폐하께선 금마저에 계신 부인 마님의 서찰을 읽으셨나이다. 아마 거기에는 꿈에 미륵삼존이 연못에서 나왔다는 내용이 적혀 있을 것으로 사료되옵니다. 부처님은 부인 마님의 꿈속에 미륵삼존을 보내 용화산 아래에 용화세계를 열라는 뜻을 전하신 것이옵니다. 그것이 바로 부처님의 두 번째 계시이옵니다. 대사찰을 건축하여 그곳에 미륵삼존을 모시면 백제가 곧 용화세계를 여는 날이 올 것이라고 소승은 굳게 믿사옵니다."

"용화세계란 무엇이오?"

장의 눈빛이 섬광처럼 강렬하게 빛났다.

"우리 백제가 삼국통일의 대업을 이룩하여 이 세상에서 전쟁을 종식시키는 일이옵니다. 그리하여 오래도록 평화를 유지하며 백성들이 태평성대를 누리는 세상을 이루는 것이옵니다."

지명의 말은 거침이 없었다.

"우리 백제가 삼국을 통일한다?"

"지금 가장 약한 것이 백제이옵니다. 그러나 이제 곧 백제가 삼국 중 가장 강한 나라로 떠오를 것이옵니다. 이 세상의 이치는 한 번 흥하면 한 번 망하는 반복 과정을 거치는 법이옵니다. 해가 지면 달이 뜨고, 보름달이 기울어 그믐달이 되고, 겨울이 가면 봄이 오는 것이 자연의 이치이옵니다. 인간사 역시 이와 다르지 않사온데, 나라의 흥망성세라고 이러한 이치에서 벗어날 리 없을 것이옵니다. 고구려는 오래전에 광개토왕이 평양에 아홉 개의 사찰을 지어 주변의 적들을 물리치고 광활한 땅을 경영하였사옵니다. 그래서 힘이 약한 우리 백제와 신라는 동맹을 맺어 고구려에 대항해 겨우 명맥을 유지하였사옵니다. 그로부터 백여 년이 흐른 이후, 이번에는 신라의 진흥왕이 백제와의 동맹을 깨고 아리수 이북까지 진격하여 고구려를 위협하는 맹주로 떠올랐습니다. 진흥왕은 황룡사란 대사찰을 지어 나라의 힘을 하나로 묶어 신라를 강국으로 만든 것이옵니다. 이제 다음 차례로 우리 백제에게 기회가 오고 있사옵니다. 현재 신라의 왕은 왕자를 생산하지 못해 다음 대를 이을 후사가 없사옵니다. 공주 셋을 낳았지만, 그 중 한 분은 폐하께서 지혜와 기지를 발휘하여 배필로 삼은 선화공주이옵니다. 금마저에 계신 부인 마님께옵서는 바로 신라의 운을 백제로 가져오셨사옵니다. 그리고 그러한 지혜를 발휘하신 분은 바로 폐하이십니다. 이제 신라의 힘이 쇠하고 바야흐로 백제가 강성한 힘을 발휘할 기회가 도래했사옵니다. 바로 이러한 때에 용화산 아래 ‘미륵사(彌勒寺)’를 지으면 우리 백제는 삼국을 통일하여 세상을 평정하는 대업을 이룩할 수가 있을 것이옵니다. 신라 진흥왕이 대업을 이룩한 이후 다시 백여 년이 흐르면서 바로 폐하의 시대가 열리게 되었기 때문이옵니다. 이는 하늘이 정한 이치이옵니다.”

지명은 이미 용화산 아래에 지을 대사찰의 이름까지 ‘미륵사’라고 지어놓고 있었던 것이다.

이러한 지명의 주도면밀함에 장은 매우 놀란 눈치였다. 더구나 고구려 광개토왕 이후 백여 년이 지난 후 신라 진흥왕이 천하를 호령하였고, 그로부터 다시 백여 년이 흐르면 백제에 기회가 온다는 것은 매우 설득력이 강한 변설이기도 했다. 거기에는 나름대로 시대를 꿰뚫어보는 날카로운 통찰의 안목이 있었던 것이다. 그런데 고구려나 신라나 나라를 부흥시키는 데 있어 구심점으로 삼은 것은 호국불교였다. 즉 광개토왕은 평양에 아홉 개의 절을, 진흥왕은 서라벌에 황룡사란 대사찰을 건축했다. 그렇다면 백제도 부흥을 꾀하려면 마땅히 대사찰 건축을 하지 않으면 안 된다는 당위론이 성립되는 것이었다.

장은 옥좌에서 벌떡 일어섰다. 그러고는 지체할 겨를 없이 달려나와 위엄이나 권위도 무시하고 덥석 지명의 손을 부여잡았다.

“법사의 명쾌한 혜안에 짐의 눈이 환히 밝아졌소. 이제 제대로 세상이 보이는 것 같으오. 아아, 그동안 짐은 정사에 바쁘다는 핑계로 금마저 사저를 너무 등한시했던 것 같소. 머지않아 짐이 금마저에 가게 될 것이오. 그리고 반드시 미륵사를 창건토록 할 것이오.”

“황공하옵니다, 폐하! 금마저는 폐하께서 태어나신 땅이옵니다. 그 땅에 미륵사를 지어 천하를 호령하는 군주가 되시옵소서. 이는 부처님의 뜻이옵니다. 바로 폐하는 용의 전설에서 계시한 미륵이 되시는 것이옵니다.”

지명의 얼굴은 매우 상기되었고, 그리고 환희에 차서 목소리까지 떨려 나오고 있었다.

이제 지명은 소기의 성과를 거두었다고 판단했다. 그러나 미륵사 창건 문제로 왕의 마음을 움직여놓긴 했지만, 여전히 고구려와 신라는 백제보다 강하다는 현실을 무시할 수 없었다. 장의 얼굴에 수심기가 서려 있는 것은 바로 그것 때문임을 지명은 모르지 않았다.

“법사, 그런데 미륵사를 창건하는 일은 국가 대사이며 엄청난 국력이 소모되는 일이오. 이를 기회로 고구려나 신라가 우리의 국경을 넘본다면 실로 큰일이 아니겠소?”

“폐하! 바로 그 점을 말씀드리고자 합니다. 군사력을 길러 적국이 국경을 침범치 못하도록 하는 일 또한 미륵사 창건 못지않게 중요한 일이옵니다. 지금 신라는 고구려의 남침이 무서워 우리 백제를 침공하는 걸 두려워하고 있습니다. 문제는 고구려인데, 여전히 그들은 강합니다. 최근 고구려는 말갈까지 포섭하여 수나라도 함부로 넘보지 못할 강력한 군사력을 갖추고 있사옵니다. 특히 고구려왕 원(元: 영양왕)은 제세안민(濟世安民)을 내세워 천하의 맹주로 군림하려는 야욕을 불태우고 있습니다. 고구려는 지금 그 날래기가 백호와 같은데, 우리 백제나 신라로서는 정면 승부하기 매우 어렵사옵니다. 따라서 우리는 수나라를 움직여 고 구려를 치게 함으로써, 고구려의 남침을 미리 방비해야 하옵니 다."

"어찌하면 수나라를 움직이게 할 수 있겠소?"

장이 다급하게 물었다.

"금은보화와 백제의 특산품을 수나라 황제에게 보내어 고구려 를 치도록 설득함이 좋을 듯하옵니다. 수나라 역시 더 이상 고구 려가 강성해지는 걸 원치 않기 때문에 우리 백제의 요청을 수락 할 것이라 사료되옵니다. 용호상박(龍虎相搏)이라는 말이 있듯이 서로 강성한 나라끼리 싸움을 하게 되면, 그 덕에 국력이 약한 작 은 나라들은 편안해지는 것이옵니다."

지명의 말을 듣고 장은 무릎을 탁 쳤다.

"명년 이른 봄에 수나라에 사신을 파견하리다."

장은 그때서야 얼굴 가득했던 수심을 털어내고 환하게 웃었다.

용화산 사자사로 돌아오는 지명의 발걸음은 가벼웠다. 구름 사 이에 달이 걸려 있는 밤중인데도 그의 들뜬 마음은 금마저를 향 해 마구 달려가고 있었다. 하루 빨리 선화에게 '미륵사 창건'에 대 한 소식을 알려주고 싶은 마음이 그러했다.

6

삭풍이 나무 끝에서 강한 휘파람 소리로 우는 한겨울이었지만, 햇볕이 따사로운 황룡사의 저녁 풍경은 한가롭기 그지없었다. 사찰 지붕의 추녀 끝은 석양의 붉은 기운을 벽 안쪽으로 깊숙이 끌어들였다. 그래서 그 아래 벽으로 노을이 주르르 미끄러져 물처럼 흘렀다. 마침내는 금당 앞의 벽이며 바닥은 물론, 가람 전체가 주황빛으로 짙게 물들었다.

일찌감치 저녁 공양을 끝낸 원광은 금당 앞뜰을 거닐며 수심에 잠겨 있었다. 막근개를 통해 듣는 백제의 여러 정보들은 그저 놀라움을 금치 못하게 만들었다.

막근개는 신라의 정세를 살피기 위해 지명이 심어놓은 세작이면서, 동시에 원광이 그를 통해 백제의 제반 사정을 듣는 통로로 이용하는 이른바 '이중첩자' 노릇을 하고 있었다. 원광으로서는 이중첩자 노릇을 하는 막근개가 자기 곁에 있는 한 손해 볼 것이 전혀 없다고 생각했다. 설사 지명 역시 막근개가 이중첩자임을 알고 있다손 치더라도 그 조종의 끈을 움켜쥐고 있는 것은 자신이라고 원광은 굳게 믿고 있었던 것이다.

근자에 이르러 지명은 백제왕을 움직여 미륵사를 창건하는 대역사를 시작하였고, 수나라에 사신을 보내 고구려를 치게 하는 외교 전략까지도 구사했다고 들었다. 그 두 가지 일을 한꺼번에 단행한다는 것은 매우 위험천만한 사안이면서도, 다른 한편으로 보면 미리 철저하게 계산된 정략적인 술책이라 아니할 수 없었다.

그러나 백제가 수나라에 사신을 보내 고구려를 치게 한 전략은 결과적으로 실패작이 되고 말았다. 수나라는 고구려를 치지 않았고, 어떤 경로를 통해서인지 그 사실이 알려지자 고구려는 분개하여 보복전으로 백제의 송산성(松山城)을 쳤다. 그러나 송산성이 쉽게 함락되지 않자, 고구려군은 발 빠르게 군사를 돌려 방심하고 있던 석두성(石頭城)을 쳐서 포로 3천여 명을 사로잡아 갔다.

이처럼 수나라의 위협에도 불구하고 고구려가 백제를 칠 수 있다는 것은 그만큼 강한 군사력을 갖고 있다는 증거이며, 이는 또한 신라의 입장에서도 그냥 간과하고 넘어갈 수 없는 일이었다.

금당 벽에 그려진 솔거의 노송 벽화에 무심한 눈길을 주고 있던 원광은 이쪽을 향해 걸어오고 있는 막근개의 모습을 얼핏 보았다. 얼굴에 수심이 가득해 보여 원광은 그를 불러 세웠다.

"여보게, 잠시 나와 이야기 좀 나누세."

"법사님, 그렇지 않아도 오늘 저녁에 조용히 찾아뵈려던 참이었사옵니다."

막근개가 합장을 한 채 등이 보일 정도로 허리를 깊이 숙였다.

"그러면 우리 들어가서 조용히 얘기하세나."

원광은 그렇지 않아도 조만간 막근개를 불러 백제의 사정에 대해 좀 더 알아볼 참이었다. 때마침 잘되었다고 생각했다.

방으로 들어간 원광은 다탁을 사이에 두고 막근개와 마주 앉았다.

"법사님, 송구하옵니다."

막근개는 무릎을 꿇은 자세로 어찌할 줄 몰랐다. 이렇게 원광과 단둘이 마주앉을 때마다 그는 잔뜩 주눅이 들어 있곤 했다. 가만히 상대를 바라보고만 있어도 화광처럼 불이 번뜩이는 원광의 눈빛에 질려 저절로 마음이 오그라들고 마는 것이었다.

"편히 앉게."

"아니옵니다."

"허허, 그대와 나는 발우공양으로 한솥밥을 먹는 처지일세. 공양이란 누구나 공평하게 나누는 것이네. 그러니 그대와 나 사이에 차별이 있을 수 없지. 그러나저러나 지명법사에게선 또 다른 기별이 없었던가?"

원광은 너털웃음을 웃은 후 몸을 앞으로 기울이며 막근개 가까이에 대고 물었다.

"사실은 그 일 때문에……."

"말해 보게."

"지명법사께서 소인을 백제 땅으로 오라 하십니다. 미륵사 창건을 위한 공장(工匠)이 필요하다고요."

막근개는 고개를 들어 원광을 올려다보았다.

"그것 참 잘된 일이로세. 그대도 고국으로 돌아가고 싶겠지?"

원광은 빙그레 웃었다.

"아, 아니옵니다. 제가 감히 어찌? 저야 법사님의 지시만을 따를 뿐이옵니다."

"그러니 이번 기회에 백제 땅을 다시 밟으라는 것이네. 백제에서 대불사를 일으킨다는 것은 여간 반가운 일이 아니지 않은가? 가서, 그대의 기량을 마음껏 발휘해 보게. 지명법사께서 자네의 신분을 보장해 줄 걸세. 다만……."

이렇게 원광이 흔쾌하게 허락하자 막근개는 잠시 어리둥절한 표정을 지우지 못했다.

"다만, 무엇이옵니까?"

막근개는 마음이 다급했다.

"백제로 떠나는 시기를 조금 늦추게. 그대를 도와줄 우리 신라의 공장들을 모집해 같이 떠나도록 하게나. 황룡사를 창건할 때 그대를 도운 각종 기술자들이 많이 있질 않은가?"

원광의 말에 막근개는 놀라움을 금치 못했다.

"그, 그것이 가, 가능한 일이겠사옵니까?"

"물론 폐하의 명이 떨어지기 전에는 움직이지 못할 일이긴 하지."

"그렇다면……."

막근개의 낯빛이 금세 어두워졌다. 살아서 다시 백제 땅을 밟아볼 수 있다는 기대가 다시 한순간에 무너지는 기분이 들었던 것이다.

원광은 이미 그런 막근개의 내심을 훤히 꿰뚫어보고 있었다.

"물러가서 며칠 기다려 보게. 곧 좋은 소식이 있을 것이네."

막근개는 도무지 원광이 무슨 뜻으로 그런 말을 하는지 모르겠다는 표정을 지으며 물러갔다.

다음날 아침 원광은 왕을 알현하기 위해 궁궐로 들어갔다. 실은 며칠 전에 궁궐에서 내관이 직접 황룡사로 찾아와 입궐해 달라는 어명을 전달하고 갔던 것이다.

"오오, 법사! 짐이 긴히 논의할 게 있어서 법사를 보고자 하였소."

신라왕 백정이 반갑게 원광을 맞았다.

"폐하! 용안에 수심이 가득하시니 어인 일이시옵니까?"

"백제는 아직 우리의 적수가 못 되나 고구려는 여전히 강하오. 그것이 짐의 큰 근심거리라, 법사에게 도움을 청하고자 하여 불렀소이다."

"소승이 무능하여 폐하를 보필하지 못한 것이 심히 부끄러울 따름이옵니다."

원광은, 실상 말은 그렇게 하였지만 왕 앞에서 당당했다. 늘 온화한 미소를 짓는 그 얼굴에서 부끄러움을 발견하기란 그리 쉬운 일이 아니었다. 어쩌면 미소는 그의 천성이었다.

"우리 신라에서 법사만큼 문장이 뛰어난 인재는 없소이다. 작년에 백제가 수나라에 사신을 보내 고구려를 치라고 했다 들었소. 이젠 우리 신라가 나설 차례요. 법사께서 수나라에 보낼 걸사표(乞師表)를 하나 지어주시오."

백정이 말하는 '걸사표'란 군사를 요청하는 글을 이르는데, 즉 수나라로 하여금 고구려를 치도록 설득하는 데 목적을 둔 일종의 외교 문서라고 할 수 있었다.

원광은 왕의 말을 듣자 안면이 조금 굳어졌다. 그러나 다시 얼굴에 미소가 돌아와 다음과 같이 아뢰었다.

"황공하옵니다. 폐하! 자기가 살려고 남을 멸하는 것은 승려의 할 짓이 아니오나, 빈도가 폐하의 나라에서 수초(水草)를 먹으면서 어찌 감히 어명에 따르지 아니하겠나이까."

"허허, 짐이 법사에게 어려운 부탁을 드렸는가 보오."

"아니옵니다. 폐하! 걸사표를 짓는 일이야 뭐 어려울 게 있겠사옵니까? 다만 소승이 염려하는 것은 작년에 백제가 글을 지어 수나라에 보내 고구려를 치라고 했다가 오히려 큰 화를 입었사옵니다. 고구려는 수나라도 함부로 넘보지 못할 정도로 강한 나라이옵니다. 자칫 우리 신라도 수나라에 걸사표를 보냈다가 고구려로 하여금 침공의 빌미를 주게 되지나 않을까, 그것이 염려될 뿐이옵니다."

원광은 먼저 걸사표를 짓는 것에 대해 자신이 승려임을 내세워 짐짓 겸양을 부렸지만, 이번에는 솔직하게 마음속의 근심을 털어놓았다.

"짐 역시 법사의 생각과 같소. 설령 그렇다 하더라도 이제 고구려의 오만함을 그냥 두고 볼 수만은 없소. 우리 신라가 걸사표를 지어 보내면 수나라도 반드시 고구려를 치기 위해 군사를 일으킬 것이오. 점차 고구려가 강성해지는 것은 수나라에게도 큰 위협이 될 것이기 때문이오."

백정의 말 또한 옳았다.

결국 원광은 걸사표를 쓰기로 했다. 어느 사이 내관이 지필묵을 준비해 대령하였고, 그는 거침없이 글을 써내려갔다. 한달음에 써내려간 글은 명필인데다 군더더기 하나 없는 활달한 문장이었다.

백정은 원광이 받쳐 올린 걸사표를 보고 극찬을 아끼지 않았다.

"대단한 문장이오. 수나라 황제도 이 글을 읽고 나서 당장 고구려를 치지 않고는 못 배길 것이오."

"폐하! 이번에는 소승의 청을 들어주시옵소서."

"어떤 청이오? 어서 말해 보시오."

방금 걸사표를 읽고 매우 흡족한 표정을 짓던 백정은 무슨 청이든 들어주겠다는 듯이 물었다.

　"이는 적을 이롭게 하는 일도 되면서, 결국은 해가 되도록 하는 일이옵니다."

　원광은 여기서 잠시 말을 끊고 뜸을 들였다. 기다리다 못한 왕이 다그치듯 말했다.

　"법사! 괘념치 말고 어서 말해 보시오."

　"백제에 관한 일이온데, 곧 저들은 대불사를 일으킬 계획을 세우고 있다 하옵니다."

　"대불사라면? 우리 황룡사와 같은 큰 사찰을 짓겠다는 것이오?"

　"그러하옵니다. 소승은 백제의 대불사를 돕기 위해 우리 신라에서 황룡사를 창건하는 데 공을 세운 공장들을 보내주어야 한다고 생각하고 있사옵니다."

　원광의 형형한 눈빛이 왕을 직시했다.

　"그건 법사 말대로 적에게 득이 되는 일이 아니오?"

　백정은 잘 이해가 안 간다는 듯 고개를 갸우뚱거렸다.

　"그렇사옵니다. 하지만 당장은 백제에게 득이 되나 실은 그들에게 큰 악재로 작용할 것이옵니다. 수나라 유학 당시 백제의 승려 지명을 만난 일이 있사온데, 그는 미륵신앙에 깊이 빠진 자이옵니다. 미륵신앙은 하늘에서 미륵이 내려와 용화세계를 편다는 것인데, 너무 깊이 빠지면 눈이 앞을 가려 허상도 진실로 보이게 되옵니다. 지금 지명은 백제왕을 미륵이 하생한 것으로 만들어, 왕이 태어난 땅에다 '미륵사'를 지으려는 것이옵니다. 오래전, 지명이 백제 사신을 따라왔다가 잠시 황룡사로 소승을 찾아온 일이 있사옵니다. 그때 지명의 예사롭지 않은 눈빛에서, 소승은 반드시 백제가 대불사를 일으키는 우를 범할 것이라 예측하였사옵니다."

그때 백정이 원광의 말을 끊었다.

"짐도 지명이 사신 일행으로 왔을 때 미륵부처에 대해 설하는 걸 들은 바 있소. 또한 법사에게서 그가 황룡사에 다녀갔다는 것도 전해 들은 걸 기억하고 있소만, 백제의 대불사가 어찌하여 우를 범하는 일이 되는 것인지는 이해가 잘 되질 않소이다."

"이제 그 말씀을 드리려고 합니다. 지명은 욕심이 많은 자이옵니다. 반드시 황룡사보다 더 큰 사찰을 지으려고 할 것이옵니다. 우리 신라도 황룡사를 창건하면서 국고가 바닥나고 오랜 시일 백성들의 부역으로 말미암아 민심이 더욱 피폐해졌던 사실을 부인할 수 없사옵니다. 그런데 백제는 지금 황룡사보다 더 큰 사찰을 지으려고 하니, 국고 낭비가 이만저만이 아닐 것이옵니다. 우리 황룡사를 지은 공장들을 보내 지명으로 하여금 규모가 어마어마한 사찰을 짓도록 은근히 부추기면, 먼 후일 백제는 힘이 약화되어 나중에는 저절로 우리 신라의 품안으로 들어오게 되어 있사옵니다. 그것이 바로 백제의 악재이옵니다."

원광의 거침없는 말은 청산유수처럼 유장하게 흐르면서도 조리가 딱딱 들어맞았다. 오래도록 마음속에서 고민해 온 사안이었으므로 그만큼 설득력도 발휘할 수 있었다.

"하지만, 우리가 갑자기 미륵사를 창건하는 데 도움을 줄 공장들을 보내준다면 백제가 의심하지 않겠소?"

백정이 물었다.

"그렇지 않사옵니다. 원래는 선화공주께서 미륵사 창건을 백제왕에게 건의했다고 들었사옵니다. 뿐만 아니라 선화공주께서는 직접 관리하는 금마산 금광에서 나오는 금들을 모두 미륵사를 창건하는 데 시주하시겠다고 천명했다 하니, 신라가 돕는 것은 당연한 일이옵니다. 폐하께서 사랑하는 딸 선화공주를 위해 공장들을 보낸다는데, 저들이 환영을 하면 했지 반대하지는 않을 것입니다. 더더욱 의심을 살 일은 아닌 듯하옵니다."

"허허! 듣고 보니 딴은 그렇구려. 법사의 묘책이 실로 놀랍소이다. 그러면 법사께서 사찰 건축 기술이 뛰어난 공장들을 모집해, 백제의 미륵사 창건을 위해 백공(百工)을 보내도록 하시오!"

백정은 무릎을 치며 좋아했다.

황룡사로 돌아온 원광은 즉시 막근개를 불러 백제의 미륵사 창건에 참여할 공장들을 모집토록 했다.

7

　용장사가 터를 잡은 곳은 기암괴석의 바위들이 즐비하게 늘어선 남산 중턱이었다. 석주는 방금 석탑 하나를 완성하고 나서, 근처 바위에 주저앉아 자신의 작품을 감상하고 있었다. 이 삼층석탑은 바위 절벽의 높은 위치에 세워졌는데, 바위 자체를 하층 기단으로 삼고 있었다. 그래서 실제로는 어른 키의 세 배 정도 되는 높이지만, 기단으로 삼은 바위 밑에서 바라보면 엄청나게 높은 탑처럼 보였다. 더 크게 보면 산 자체를 기단으로 삼아, 남산에서는 가장 하늘 가까운 곳에 석탑을 세웠다고 볼 수 있었다.

　날씨는 여름을 지나 초가을로 접어들고 있었다. 밤새 비가 내린 다음 맑게 갠 하늘은 더욱 드높아 보였고, 그 짙푸른 하늘색을 배경으로 우뚝 솟은 탑은 신비스런 세계를 연출하고 있었다. 탑은 땅과 하늘을 연결해 주는 상징성으로 해서, 그 앞에 서면 더욱 마음이 경건해질 수밖에 없었다. 인간의 기원이 탑을 통해 하늘에 전달된다고 불자들은 굳게 믿고 있기 때문이었다.

오래전부터 석주는 하늘을 꿈꾸어왔다. 하늘은 그가 도달하고자 하는 이상향이었으며, 가슴 절절한 그리움의 우물 같은 곳이기도 했다. 자꾸만 퍼내도, 아무리 퍼내도 그리움이 샘솟는 우물이 그 하늘 가운데 있었다. 그곳에 달이 있었고, 선화가 있었다. 낮이고 밤이고 그는 하늘에 뜬 달을 상상했으며, 그 달은 곧 선화의 아름다운 얼굴이 되었다. 그래서 그가 하늘을 바라보는 것은 곧 선화를 만나는 일에 다름 아니었다.

석주가 남산 중턱에 높다랗게 석탑을 세운 것도 사실은 선화를 그리는 마음의 간절한 표현이라고 해야 옳았다. 선화를 그리는 마음이 없었다면, 그는 그 자리에 석탑을 세울 이유가 없었다. 따라서 석탑을 세우는 일은 그가 유일하게 선화와 만나 서로의 마음을 주고받는 행위였던 것이다.

석주는 자신의 작품을 올려다보다 말고 벌떡 일어나 자신도 모르는 사이에 합장을 했다.

"네 재주가 실로 놀랍구나."

언제 올라왔는지 스승 정자가 석주의 등 뒤에 서 있었다.

"스승님! 이제 약속대로 저를 백제 땅에 보내주실 수 있겠지요?"

석주는 정자를 돌아보며 싱긋, 이를 드러내고 웃었다.

작년 봄부터 원광이 백제 미륵사를 창건하러 갈 공장들을 모집한다는 소식을 듣고, 석주는 스승에게 자신도 가게 해달라고 간곡히 청했다. 가까이에서 선화를 볼 수 있는 절호의 기회였던 것이다.

"네 마음에 사(邪)가 끼어 있어 보낼 수 없다."

그때 정자는 단 한마디로 거절했다. 이미 석주가 미륵사 창건보다 선화를 연모하는 마음이 앞서 그런 결심을 했다는 걸 간파하고 있었던 것이다.

"스승님! 이제 제 마음에 사는 없습니다. 스승님께서 바위 절벽에 부처를 새기며 늘 '사무사(思無邪)'를 강조하였듯이, 저 역시 그런 마음으로 돌을 다루어왔습니다. 이 세상에서 누구를 연모하는 일도, 그것이 지극하면 숭고한 경지에 이른다고 생각합니다. 부처를 믿는 마음처럼 저는 초지일관하는 자세로 임할 자신이 있습니다. 제발 저를 백제로 보내주십시오."

이 같은 석주의 간청을 물리칠 길이 없어, 정자는 다음과 같이 말했다.

"그렇다면 너의 그 진정한 마음을 보여다오. 저 용장사 바위 절벽 위에 삼층석탑을 세우면 네가 백제에 가는 걸 허락해주마."

그로부터 사계절이 바뀌는 동안 석주는 매일 용장사에 올라가 바위와 씨름했다. 정으로 바위를 쪼아 석탑을 만들기 위해 밤낮을 가리지 않고 일했다. 그렇게 한 해 하고도 한 계절을 더 보내고 나서야 비로소 삼층석탑을 완성할 수 있었던 것이다.

용장사 삼층석탑을 완성하고 돌아온 날 밤, 정자는 원광에게 보내는 서찰 하나를 만들어 석주의 손에 쥐어주었다.

"황룡사 원광법사에게 가보거라. 이 서찰을 보면 너를 백제 땅으로 보내줄 것이다."

"스승님, 고맙습니다."

석주는 다음날 아침, 은적골 초막을 떠나기 위해 행장을 꾸렸다. 범궐을 했다가 궁궐에서 옥고를 치르고 나서 스승 정자의 도움으로 은적골에 들어온 지 어느덧 10년 가까운 세월이 흘렀다. 그는 그동안 석공 기술을 제대로 익혔으며, 이제는 그 기술을 가지고 백제 땅으로 가서 미륵사 창건에 참여하기로 했던 것이다.

"네 기술이 아깝구나. 백제 땅에 가서 미륵사 창건을 끝낸 후엔 반드시 다시 돌아와 나를 도와야 한다. 내 뒤를 이어 이곳 남산에다 천불을 만들어야 한다. 약속할 수 있겠느냐?"

정자가 은적골을 떠나는 석주에게 당부한 말이었다.

"네, 스승님! 반드시 그리하겠습니다."

석주는 가벼운 마음으로 은적골을 나섰다. 그동안 정이 든 돌쇠는 산 아래까지 석주의 바랑을 대신 걸머지고 따라왔다.

"형님, 사실은 저도 따라가고 싶은데 스승님 때문에 입이 안 떨어졌어요."

돌쇠가 손등으로 비질비질 흐르는 눈물을 닦아내며 울먹였다.

"그래, 돌쇠야! 너는 스승님을 곁에서 보좌해야지. 백제에 가서 일을 마치면 곧 돌아오마. 부디 그때까지 스승님을 잘 돌봐드리도록 해라."

"형님도 몸 건강하게 잘 다녀오세요."

산 아래 소나무 숲까지 내려온 돌쇠는 석주에게 바랑을 건네
주고 돌아섰다.

돌쇠와 헤어져 곧바로 황룡사로 간 석주는 원광을 만났다.

"네가 석공이 다 됐다는 얘긴 정자 거사를 통해 들었다. 그런데
백제에 가서 미륵사 창건하는 일을 돕고 싶다고?"

정자의 서찰을 읽어본 후 원광은 얼굴 가득 빙그레 미소를 떠
올렸다.

"네, 그동안 갈고닦은 석공 기술을 한번 제대로 써먹어보고 싶
습니다."

석주는 원광을 똑바로 바라보았다.

"아직도 선화공주를 마음에 두고 있느냐?"

원광의 말에 석주는 눈길을 피했다.

"이젠 연모하지 않습니다. 그저 우러러보는 것도 연모인지요?"

"절을 짓는다는 것은 불심 없이는 안 되는 일이다. 네가 연모하
는 마음을 극복할 수 있는 것은 오직 불심뿐이다. 선화공주는 이
미 네가 바라볼 수조차 없는 대상이 되었다. 이제부터는 부처를
연모하여라. 부처로 네 마음을 가득 채워 다른 사특한 마음이 들
어설 틈을 막아야 하느니라. 알겠느냐?"

"네, 명심하겠습니다."

석주는 그런 원광에게 감읍하여 눈물까지 찔끔 솟았다. 그가
'물금'으로 불리던 옛날 시봉 시절이 불쑥 떠올랐던 것이다.

그 자리에서 원광은 석주를 위하여 백제 승려 지명에게 보내는 추천장을 써주었다. 그리고 이미 백제 땅에 가서 미륵사 창건을 돕고 있는 막근개에게도 석주가 돌을 잘 다루는 석공이란 사실을 적은 소개장을 써주는 것도 잊지 않았다. 석주는 그것들을 받아 품속에 간직한 후 원광에게 큰절을 올리고 황룡사를 나왔다.

백제 땅을 밟은 석주는 먼저 미륵사 건설 공사 현장으로 막근개를 찾아갔다. 원광의 소개장을 내밀자 그는 반갑게 맞아주었다.

"정자 거사 제자라면 석공 일만큼은 일급이겠고. 최근 용장사에 삼층석탑을 세웠다고요?"

막근개는 미륵사 건설 공사의 대목장을 맡고 있었다.

"네, 작은 석탑입니다."

"흠……, 앞으로 미륵사에도 석탑을 세울 생각이오. 미륵사는 삼원삼탑(三院三塔)으로 지어질 것인 바, 세 개의 사원 앞에 각기 탑 하나씩을 세울 것이오. 중원에는 목탑을, 좌우의 동원과 서원에는 석탑을 세울 것이니, 앞으로 그대가 할 일이 많을 것 같소. 때마침 아주 잘 와주었소."

막근개의 말에 석주는 벌써부터 흥분이 되었다.

"열심히 하겠습니다."

석주는 막근개에게 깊이 허리를 꺾었다.

며칠 후 막근개는 석주를 용화산 사자사로 데리고 올라가 지명에게 소개했다.

"정자 거사의 제자라?"

지명은 원광의 추천장을 읽은 후 석주를 유심히 바라보며 아주 오래도록 고개를 끄덕거렸다.

"네, 스승에게서 돌 다루는 일을 배웠습니다."

석주는 지명이 하도 오래도록 뚫어지게 바라보는 바람에 눈길 둘 곳을 찾지 못했다.

"정자 거사가 전엔 진자 스님이었지요?"

"네, 그렇습니다."

"그러면 그대는 전에 '미시'라고 불리던 바로 그 주인공이오?"

지명이 불타는 시선으로 석주를 바라보았다.

"네, 그렇습니다. 부끄럽습니다."

석주는 지명 앞에 서 있는 것조차 갑자기 발가벗은 기분이 들어 도무지 몸 둘 바를 찾지 못했다. 지명의 시선이 그렇게 그를 오래도록 주시하고 있었던 것이다. 그는 자신이 결국 스님이 되지 못하고 스승을 따라 석공이 된 것이 어쩌면 운명인지도 모른다는 생각을 했다. 생전 처음 그런 생각이 들었다.

"이것도 다 인연인 것을……. 나무관세음보살!"

마침내 지명이 시선을 거두어들이며 석주를 향해 합장을 했다.

"최근 신라 남산의 용장사란 절에 삼층석탑을 세운 경험이 있다고 하옵니다."

막근개가 거들었다.

"오오! 그래요? 그것 참 잘되었군. 삼원이 다 완성되면 우리도 석탑을 세워야 하니, 그대가 실력 발휘를 해주어야겠소."

지명의 말에 석주는 마음이 설레었다. 석공으로서 이런 기회는 평생 두 번 다시 오지 않을 큰 축복이었던 것이다.

8

신라가 수나라에 사신을 보내 고구려를 칠 것을 요청했다는 보고를 받은 백제왕 장은 속으로 회심의 미소를 짓고 있었다. 이미 백제는 신라보다 한 발 앞서 수나라에 사신을 보냈다. 전에 한번 수나라로 하여금 고구려를 공격케 하는 전략을 세웠다 실패한 후 두 번째 공조 요청이었다. 그리고 이번에는 수나라가 고구려를 공격할 경우, 백제가 이에 호응하여 고구려 국경을 협공하겠다는 약속까지 해둔 마당이었다.

이것은 장이 오랜 고민 끝에 내놓은 방략 전술이었다. 수나라가 고구려를 공략하면 북변을 걱정하지 않아도 될 터이므로 적은 군사를 동원해 위협하는 정도로 생색만 내고, 이때를 틈타 원정군을 이끌고 남동쪽 변경으로 진군하여 방관하고 있는 신라를 쳐야 한다고 생각하고 있었던 것이다.

장이 이처럼 신라를 공격하려는 것은 오직 전쟁에서 승리하여 왕의 권위를 세우기 위한 것이었다. 미륵사를 창건하는데 신라에서 백공을 보내준 것은 고마운 일이라고 생각하고 있었다. 그러나 장은 왜 신라가 미륵사 창건에 도움을 주려고 하는지 이미 그 전략을 꿰뚫어보고 있었고, 그 일로 해서 상대가 방심하고 있을 때를 노려 공격하는 것이 최선의 방책이라고 판단했다.

　미륵사 창건을 통하여 백성들의 정신을 하나로 모으는 일도 중요하지만, 신라와의 전쟁을 승리로 이끌어 왕권을 강화하는 일이 무엇보다 시급한 사안임을 장은 절실하게 느끼고 있었다. 재위 3년 만에 신라의 아막산성을 공격했다 실패하였고, 그 얼마 후 신라군이 변경을 공격해 왔을 때 병관좌평 해수가 4만 군사로 대적하다 참패한 것에 대해 장은 울분을 삭이지 못하고 있었다. 그래서 그는 어떻게 신라군에게 설욕전을 펼칠 것인가 하루도 잊지 않고 절치부심하면서 군사력 강화에 힘썼다.

　신라를 치기로 결심한 장은 문무백관이 모인 조회에서 다음과 같이 선언했다.

　"드디어 수양제가 고구려를 치기 위해 원정에 나섰소. 명년 이른 봄이 되면 수나라 원정군은 고구려 서변의 요동성을 공략하기 위해 요하를 건널 것이오. 이미 고구려는 수나라의 공격에 대비하기 위한 준비 중에 있으므로, 우리 백제가 신라를 치기 위해 군사를 일으킨다 해도 신경을 쓸 겨를이 없을 것이오. 이때야말로 신라를 공략할 절호의 기회이니, 신라 변경인 가잠성(椵岑城)

을 칠 계획을 세우도록 하시오."

장의 갑작스런 말에 신하들은 잠시 술렁이는 분위기였다. 서로들 눈치를 보기에 바빴으므로 어명에 반론을 제기할 수도 없었고, 그렇다고 선뜻 찬동을 하고 나서기도 어정쩡하였던 것이다.

"무엇을 망설이시오? 짐은 이미 결정을 내렸소. 우리는 아막산성 참패 이후 십 년 가까이 군사력을 길러 왔으며, 지금 백제군은 사기가 충천해 있소. 너무 벼르기만 해서 몸이 근질거릴 지경이오. 병법에도 군사들이 체력을 소모할 데가 없어 몸이 몹시 근질거릴 때를 기다렸다 공격을 감행한다고 했소. 저 중원의 춘추전국시대 당시 조(趙)나라 장군 이목(李牧)은 흉노와 싸울 때 일부러 져주는 척 피하기만 해서 '겁쟁이 장군'이란 비웃음을 샀지만, 그것은 그의 허허실실 전략이었소. 군사들이 전쟁은 하지 않고 피하기만 하자 몸이 근질거려 참을 수 없는 지경에 이르렀고, 이때를 기하여 이목 장군은 불시에 흉노를 쳐서 대승을 거두었소. 겁쟁이 장군에 허약한 군사라고 얕잡아본 흉노군은 함부로 덤벼들었다 조나라의 복병 전략에 걸려 참패를 당했던 것이오. 우리도 아막산성 전투와 천산에서의 패전 이후 오래도록 군사를 내지 않았소. 오륙 년 전 신라가 동쪽 국경을 침범해 왔지만, 함부로 나서서 싸우지 않고 성을 지키는 데만 힘썼소. 이제 신라군은 우리 백제군을 '허약한 군대'로 알고 있을 것이오. 따라서 이번에야 말로 백제군의 강함을 보여줄 수 있는 절호의 기회요. 짐이 직접 군사를 이끌 것이니, 원정 준비를 서두르도록 하시오."

미륵사 창건을 시작한 이후 백제왕 장의 말에는 은근히 힘이 실려 있었다. 어디에서 그런 힘이 나오는지 스스로도 모를 정도로 자신감이 충만한 왕을 보고 신하들도 감히 다른 의견을 낼 생각조차 하지 못했다.

이처럼 장에게 강력한 힘을 실어준 것은 불법(佛法)이었다. 여러 해 전에 지명은 왕의 태몽을 가지고 '용의 전설'을 만들어냈고, 거기에다 미륵하생설을 연결시켜 미륵사 창건으로까지 이어져 신화를 현실로 가시화시키는 데 성공했다. 이때부터 장은 그 스스로가 미륵이 되고 싶다는 욕망에 사로잡혀 있었다.

장은 가잠성 전투에 젊은 장수 사걸(沙乞)과 우소(于召)를 참여시켰다. 두 장수는 모두 장이 왕위에 오른 이후 가려 뽑은 무장들이었다. 사걸은 왕의 처가를, 우소는 외가를 대표하는 인물로 둘 다 용기와 배짱이 두둑했다. 장은 이들을 좌우에 거느리고 출정하였는데, 특별히 믿는 만큼 마음이 아주 든든하여 이번 전투에 더욱 자신감을 갖게 되었다.

백제 원정군이 신라 변경의 가잠성에 이르자, 장은 사걸을 선봉장으로 삼아 신라군을 공격케 했다.

"가잠성은 높은 산들이 사방을 가로막고 있다. 산세가 험해 신라에서도 접근이 어려운 요새라, 우리 백제가 한번 점령하면 적들이 회복하기 어려운 곳이다. 짐은 가잠성을 빼앗아 장차 신라 공략의 교두보로 삼으려고 한다. 가잠성은 튼튼하고 적들의 방어 또한 만만치 않을 것이므로 장기전이 예상된다. 따라서 급히 서둘지 말고 치고 빠지는 전략으로 적들을 지치게 만든 연후에 일제 공격에 돌입하는 것이 최선의 전략이다."

장은 오래도록 가잠성의 지리에 대해 연구했다. 이 지역은 백제의 입장에서 볼 때 신라의 옆구리에 해당하는 급소이기도 했다. 일단 한 번 빼앗으면 지키기 쉬운 요새인 데다, 일격을 가하여 신라에게 충격적인 아픔을 안겨줄 수 있는 곳이기도 했다.

백제는 성왕 이후 숱한 전투에서 신라에게 패하여 쓴맛을 보아왔다. 실제로 장은 아막산성 전투와 천산 전투에서 신라군에게 완패를 당하는 치욕을 맛보기도 했다. 그래서 기왕이면 신라의 가장 아픈 곳을 건드려 치명적인 상처를 입히고 싶었다. 바로 그곳이 가잠성이었던 것이다.

일단 가잠성을 확보할 경우 동쪽으로 가야산을 넘어 달구벌(大邱)이 지척이고, 달구벌에서 신라 궁궐이 있는 서라벌까지는 허허벌판이라 서둘러 달려가면 하루하고 한나절에 닿을 수 있는 거리였다.

그러나 산의 지세와 능선의 기복을 이용하여 쌓은 가잠성은 생각보다 공략하기가 쉽지 않았다. 신라의 성주 찬덕(讚德)은 성문을 닫아걸고 군사들을 독려하여 굳건히 지켰다. 백제군이 성밖으로 신라군을 끌어내리려고 온갖 회유책을 썼지만, 찬덕은 서라벌에 파발마를 띄운 채 원군이 오기만을 학수고대하고 있었다.

"폐하, 상주(上州)·하주(下州)·신주(新州)의 군사를 합한 신라 원군이 가잠성을 구원키 위해 오고 있다 하옵니다."

사걸이 장에게 보고했다.

"원군이 가잠성 가까이에 오는 것을 원천봉쇄해야 한다. 사걸 장군은 산의 지형지세를 활용하여 신라 원군이 오는 길목을 물 샐틈없이 막도록 하라. 그리고 우소 장군은 군사들을 독려하여 더욱 가잠성의 포위망을 좁혀 쥐새끼 하나 빠져나가지 못하도록 방비하라. 성안의 신라군과 성밖의 신라 원군 사이에 오가는 정보를 철저하게 차단해야 한다."

이렇게 명한 후 장은 일단 신라 원군의 가잠성 진입을 원천봉쇄하는 것이 시급하다고 판단, 사걸과 함께 가잠성으로 들어오는 길목을 막았다. 상주·하주·신주의 신라 원군이 가잠성으로 들어오는 길은 오직 한 군데밖에 없었다.

백제군은 산 능선에 돌과 흙으로 방어벽을 높이 쌓고 신라 원군과 맞섰다. 고개로 통하는 외길에는 군사를 매복시켜 돌과 통나무를 굴리고, 화살을 쏘아 적을 섬멸시키는 작전으로 나갔다.

전투는 치열하게 전개되었다. 신라 원군은 가잠성을 구하기 위해 한 발자국도 물러설 수 없는 입장이었고, 백제군 역시 그들이 가잠성으로 입성하지 못하도록 철저하게 방어했다. 그러다 보니 피아간의 공방전은 피가 피를 부르는 살육전이 되었다. 신라군은 시체를 뛰어넘어 공격하다 거꾸러져 시체가 되었고, 백제군은 시체 위에 쌓인 시체들을 방어벽삼아 철벽 수비를 했다. 시체들은 피아간의 구분을 할 수 없을 정도로 피범벅이된 채 한데 엉켜 더미를 이루었다.

"한 발짝도 뒤로 물러서지 말라!"

사걸은 최전선에 나가 진두지휘를 하였고, 장은 높은 지대에 망루를 만들고 그곳에 올라가 피아간의 공방전을 보며 백제군의 사기를 북돋웠다. 그러자 백제군은 용기백배하여 적군의 창칼을 전혀 두려워하지 않게 되었다.

산 능선과 고갯마루를 점령한 백제군은 세 겹, 네 겹으로 방어벽을 쌓았다. 1차 방어선이 싸우다 지치면 바로 뒤에 대기하던 2차 방어선이 앞으로 나서고, 그렇게 계속 바꿔가며 철저한 수비를 했기 때문에 신라군은 한 발짝도 앞으로 진격을 하지 못했다.

결국 신라 원군은 가잠성 가까이 접근해 보지도 못한 채 군사를 절반 이상 잃게 되자 겁을 잔뜩 집어먹고 되돌아갔다. 그 소식은 곧바로 가잠성으로 날아들었고, 군사들로부터 보고를 받은 성주 찬덕은 절망하지 않을 수 없었다.

신라 원군이 물러가자 성을 포위한 백제군은 더욱 치열하게 공격을 감행했다. 전투는 장기전으로 돌입했다. 백제군은 후방으로부터 계속적으로 군량미를 조달했지만, 신라군은 성안에 갇혀 있었기 때문에 점차 식량이 떨어지는 위기를 맞게 되었다.

이렇게 되자 가잠성의 신라군은 군량미가 부족해 굶주리는 자가 태반이고, 더러는 성벽을 넘어 탈출하다 백제군에게 잡혀 포로가 되었다. 차라리 포로가 되어서 목숨이라도 부지하는 것이 낫다고 생각하는 군사들까지 있어, 성안의 신라군 사기는 크게 약화되었다.

해가 바뀌었다. 백제군이 가잠성을 포위한지도 100여 일이 지났다. 이제는 성안의 신라군도 지칠 대로 지쳐 더 이상 성을 지키기 어려운 지경에까지 이르렀다.

결국 신라군은 마지막까지 결사항전을 하다 백제군에게 패배했다. 백제왕 장은 가잠성에 입성하여 신라군 포로들로부터 성주 찬덕에 대한 다음과 같은 이야기를 듣고 감동했다.

신라 원군이 물러갔을 때 가잠성 성주 찬덕은 크게 진노하여 두 주먹을 부르쥐고 다음과 같이 외쳤다고 했다.

"삼주(三州)의 군사가 적의 강함을 보고 성을 구할 생각도 않고 회군했다니, 이게 말이나 되는 소린가? 이는 의(義)가 아니다. 나는 의롭게 죽고 싶다."

그 후 찬덕은 성을 더욱 굳건하게 지켰다.

하루가 다르게 신라군이 굶어죽거나 달아나 군사가 크게 줄어들자, 성주 찬덕은 하늘을 우러러 한탄했다.

"아아, 내 능력이 모자라 성을 보전하지 못하고 적에게 패하게 되었구나. 그러나 이제 내가 죽어서 악귀가 되어서라도 백제군을 다 물어죽이고, 반드시 이 성을 수복하리라."

찬덕은 성문을 열고 나가 백제군과 싸우다 장렬하게 전사했다.

"적장이지만 마땅히 본받을 만한 인물이로다. 성주 찬덕의 시신을 찾아 신라로 보내주도록 하라."

장은 신라군 포로들로 하여금 성주 찬덕의 시신을 운구하여 신라군 진영으로 보내게 했다.

그런 연후 장은 가잠성을 사걸과 그의 휘하 군사들에게 맡기고 곧 회군했다.

회군하는 길에 장은 금마저 사저에 잠시 들러가기로 했다. 모친과 부인 선화도 보고, 미륵사 대불사가 어떻게 진척되어 가는지 직접 눈으로 확인하고 싶어서였다.

신라군을 이기고 회군하는 백제군의 사기는 하늘을 찌를 듯했다. 깃발을 펄럭이며 말을 타고 행진하는 백제군을 보며, 큰길로 백성들이 몰려나와 환호했다. 말 위에서 장은 백성들을 내려다보며 마음이 흐뭇했다. 이제 비로소 왕권을 회복하고 제대로 된 정사를 펼칠 수 있게 되었다고 생각했다. 백성들의 저 같은 환호는 바로 자신에게 큰 용기를 주는 가장 확실한 힘임을 그는 모르지 않았던 것이다. 권력은 바로 백성들로부터 나오는 것임을 다시금 깨닫는 순간이었다.

그동안 장은 여러 번 신하들을 보내 모친을 위로했지만, 금마저 사저에 직접 가는 것은 이번이 처음이었다. 나라를 경영하는 군주는 사사롭게 행차하기가 쉽지 않기 때문에 어쩔 수가 없는 일이었다. 그러나 이번에는 신라군을 크게 이기고 회군하는 길이라 장으로서는 떳떳하였고, 그래서 더욱 금의환향(錦衣還鄕)하는 기분이 들어 마음이 흐뭇했다.

미리 금마저로 군사를 보내어 기별을 했기 때문에 장이 당도하자 사저 앞에는 많은 사람들이 나와 환영을 했다. 모친 우씨부인과 부인 선화도 나와 있었다.

집안으로 들어가 우씨부인과 선화를 마주하고 앉았을 때, 장은 모친에게 먼저 말했다.

"어머님, 불초한 자식을 용서하소서."

"폐하! 어인 말씀이십니까? 이 어미는 폐하의 용안을 뵙는 것만으로도 감지덕지입니다."

우씨부인은 아들 장의 의젓한 모습을 보고 얼굴 가득 환한 미소를 지었다.

"부인, 그동안 많이 서운해 하셨음을 다 알고 있소. 미안하오."

"아니옵니다. 폐하께서 강녕하신 것만으로 족하옵니다."

선화는 전에 남편이 마장수 장이었을 때와 달리, 왕이 되어 만나게 되자 무척 서먹서먹했다. 그래서 저절로 얼굴이 붉어졌다.

"어머님과 부인을 궁궐로 모시려 하였으나, 그동안 여러 가지 사정으로 인하여 그렇게 하지 못했습니다. 머지않아 궁궐을 중창하여 제대로 모시도록 하겠으니 조금만 기다려주세요."

장은 오래도록 마음속에만 간직하고 있던 말을 비로소 꺼냈다. 그동안 신하들 누구에게도 말하지 못했던 것을, 이제는 당당하게 주장할 수 있다고 생각했던 것이다.

"아닙니다. 폐하! 그렇게 애쓰지 않아도 돼요. 이 어미는 이곳이 좋아요."

우씨부인은 어떻게 해서든 아들 장의 마음을 편안하게 해주고 싶었다.

"저도 이곳을 떠날 수 없어요. 어머님을 모시고 이곳에서 살겠어요. 금광도 관리해야 하고, 미륵사 창건도 도와야 하니까요."

선화도 굳이 궁궐에 들어가 사택 왕후와 부딪치고 싶지 않았다.

생각 같아서는 선화도 백제 궁궐에 들어가 사택 왕후와 당당하게 맞서고 싶었다. 그러나 그것이 자칫 왕을 불편하게 만드는 일이 될 수 있는 데다, 가뜩이나 좋지 않은 백제와 신라의 관계를 더욱더 견원지간(犬猿之間)으로 만들 우려가 있다는 생각이 들었던 것이다.

장 역시 그러한 선화의 마음을 알고 있기에, 그럴수록 더욱 미안하고 마주 얼굴을 쳐다보기조차 어려운 사이가 되어버렸던 것이다. 그리고 그것은 앞으로 그가 짊어지고 갈 무거운 짐이기도 했다.

"사자사 지명법사께서 오셨사옵니다."

분이가 방문 앞에서 고했다.

"오, 법사께서 어찌 아시고? 어서 들어오시라고 해라."

장의 말이 떨어지기 무섭게 지명이 방에 들어와 정중하게 예를 올렸다.

"때마침 미륵사 건설 현장에 있다가 폐하께서 승전고를 울리며 금마저로 오신다는 소식을 접하였습니다. 그래서 급히 달려온 길인데, 소승이 한발 늦었사옵니다."

"오랜만에 법사와 차나 한잔 나눌까요?"

장의 말에, 선화가 분이에게 차를 준비하라 일렀다.

차가 나오고 왕과 지명은 자연히 가잠성 전투에서 백제군이 승리를 거둔 이야기에서부터 미륵사 건설 공사 이야기까지 장시간에 걸쳐 흥미로운 대화를 나누었다. 두 가지 일 모두 왕에게는 든든한 힘이 되는 사안들이었으므로, 호탕한 웃음이 끊이지 않았다.

"이번 원정의 대승으로 폐하께서는 강력한 군주가 되셨사옵니다. 백성들이 모두 폐하를 따르는데, 어떤 중신들이 굴복하지 않겠나이까? 이제 미륵사 창건을 통하여 폐하께서는 절대군주의 위업을 달성하는 일만 남았습니다. 불법으로 백성들을 교화하여 용화세상을 열어가셔야 하옵니다. 폐하께서 탄생하신 이곳은 이제 미륵의 땅이 될 것이옵니다."

지명의 말에 장은 만면에 미소를 감추지 못했다.

방금 들은 지명의 말은, 달리 해석하면 장이 곧 미륵이 된다는 것을 의미했다.

"미륵사 공사 현장을 한번 둘러보고 싶소이다."

장은 미륵의 용화세상을 열게 될 그 장소에 가보고 싶었다.

"폐하! 소승이 안내를 맡겠습니다."

지명이 일어섰다.

왕과 지명, 그리고 우씨부인과 선화 일행은 곧 미륵사 공사 현장으로 갔다.

"여기 있던 큰 연못이 절터로 바뀌었군."

장이 예전에 연못이 있던 자리를 가리켰다.

"폐하의 태몽에서 용을 본 이 자리에 삼원삼탑을 세우기로 하였습니다. 법사께서 이 연못을 메울 지혜를 주셨지요."

우씨부인이 설명했다.

"지혜랄 게 있사옵니까? 허허허!"

지명은 겸양을 부렸다.

"어머님 말씀이 맞사옵니다. 지명법사께서는 일부러 산을 깎을 필요도 없이 저 금마산 금광에서 나온 잡석을 가져다 이 연못을 메우게 했습니다. 그래서 광산 앞에 쌓였던 버력산이 깨끗이 없어졌사옵니다."

선화가 설명했다.

"허허, 그래요? 부인께선 금광을 잘 경영하여 궁궐에까지 금괴를 보내 왕실 재정이 튼튼해졌소이다. 그런데다 이렇게 미륵사 창건에 필요한 시주금까지 내놓았다 하니 실로 대단한 일이 아닐 수 없소."

장이 선화를 돌아다보았다.

"아니옵니다. 폐하께서 부역으로 나라 안의 젊은 장정들을 뽑아 보내주시어 미륵사를 건설하는 데 큰 힘이 되고 있사옵니다. 미륵사 창건 때문에 궁궐에 더 이상 금괴를 보낼 수 없게 된 것이 그저 안타까울 뿐이옵니다."

선화가 이렇게 말하자, 지명이 거들고 나섰다.

"그렇사옵니다. 부인 마님의 공덕도 크지만 폐하께서 나라의 이름난 공장과 장정들을 보내주시어 공사 진행이 매우 수월해졌사옵니다."

"부인 덕분에 이제 궁궐을 중창할 수 있을 만큼 재정이 아주 튼튼해졌소이다."

이때 장은 말끝에 선화에게 신라왕이 백공을 보내준 것에 대해 감사하다는 말을 하려다가 그만두었다. 방금 신라의 가잠성을 공략하고 돌아온 마당에 그런 공치사를 한다는 것이 격에 맞지 않았던 것이다. 사실상 선화에게는 신라와 싸움을 하는 것조차 미안한 마음이 없지 않았다.

그러나 왕권 강화를 위해서는 어쩔 수 없는 일이었으며, 앞으로도 천하를 호령하는 군주가 되기 위해서는 신라와 계속적으로 싸움을 하지 않으면 안 되는 처지였다. 더구나 삼국을 통일하여 용화세계를 열기 위해서는 불가피하게 전쟁을 할 수밖에 없다는 것이 장의 생각이었다.

그날 밤 장은 모처럼 선화와 단 두 사람만의 시간을 가질 수 있었다. 그가 왕이 되어 떠난 지 10여 년 만의 일이었다. 결혼 초기에 두 사람에게는 자식이 없었다. 그럴 만한 시간적 여유가 없이 장이 선화를 금마저에 남겨둔 채 사비성으로 떠났기 때문이다.

"어찌됐든 부인에겐 짐이 무어라 할 말이 없게 됐소."

장은 이미 선화와 결혼한 몸으로 다시 사택 왕후를 맞이한 것에 대하여 말하고 있는 것이었다.

"아니옵니다. 폐하로서도 어찌할 수 없는 일이었음을 지명법사를 통해 들어 잘 알고 있사옵니다."

선화는 장의 품속에서 속삭였다. 말은 그렇게 했지만, 서운함이 없다고 하면 거짓말이었다. 그녀 또한 여자였고, 질투심이 없을 수 없었다.

"낮에도 어머님께 말씀드렸지만, 어떻게 해서든 어머님과 부인을 사비성에서 들어와 살 수 있도록 하고 싶소."

"그렇지 않사옵니다. 이곳 금마저에서 미륵사를 창건하는 일이 더 중하다고 생각하옵니다. 미륵사는 온전하게 폐하를 위한 기도처가 되어야 합니다. 폐하의 태몽이 깃든 터에 삼원삼탑을 건설하는 것도 바로 그 이유 때문이옵니다. 다만 소원이 한 가지 있다면……."

선화는 여기서 문득 말을 끊었다.

"부인 소원이 무엇이오? 기탄없이 말씀해 보시오."

장은 선화를 끌어안았다.

"부끄럽사옵니다만, 폐하와 멀리 떨어져 있다 보니 외로울 때가 많사옵니다. 폐하를 닮은 왕자가 곁에 있다면 그나마 시름을 덜 수 있을 것이옵니다."

선화는 장의 품속에 얼굴을 묻었다.

"짐이 원하던 바요. 부인도 잘 아시다시피 사택 왕후와의 사이에 왕자가 태어나기는 했으나, 짐이 간절히 바라는 것은 바로 부인과의 사이에서 왕재(王才)가 될 만한 영특한 왕자를 얻는 것이오."

장은 이미 사택 왕후와의 사이에서 태어난 의자(義慈)를 왕자로 두고 있었다. 벌써 오래전부터 의자를 태자로 삼으려고 왕후를 비롯한 사택씨 세력들이 압력을 넣고 있었지만, 장은 나이가 어리다는 이유로 일부러 대답을 회피해 왔다. 의자의 나이 이제 겨우 열 살이니 그럴 만도 했지만, 장에게는 다른 이유가 있었다.

그 이유는 두 가지였다. 만약 일찍 의자를 태자로 봉할 경우 사택씨 세력이 더욱 권력을 강화하게 될 것이고, 그러면 그만큼 왕권은 약해질 우려가 있었다. 그리고 두 번째는 아직 왕자를 생산하지 못한 선화에 대한 미안함 때문에 의자의 태자 책봉을 뒤로 미루고 있었던 것이다.

모처럼 만에 장은 선화와 열락의 기쁨에 젖을 수 있었다. 이미 나이 30대를 넘겼지만 장은 아직 젊었다. 밤은 길었다. 잠자는 것도 잊었는지 소쩍새 우는 소리가, 마치 적막한 가운데 들려오는 밤의 숨소리처럼 한껏 여유가 있었다. 황촉불이 꺼지고 어둠 가운데서 한몸이 된 장과 선화는 서두르지 않았다. 서로의 호흡과 호흡이 높낮이 고른 물결처럼 흘러가고 있었다. 그러다가 어느 순간 격랑이 일면서 두 사람은 영혼조차 하나로 엉켜드는 듯 몸과 마음이 모두 하나로 통했다.

선화를 껴안은 장은 도무지 잠이 오지 않았다. 한차례의 합일이 이루어지고 나서도, 그 황홀함은 그의 가슴에 물결처럼 여울지고 있었다.

장은 깊은 생각에 잠겼다. 선화의 고른 숨소리가 옆에서 느껴졌지만, 그럴수록 그는 더욱 생각의 꼬리를 물고 늘어졌다. 그는 자신이 죽기 전에 신라를 합병하리라 마음먹었다. 선화와의 합궁처럼, 백제와 신라는 하나가 되어야만 했다. 그리하여 선화의 핏줄을 받은 왕자가 탄생할 경우, 다음 대를 이을 태자로 삼고 싶었다. 만약 양국이 통일된다면, 백제가 복속시킨 신라의 백성들을 위무할 수 있는 길은 선화의 핏줄을 왕으로 세우는 일이었다. 그것이 가장 수월한 방법일 수 있다는 것을 그는 모르지 않았다. 아직까지 사택 왕후의 소생인 의자를 태자로 책봉하지 않고 있는 것도 그런 마음속의 계산이 있었기 때문이다.

창으로 달빛이 비껴들었다. 한지를 뚫고 들어온 희미한 달빛 속에서도 깊이 잠든 선화의 얼굴은 아름다웠다. 선화는 그 이름처럼 너무 착했다. 장은 그래서 더욱 그녀를 사택 왕후와 비교할 수밖에 없었다. 왕후는 선화에 비하면 너무 성격이 꺽지고, 욕망이 강한 편이었다. 장은 그런 여자가 싫었다. 그래서 애써 왕후와의 잠자리도 피하게 되었다.

금마저에 머무는 사흘 동안, 선화와 가진 잠자리는 장을 모처럼 젊은 혈기의 남자로 만들어주기에 충분했다. 그렇게 장은 아쉬운 사흘을 보낸 후 금마저 사저를 떠나 사비성으로 향했다. 그는 모친과 선화를 남겨두고 떠날 때 다시 미안한 생각이 들어 자꾸 말 위에서 뒤를 돌아볼 수밖에 없었다.

제 4 장

은밀한 흉계

1

백제왕 장이 신라의 가잠성을 탈취하는 데 성공하고 돌아온 이후 사택 왕후는 깊은 시름에 빠졌다. 원정 성공으로 왕의 권위는 더욱 높아졌으며, 금마저 사저에 다녀온 이후 궁궐 증축에 관한 이야기가 공공연하게 떠돌고 있었던 것이다. 항간에는 별궁을 지어서 금마저 사저에 있는 왕의 친모와 부인을 모셔 와야 한다는 말이 심심치 않게 나오고 있었다.

사택 왕후는 장이 왕위에 오른 직후부터 마음이 금마저의 선화에게 가 있다는 사실을 잘 알고 있었다. 중신들의 강권에 못 이겨 국혼을 치른 장은, 그래서일까 사택 왕후보다 선화를 더 사랑했다.

어느 날인가는 술에 만취된 장이 사택 왕후와의 잠자리에서 얼떨결에 선화를 찾는 것을 보고 심한 질투심을 느낀 적도 있었다. 멀리 금마저에 떨어져 있어도 그러한데, 만약 선화가 사비성 궁궐로 들어올 경우 왕의 마음은 걷잡을 수 없이 그녀에게로 빠져들 것이 불을 보듯 뻔했다. 그래서 어떠한 일이 있어도 선화가 궁궐로 들어오는 일만은 막아야 한다는 것이 사택 왕후의 생각이었다.

그러한 사택 왕후의 마음을 잘 알고 있는 달솔(達率) 사택지적(砂宅智積)은 어떤 특단의 대책을 마련하지 않으면 안 된다고 생각했다. 이미 그때는 왕후의 부친인 대좌평 사택적덕이 중환으로 조정에 나가지 못하고, 그 대신 사택지적이 달솔의 벼슬을 얻어 그나마 사택 집안의 건재함을 보여주고 있었다.

사택지적은 사택 왕후와 사촌지간이었다. 즉 그는 사택적덕 동생의 아들이었다. 비록 달솔은 좌평보다 한 단계 낮은 직급이지만, 그래도 사택지적은 대좌평 사택적덕의 비호를 받고 있었으므로 대신들 그 누구도 좌시하지 못했다.

어느 날 사택지적은 왕후의 부름을 받고 입궐했다.

"마마, 얼굴에 수심이 가득하십니다."

사택지적은 사사롭게는 사촌누이가 되지만 왕후에 대한 예를 깍듯이 갖추었다.

"요즘 신하들 사이에서 궁궐을 중창한다느니, 별궁을 짓는다느니 하는 소리들이 나오고 있는 것 같소. 달솔은 이런 소리들을 어찌 생각하시오?"

왕후의 말에 사택지적도 그렇게 묻는 뜻을 바로 알아들었다.

"마마, 그것은 폐하께서 먼저 말씀하신 것이옵니다. 하오나 신하들의 중론은 국가 재정이 여의치 않은 관계로 아직은 시기상조라는 의견이 많사옵니다. 소신 또한 그리 생각하옵니다."

"답답하구려. 내 말은 궁궐 중창의 문제가 아니라 금마저의 일이 걱정되어 하는 소리요. 궁궐 중창이나 별궁을 짓겠다는 말이 나오는 것은 금마저에 있는 폐하의 모친과 선화부인을 입궐시키기 위한 사전 포석임을 왜 모르시오?"

금세 왕후의 목소리는 노여움으로 가득 찼다.

"마마, 소신 또한 그걸 모르는 바 아니오나 폐하의 심지가 여간 굳은 것이 아니라서……."

사택지적은 마치 자신이 큰 죄라도 지은 듯 얼굴이 벌겋게 달아올랐다.

"누가 몰라서 하는 소립니까? 조정 신료들 사이에서 그런 소리가 다시는 나오지 않도록 대책을 세워야지요, 대책을!"

왕후의 목소리가 더욱 커졌다.

"사실은 그래서 특단의 대책이 필요하다는 생각을 하고 있사옵니다."

사택지적은 작은 목소리로 왕후에게 말했다.

"특단의 대책이라면?"

왕후가 눈을 빛냈다.

"며칠 전 대좌평께서 부르시어 찾아뵈었사옵니다."

"아버님께옵서? 그래서요?"

"대좌평께서도 폐하가 사비성 궁궐 증축을 서두르신다는 소식을 듣고 왕후마마를 걱정하고 계십니다. 절대로 금마저의 선화부인을 사비성으로 입궐시켜 살게 해서는 안 된다는 것이옵니다. 이는 백제 왕실의 수치일뿐더러, 우리 사택 가문에도 크게 이롭지 못하다는 말씀이 계셨사옵니다."

"그뿐이던가요? 아버님 말씀이."

"소신에게 어떤 특단의 대책을 마련해 보라고 하셨사옵니다. 그런데 그것이 도무지……."

사택지적의 말에 왕후는 손바닥으로 다탁을 두드렸다.

"허허, 이렇게 답답한 노릇이 있나? 그렇지 않아도 내가 생각해 둔 바가 있소. 아버님께 말씀드려서 우리 사택가의 사재를 털어서라도 금마저에 별도의 왕궁을 지으라고 하세요. 앞으로 폐하께서 모친과 부인을 만나기 위해 거둥을 하게 될 경우, 금마저에 왕궁이 하나 있어야 하지 않겠소? 대불사가 한창인 미륵사도 거기에 있고, 앞으로 폐하께서 금마저에 거둥하실 일이 자주 있을 것이니 하는 말이오. 여기 궁궐 내에 별궁을 짓는다는 말이 다시는 나오지 않도록 하세요."

이미 왕후는 마음속으로 결론을 내려놓고 있었다.

구중궁궐에 앉아서도 사택 왕후는 세상 돌아가는 사정을 정확하게 읽어내고 있었던 것이다. 사택적덕이 중환을 핑계로 집안에 들어앉은 후, 사실상 사택씨의 권력은 왕후에 의해 좌지우지되고 있었다. 달솔 사택지적은 왕후의 권력을 대리하는 역할을 맡으면서 사방에 수하들을 풀어 정보망을 구축했다. 그래서 수하들에게서 올라온 정보는 사택지적의 입을 통하여 왕후에게 보고되고 있었다.

가잠성 전투 이후 왕권이 크게 강화된 것은, 사택씨의 권력 기반에 그만큼 균열이 생기고 있다는 증좌였다. 왕후는 애초부터 왕을 믿지 못했다. 가장 걸리는 것이 왕이 되기 전에 먼저 결혼해 부인이 된 금마저 사저의 선화였다. 그래서 왕자 의자가 태어났을 때부터 왕보다 아들에게 더 의지하는 마음이 생겼다.

의자의 나이 10여 세가 넘어서면서 태자 책봉 문제가 거론된 것도 왕후의 입김에 의한 사택씨 배후 세력의 주장이었다. 하지만 왕은 태자 책봉을 서두르지 않았다. 왕후는 왜 왕이 태자 책봉을 뒤로 미루는지 잘 알고 있었다. 그것은 의자를 태자로 책봉할 경우 사택씨 세력이 더욱 강화될 수 있다는 우려 때문이었다. 오직 왕은 신권을 약화시키고 왕권을 강화시키는 데만 전력하고 있다는 사실을 왕후는 누구보다 잘 알고 있었다.

그래서 왕후는 사택씨의 재력을 보태서라도 금마저에 새로운 왕궁을 건설하여 왕의 마음을 돌려놓고 싶었다. 이는 더 이상 사비성 왕궁을 중창하거나 별궁을 건설하겠다는 이야기가 나오지 않도록 하기 위한 궁여지책이라고 할 수 있었다. 물론 사택 가문의 재력만 가지고는 새로운 궁궐을 짓는 데 큰 무리가 따르겠지만, 각 지방에 흩어져 있는 사택씨 세력을 규합하여 세수를 좀 더 확보한다면 큰 어려움이 없을 것이라고 생각했던 것이다.

이처럼 왕후가 마음속에 담아두고 있던 일련의 생각을 읽어낸 사택지적은 이제 자신이 적극 나서야 할 때임을 절실하게 깨달았다.

"마마! 너무 심려치 마시옵소서. 우리 사택 가문이 힘을 합친다면 금마저에 왕궁 하나 짓는 문제는 크게 염려될 것이 없사옵니다. 대좌평께서도 마마의 뜻이라면 흔쾌히 들어주실 것이옵니다."

사택지적은 그러면서 곧 대좌평을 만나 구체적인 논의를 하겠다고 말했다.

사택적덕은 중환으로 궁궐 출입을 안 한 지 오래지만, 그렇다고 해서 대좌평에서 아주 물러난 것은 아니었다. 사택적덕이 병을 핑계로 여러 번 사의를 표명하려고 했지만, 왕후가 이를 허락하지 않았다. 왕후는 무엇보다도 사택씨 세력이 약화될 것을 우려하고 있었던 것이다.

"아버님의 허락이 떨어지는 대로 폐하께는 내가 의견을 제시할 테니, 달솔께서는 조정 신하들의 중론을 그쪽으로 모아주시오. 아무리 지금 왕권이 강화되었다고는 하나, 중신들이 모두 나서면 폐하께서도 더 이상 어쩌지는 못할 것이오."

왕후는 이번 기회에 선화를 영원히 금마저에 묶어두고 싶었다. 사택지적은 그것을 알아차리고 자신이 해야 할 일이 무엇인지 확연히 깨달았다.

그로부터 며칠 후 사택지적은 다시 왕후를 찾아왔다.

"대좌평 어른께서 마마의 계획이 참 묘책이라 하셨사옵니다. 우리 사택가의 종친들이 모두 추렴하면 웬만큼 금마저 왕궁 건설 재원은 조달할 수 있을 것이라 했사옵니다."

"오, 그래요? 참으로 고마운 일이로군."

왕후의 얼굴이 금세 환해졌다.

"그래서 종친회를 열어 의견을 나눈 결과, 우리 사택가의 사활이 걸린 문제이기도 하다는 데 뜻을 같이하고 이번 일에 다들 적극 동조를 해주었사옵니다."

"친정의 고마움을 결코 잊지 않으리다. 금마저에 왕궁을 짓는 문제는 내가 폐하께 건의하리다."

왕후는 가벼운 발걸음으로 편전으로 향했다.

그날 이후 달솔 사택지적은 바쁘게 뛰어다녔다. 신하들의 중론을 모으려면 우선 6좌평을 설득시킬 수 있어야 하므로, 그들 하나하나를 찾아나섰던 것이다. 그는 각 좌평의 사저로 찾아가 금마저의 왕궁 신축 문제를 논의했다.

그런데 6좌평 중에서 내두좌평(內頭佐平)인 왕효린(王孝鄰)만은 금마저 왕궁 건설을 반대하고 나섰다.

"지금은 시기가 아닙니다. 금마저의 미륵사 창건에도 국력이 크게 소모되고 있는 판에, 다시 왕궁을 건설하다니요? 선화부인이 금마산 금광에서 왕실 재정을 보태기 위해 올려 보내던 금괴마저 미륵사 창건을 시작하면서 끊어진 마당이올시다."

국가 재정을 담당하는 창고(倉庫)의 수장인 왕효린으로서는 당연히 금마저 왕궁 건설에 반대할 수밖에 없었다.

"왕궁 건설의 비용은 사택가의 희사금으로 충당한다 하지 않았습니까? 그러니 국가 재정을 축낼 일이 없을 것입니다."

사택지적은 생각지도 않은 곳에서 복병을 만난 느낌이었다. 대좌평 사택적덕과 왕후가 적극적으로 나선 일이라고 하자, 다른 좌평들은 모두들 대찬성이었다. 그런데 굳게 믿고 있었던 왕효린이 반대를 하고 나서자 사택지적은 내심 난감해지지 않을 수 없었다.

"사택가의 희사금도 엄밀한 의미에서는 국가 재정입니다. 그것이 다 백성들의 피와 땀일진대 어찌 가벼이 여길 수 있겠습니까?"

왕효린이 백성들의 '고혈'이라는 말을 '피와 땀'으로 슬쩍 바꾸어 말한 것을 사택지적은 모르지 않았다. 사실상 왕효린은 사택씨 세력이 금마저 왕궁 건설 비용을 희사한다는 것에 대해 탐탁하게 생각하지 않았다. 결국 그들은 사재를 털어 희사금을 내놓는다는 허울 좋은 명분을 내세워 소작인들에게 더 많은 소작료를 거둬들여 충당을 할 것이 뻔했다. 또한 그들이 수하처럼 부리는 지방 수령들의 수탈이 심해지게 될 것이고, 그러다 보면 백성들의 원성은 그만큼 높아질 수밖에 없는 노릇이었다. 그러니 바른말을 잘 하기로 소문난 왕효린의 입에서 '백성들의 피와 땀'이라는 말이 나오지 않을 수 없었던 것이다.

왕효린은 몇 년 전 수나라에 사신으로 다녀왔을 만큼 왕의 총애를 받고 있었다. 그는 사택씨 세력을 빼고 왕이 신임하는 몇 안 되는 중신들 중에서도 대표적인 인물이었다.

"내두좌평께선 말씀이 좀 지나치신 것 같소이다. 백성들의 피와 땀이라니요? 마땅히 선왕 때부터 공신들에게 베풀어주신 전답에서 나온 재화임을 좌평께서도 잘 아시지 않소이까?"

품계는 한 급 낮지만 사택지적은 대좌평의 세력을 배경으로 하고 있음을 자타가 인정하고 있었다. 그래서 그는 평소부터 왕효린에게 그저 스스럼없이 만만하게 대하는 편이었다.

"어찌되었건 금마저 왕궁 건설 건은 폐하께서 최종 결정하실 문제이니, 앞으로 중신들의 중론을 거쳐 조회에서 다시 거론하게 되겠지요."

왕효린은 사택지적의 말을 한 귀로 흘려들었다.

며칠 후 백제 조정에서는 왕과 중신들이 모인 가운데 금마저에 왕궁을 건설하는 문제를 놓고 격론을 벌였다.

사택지적은 먼저 왕의 눈치부터 살폈다. 그러나 정작 장은 말이 없었다. 표정도 그 겉모습으로 볼 때는 왕의 심중을 읽어내기가 어려웠다.

장이 먼저 금마저에 있는 모친과 선화를 입궐시키기 위해 사비성을 증축하겠다고 선언했기 때문에 이번 금마저 왕궁 건설에 대하여 어떤 생각을 갖고 있는지, 사택지적으로서는 그것이 가장 궁금했던 것이다. 그는 며칠 전에 알현한 왕후도 왕의 심중을 도무지 짐작할 수 없다고 했던 기억을 떠올렸다.

"지금 한창 사비성을 증축하자는 논의가 개진되고 있는 마당에, 갑자기 금마저에 새로운 왕궁을 건설하자는 저의는 무엇이오?"

장은 표정을 바꾸지는 않았으나, 약간 노기 띤 음성으로 중신들을 향해 물었다.

"폐하께서도 아시는 바와 같이 먼저 그런 의견을 내신 것은 대좌평이옵니다. 중환이라 조회에 참석치 못하였사오니, 소신이 대신 말씀을 올리도록 하겠나이다."

달솔 사택지적이 한 발 앞으로 나섰다.

"사택가에서 희사금을 내겠다고 했으니 사전에 의견 조율이 있었을 터, 사택가를 대표하여 달솔께서 말씀해 보시오."

장의 목소리가 자못 준엄했다.

사택적덕이 와병 중이므로, 사실상 좌평과 달솔들 중 사택가를 대표할 사람은 사택지적뿐이었다.

"지난번 폐하께서 원정하신 가잠성 전투는 우리 백제의 힘을 신라에게 제대로 보여준 쾌거였사옵니다. 그 기세를 몰아 신라 변경의 요새를 공략하려면 우리 백제도 힘을 하나로 모아야 한다고 사료되옵니다. 고구려의 경우 도성이 국내성에 있었을 때는 북서쪽 나라들을 정벌하는 데 전력을 다하였습니다. 그러나 장수왕이 평양성에 천도한 이래 남진 정책을 쓰는 바람에 우리 백제와 신라가 크게 위협을 당하게 된 것이 작금의 현실입니다. 이와 마찬가지로 우리 백제가 금마저에 왕궁을 세우고 동진 정책을 쓴다면, 신라가 그만큼 겁을 먹게 될 것이옵니다. 지금이야말로 우리 백제가 그동안 신라에게 당한 치욕을 제대로 갚아줘야 할 때입니다. 때마침 수나라 원정군이 고구려의 요동성을 공략하고 있으니, 우리가 신라를 병합할 절호의 기회라 판단되옵니다. 금마저 왕궁은 우리 백제의 동진정책, 즉 신라를 공격하기 위한 군사 전략상 꼭 필요한 도성이 될 것이옵니다. 신라 변경을 친다고 하더라도 이곳 사비성에서 원정군을 보내는 것보다 금마저 왕궁에서 군사를 조련해 원정군을 지원하는 것이 더욱 유리하다고 사료되옵니다."

사택지적은 그동안 몇날며칠을 고심하며 준비해 두었던 말들을 한달음에 쏟아냈다.

그러자 여러 중신들이 한목소리로 사태지적의 말에 동조하고 나섰다.

"고구려도 한때는 국내성을 도성으로 하면서 평양성을 또다른 도성으로 하여 북서쪽을 경계하는 동시에 남진 정책을 쓰는 전략을 구사했사옵니다. 우리 백제도 이곳 사비성을 고구려 남진 정책의 방어 기지로 활용하고, 금마저 왕궁을 신라 공격의 전략 기지로 삼는다면, 고구려를 견제하면서 동시에 신라를 공략하는 효과를 거둘 수 있을 것이옵니다."

"폐하께서 태어나신 금마저에 새로운 왕궁을 만든다면 그 의미가 더욱 크리라 기대됩니다."

"금마저 왕궁 건설은 바야흐로 백제의 중흥을 상징하는 대역사가 될 것이옵니다."

중신들은 모두들 입바른 소리를 하기에 바빴다. 이는 사전에 이미 사택지적이 좌평들을 찾아다니며 의견을 조율해 둔 내용들이기도 했다.

"짐이 사비성을 중축하자고 했을 때는 국고가 낭비된다며 반대들을 하지 않았소이까? 그런데 이번에는 모두들 한목소리를 내는 저의가 뭐냔 말이오? 더구나 사비성 증축보다 금마저 왕궁 건설은 더 많은 비용과 공력이 들어가는 일이 아니오?"

장의 목소리가 조금 높아졌다.

"그래서 이번에 사택가에서 희사금을 낸다는 것이옵니다. 폐하, 우국충정으로 받아들여주시옵소서."

사택지적은 허리를 꺾으며 깊이 머리를 조아렸다.

"폐하! 한 나라의 도성을 짓는다는 것은 중차대한 일이 아닐 수 없사옵니다. 설사 사택가에서 희사금을 낸다고 하오나, 그것만으로는 부족하여 국고 낭비는 불을 보듯 뻔한 일이옵니다. 더구나 금마저에서는 대불사가 진행 중인데, 거기에다 새로이 금마저 왕궁까지 대공사를 벌인다면 과도한 부역으로 인하여 백성들의 원성을 살 우려가 많사옵니다. 득보다 실이 큰 역사라 사료되오니, 이는 곧 국력을 약화시키는 일이 될까 심히 염려가 되옵니다."

이렇게 반대를 하고 나온 것은 왕효린이었다.

"내두좌평의 말에도 일리가 있다 생각하오."

장이 조용하게 고개를 주억거렸다.

이때 사택지적의 말에 동조를 보내던 다른 좌평들은 이마에 깊은 주름을 잡으며 은근슬쩍 왕효린을 향해 눈을 흘겼다.

그 순간 사택지적은 가슴이 서늘해졌다. 그동안 두 번씩이나 왕효린의 사저를 찾아가 설득을 했는데도 고집을 꺾지 않은 것이 심히 괘씸하지 않을 수 없었다.

누가 뭐라 하더라도 사택지적은 반드시 금마저 왕궁 건설을 적극 추진해야 한다고 생각했다. 그 이유는 단순했다. 사택왕후가 적극 주선하는 일이기 때문이었다.

그런데 사택 왕후가 늘 노심초사하는 것은 금마저에 있는 선화의 존재였다. 만약 선화가 왕자라도 낳게 되면 의자의 태자 책봉 문제가 더욱 난감해질 수밖에 없었다. 왕은 무슨 이유인지 의자의 태자 책봉을 계속 미루고만 있었다.

이러한 때에 사택 왕후는 왕을 견제하기 위해 사택씨 세력의 비호를 필요로 하고 있었다. 사택지적은 왕후의 그런 심경을 모르지 않기에, 금마저에 왕궁을 건설한 후 더욱 적극적으로 의자의 태자 책봉을 주청할 생각이었다. 왕후와 왕자 의자를 등에 업어야만 그는 사택씨 세력의 핵심 인물이 될 수 있음을 너무도 잘 알고 있었던 것이다.

그런데 중신들 사이의 설왕설래 끝에 마침내 장이 입을 열었다.

"짐은 이미 왕후에게서 금마저 왕궁 건설에 관하여 들은 바 있소. 시기적으로 보아 일장일단이 있는 것이 사실이오. 내두좌평의 견해도 일리가 있소. 그러나 짐은 사택가에서 금마저 왕궁 건설을 위한 희사금을 내놓겠다는 그 충정 또한 물리치기가 어렵구려. 지금 한창 미륵사 창건 공사가 이루어지고 있는 마당이나, 대불사를 잠시 미루더라도 금마저 왕궁 건설을 서두르는 것이 옳다고 생각하오. 더 과도한 부역은 백성들의 원성을 살 염려가 있으니, 미륵사 건설 현장의 공장들과 인부들을 가려 뽑아 금마저 왕궁 건설에 참여토록 하시오. 그리고 나머지 인력은 다음 원정을 위해 조련시키는 병사들을 일부 동원토록 하면 될 것이오.”

장의 이와 같은 말에 더 이상 반론을 제기하는 중신들은 없었다. 금마저 왕궁 건설을 적극 반대하고 나섰던 왕효린마저도 그만 입을 다물어버렸다. 그 역시 이미 왕이 마음속으로 결정을 내려놓고 중신들의 의향을 떠본 것임을 직감적으로 간파했던 것이다.

그러나 사택지적은 전혀 예상치 못했던 왕의 태도 변화에 내심 놀라지 않을 수 없었다. 왕후를 통하여 왕이 금마저 왕궁 건설을 크게 반기지 않는 것 같다는 인상을 받았다고 들은 바 있었기 때문이다.

일단 왕후의 계획대로 금마저에 새로운 왕궁을 건설하게 된 것에 대하여 사택지적은 적이 안심을 하면서도, 다른 한편으로는 찜찜한 구석이 없지 않아 있었다. 어쩌면 금마저에 선화를 묶어 둔다면서, 금마저 왕궁이 왕후를 견제하는 또 다른 세력의 근거지로 정착될 가능성 또한 전혀 배제할 수 없었기 때문이다.

2

금마저 왕궁 건설이 본격적으로 시작되면서 미륵사 창건 공사는 지지부진해질 수밖에 없었다. 공장들과 인부들이 대거 왕궁 건설에 동원되었기 때문이다. 더군다나 왕이 직접 거둥하여 왕궁 건설에 깊은 관심을 보이면서 총 관리 책임을 맡은 장군 사걸이 더욱 인부들을 닦달하고 나섰던 것이다.

사걸은 가잠성 전투에서 큰 공을 세운 왕후의 측근으로, 사택 지적의 적극적인 추천으로 금마저 왕궁 건설 책임을 맡게 되었다. 백제왕 장도 가잠성 전투에서 사걸이 용맹스러운 데다 책임 감이 아주 강하다는 것을 직접 경험한 바 있어, 그에게 왕궁 건설의 모든 것을 믿고 맡겼다.

사실상 장은 모친과 선화를 사비성으로 불러올리지 못하는 데 대한 미안함 때문에 더욱 금마저 왕궁 건설에 신경을 썼다. 그러나 정작 선화의 입장에서는 불만이 많았다. 무엇보다도 금마저 왕궁 건설 때문에 미륵사 창건 공사가 늦어지고 있는 것이 불안하기만 했던 것이다. 워낙 대불사라 언제 완공이 될지 모르는데, 왕궁 건설을 이유로 공사가 차일피일 미루어지다 보니 과연 미륵사 창건이 실현될 수 있을지에 대한 의문도 부쩍 들어 심기가 그리 편치 않았다.

"왕궁이 완성되면 자주 이곳에 머무를 생각이오."

장은 금마저에 거둥할 때마다 선화에게 말했다.

"폐하! 백제의 도성은 사비성이옵니다. 금상이 도성을 자주 비우는 것은 좋지 않사옵니다."

선화는 불안했다. 아직도 장이 왕권을 완전히 장악했다고 볼 수 없는 입장이라, 도성을 자주 비울 때 권력욕이 강한 신하들 가운데 누군가가 어떤 불미스러운 일을 획책할지 알 수 없었던 것이다. 그러나 감히 왕 앞에서 그런 우려의 말을 꺼낼 수는 없었다.

또한 한편으로 선화는 사택 왕후가 두려웠다. 그렇지 않아도 왕후를 중심으로 한 사택씨 세력이 곳곳에 권력의 뿌리를 내리고 있는 것을 모르지 않기 때문이었다. 금마저 왕궁 건설 총 책임자로 있는 사걸 또한 왕후의 끄나풀임을 알고 있기에 더욱 그랬다.

"물론 부인께서 염려하는 바가 무엇인지 잘 알고 있소. 그러나 너무 왕후에게 신경을 쓸 필요는 없다고 생각하오."

장은 선화가 사택 왕후를 은근히 두려워하고 있다는 사실을 잘 알고 있었다.

"그러하신데 어찌 이곳에 왕궁을 건설하는 것을 허락하셨나이까?"

"부인, 사택가에서 금마저 왕궁 건설에 희사금을 댄다는 것이 마음에 썩 내키지 않는 모양이구려."

장이 선화를 쳐다보며 의미 모를 웃음을 날렸다.

"폐하께서 내리신 명이니 뭐라 말씀드리기 어려우나, 궁궐이 완성되고 나면 그야말로 구중궁궐에 갇히는 신세가 되는 것은 아닌지 불안하옵니다."

선화가 금마저 왕궁 건설을 탐탁지 않게 생각하는 또 한 가지는 바로 그러한 이유 때문이었다. 사택 왕후가 금마저까지 세력을 뻗쳐 감시를 게을리하지 않게 되면 아무리 넓고 크고 화려한 왕궁이라 하더라도 감옥과 다를 바 없을 것이었다.

벌써부터 선화는 사택 왕후가 그런 점을 노려 스스로 금마저 왕궁 건설을 제안한 것이라고 보았다. 겉모습은 사택가에서 후원을 하는 것이라고 했지만, 그 세력의 중심이 바로 왕후이고 보면 그 전후의 사정을 훤히 꿰뚫어볼 수 있는 일이었다.

"부인, 그 점은 너무 심려치 마시오. 짐이 이번 금마저 왕궁 건설을 허락한 것은 이 기회에 사택가의 재력을 끌어내자는 의도였소. 누대에 걸쳐 백성들의 고혈을 빨아 쌓아온 재력인데, 그동안 짐이 아무리 고심을 해보아도 그것을 끌어내어 국고로 만들 방안이 없었소. 그런데 이번에 저들이 스스로 희사금을 내놓겠다고 하니, 쾌히 승낙을 할 수밖에요. 왕궁을 건설하는 데는 어마어

마한 자금이 드는데, 그걸 저들이 충당하겠다니 얼마나 고마운 일이오. 이는 일석이조가 아니겠소? 사택씨 세력을 약화시킴과 동시에 금마저 왕궁에 어머니와 부인을 모실 수 있게 되었으니 말이오."

그러더니 장은 아주 통쾌하게 웃어젖혔다.

선화는 그런 장을 어이없는 눈길로 쳐다보다가 이내 고개를 숙였다. 마치 어린아이처럼 웃는 왕이 애처로워 보였다. 그만큼 사택씨 세력에게 시달리고 있음을 그 통쾌한 웃음이 반증하고 있었기 때문이다.

이미 금마저의 새로운 왕궁 공사는 진행되고 있었고, 선화로서는 그 사안에 대하여 사견을 달 입장에 있지도 않았다.

금마저 왕궁은 착공 3년 만에 완성되었다. 이때부터 왕궁이 들어선 곳의 마을 이름은 '왕궁리'로 불리게 되었다. 그리고 마을 앞 평야지대에 궁성을 지었다고 해서 그 이름을 따서 금마저 왕궁을 '왕궁평성(王宮坪城)'이라 칭하기로 했다.

우씨부인과 선화는 곧 왕궁평성으로 들어갔다. 그러나 우씨부인은 금마저 궁으로 들어간 지 불과 1년도 못 되어 세상을 떠났다. 그 이후부터 선화는 금마저 왕궁평성의 실질적인 주인 역할을 맡으면서, 그때부터 후비로서의 예우를 하여 '궁주'로 불리게 되었다.

사택 왕후는 왕에게 금마저 왕궁 건설의 공로를 치하하는 의미에서 사택지적을 내신좌평으로 천거했다. 그리고 사걸에게는 달솔의 벼슬을 주어 금마저 왕궁의 숙위군을 지휘토록 했으며, 신라 원정에 동원할 수 있는 군사 조련의 임무도 맡겼다. 따라서 장은 사비성에서 원정군을 이끌고 오지 않더라도, 왕궁평성의 군사를 원정군으로 활용할 수 있게 되었다.

달솔 사걸은 전에 가잠성 전투에서 승리를 거둔 공으로 성주가 되어 그곳을 지켰으나, 그로부터 4년 후 신라군에게 성을 내어주고 말았다. 그리고 그 후 다시 그는 신라 서변을 공략하여 두 성을 빼앗는 공훈을 인정받아 금마저 왕궁 건설의 총 책임을 맡았고, 완공 후에는 그곳의 군사를 총괄하는 수장이 되었던 것이다.

왕궁평성이 완공되고 나서 장은 자주 금마저에 거둥했다. 신라 원정길에 들르기도 했고, 미륵사 공사 현장을 둘러본다는 이유로 금마저 왕궁에 오래도록 유숙하기도 했다.

우씨부인이 세상을 떠난 지 3년이 지났을 때, 장은 문득 선화에게 다음과 같은 제안을 했다.

"궁궐 안에 작은 사찰을 하나 지어 어머니의 위패를 모시고 싶소. 부인께선 어떻게 생각하시오."

선화는 장의 말을 거부할 수 없었다. 왕의 그런 생각이 그동안 모친을 제대로 모시지 못한 데 대한 미안함에서 비롯된 것임을 모르지 않았던 것이다.

"좋은 생각이십니다. 미륵사 건설 현장의 공장들 중 유능한 자들을 뽑아 궁궐 내에 터를 마련하여 공사를 시작하도록 하겠사옵니다."

선화의 말에 장은 환하게 웃었다.

"어머니를 위해 석탑도 하나 세우고 싶소."

"원래 금당이 있으면 그 앞에 탑이 있어야 하지요. 금당의 크기에 따라 석탑의 모양도 정해지니, 오층석탑 정도가 어떻겠는지요?"

"그게 좋겠군. 지금은 이곳을 금마저라 부르지만, 짐이 태어난 곳은 원래 '지모밀'이라고 불렀소. 어머니를 위한 사찰이고 옛 지명을 따서 그 땅에 세우는 것이니, '지모밀지정사(枳慕密地精舍)'라 이름을 짓는 것이 어떻겠소?"

장은 선화가 모든 말을 선선히 들어주자 은근히 신바람이 나 있었다. 이미 사찰의 이름까지 정해 놓은 것을 보면 오래전부터 계획을 해온 것임에 틀림없다고 선화는 생각했다.

"내일이라도 곧 지명법사를 만나 정사를 짓고 석탑을 세울 공장들을 물색해 달라고 부탁하겠사옵니다."

선화는 왕명을 받들어 지모밀지정사를 건축하는 것도 금마산 금광에서 나오는 자금을 희사하기로 했다. 그 말을 듣고 장은 더없이 기쁨을 감추지 못했다.

그래서 지모밀지정사를 지을 때 장은 아예 왕궁평성에 머물러 매일 공사가 어떻게 진행되는지 둘러보는 등 지대한 관심을 보였다.

"오래도록 도성을 비우면 곤란하지 않사옵니까?"

선화는 사비성에 있는 사택 왕후가 걱정되어 장에게 넌지시

물었다.

"다시 또 오기가 쉽지 않으니 기왕에 머무는 것 정사가 완공될 때까지 있을 참이오."

장은 아예 사비성을 잊고 있는 듯했다. 주요한 정사는 그때그때 파발마를 띄워 어명을 사비성으로 전달하는 형식을 취했다.

"폐하의 효성이 지극함은 헤아리고도 남음이 있으나, 멀리 떨어져 계신 왕후마마가 걱정되어 드리는 말씀이옵니다."

"부인께선 그 이름처럼 너무 착해서 탈이오. 왕후에 대해선 부인께서 신경 쓸 일이 아니니 걱정하지 마시오. 그보다는 전에 부인께서도 왕자를 낳고 싶다 하시지 않았소?"

선화는 얼굴을 붉혔다.

"매일 부처님께 빌고 있으나, 아직 공덕이 모자라 그런 듯하옵니다."

"그만하면 부인의 공덕은 부처님이 감동하고도 남음이 있소이다. 짐의 덕이 부족해서 그런 모양이오."

"아니옵니다. 폐하! 앞으로 그런 말씀 마시옵소서. 부끄럽사옵니다."

선화는 왕자를 낳지 못한 것이 자신의 업보로만 여겨졌다. 그런 면에서 일찌감치 왕자 의자를 낳은 사택 왕후가 그렇게 부러울 수가 없었다.

3

새로 지은 왕궁평성의 성벽은 높았다. 석주는 미륵사 건설 현장에서 일을 하다 금마저 왕궁 공사에 차출되어 성벽 쌓는 책임을 맡았었다. 그 후 다시 그는 성내에 지모밀지정사를 지으면서 금당 앞에 오층석탑을 세우는 일을 맡아 금마저 왕궁으로 가는 중이었다.

미륵사 건설 공사장에서 왕궁평성까지는 그리 먼 거리가 아니었다. 걸어가면서 멀리서부터 시야에 들어오는 웅장한 성의 모습을 바라보며 석주는 자못 감개가 남달랐다.

석주는 바로 왕궁평성의 궁주 선화의 부름을 받고 가는 중이었다. 그동안 선화가 미륵사 건설 공사장에 나타난 것을 먼발치에서 여러 번 보았지만, 독대를 하는 것은 이번이 처음이었다.

만고풍상을 겪으면 바위도 바람에 깎이고 빗물에 씻겨 그 형상이 변하는 법이었다. 사람 또한 이와 다를 바 없을 것인데, 석주의 선화를 연모하는 마음은 변하지 않았다. 다만 그는 그런 마음을 돌에 새겼다. 아무런 대답도 없는 돌을 향해 그는 소리치고 또 소리쳤다. 그가 다듬는 돌 속에는 그래서 무수한 선화의 형상이 들어가 있었다. 왕궁평성의 주춧돌 속에도, 궁궐의 성벽 속에도, 하다못해 굴뚝으로 올린 석축 속에도 선화에 대한 그의 그리워하는 마음이 아로새겨져 있었다.

궁궐로 들어갔을 때, 석주를 궁주에게로 안내한 사람은 분이였다.

"처사님, 어서 오시와요."

분이는 석주를 '처사'라고 불렀다. 머리를 스님처럼 빡빡 밀었기 때문이기도 했지만, 지명법사가 늘 그를 그렇게 불렀으므로 그녀 역시 그대로 따라했던 것이다.

"마마님, 궁주님을 뵈러 왔습니다."

석주의 말에 분이는 해사하게 웃었다.

"알고 있어요. 궁주님께서 아까부터 처사님을 기다리고 계세요."

분이는 앞장을 서서 종종걸음을 쳤다. 그러면서 석주가 잘 따라오고 있는지 가끔 뒤를 돌아보았다. 그때마다 생긋거리며 웃는 것을 잊지 않았다.

석주는 그런 분이가 부담스러웠다. 미륵사 건설 공사장에도 가끔 분이가 나타나서 은근슬쩍 술이 담긴 호리병을 놓고 가고, 떡을 싼 보자기를 건네기도 했다. 그는 그녀가 자신에게 남다른 마음을 갖고 있다는 사실을 알았다.

그러나 분이의 그런 호의를 석주는 마음으로 받아들일 수가 없었다. 그의 마음속에는 두 여인이 들어앉을 수가 없었다. 마음이 온통 선화로 가득 차 있었기 때문에 분이가 들어앉을 공간은 남아 있지 않았던 것이다.

"궁주마마, 처사님을 모셔 왔사옵니다."

분이가 먼저 선화에게 석주가 왔음을 알렸다.

"들어오시라 해라!"

선화의 목소리에 석주는 가슴이 두근거렸다.

분이가 석주를 선화에게로 안내했다.

"궁주마마, 소인 분부를 받잡고 서둘러 미륵사 건설 현장에서 달려오는 길이옵니다."

석주의 목소리가 사뭇 떨렸다.

"어서 오세요. 지명법사께서 처사를 추천해 주셨어요. 얘기 들으셨겠지만 지모밀지정사 금당 앞에 오층석탑을 세우려고 해요. 처사께서 신라에 있을 때 남산 용장사 중턱에 삼층석탑을 세우셨다는 얘길 들었어요. 우리 궁궐을 지을 때 주춧돌이며, 석축이며, 성벽 쌓은 일까지 도맡아 해주셨다는 것도 잘 알고 있어요. 지명법사께서 돌을 다루는 솜씨로는 처사가 최고 장인이라고 입이 마르게 칭찬을 하시더군요."

선화가 부드러운 미소의 눈길로 석주를 바라보았다.

"과찬이시옵니다."

석주는 선화와 눈이 마주치자 얼른 고개를 숙였다. 갑자기 술을 마신 것처럼 얼굴이 달아오르고 가슴이 퉁탕거리며 뛰기 시작했다.

"궁주마마, 그래서 처사님 이름도 '석주'랍니다. 신라 남산 은적골에서 바위에 부처를 새기는 '정자'라는 스승이 '돌장승'이라며 그렇게 지어줬다지 뭐예요. 처사님! 돌장승이면 마을 앞에 서 있는 천하대장군 같은, 뭐 그런 거 아니에요?"

분이는 우스워죽겠다는 듯 까르르거리며 호들갑을 떨었다.

그러자 석주의 얼굴은 더욱 붉게 달아올랐다.

"처사님께 그 무슨 경망스런 말버릇이냐?"

선화는 점잖게 분이를 책망하며 몹시 난감해 하는 석주를 바라보았다.

"궁주마마, 맞사옵니다. 소인은 도, 돌장승이 맞사옵니다. 주변머리가 없어 가슴속에 있는 말을 잘 못하니, 스승님께서 돌장승이라고 부르셨지요."

석주는 계면쩍은 듯 뒤통수를 쓱쓱 긁었다.

"무슨 뜻인지 알 것 같군요. 장인은 말이 아니라 그 솜씨로 뜻을 새기는 것 아닌가요? 부처님에게 간절히 비는 마음을 이번에 오층석탑 속에 새겨주세요."

선화는 두 손을 모았다.

"네, 궁주마마! 마음 깊이 아로새겨 궁주마마의 비원을 탑 속에 새겨넣겠사옵니다."

석주도 두 손을 모아 합장을 한 뒤 선화를 다시 한 번 바라보았다. 그 순간 그는 자신의 가슴이 불을 지핀 숯 덩어리처럼 활활 타오르는 것을 느꼈다. 이번에는 선화와 마주친 눈길을 애써 피하지 않았다.

그러자 오히려 선화가 눈길을 돌리며 말했다.

"그럼, 수고해 주세요."

"네, 궁주마마! 그럼 소인은 물러가옵니다."

석주는 선화에게 예를 올리고 돌아섰다.

지모밀지정사 금당 앞에 오층석탑을 세우는 기간 동안 석주는 왕궁평성에 머물러 있게 되었다. 그의 잠자리며 먹는 것이며, 그 뒷수발을 분이가 다 들어주었다. 누가 시킨 일도 아닌데 자원해서 그렇게 했던 것이다.

미륵사 공사가 한창 진행 중인 가운데 석주는 지모밀지정사의 오층석탑을 세우게 된 것을 다행스럽게 생각했다. 미륵사는 삼원삼탑으로 건설될 것인데, 중원 앞에 세울 구층목탑과 함께 서원과 동원 앞에는 구층석탑을 세우게 되어 있었다. 석주는 그 두 개의 구층석탑을 세우는 막중한 책임을 맡고 있었던 것이다.

그래서 그 두 석탑을 세우기에 앞서 지모밀지정사의 금당 앞에 오층석탑을 세우는 작업이야말로 석주에게 큰 공부가 되지 않을 수 없었다. 그래서 그는 오층석탑을 세우는 데 온갖 열정을 쏟아 부었다.

석주는 매일 기도하는 마음으로 오층석탑에 쓸 돌을 다듬었다. 그 기도하는 마음은 곧 그가 선화를 남몰래 연모하는 마음이기도 했다. 그런 사사로운 마음도 지극하다 보니 부처에 대한 기원으로 바뀌었다. 더욱 불심이 깊어지자 나중에는 선화가 부처고, 부처가 선화가 되는 경지에 이르렀다. 그는 스승 정자가, 아니 그 옛날 진자 스님이 찾던 '미륵선화'가 바로 자신 앞에 현신했다고 생각했다. 부처의 얼굴에 선화의 얼굴이 겹쳐, 다시 새로운 하나의 아름다운 얼굴로 그의 눈앞에 나타났다. 즉 미륵선화는 진자 스님이 찾아낸 '미시' 바로 석주 그 자신이 아니라, 그의 마음속에 오래도록 살아 있는 '선화'라고 생각했다. 그는 그러한 마음을 오층석탑 속에 새겨넣었다.

드디어 오층석탑이 완성되었을 때 마침내 달이 밝은 밤중에 백제왕 장과 선화가 탑을 구경하러 나왔다. 나인들도 대동하지 않고 두 사람만이 오층석탑 앞에서 달빛을 온몸으로 받아내고 있었다.

그런데 그때 석주 역시 조요하게 비치는 달빛을 보자 문득 오층석탑이 보고 싶어 숙소에서 나오던 참이었다. 지모밀지정사 금당 앞의 오층석탑이 저만치 보일 때 그는 문득 걸음을 멈추었다. 장과 선화 두 사람이 거기 오층석탑 앞에 서 있었던 것이다.

석주는 나무 그늘 뒤로 살짝 몸을 숨겼다.

"이 탑에 왕자를 낳게 해달라는 비원을 드리세요. 어머니께서 짐을 낳을 때 용꿈을 꾸셨다 하지 않소? 이 지모밀지정사는 어머니의 위패를 모시는 곳이니, 반드시 부인의 비원을 들어주실 것이오."

장이 선화의 두 손을 모아 잡았다.

"폐하께서도 그렇게 원하는 왕자를 낳지 못하는 이 몸이 그저 죄송스러울 따름이옵니다."

그렇게 말하는 선화의 얼굴 위로 달빛이 쏟아지고 있었다.

달빛은 오층석탑을 타고 내려와 두 사람의 옷자락에 금빛 가루를 뿌려대고 있었다. 아직 보름이 되지는 않았으나, 반달을 지나 배가 불룩한 달은 여느 때보다 크고 매우 밝았다.

선화는 그 달을 부러운 시선으로 바라보고 있었다. 장이 그런 선화의 어깨를 두 팔로 감싸 안았다. 두 사람의 몸은 한동안 그렇게 한덩어리가 된 채 달빛에 그대로 노출되어 있었다.

나무 그늘에 숨어서 그 모습을 지켜보고 있던 석주는 호흡을 안으로 삼켰다. 가슴이 떨려왔다. 마치 자신이 장으로 분신이라도 한 것처럼, 그 순간 그는 선화를 안고 있는 듯한 착각에 빠졌다. 그러면서 연인이 지척의 거리에 있지만, 이제 더 이상 마음으로 가까이할 수 없는 신분상의 차이를 더욱 절감하지 않을 수 없었다.

석주가 바라볼 때 장은 등을 돌린 상태였고, 선화는 장의 어깨 위로 반쯤 드러난 얼굴만 보였다. 그의 눈에는 달빛을 받은 그 얼굴이 미륵선화로 보였다. 그는 궁주로서의 선화는 가까이하기 어려운 신분이지만, 그녀가 진정 미륵선화라면 마음으로는 얼마든지 우러러볼 수 있다고 믿었다. 미륵선화는 저 하늘에 뜬 달처럼 누구의 소유도 될 수 없는, 만인이 우러러보는 그런 존재이기 때문이었다.

어느 사이 장과 선화는 천천히 탑을 한 바퀴 돌더니 그 자리를 떠났다. 소나무 숲길을 지나 궁궐의 전각 쪽으로 두 사람이 사라지고 났을 때, 석주는 자신도 모르게 다음과 같이 부르짖었다.

"아아, 선화공주님! 저 탑 속에 저의 연모하는 마음이 담겨 있다는 사실을 모르시옵니까?"

바로 그때였다.

석주의 등짝을 때리는 손길이 있었다.

"흥, 돌장승인줄 알았더니 엉큼한 생각을 하고 있었군!"

깜짝 놀라 뒤를 돌아보니, 석주의 눈앞에 분이의 얼굴이 있었다.

"아니? 마마님이 어찌 여기에?"

"어쩐지 내가 전부터 수상쩍다 했더니, 처사님이 그런 엉뚱한 마음을 먹고 있을 줄은 꿈에도 몰랐네요. 감히 우리 궁주마마를 넘보다니?"

분이는 석주를 향해 삿대질을 해대며 입술을 비틀었다.

"마마님께서 바, 방금 내가 한 말을 드, 들으셨소?"

석주는 분이 앞에서 정말로 그 자신이 돌장승이 되어버리기라도 한듯 몸이 뻣뻣하게 굳어버렸다.

"내가 입만 뻥끗하면 처사님은 그날로 끝장이란 거, 그거 알아요?"

분이는 오른손을 들어 자신의 목을 베는 시늉을 했다.

"마마님, 오늘 내가 혼잣소리로 지껄인 그 말은 제발 못 들은 걸로 해주시오."

석주는 분이 앞에 합장을 하듯 두 손을 모았다.

"흥, 누굴 바보로 아나?"

분이는 화를 벌컥 내며 돌아서서 방금 장과 선화가 걸어간 소나무 숲길로 총총히 사라졌다.

석주는 달빛 가운데로 나와 허망한 눈길을 들어올려 자신이 만든 오층석탑 꼭대기를 한참 동안 올려다보고 있었다.

4

왕궁평성을 완성한 이후 사택 왕후는 선화를 감시하는 데 게을리하지 않았다. 특히 왕궁평성의 군사권을 장악하고 있는 달솔 사걸과 긴밀한 관계를 유지하고 있어, 선화의 일거수일투족이 그를 통해 사비성의 사택지적에게 보고되고 있었다. 사택 왕후의 특명을 받은 사걸은 선화를 보좌하는 시녀들 중에도 측근 세력을 심어두고 있었던 것이다.

이처럼 금마저의 왕궁평성에서 올라오는 보고는 일차적으로 사택지적에게 전달되었고, 그는 곧 그 소상한 내용을 사택왕후에게 전하는 체계를 갖추고 있었다. 이러한 모든 것들은 극비리에 진행되었다.

방금 전에 사택지적은 왕궁평성에 심어놓은 시녀로부터 보내온 비밀 서찰을 받았다. 선화 곁을 지키는 시녀가 사걸에게 전한 내용을, 사걸이 글로 써서 사택지적에게 보낸 것이었다.

사걸의 비밀 서찰을 읽어본 사택지적은 곧바로 사택 왕후에게로 달려갔다.

"무슨 일이오?"

사택 왕후는 긴장된 얼굴로 물었다. 왕이 왕궁평성에 머물고 있을 때면 더욱 긴장하지 않을 수 없었다. 선화 때문이었다. 벌써 왕은 한 달째 사비성을 비운 채 왕궁평성에 머물고 있었다.

"왕궁평성에서 달솔 사걸이 보내온 서찰이옵니다."

사택지적이 건네는 서찰을 받아본 왕후는 파르르 입술을 떨었다.

"지모밀지정사를 지은 것이 그런 비원을 위해서였단 말이던가? 선화가 매일 왕자를 잉태하기 위해 빌고 있다고? 그래서 폐하께선 왕궁평성에 그리 오래 머물러 계시는 것이로군!"

왕후는 거칠게 서찰을 찢었다. 몇 번에 겹쳐서 발기발기 찢고 또 찢어 바닥에 던져버렸다. 너무 섣부른 판단으로 사택가의 희사금을 내어 금마저에 왕궁을 건설한 것이 왕후로서는 후회막급이었다. 희사금을 마련하느라 사택가는 소작료를 올렸고, 권력을 남용하여 지방 호족들로 하여금 후원금을 내놓도록 압력을 행사했다. 애초 왕효린이 금마저 왕궁 건설을 반대하며 우려하던 것이 사택가에 의해 저질러지고 있었던 것이다. 사실상 백성들의 고혈을 짜서 왕궁평성을 지었다고 볼 수밖에 없게 되었다. 그래서 백성들 사이에 원성이 높았다.

이렇게 왕궁평성은 사택가에서 무리수를 두면서까지 선화가 사비성에 들어오는 것을 막기 위해 지은 것인데, 결과적으로는 왕과 선화 두 사람을 위한 궁전이 되고 말았다. 그래서 최근 들어 사택 왕후의 심기는 더욱 불편했다.

그런 왕후의 눈치를 조심스럽게 살피던 사택지적이 조용히 입을 열었다.

"아무래도 태자 책봉을 서둘러야겠습니다."

"서둘러야지요. 태자 자리가 비어 있으니 그런 망집에 사로잡히는 게야. 어디 감히 신라의 핏줄로 백제 왕실을 넘보려고 한단 말인가?"

왕후는 여자로서의 질투심 때문에 눈에 독기가 흘렀고, 입술까지 새파랗게 질려 있었다.

왕자 의자의 나이 벌써 16세였다. 그런데도 왕은 태자 책봉을 미루고 있었다. 마치 태자 책봉 문제를 들고 나오는 것을, 무슨 역모의 뜻이라도 있는 것처럼 왕은 무섭게 질책했다.

"짐이 아직 창창한 나이인데, 무슨 걱정이오? 앞으로 짐이 할 일이 아주 많소. 태자 책봉은 그 일이 어느 정도 마무리된 뒤에 해도 늦지 않을 것이오."

이러한 왕의 말을 왕후는 처음에 잘 이해하지 못했다. 그러다가 만약 의자를 태자로 책봉할 경우 사택씨의 세력이 더욱 강화될 것을 경계하기 때문이란 사실을 뒤늦게야 알게 된 것이었다.

그런데 왕후는 왕궁평성에서 사걸이 보내온 비밀 서찰을 보고 나서 왕이 왜 의자를 태자로 책봉하지 않는지 확연하게 깨달았다. 왕은 선화가 왕자를 낳기만을 학수고대하고 있었던 것이다. 그렇지 않고서야 매일 지모밀지정사 금당에 들어가 두 사람이 왕자를 잉태할 수 있게 해달라고 비원을 드리는 행위를 할 리가 없었다. 그것도 세상을 떠난 왕의 모친 우씨부인 위패를 모신 법당에서 그런 비원을 드리고 있다는 데 대해 왕후는 참을 수 없는 분노를 느꼈다.

"마마, 태자 책봉을 다시 거론하려면 육좌평의 결집이 필요하옵니다. 그것도 우리 사택씨 세력이 중심이 되어야 할 것이옵니다."

사택지적은 이미 저 세상으로 떠난 대좌평 사택적덕의 뒤를 이을 사택씨의 중심인물이 없음을 왕후에게 각인시키고 있었던 것이다. 그는 사택적덕이 죽은 후 왕후의 주청으로 내신좌평의 자리에 올랐지만, 6좌평을 대표하는 실세라고 할 수는 없었다.

"염려 마세요. 내신좌평! 아버님이 돌아가신 지도 여러 해가 지났고, 아직 대좌평 자리는 비어 있는 상태예요. 이번에 폐하가 환궁하시면 내신좌평을 대좌평으로 천거하리다. 그런 연후 대좌평으로서 다른 좌평들을 설득, 우리 의자의 태자 책봉을 주청토록 하세요."

왕후는 이번에야말로 단단히 결심을 했다.

"왕후마마, 성은이 망극하오이다."

사택지적은 그저 감읍할 따름이었다.

"우선 하루 빨리 폐하가 환궁토록 할 계책을 마련해야 할 거요. 아아, 머리가 이리 아플 수가……."

왕후는 갑자기 손으로 자신의 이마를 짚었다.

"마마, 어디가 편찮으시옵니까?"

"좌평, 보면 모르오? 몸도 마음도 다 아프오. 나는 지금 이 순간부터 이마를 싸매고 누워 있을 것이오. 어의(御醫)를 부르고, 금마저 왕궁평성으로 파발마를 띄워 폐하로 하여금 속히 환궁토록 하시오."

왕후는 더 이상 왕이 금마저에서 선화와 함께 있는 것을 두고 볼 수가 없었던 것이다.

"분부대로 거행하겠나이다."

사택지적은 왕후의 뜻을 바로 알아들었다.

사택지적이 물러가고 나자 왕후는 곧바로 시녀를 불러들였다.

"아아, 머리가 몹시 아프구나. 나를 침전으로 데려다다오."

방금 전까지도 멀쩡했던 왕후는 정말 몸에 신열이 나는 듯 머리를 감싸쥐었다.

시녀의 부축을 받아 침전으로 들어간 왕후는 이마에 물수건을 얹고 드러누웠다.

소식을 듣고 달려온 어의가 진맥을 짚어보더니, 탕약을 달이게 하고 뜨거운 물로 찜질을 하는 등 번잡하게 수선을 떨었다. 어의는 미리 내신좌평 사택지적의 귀띔을 받은 바 있어 일부러 그러한 행동을 취했을 뿐인데, 왕후가 생각하기에도 정말 자신이 몹

쓸 병에 걸린 것처럼 느껴질 정도였다.

그렇게 거짓으로 앓아누워서도 사택 왕후는 여러 가지 생각으로 머리가 몹시 복잡했다. 그렇게 생각이 깊으니 머리가 정말 송곳으로 쑤시는 것같이 아팠고, 몸에서도 열이 펄펄 났다. 마음의 병이 몸으로 옮겨온 것이었다.

그렇게 앓아누워서 왕후는 이를 악물었다. 지모밀지정사에서 선화가 매일 왕자를 잉태하게 해달라고 지극정성으로 비원을 드린다는 사실을 떠올리자, 독한 생각이 그녀의 마음 가운데 자리 잡았다. 만약 선화가 왕자를 낳는다면, 의자를 위해서라도 감쪽같이 없애버려야겠다고 마음속으로 다짐을 하고 있었던 것이다. 그리하여 의자가 태자에 책봉되고 실권을 잡게 되면 가차없이 지모밀지정사를 파괴해 버리겠다며 앙심을 품었다.

왕후에게는 오직 자신이 낳은 왕자 의자에게 다음 왕위를 잇게 하는 목적밖에 없었다. 그것이 그녀의 유일한 희망이었다. 애초 국혼 문제가 오갈 때부터 장이 중신들의 주청을 받아들이지 않고 오래도록 거부해 온 것을 그녀는 잘 알고 있었다. 나중에는 중신들의 강압에 못 이겨 왕후로 맞이하긴 했지만, 장은 그녀를 마음으로 받아들이지 않았다. 그저 형식적으로 마음에도 없는 합궁을 했을 뿐이었다.

왕후가 왕자 의자를 낳았는데도, 장의 마음은 변하지 않았다. 왕의 마음은 언제나 금마저의 선화에게 가 있음을 그녀는 잘 알고 있었다. 오랜 세월이 흐르다 보면 마음이 바뀔 수도 있으련만,

두 사람은 그저 왕과 왕후의 형식적인 관계일 뿐, 그 사이에서 사랑이란 움은 싹트지 않았다. 굳게 닿은 장의 마음이 열리지 않는데 어찌 그 밭에서 사랑의 싹을 틔울 수 있을까, 그런 생각을 하다 보면 묘하게도 그 원인이 금마저의 선화에게 있다고 결론을 짓게 되는 것이었다. 그것이 더욱 왕후의 화를 부채질했다.

그로부터 며칠 후 장이 사비성으로 환궁했을 때, 왕후는 몸이 펄펄 끓고 얼굴에 열꽃까지 피어 있는 중환자의 모습으로 누워 있었다. 독한 마음이 얼굴에 그런 형상으로 드러난 것인지도 몰랐다.

"아니, 어쩌다 이렇게까지 되었소? 대체 무슨 병이기에, 그동안 어의는 무엇을 하고 있었단 말인가?"

장은 왕후의 침상에 와서 놀란 얼굴로 들여다보다가, 오히려 그 옆에 국궁하고 서 있는 어의에게 야단을 쳤다.

"아뢰옵기 황송하오나, 진맥으로는 왕후마마의 병을 헤아리기가 어렵사옵니다."

어의가 하는 말에 장은 버럭 화를 내었다.

"무엇이라? 대체 그것이 어의가 할 말인가?"

"왕후마마는 마음의 병을 앓고 있사옵니다. 그동안 탕약으로 다스려보려 하였으나 소용이 없었사옵니다."

"마음의 병이라니?"

장은 마음 한구석 찔리는 데가 있어 표정이 무르춤하게 바뀌었다.

이렇게 장과 어의 사이에 묻고 대답하는 말이 오가는 중에도, 왕후는 눈을 꼭 감은 채 꼼짝도 하지 않고 누워 있었다.

"시름이 깊어 생긴 병이라 사료되옵니다."

어의는 마치 자신의 잘못이라도 되는 듯 허리를 깊이 꺾었다.

그때 눈을 감은 채로 왕후가 입을 열어 말했다.

"어의는 그만 물러가시오."

"네네, 왕후마마! 그럼 이만······."

무르춤해 있던 어의가 물러가고 나서 왕후는 천천히 눈을 뜨고 장을 쳐다보았다. 그녀의 눈에 눈물이 고여 있다가 두 볼을 타고 주르르 흘러내렸다.

"너무 오래 왕후의 곁을 비워둔 모양이오. 이제 시름을 풀고 일어나시오."

장은 방금 왕후가 흘리는 눈물의 의미를 잘 알고 있다는 듯이 한참 동안 머리를 주억거렸다.

"폐하, 심려를 끼쳐드려 죄송하옵니다."

왕후는 그렇게 단 한마디 성마른 소리를 했을 뿐, 다시 입을 다물었다. 그녀의 마음속에는 그 어떤 야속함이 여전히 앙금처럼 남아 있었던 것이다.

마음의 병은 침이나 탕약으로도 고칠 수 없는 것이었다. 마음은 그 스스로 마음을 변화시켜야 치유될 수 있었다. 이제 근심거리가 사라졌으니 왕후의 병도 자연스럽게 나았다. 장이 나타나자 왕후는 새로운 기운을 얻었다. 그가 선화에게서 떠나와 바로 자신의 곁에 있다는 것, 그것이 그녀에게는 그 어떤 명약보다 효력이 있었던 것이다.

　며칠 후 왕후는 자리를 털고 일어났다. 열꽃도 내렸고, 몸과 마음도 한결 가벼워졌다.

5

선화의 곁을 지키던 시녀 하나가 아무도 몰래 사걸에게로 달려갔다.

"장군님, 궁주마마께서 태기가 있으시다 하옵니다. 방금 어의가 그렇게 진맥을 하고 돌아갔사옵니다."

시녀의 말에 사걸의 눈이 휘둥그레졌다.

"무엇이라? 궁주마마께 태기가? 그래, 몇 개월이라 하더냐?"

"아직 초기인 것 같사옵니다. 어의가 다른 말은 하지 않았사옵니다."

"알았다. 앞으로 궁주마마의 곁을 지키며 잘 살펴보거라. 마마의 신변에 조금만 변화가 있어도 그때그때 낱낱이 내게 알려야 하느니라. 어서 돌아가 궁주마마 곁을 떠나지 말거라."

사걸은 마음이 바빠졌다. 시녀가 나가자마자 그는 곧바로 사비성의 사택지적에게 보낼 서찰을 쓰기 시작했다.

선화가 지모밀지정사를 지으려고 할 때 무슨 수를 써서라도 막았어야 했다고 사걸은 생각했다. 그때는 왕이 직접 명을 내린 사안이라 함부로 어찌할 수가 없었다. 감히 왕명을 거역할 수는 없는 노릇이었다.

지모밀지정사가 완성된 이후 선화는 매일 법당에 들어가 왕자 아기씨를 잉태하게 해달라고 부처에게 빌고 있다는 소문을, 사걸은 여러 사람을 통해 듣고 있었다. 부쩍 의심이 들어 그가 직접 법당 뒤로 숨어들어가 선화가 부처에게 비원을 드리는 것을 목격한 바도 있었다.

사걸은 아무리 선화가 지극정성으로 기도를 하더라도 왕자 아기씨를 잉태하지는 못할 것이라고 생각했다. 이미 선화는 임신을 하기에는 너무 나이가 많았던 것이다. 설혹 임신을 한다 하더라도 노산(老産)이라 성공할 확률이 높지 않으므로 반신반의하고 있었다.

그러나 막상 선화에게 태기가 있다는 말을 전해 듣고 나자 사걸은 예리한 칼날에 옆구리를 깊이 찔린 느낌을 받았다. 그는 실제로 옆구리가 결리기라도 하는 듯 붓을 들던 손을 허리 쪽으로 가져갔다. 그의 얼굴 앞에 사택 왕후의 진노한 표정이 잠시 떠올랐다.

사걸의 조부는 원래 가야 출신으로 김(金)씨 성을 갖고 있었다. 그런데 가야가 망하자 용병이 되어 백제의 사택씨 출신 장군의 참모로 활동하면서, 그때부터 복성(複姓)인 사택의 사(沙) 자를 따서 단성(單姓)으로 쓰기 시작했다. 가야 출신인 것을 숨기기 위해 변성(變姓)을 했던 것이다.

따라서 사걸은 조부 때부터 사택 가문의 은혜를 입고 있었으며, 그의 세대에 와서는 직접적으로 사택 왕후의 은덕으로 달솔에까지 이르렀다. 그런 인연 때문에 그는 사택 왕후의 손발 노릇을 자처하고 나섰던 것이다.

사비성의 사택지적에게 보내는 밀서는 간단했다. 여러 말이 필요 없었다. 사걸은 일단 선화에게 태기가 있다는 사실을 전하고 사택 왕후의 처분을 기다리는 수밖에 없다고 생각했다.

사걸은 밀서를 단단히 봉한 후 믿고 맡길 만한 수하를 불러 사택지적에게 다녀오도록 했다.

"며칠 머물다가 왕후마마의 전갈을 받아와야 할 게야."

"넷! 명심하겠사옵니다."

사걸의 밀명을 받은 수하는 곧 말을 타고 사비성을 향해 떠났다.

그렇게 사비성으로 밀서를 보내놓고 나서 사걸은 며칠 동안 노심초사하며 보냈다. 불같이 화를 내고 있을 사택 왕후의 얼굴이 그의 눈앞을 떠나지 않았기 때문이다.

그로부터 다시 며칠 후의 일이었다. 뜻밖에도 사택 왕후는 사비성에서 선화 궁주를 돌볼 어의와 의녀를 보내주었다. 그 뿐만이 아니었다. 임산부에게 좋다는 약재는 물론, 좀처럼 구하기 힘든 산삼과 녹용까지 선물한 것이었다.

사비성에 보냈던 수하가 사걸에게 와서 사택지적의 서찰을 전했다.

"대좌평께서 달리 하신 말씀은 없으셨느냐?"

사걸은 얼마 전 대좌평이 된 사택지적에게 특히 신경을 쓸 수밖에 없었다. 앞으로 그가 출세할 수 있는 길은 오직 사택지적에게 달려 있다고 생각했기 때문이다.

"특별히 하신 말씀은 없으셨사옵니다. 장군께 전할 말씀은 그 서찰에 다 적혀 있을 것이라 사료되옵니다."

수하가 건네준 사택지적의 서찰은 밀봉이 되어 있었다.

"그래, 수고했다. 그만 물러가 있도록 해라."

사걸은 수하를 내보내고 나서 밀봉된 사택지적의 서찰을 뜯었다.

밀봉된 것에 비하면 서찰의 내용은 지극히 간단했다. 요지는 사택 왕후가 보낸 어의와 의녀를 특별히 잘 도와주라는 것이었다. 그런데 무엇을 어찌 도우라는 언급도 없이 '특별히'에만 글자 위에 방점까지 찍어가며 강조한 그 진의를 사걸은 직감적으로 알아차렸다.

"흐음……."

그 순간 사걸은 신음을 깨물었다. 윗니로 아랫입술을 잘근잘근 씹으면서 그는 깊은 고뇌에 빠져들었다. 그에게 있어서 '특별히'는 실로 무서운 말이었다. 그 진의가 무엇인지 알기에 그는 자신도 모르는 사이에 손으로 서늘한 가슴만 자꾸 쓸어내리고 있었다.

6

가을이 깊어가고 있었다. 하늘은 높고 땅은 낮았다. 들풀이며 나무며 삼라만상의 모든 것들이 하늘보다 땅으로 고개를 숙였다. 그래서 가을은 사람까지도 숙연해지게 만들었다. 호수에 빠진 하늘을 보면 그 가을의 깊이를 미루어 짐작하기 어렵지 않았다.

분이의 시름도 그런 가을처럼 깊어만 가고 있었다. 그녀는 자주 미륵사 공사장으로 선화의 심부름을 다녔는데, 그때마다 그녀의 눈은 자신도 모르는 사이에 석주의 모습을 찾곤 했다. 벌써 오래전부터 그녀는 석주를 마음속에 담아두고 있었다. 그런데 지모밀지정사 오층석탑 앞에서 석주가 달을 쳐다보며 선화를 연모하는 말을 지껄이는 걸 목격한 이후, 그야말로 그녀의 고민은 날로 깊어만 갔던 것이다.

미륵사 공사장에 와서 어쩌다 석주와 단둘이 있게 되었을 때

분이는 집요하게 따져 물었다.

"처사님, 우리 궁주님을 연모하기 시작한 게 언제부터예요?"

그러나 석주는 말없이 그저 먼 하늘을 바라보며 한숨만 쉬고 있을 뿐이었다.

"하늘이 참 맑고 높구나."

석주는 딴소리를 해댔다.

"미쳐도 단단히 미쳤군!"

분이는 미워죽겠다는 시늉으로 입술을 비틀며 팔꿈치를 들어 석주의 옆구리를 찔렀다.

"마마님, 왜 이러시오?"

"어서 말해 보라니까! 말 안 하면 궁주마마께 일러바칠 거야. 정말이야."

분이는 으름장을 놓았다.

어느 날 분이는 큰맘을 먹고 매실주를 호리병에 담아 가지고 남몰래 석주를 찾아갔다. 과일이며 떡, 안주거리로 각종 나물이 며 전과 어포 등도 있었다.

"이것이 다 어디서 난 거요?"

석주가 놀란 눈으로 물었다.

"우리 왕자님 백일잔치에 올랐던 음식이에요."

분이가 말하는 왕자는 장과 선화 사이에서 태어난 아들이었다. 매일 지모밀지정사의 금당에 들어가 부처님께 기도를 드린 덕분 일까, 드디어 선화는 왕자를 낳았던 것이다. 노산이라 고생을 많이 했지만, 모두들 선화가 왕자를 낳은 것은 지모밀지정사에 비원을 드린 덕분이라고 떠들어댔다.

"축하할 일이로군!"

그러면서 석주는 또 길게 한숨을 내쉬었다. 전에 선화가 왕자를 낳았다는 소식을 듣긴 했지만 그 사이 벌써 백일이 되었던 것이다.

"오르지 못할 나무 쳐다보지도 말랬다고, 이제 처사님도 마음 접어요. 저승사자가 상사병 걸린 사람부터 붙잡아간답디다."

그러면서 분이 또한 한숨을 폭 쉬었다.

"마마님은 웬 한숨이오?"

"한숨도 전염이 되나 봐. 이게 다 처사님 때문이란 말이야."

분이는 그러면서도 석주에게 술을 따라주었다. 석주는 잔에 술이 차는 대로 단숨에 비워냈다.

분이는 석주가 술을 벌컥벌컥 들이켤 때마다 안주를 집어 그의 입에 넣어주었다.

그러는 사이에 석주는 매실주 한 병을 다 비웠다.

"사실은……."

석주는 이렇게 입을 뗐다. 그러면서 분이에게 자신이 선화를 처음 본 황룡사 탑돌이 장면부터 그 이후 화랑의 낭도로 있을 때 범궐했던 사실까지 다 말해 버렸다.

"원흉은 여기 있었구면. 처사님만 아니었어도 우리 궁주마마가 신라 궁궐에서 그렇게 억울하게 쫓겨나지는 않았을 거로구면."

분이는 또 석주의 옆구리를 향해 시늉으로 주먹질을 해댔다.

"그게 왜 나 때문이오? 애초 그 해괴한 노랫말을 지은 사람은 지금의 백제왕인데……."

"이제 와서 그걸 따져 무엇하겠소? 다 잊고, 마음 돌리셔."

"나 마음 돌린 지 오래됐소. 그저 궁주마마께서 '미륵선화'라 생각하고 우러러볼 뿐이지. 그런데 왕자 아기씨는 누굴 닮았소?"

석주는 주먹만큼 한 사과를 집어 들고 우적우적 씹었다.

"폐하와 궁주마마를 반반씩 닮은 것 같소."

"폐하의 뒤를 이을 왕재가 될 것 같소이까?"

석주는 무심코 말했다.

"큰일날 소리 하네. 그 소리가 사비성 사택 왕후 귀에 들어갔다 간 날벼락이 떨어질 거유. 그렇지 않아도 궁주마마가 왕자 아기씨를 낳고 나서, 사비성에서는 왕후와 사택씨 세력들이 입을 모아 의자 왕자의 태자 책봉을 주청한다고 들었소. 이번 왕자 아기씨 백일에도 왕후가 인삼이다 뭐다 해서 바리바리 싸서 선물을 보내기는 했지만, 그것은 겉모습일 뿐……. 마음속으로는 왕자 아기씨를 견제해서 자신이 낳은 의자 왕자를 하루 빨리 태자로 세우려고 안달이 났을 거로구면."

분이는 그러면서 은근슬쩍 석주의 곁에 바짝 붙어 앉았다. 그러자 석주는 조금 옆으로 몸을 옮겨 분이와의 일정 거리를 유지했다.

분이는 그러는 석주를 흘겨보며 가슴 한구석이 무너지는 느낌을 지울 길이 없었다. 아무리 보아도 참으로 멋진 사내였다. 얼굴도 그만하면 잘생긴 편이었다. 늘 돌을 다루는 거친 일을 해서 손은 멍투성이에다 굳은살이 딱딱하게 박혔지만, 떡 벌어진 어깨며 근육이 붙은 팔뚝은 남성미가 넘쳐흘렀다. 이미 40대 중년을 넘어선 나이인데도 햇볕에 그을린 구릿빛 얼굴은 20대 청년 못지않을 만큼 젊어 보였다.

"왕자 아기씨가 잘 자라줘야 할 텐데……. 그 모든 게 마마님께 달렸네. 그러니 어서 가보시오."

석주가 분이의 등을 떠밀듯이 말했다.

"흥! 이제 먹을 거 다 먹었다 이 말이지? 어머, 어머! 이 손 좀 봐!"

분이는 왕궁평성으로 돌아갈 생각도 하지 않고, 오히려 석주의 손을 덥석 잡았다. 쇳덩어리처럼 딱딱한 손이 만져졌다.

"누가 보면 어쩌려고. 마마님, 왜 이래요?"

석주는 분이의 손에서 벗어나려는 듯한 행동을 취하기는 했으나, 굳이 손을 빼지는 않았다.

"숱하게 쇠망치에 맞아 이렇게 돌덩이처럼 딱딱하게 되었지만, 앞으로 미륵사 구층석탑 두 기를 바로 이 손으로 세우게 될 거요."

"이 손이 보배네, 보배야."

분이는 석주의 손을 놓지 않은 채 언제까지나 쓰다듬고 있고

만 싶었다.

그날 분이가 왕궁평성으로 돌아간 것은 저녁때가 다 되어서였다. 석양을 받은 왕궁평성은 잔뜩 심술이라도 난 듯 붉게 취해 있었다.

"이제 오면 어떡해요? 왕자 아기씨 몸이 불덩어리예요."

분이는 잠시 외출하면서 나이 어린 시녀에게 왕자 아기씨를 맡겼던 것인데, 그 사이 큰일이 벌어진 것이었다.

선화는 왕자 아기씨를 안은 채 어찌할 줄 모르고 있었다. 원인은 알 수 없었다. 어의가 와서 진맥을 보고 침을 놓고 했지만, 차도가 전혀 없었던 것이다.

"궁주마마, 왕자 아기씨가 왜 이래요?"

분이는 자신의 잘못으로 그렇게 되기라도 한 것처럼 어찌할 줄 몰랐다. 어쩌면 일차적인 책임은 그녀에게 있다고 할 수도 있었다. 유모로서 왕자 아기씨를 다른 시녀에게 맡긴 것부터가 잘못이었다.

밤새도록 왕자 아기씨는 열이 내리지 않았고, 경기가 들려 눈을 하얗게 뒤집곤 했다. 그럴 때면 몸이 뻣뻣하게 굳어갔다. 그때마다 응급처지로 어의가 혈맥을 짚어 침을 놓았지만, 그때뿐이었다.

분이는 발을 동동 굴렀다. 그러나 정작 선화는 침착하게 왕자 아기씨를 안고 지모밀지정사 금당으로 향했다. 부처님에게 빌어 보는 방법밖에 없다고 생각한 모양이었다.

얼마나 부처님을 향해 절을 했는지 선화의 옷은 흠뻑 젖어 있었다. 분이는 옆에서 왕자 아기씨를 안은 채 마음속으로 기도를 드렸다.

그러나 왕자 아기씨는 다음날 새벽을 넘기지 못했다. 어의는 사인을 정확하게 밝히지 못한 채 그저 이름 모를 괴질이라고만 했다.

제 5 장

미
륵
선
화

1

선화는 낳은 지 백일 만에 왕자를 잃은 것이 너무 끔찍스러운 일이어서 그 충격에서 쉽사리 벗어나기 어려웠다. 정말 어렵게 마흔 가까운 늦은 나이에 얹은 왕자 아기씨여서 그 안타까움은 주변 사람들까지 너무도 가슴 아프게 했다.

그런데 선화는 왕자를 잃은 다음부터 미륵사 건설에 더욱 심혈을 기울였다. 그렇게라도 하지 않으면 미칠 것만 같았던 것이다. 또한 미륵사에 정성을 다하는 것만이 왕자가 좋은 세상으로는 가는 길이라고 생각했다.

이제 선화는 모든 것을 잊고 금마산 금광을 관리하면서 거기서 생산되는 금괴를 재원으로 미륵사 창건에 더욱 박차를 가하기로 했다. 워낙 규모가 큰 대불사여서 공사 기간이 예상보다 더 길어졌다.

미륵사는 삼원삼탑(三院三塔)으로 건설될 예정이었다. 따라서 가장 먼저 가운데 중원을 세우고 그 양쪽에 동원과 서원을 세웠다. 처음부터 삼원은 거의 동시에 건설을 시작하였으며, 가장 먼저 완공된 중원 앞에는 목탑을, 동서 양원에는 석탑을 세우기로 했다. 세 탑 모두 9층으로 하되, 가장 규모가 큰 것은 역시 중원 앞에 세우는 목탑이었다. 그리고 석탑으로 세울 동탑(東塔)과 서탑(西塔)은, 그 목탑을 받쳐주는 형식을 취하도록 설계했다.

미륵사의 삼원을 세운 것은 왕궁평성이 완공되고 나서도 10여 년의 세월이 더 흐른 후의 일이었다. 이제 삼원 앞에 탑을 세우는 공사만 남겨놓고 있었다.

중원 앞에 목탑을 세울 때 선화는 전보다 자주 미륵사 건축 현장을 찾았다. 신라에서 온 미륵사 건설 대목장 막근개가 제자 아비지(阿非知)와 함께 구층목탑 제작에 들어갔다. 아비지는 금마산 금광 관리 총책인 아미자의 아들이었다. 그래서 선화는 더욱 아비지에 대한 미더움이 생겼다.

"궁주마마, 나오셨사옵니까?"

선화가 목탑 건축 현장에 나오자 아비지가 먼저 보고 달려와 예를 올렸다. 선화 곁에는 늘 분이가 뒤따랐다.

"대목장께서는 어디 계시오?"

선화가 물었다.

"오늘 지명법사께서 오셔서 목탑을 세울 목재들을 보러 가셨사옵니다. 곧 오실 때가 되었사옵니다."

"세 개의 금당은 멋있게 지어졌다만, 구층이나 되는 목탑이 어떻게 건설될지 정말 궁금하오."

선화는 목탑에 대한 관심이 많았다. 구층목탑이면 그 높이가 얼마나 되는지 상상으로도 잘 그려지지 않았다.

"스승님이 아무에게나 설계 도면을 보여주면 안 된다고 했는데, 소인이 궁주마마께만 살짝 보여드리겠사옵니다."

아비지는 임시로 지은 막사로 달려가서 구층목탑 설계도면을 가지고 나왔다. 목탑 설계도면은 여러 장이었는데, 아비지는 그중에서 전체 모습을 그린 도면을 선화에게 보여주었다.

"오오, 대단하구먼! 이 목탑이 서면 하늘을 찌를 듯 아주 웅장해 보이겠어요."

선화의 입에서는 저절로 감탄사가 흘러나왔다.

"그럼요, 궁주님! 이 목탑에는 특히 궁주님의 기원이 들어갈 것이니, 탑이 완성되고 나면 소원하신 바를 다 이룰 수 있을 것이옵니다."

선화의 뒤쪽에서 지명의 목소리가 들려왔다.

언제 왔는지 선화의 뒤에 지명과 막근개, 그리고 석주가 서 있었다. 나중에 석탑을 만들 때 참고하기 위해 석주도 일단 목탑 건축을 거들기로 했던 것이다. 목탑과 석탑은 각기 나무와 돌을 재료로 사용하므로 건축 방식이 조금 다르지만, 그 외형은 똑같은 형태를 따라야 하기 때문에 작업에 동참할 수밖에 없었다.

석주는 지명의 어깨 너머로 선화를 바라보다가 눈길이 마주치자 얼른 고개를 숙여 예를 올렸다. 선화가 매번 석주를 바라볼 때마다 느끼는 것이지만, 그 눈길이 매우 그윽하고 뭔가에 대한 의욕으로 불길이 활활 타오르는 것 같아 남다른 생각을 갖게 했다. 그 불길은 그를 바라보는 상대의 가슴을 태우고도 남을 만큼 강렬하였고, 그 눈길에선 무서우리만치 강한 의지가 내비쳤다.

석주가 신라에서 왔다고 해서 더욱 그런 생각이 드는 것인지도 몰랐다. 더구나 그는 지모밀지정사에 오층석탑을 세웠고, 그래서 그의 예술적 감수성에 더욱 믿음이 갔다. 적어도 선화는 그의 예술에 대한 열정을 남다르게 생각하고 있었다.

석주에게 잠시 머물렀던 선화의 시선이 다시 지명에게로 향했다.

"법사님, 저승에 가신 분들도 간절히 기원하면 좋은 곳으로 갈 수 있나요?"

"그럼요, 궁주마마! 이 목탑은 신기에 가까운 기적을 낳게 될 것이옵니다. 이 목탑이야말로 미륵사의 눈과 같다고 할 수 있사옵니다. 화룡점정(畵龍點睛)이란 말이 있지 않사옵니까? 화가가 용의 눈을 그리자 용이 살아나 하늘로 올라갔다는 이야기가 있듯이, 이 목탑이 완성되면 승천하는 용처럼 땅과 하늘을 잇는 기원의 사다리 역할을 할 것이옵니다. 비로소 지상에서 하늘로 통하는 길이 열리는 것이옵니다."

지명의 말에 선화뿐만 아니라 그 곁에 서 있는 모든 사람들이 고개를 주억거렸다.

"화룡점정이라? 하늘의 길이 열린다?"

선화는 지명의 말을 다시 한 번 마음속에 새기듯 조용하게 되뇌었다.

그때 선화는, 지금은 세상에 없는 여러 사람을 생각하고 있었다. 친모 미실과 시어머니 우씨부인, 그리고 자신이 낳은 왕자 아기씨였다. 그렇게 탑을 통하여 기원을 드리면 하늘의 길이 열려, 자신의 마음이 그 모든 사람에게 전달될 수 있을 것이라는 믿음 또한 생기는 것이었다.

석주가 지명 뒤에 숨어서 몰래 선화만 뚫어지게 바라보자, 그걸 눈치 챈 분이가 재빨리 뒤로 돌아와 눈을 흘겼다. 손가락으로 몰래 석주의 옆구리를 찔러대는 시늉을 하며 입술을 비틀기까지 했다.

주변 사람들은 아무도 눈치를 채지 못했는데, 오직 선화만 그 것을 똑똑히 보았다. 그 눈길과 마주치자 화들짝 놀란 분이가 얼른 선화 곁으로 다시 돌아왔다.

그 모습을 보고 선화는 엷은 미소를 지었다. 분이가 석주를 남몰래 연모하고 있다고 생각한 것이었다.

그러나 여전히 석주는 지명과 막근개의 뒤에 서서 조용히 침묵으로 일관하고 있었다.

"궁주마마! 여기 중원 앞에 목탑이 세워지고 나서 동원과 서원에 세울 석탑은 바로 이 사람이 주도해서 공사를 진행하게 될 것이옵니다."

막근개가 뒤에 있는 석주를 선화 앞으로 이끌며 말했다.

"오오! 그렇군요."

선화가 얼굴 가득 미소를 머금자, 석주는 그만 그 자리에서 장승이 되어버린 듯 긴장된 자세를 풀지 못했다.

"신라 남산 은적골의 정자 거사 밑에서 석공 일을 배웠답니다. 소승이 정자 거사를 좀 압니다만, 신라 최고의 석공이라 할 만하지요. 청출어람(青出於藍)이란 말도 있질 않사옵니까? 돌 다루는 실력이 그 스승 못지않사옵니다."

지명이 석주에 대해 설명을 해주었다.

"네에……. 전에 지모밀지정사의 오층석탑을 세운 솜씨를 보니, 미륵사에 구층석탑을 세우는 일 역시 염려하지 않아도 될 것 같군요."

선화는 조용히 머리를 끄떡이면서 잠시 생각에 젖어 있었다. 그런데 석주를 어디선가 많이 본 듯한 얼굴인데, 딱히 기억이 나지 않았다.

그러나 선화는 다시 똑바로 석주를 바라볼 수가 없었다. 그가 지명의 장삼자락 뒤로 몸을 숨겨버렸기 때문이다. 아니, 어느새 석주는 아비지와 목탑 설계도를 놓고 무언가 깊이 의논을 하고 있었다.

그날 미륵사 공사장에서 왕궁평성으로 돌아온 선화는 너무 피곤했던 탓일까 미열에 시달렸다. 이마가 불덩이 같았고, 머리가 지끈거리며 아팠다.

"잠시 누워 있고 싶구나."

"어머, 궁주마마! 안색이 많이 안 좋아 보이세요."

분이가 걱정되는 표정으로 선화를 바라보았다.

"아니다. 잠시 누워 있으면 괜찮을 거야. 혼자 있게 해다오."

"네, 궁주마마!"

분이가 물러가고 나서 선화는 침실에 가서 누웠다. 눈을 감고 있었지만 잠은 오지 않았다.

'이상한 일이야. 어디서 본 듯한 얼굴인데……'

선화는 불현듯 떠오르는 석주의 얼굴을 지우기 어려웠다. 지명의 장삼자락에 가려 반쯤 얼굴을 드러낸 그 모습이 결코 낯설지 않았다.

그러다가 선화는 눈을 뜨며 외쳤다.

"아아, 그래! 황룡사에서 탑돌이 할 때 원광법사 뒤에서 몰래 엿보던 시봉의 얼굴!"

선화는 드디어 어린 시절의 기억을 되살려내었다. 사가에 살다가 친모 미실을 따라 궁궐로 들어온 이후 자주 황룡사에 탑돌이를 하러 다녔다. 아무래도 그 무렵에 본 얼굴이 틀림없는 듯했다. 수줍은 듯 원광의 장삼자락 뒤에 숨어서 엿보던 시봉의 눈빛을, 오랜 세월이 흐른 후 지명의 장삼자락 뒤에 숨은 석공 석주의 모습에서 다시 발견한 것이었다.

달빛이 부서지는 절 마당 한가운데 석탑이 있었다. 선화는 친모 미실의 치맛자락을 붙잡고 따라서 탑을 돌았다. 원광은 목탁을 두드리며 앞에서 미실 일행을 인도하고 있었고, 그 옆에 시봉이 뒤따르며 남몰래 선화를 훔쳐보고 있었다. 원을 그리며 도는 탑돌이 행렬이라 간혹 탑에 가려 서로의 모습이 보이지 않을 때도 있어 더욱 안타까운 순간, 다시 탑을 벗어나며 두 사람의 눈길은 달빛 가운데서 만나곤 했다. 달빛의 조율과 눈길의 조우는 묘한 파장을 일으키며 거리에 따라 때론 끌어당기고 밀치는 마음의 간극을 연출해 내고 있었다.

그 눈빛을 선화는 그로부터 30여 년이 지나 석주에게서 다시 보게 되었다. 이젠 모든 것이 확실해졌다. 서로의 마음과 마음을 견인하던 그 눈빛은 30여 년 세월 저쪽의 캄캄한 우물 속에 갇혀 있었다. 그러던 그 눈빛이 그대로 살아 이젠 마음의 표면으로 떠오른 것이었다.

이처럼 선화의 마음이 과거의 기억으로 인하여 갈피를 찾지 못하고 있을 때, 분이가 차를 끓여 가지고 들어왔다.

"궁주마마, 모과찹니다. 이걸 드시면 조금 나아질 거예요."

"그래, 고맙구나."

선화는 따뜻한 모과차를 한 모금 마셨다. 조금 지나자 마음이 차분히 가라앉으며 불덩이 같던 이마에서 열도 내리는 듯했다.

"그거 봐요. 궁주마마! 차를 마시고 나더니 금세 얼굴에 화색이 도시네요."

분이가 빈 찻잔을 들고 나가려고 했다.

"거기 좀 잠시 앉아 보거라."

선화가 분이의 발걸음을 잡았다.

"무슨 하실 말씀이라도……."

"아까 낮에 지명법사 뒤에 서 있던 그 석공 말이다."

"……네?"

분이가 갑자기 화들짝 놀란 표정으로 선화를 바라보았다.

"왜 그렇게 놀라니? 네가 그 사람을 연모하느냐?"

"아, 아닙니다요. 그, 그 사람은……."

"그 사람을 전에 어디서 본 일이 있느냐?"

"아니요. 여기 미륵사 공사장에서 처음 본 사람이에요."

분이는 어찌할 줄 모르다가 그만 찻잔이 든 소반을 바닥에 떨어뜨리고 말았다. 찻잔이 깨져 사방으로 튀었다.

당황한 분이가 깨진 찻잔 조각을 소반에 쓸어 담으려고 할 때, 선화의 차디찬 목소리가 그걸 저지했다.

"그렇게 당황하는 걸 보니 네가 그 사람을 연모하는 게 틀림없구나."

선화는 철판이라도 뚫을 듯한 강한 시선으로 분이의 얼굴 표정을 살폈다.

"궁주마마, 죄송합니다. 그건 아니에요, 절대 아니란 말이에요."

분이는 안절부절못한 채 바닥에 떨어진 찻잔 조각을 주워 담느라 정신이 없었다.

"절대란 강한 부정은 긍정을 뜻하는 것이야. 내 말이 맞지?"

"궁주님, 왜 자꾸 쇤네를 그렇게 보세요. 쇤네는 아니라니까요. 쇤네가 그 사람을 연모하다니요? 그 사람이 연모하는 사람은 따로⋯⋯."

여기까지 말하던 분이는 다시 화들짝 놀란 얼굴로 고개를 숙였다.

"그 사람이 다른 여인을 연모한다?"

"아, 아니에요. 그것이 아니라."

분이는 이제 울음을 터뜨릴 것 같은 표정이 되었다.

"찻잔을 갖다 놓고 다시 오거라."

선화는 너무 당황해 하는 분이를 내보낸 뒤 다시 생각을 가다듬어보기로 했다.

분명히 분이는 그 석공에 대해 알고 있는 것이 있었다. 낮에 지명과 이야기를 나누고 있을 때 분이가 슬쩍 옆으로 돌아가 석공의 허리를 찌르는 척하는 시늉을 선화는 정확하게 보았고, 그것이야말로 그 증거가 아닐 수 없다고 생각했다.

한참이 지나서 분이가 다시 들어왔다. 눈이 빨갛게 충혈된 것이 눈물을 흘렸던 흔적을 그대로 남기고 있었다.

"바른대로 말해라. 그 석공과 너는 어떤 관계냐?"

선화는 단도직입적으로 물었다.

"쇤네와는 아무런 상관도 없는 사람이옵니다."

분이는 정색을 하고 대답했다.

"그렇다면 누구와 상관이 있는 사람이더란 말이냐? 네 말이 참으로 요령부득이로구나."

"쇤네는 아무것도 모르옵니다."

분이는 다시 눈물을 뚝뚝 흘렸다.

"참으로 해괴한 일이로다. 허면 그 석공이 나와 관계가 있단 말이더냐?"

선화는 차가운 목소리로 이렇게 짐짓 넘겨짚어 보았다.

"쇤네는 드릴 말씀이 없사옵니다. 용서하여 주시옵소서."

"네가 잘못이 없는데 어찌 용서를 비느냐? 어서 네가 아는 대로 석공의 정체를 밝혀라. 나도 뭔가 짚이는 구석이 있어서 하는 소리다. 나는 너에게도 그 석공에게도 아무런 사심이 없다. 그리고 네가 아는 사실을 밝힌다 하더라도 나만 알고 있을 뿐, 이전과 다름없이 두 사람을 대할 것이다."

선화가 이렇게까지 나오자, 분이는 자신이 아는 대로 석주에 대하여 주섬주섬 이야기를 늘어놓았다.

신라 출신 석공이라며 석주가 미륵사 공사 현장에 나타난 이후부터, 분이는 남몰래 그에 대한 연모하는 마음이 생긴 것은 사실이라고 고백했다. 그래서 먹을 것도 일부러 다른 공장들보다 더 챙겨주었다. 가끔 술이 든 호리병도 석주의 숙소에 몰래 넣어주곤 했다는 것이다.

그러던 어느 날 지모밀지정사 오층석탑 앞에서, 분이는 우연히 석주가 달이 뜬 하늘을 올려다보며 한탄하는 소릴 듣고 깜짝 놀랐다고 말했다.

"왜 놀랐느냐?"

선화가 다그쳐 물었다.

분이는 그때 석주의 입에서 바로 '선화공주'라는 말이 튀어나왔다는 말을 했다. 그리고 나중에 안 사실이지만, 석주가 바로 범궐하여 선화의 처소 부근에서 붙잡힌 화랑 '물금'이란 자였다는 것까지 털어놓았다.

"그러니까 그 석공은, 네가 아니라 나를 연모하고 있다는 거로구나?"

선화 역시 그 사실을 알고 나자, 더욱 자신의 판단이 맞았다고 생각했다. 어린 시절 기억 속의 시봉이 바로 석주였던 것이다.

"석공이 말하기를 그날 밤 범궐을 한 것은 궁주마마를 지켜드리기 위해서였으며, 정말로 그날 어떤 정체불명의 사람이 나타나서 한바탕 싸움을 벌였다고 하옵니다. 그 상대가 바로 지금의 폐하였을 거라고 그 사람은 말하고 있사옵니다."

분이의 말에 선화의 머릿속에서는 모든 정황이 눈으로 본 것처럼 뚜렷하게 그려졌다. 그것은 사실이었을 것이다. 백제왕 장과의 인연이 치밀한 계획에 의해 만들어진 것임을 전부터 알고 있었지만, 석주에 관한 이야기를 듣고 나서야 선화는 자신이 궁궐에서 쫓겨나게 된 바로 그 사건이 일어난 날 밤의 진상을 명확하게 알 수 있었다.

"그래, 바른대로 얘기해 줘서 고맙구나. 나는 너에게 더 이상 그 석공에 관한 일을 묻지 않겠다. 또한 석공에게도 그 사건을 추궁하지 않을 것이니, 염려하지 말거라. 누가 누군가를 연모하는 것은 자유이니, 그를 탓할 것도 없다. 따라서 너 또한 그를 연모하는 것을 탓할 수 없는 일이다. 그건 누구도 관여할 수 없는, 네 마음이 지시하는 일이기 때문이다. 이제 물러가도 좋다."

그런 연후에야 선화는 비로소 분이를 내보냈다.

선화는 잠시 감정의 혼란을 겪었다. 장을 사랑하는 마음이야 일편단심이지만, 어린 시절부터 자신을 연모해 온 남자가 있다는 것은 결코 기분 나쁜 일은 아니었다. 더구나 그가 어떤 연유로 신라에서 자신이 있는 백제의 금마저까지 찾아왔는지, 그것이 더욱 궁금했다.

원광의 시봉이었던 자가 낭도가 되었고, 낭도에서 다시 석공으로 변신한 것 모두가 선화는 자신에 대한 연모의 정 때문이 아니었을까, 하는 생각을 잠시 동안 했다. 그리고 그는 미륵사 석탑을 축조하기 위해 백제 땅까지 밟았다. 그가 석탑을 세우려는 마음의 근저에는 과연 무엇이 깔려 있는 것일까, 선화는 자기 자신에게 그 물음을 던졌다.

그 물음은 곧바로 선화 스스로의 대답으로 돌아왔다.

'나 때문일 것이다.'

그렇다고 선화에게 석주에 대한 남다른 마음이 싹튼 것은 아니었다. 하지만 가까이에 자신을 연모하는 남자가 있다는 사실이 여자인 선화의 마음에 작은 파문을 일게 한 것만은 틀림없었다.

2

어느 날 지명이 금마저 왕궁평성으로 선화를 찾아왔다.

"궁주마마, 이제 곧 구층목탑 사리봉안식을 거행해야 하옵니다. 이것은 소승이 쓴 사리봉안기 초안이니 궁주마마께서 검토해 주시기 바라옵니다. 사리봉안기에는 시주하신 분에 대한 기록과 그 기원이 명시되어야 하기에 이렇게 가져온 것이옵니다."

선화는 처음 지명이 미륵사 창건을 제안했을 때 선뜻 동조해준 사람이자 대표적인 시주자였다. 그래서 지명은 선화의 뜻을 사리봉안기에 반영코자 한 것이었다.

사리봉안기 초안을 읽어본 선화가 조용히 입을 열었다.

"법사님께서 알아서 잘 쓰셨는데, 누가 무얼 어찌하라고 할 권리가 있겠습니까?"

선화는 사리봉안기 초안을 다시 지명에게 건네며 조용히 미소를 지었다. 그때 문득 지명은 선화의 얼굴 뒤로 둥글게 비치는 어떤 빛을 본 듯했다. 부처님의 광배와도 같은 그 빛은, 그러나 지명의 착시 현상일 수도 있었다. 타고난 미인의 아름다운 얼굴에 환하게 피어나는 미소가 그런 느낌을 주었던 것이다.

"궁주마마, 며칠 후면 사리봉안식을 거행할 것이옵니다. 궁주마마께서 평소 아끼시던 보물이나 장신구, 또 기원을 드리고 싶은 분이 애지중지하던 것을 준비해 주시기 바랍니다."

지명은 선화에게 예를 올리고 왕궁평성을 나왔다.

며칠 후 지명은 선화를 위시하여 미륵사 창건에 주도적인 역할을 한 대목장 막근개를 비롯한 많은 사람들이 참석한 가운데 사리봉안식을 거행했다.

목탑지에는 한가운데 땅과 수평이 되도록 심주석(心柱石)이 묻혀 있었는데, 석공을 대표해서 석주가 그 가운데에 큰 구멍을 파서 사리봉안을 위한 공간을 확보해 놓았다. 정사각형으로 두 개의 단을 파서 가장 깊은 곳인 사리공에는 사리호가 들어가고, 바로 그 위에 사리봉안기를 포함한 각종 보물들을 넣게 되어 있었다.

먼저 지명은 목탁을 두드리며 사리봉안식을 거행하기 위하여 부처에게 불공을 드렸다. 미륵의 하생을 염원하는 기도였다. 바로 그 옆에는 선화가 금제사리호를 들고 서 있었다.

불공이 끝나고 금제사리호는 선화의 손을 떠나 막근개에게로 넘겨졌고, 심주석 좌우에 선 석주와 아비지가 다시 그것을 받아

조심스럽게 사리공에 넣었다. 이때 금판에 음각된 사리봉안기도 사리호 뒤에 세워진 형태로 함께 넣은 후, 그 위에 평평한 돌로 깎은 석판을 올려놓았다. 그리고 그 석판 위에는 선화가 미리 준비해 온 보물들이 들어갔다. 금은으로 된 족집게, 귀걸이, 목걸이, 팔찌, 은제 관식 및 과대 장식, 청동 고리, 호박, 유리구슬, 옥구슬 등등이 그 공간을 가득 메웠다. 그 보물들 중에는 신라 궁궐에 있을 당시 친모 미실이 선화에게 정표로 준 것도 몇 개 포함되어 있었다.

이제 사리봉안식의 마지막 절차가 남아 있었다. 그것은 석공인 석주의 몫이었다.

석주는 돌을 다루는 공장들을 동원하여 미리 준비해 둔 탑의 정중앙 기둥을 받칠 주춧돌을 옮겼다. 이 돌은 넓고 크고 무거워서, 사방에 줄을 매어 석공들 수십 명이 옮겨야만 하는 매우 힘든 작업이었다.

사리봉안식의 마지막 작업이 이루어지는 동안 지명은 열심히 불경을 외웠고, 선화를 비롯한 나머지 사람들은 계속해서 절을 올렸다.

드디어 사리봉안식이 끝나고, 그날 이후부터는 본격적인 목탑 건립 작업에 들어갔다. 대목장 막근개가 진두지휘를 했고, 석주와 아비지는 석공들과 목공들을 데리고 설계도에 맞게 목탑 세우는 일에 열중했다.

목탑을 세우는 동안 지명은 거의 하루도 빠지지 않고 건축 현장을 찾았다. 그런데 어느 날 왕궁평성에서 분이가 현장에 찾아와 지명에게 말했다.

"법사님, 궁주마마께서 뵙자고 하십니다. 언제 바쁘지 않을 때 왕궁을 찾아주시지요."

"오, 그래요?"

지명은 갑자기 선화가 자신을 찾는 이유를 잘 모르겠다는 표정을 지었다. 그때 분이는 목탑 공사 현장을 둘러본 후, 때마침 석주가 보이지 않는 것을 확인하고 작은 소리로 말했다.

"미륵에 관하여 궁금하신 게 있다고 하십니다."

"지금도 괜찮으니 같이 가십시다."

지명은 선뜻 분이를 따라나섰다.

미륵사 공사 현장에서 왕궁평성까지는 그리 먼 거리가 아니었다. 빠른 걸음으로 한식경이면 도착할 수 있었다. 그러나 크게 바쁠 일도 없었으므로 두 사람은 천천히 걸었다.

"법사님, 요즘 와서 궁주마마께서 자주 열이 난다고 하십니다. 무슨 고민이 있으신 것 같은데, 쇤네가 감히 여쭈어볼 수도 없는 노릇이고……."

분이가 한참 동안 아무 말 없이 지명의 뒤를 따르다가 문득 꺼낸 말이었다.

"허허, 마마님이 그렇게 걱정하실 정도라면 정말 궁주마마께서 마음의 병이 단단히 나신 모양이구먼."

지명은 뒤도 돌아보지 않은 채 앞만 보고 걸으면서 말했다.

"법사님께서 한 번 궁주마마의 심사를 잘 살펴봐주시어요."

"소승이야 가끔 뵙는 분이니, 늘 가까이 있는 마마님만큼이야 그 심사를 알 수 있겠습니까?"

"그래도 법사님께서 여러 가지 여쭈어보실 수는 있지 않사옵니까?"

분이가 지명의 뒤를 바짝 따라붙으며 말했다.

그때 지명은 문득 분이가 무슨 이유 때문인지 바짝 몸이 달아 있는 것 같다는 느낌을 받았다.

곧 지명은 왕궁평성에 도착했고, 분이는 그를 선화가 있는 곳으로 안내했다.

"법사님, 어서 오세요. 꼭 오늘이 아니라도 괜찮은데 갑자기 너무 어려운 걸음을 시켜드린 게 아닌가, 송구스럽습니다."

선화가 지명을 반갑게 맞았다.

"궁주마마, 아니옵니다. 소승은 그저 왔다갔다, 하며 장삼자락만 바람에 날리고 있을 뿐이지요. 구층목탑을 건설하는 일이야 대목장과 공장들이 다 알아서들 하고 있질 않사옵니까?"

선화가 앉기를 기다려 지명이 다탁을 사이에 두고 마주앉았다.

"차를 좀 내오너라."

선화의 말에 분이가 뒷걸음질을 쳐 물러갔다.

"궁주마마의 안색이 안 좋아 보이십니다."

지명은 정말 분이의 말처럼 선화의 얼굴에 이전 같지 않은 수심이 깔려 있는 것을 느낄 수 있었다.

"법사님, 실은 요즘 가끔 머리가 아프고 이마에 열이 나서 누워 있을 때가 많답니다. 그래서 목탑 공사 현장에 가보고 싶어도 엄두가 나질 않아요."

"목탑은 제법 올라갔습니다. 벌써 목탑은 삼 층을 완성하고 사 층을 올리고 있는 중이옵니다. 공사 진척이 아주 빠르니 궁주마마께서는 크게 걱정하지 않으셔도 될 것이옵니다. 현장에 가보는 것보다 눈을 감으시고 미륵사 중원 앞에 구층목탑이 우뚝 섰을 때의 그 장엄한 모습을 그려보시면 더욱 즐거우실 것이옵니다."

지명은 그렇게 말하면서 화색이 돌지 않는 선화의 얼굴을 안타깝게 바라보았다. 그동안 오래도록 못 본 사이에 몸도 많이 수척해 있었으며, 홍도와 같이 붉던 볼도 백랍처럼 창백해 보였다.

분이가 차를 들여다 놓고 나갔다. 지명은 차를 한 모금 마시고 나서 선화에게 말했다.

"미륵에 대해 알고 싶으신 게 있으시다 들었습니다만……."

선화 역시 차를 한 모금 마시고 나서 조용히 입을 열었다.

"법사님께선 혹시 신라에서 회자되는 '미륵선화'에 대해 들어보신 일이 있으신지요?"

그때 지명은 문득 석주의 얼굴을 떠올렸다.

석주는 그전의 이름이 '물금'이었고, 또 더 어릴 때의 이름이 '미시'였다. 그의 스승인 정자 거사, 아니 그전의 신라 흥륜사 승려 진자가 찾아낸 미륵이 바로 지금의 '석주'라는 사실을 지명은 잘 알고 있었다. 그래서 석주가 미륵사 창건을 위해 자원했다며 원광의 추천사를 들고 찾아왔을 때, 어쩌면 그러한 인연이 부처의 뜻일지도 모른다고 생각했었던 것이다.

그런데 갑자기 선화가 '미륵선화'에 대해 묻는 것이었다. 지명으로서는 도무지 그 까닭을 알 수가 없었다. 바로 그때, '미륵선화' 속에 '선화'라는 이름이 들어 있다는 것을 알고 지명은 깜짝 놀랐다. 왜 그때까지 그것을 알아채지 못했는지 몰랐다.

"신라에서 화랑도와 미륵신앙을 연결시켜 화랑 중에서 으뜸이 되는 인물을 '미륵선화'라 일컫고 있다고 들었사옵니다만……."

지명은 일부러 말끝을 흐렸다. 그 정도밖에 모르니 선화에게 설명을 해달라는 은근한 청을 넣고 있는 것이었다.

"신라에서는 선도(仙道)와 불교(佛敎)를 하나로 보고, 화랑도 역시 불교를 알아야 한다고 믿고 있지요. 나의 모친이신 미실 궁주께서는 화랑으로 신선의 경지에 이르러 낭도들이 스승으로 본받아야 할 인물을 '미륵선화'라 부르셨습니다. 바로 미실 궁주가 생전에 그렇게 부른 오직 한 분이 '설원랑'이십니다. 마지막까지 모친 곁에서 간병을 하시다 본인도 같은 병을 얻어 먼저 세상을 떠난 바로 그 분이시지요."

선화의 눈길은 지명이 아닌 그 뒤의 허공 언저리에 머물러 있었다.

지명 역시 전에 설원랑을 만난 일이 있었고, 살아생전에 미실이 그렇게 불렀다는 사실도 알고 있었다. 어쩌면 미실에게 있어서 설원랑은 '미륵'이었는지도 모를 일이었다.

문득 지명은 진작부터 궁금해 하던 것을 묻지 않을 수 없었다.

"그러하다면 궁주마마의 이름도 모친께서 그런 의미로 지으신 것은 아니온지요? 한자는 다르지만 발음이 같아서 드리는 말씀이오이다."

지명은 그러면서 조심스럽게 선화의 안색을 살폈다.

"법사께서도 그렇게 생각하시는군요? 모친께서는 내가 '미륵선화'가 되길 원하셨던 모양이에요. 원래 신라에서 화랑도는 그 시원이 '원화(源花)'였으니까요. 미녀인 남모(南毛)와 준정(俊貞)을 원화로 삼았으나, 나중에 그것이 남자들로 이루어진 화랑으로 바뀌었지요. 사실 모친께서는 스스로 미륵선화가 되고 싶었으나 끝내 그 뜻을 이루지 못하셨고, 그래서 하늘나라에 가서서도 모친께서는 내가 미륵선화가 되길 원하고 계실 거예요."

선화는 여전히 허공을 쳐다본 채 말했다.

"지금 미륵사를 창건하는 것도 궁주님의 그러한 염원과 크게 다르지 않사옵니다. 궁주님의 기도가 하늘에까지 전달되어 모친께서 이미 그 사실을 알고 계실 것이옵니다. 우리가 지금 구층목탑을 세우는 것은 이 지상의 일을 천상에 고하는 것에 다름 아니옵니다. 그리고 우리는 천상의 말씀을 바로 목탑을 통해 얻게 될 것이옵니다. 탑은 지상과 천상을 연결하는 기원과 응답의 통로 같은 것이기 때문이옵니다."

"법사께서는 석공으로 일하는 '석주'란 사람에 대해 잘 아시나요?"

선화가 문득 지명을 똑바로 쳐다보며 물었다.

지명은 처음 선화가 왜 그런 질문을 던지는지 잘 몰라 잠시 뜸을 들였다. 그러다가 문득 '석주' 역시 '미륵선화'에 얽힌 신화와 관련이 있다는 사실을 다시금 떠올리면서 그 의도를 어렴풋이 짐작할 수 있었다.

"궁주마마께서 신라 땅에서 우리 백제 땅으로 오신 것도, 그 '석주'란 자가 미륵사 건설을 위해 스스로 찾아온 것도, 모두 묘한 인연이 아닐 수 없사옵니다. 소승이 들은 바에 의하면 신라의 진자 스님이 '미륵선화'라며 찾아낸 소년이 '미시'인데, 그 자가 커서 '석주'로 이름을 바꾸어 석공이 되었다고 하옵니다. 그 이상은 소승도 모르오나 석주에게 돌 다루는 기술을 가르친 장본인이 바로 진자 스님이옵니다. 진자 스님은 자신이 찾아낸 '미시'가 '미륵선화'라고 굳게 믿었는데, 나중에는 실망하여 아예 승복을 벗고 '정자'라는 이름으로 바꾸었다고 하옵니다. 그때부터 그는 '정자 거사'를 자처하며 스스로 석공이 되어 남산의 바위에 천불을 새기고 있다 들었사옵니다. 그러하니, 전에 '미륵선화'라고 일컬었던 장본인인 '석주'란 자가 우리 미륵사 창건을 위해 찾아온 것부터 범상치 않은 일이옵니다. 더구나 지금 목탑 건설에 관여하고 있고, 장차 석탑을 세우는 일까지 맡게 되었으니 보통 인연은 아닌 줄로 사료되옵니다."

지명의 말을 듣고 있던 선화는 조용히 머리를 끄덕거렸다.

"대목장 막근개와 석공 석주가 미륵사 창건을 돕기 위해 신라에서 백제로 온 것이 모두 인연에 의한 것이란 말씀이시군요?"

"그렇사옵니다."

"허면, 폐하가 마장수 장이었던 시절에 지었다는 이른바 '서동요'란 노랫말과 관련하여 내가 억울한 누명을 쓰고 백제 땅으로 오게 된 것은 어찌 보시는지요?"

선화는 눈을 빛내며 지명을 뚫어질 듯이 쳐다보았다.

"그것 또한 인연 아니겠습니까? 궁주마마는 이 백제 땅에 미륵사를 창건하기 위해 오신 것이옵니다. 이 모두가 부처님의 뜻이 아닐는지요?"

지명의 말에 선화는 한동안 눈을 감은 채 말이 없었다.

3

　백제왕 장은 미륵사 창건 기간 동안에도 거의 해를 걸러 한 번씩 신라 국경을 침공했다. 이러한 잦은 군사 동원은 굳건한 왕권 강화로 자신감을 얻은 데서 비롯된 것처럼 보이지만, 실상은 국력을 약화시키는 결과를 초래했다.

　장은 재위 24년부터 28년까지 네 번에 걸쳐 치른 신라와의 전투를 백제의 승리로 이끌었지만, 29년 가잠성 전투에서는 크게 패배를 하고 말았다. 장이 신라와의 전투에서 처음으로 승리해서 백제가 경영했던 가잠성은, 재위 19년에 신라 장군 변품(邊品)의 군사들에게 내주고 말았다. 이때 백제군은 신라의 전 가잠성 성주 찬덕의 아들 해론(奚論)의 목숨을 빼앗는 전과를 거두었으나, 결과적으로 신라군에게 참패했던 것이다. 그래서 재위 29년에 승승장구하는 군세를 몰아 다시 가잠성을 쳤던 것인데, 이 전투에서 백제군은 신라군에게 다시 완패를 당하고 말았다.

이처럼 장이 신라와의 전쟁에 골몰하고 있던 때에 사택 왕후는 내정에 깊숙이 관여하여 점차적으로 사택씨 세력을 키워 나갔다.

간자들로부터 금마저 왕궁의 보고를 받으면서, 사택지적은 미륵사 창건에 대하여 내심 큰 의혹을 갖고 있었다. 선화의 발원으로 왕이 허락해 미륵사를 창건한다고 했는데, 실상 그 주변 인물들을 보면 신라인들이 상당 부분 관여를 하고 있다는 사실에 주목했다. 장은 자신 스스로가 전륜성왕이라도 된 듯 거대한 꿈에 부풀어 있었지만, 그렇게 무망한 허욕에 들뜨게 만든 장본인은 바로 지명이었다. 지명은 장과 선화 사이의 끈 같은 역할을 하면서 미륵사의 창건을 주도해 나가고 있었던 것이다.

"나라를 망치려는 그 요망한 중놈을 어찌하면 좋단 말인가?"

대좌평 사택지적은, 왕의 총애를 한몸에 받고 있는 지명을 눈엣가시처럼 생각하고 있었다. 그는 신라에 보낸 세작으로부터 지명이 신라 승려 원광의 계략에 빠져들었다는 보고를 받은 적이 있었다. 두 사람은 수나라에서 유학승으로 만난 적이 있었으며, 그때부터 둘의 밀월 관계가 미륵사 창건으로까지 이어졌다고 그는 판단했다. 따라서 지명은 원광의 계략에 빠졌다기보다 오히려 신라의 첩자일 가능성이 크다는 쪽으로 생각을 굳혔다.

특히 사택지적은 미륵사 창건 당시 신라왕 백정이 원광의 건의를 받아들여 백공(白工)을 보냈다는 사실에 주목하지 않을 수 없었다. 미륵사 건설의 총책을 맡고 있는 대목장 막근개는 백제 피를 이어받았다고 하지만 따지고 보면 결국 원광이 보낸 첩자이며, 목탑 건립을 도우면서 석탑을 세우는 일의 총책을 맡게 된 석주 역시 한때 신라의 전 풍월주 보리의 낭도였다는 사실을 잘 알고 있었다.

사택지적은 막근개가 왜 백제인으로 신라에 가서 황룡사 금당을 지었는지에 대해 의문을 가졌다. 그래서 신라와 백제에 사람을 풀어 백방으로 뒷조사를 시킨 결과, 막근개의 증조부가 동성왕 당시 반란을 일으켰던 위사좌평(衛士佐平) 백가(苩加)였다는 사실을 알아냈다. 당시 반란을 일으킨 백가는 수하의 졸개를 보내 동성왕을 칼로 찌르게 했다. 결국 동성왕은 그때 받은 상처로 인하여 해를 못 넘기고 세상을 떠났다. 따라서 다음 대를 이은 무령왕(武寧王)이 한솔(扞率) 해명(解明)을 보내어 난을 평정하였으며, 백가를 목 베어 백강(白江)에 던져버렸다. 그 이후 백가의 핏줄 중 하나가 몰래 깊은 산속으로 도망쳐 목부가 되었는데, 그 자손들이 대를 이어 절을 짓는 목공 기술을 배워 막근개에게까지 이르렀다는 것이다. 백제에서도 대목장으로 유명해진 막근개는, 성을 바꿨음에도 불구하고 출신이 알려질 것을 두려워하여 신라로 도망쳐 황룡사 금당을 지었다고 했다. 그런데 그러한 자를 지명이 다시 백제로 불러들여 과거도 묻지 않고 미륵사를 건설하는 대목장으로 삼은 것은 참으로 이해하기 힘든 부분이었다.

사택지적은 신라에 보낸 세작으로부터 원광에 관한 보고를 받고 나서야 그러한 여러 가지 수수께끼 같은 의문들을 풀 수 있었다. 백제가 대불사를 일으켜 미륵사를 창건케 함으로써 국력을 쇠약하게 만들기 위해 원광이 고도의 술책으로 지명을 이용하고 있다는 것이었다. 이러한 보고를 받는 순간 사택지적은 당장이라도 지명을 붙잡아 주리를 틀고 싶었지만, 그를 전적으로 신뢰하는 왕이 있어 이러지도 저러지도 못하고 있는 상태였다.

바로 그러한 고민으로 부심하고 있을 무렵, 사택지적은 금마저의 왕궁평성에서 사걸이 보낸 간자의 보고를 받았다. 간자는 궁주 선화의 시중을 드는 시녀 중 하나에게서 들은 이야기를 그대로 전했다.

"얼마 전 궁주와 지명법사가 비밀리에 나누는 이야기를 들었다고 하는데, 미륵사 창건이 신라의 '미륵선화'를 위한 것이라 하옵니다. '미륵선화'란 신라 화랑의 으뜸이 되는 스승을 뜻하며, 궁주인 '선화'의 이름도 거기에서 나왔다 하옵니다."

"무엇이? 미륵선화라고? 딴은 듣고 보니 미륵신앙과 '선화'라는 이름을 붙이면 바로 '미륵선화'가 되질 않는가? 그래서 절 이름도 '미륵사'라 지었단 말이렷다?"

사택지적은 무릎을 탁 쳤다.

"그런데 이미 그러한 기원을 담은 금제사리봉안기와 각종 보물들이 구층목탑 가운데 기둥 아래 안장되었다 하옵니다. 금제사리봉안기에는 시주자인 선화 궁주의 이름이 새겨져 있으며, 그 안에 안장한 보물들도 신라 왕실에서 가져온 것이 대부분이라는 것입니다. 선화 궁주의 친모인 미실의 귀중품도 거기에 들어 있다 하옵니다."

간자의 말은 비수처럼 사택지적의 명치를 아프게 찔렀다.

"알았다. 어서 금마저로 돌아가서 새로운 보고가 있으면 즉시 내게 알려라!"

사택지적은 간자를 내보낸 후 오랜 시간 깊은 생각에 잠겼다.

'저대로 그냥 놔두어서는 절대 안 된다. 그러나 지금으로서는 지명과 선화를 처치할 방도가 없질 않은가?'

이렇게 신음을 깨물면서 사택지적은 눈앞에 어른거리는 왕의 얼굴을 떠올렸다. 이미 고인이 되었지만, 사택적덕이 노환을 이유로 대좌평의 자리를 내놓은 이후 왕의 권위는 더욱 높아졌다. 그러자 그 주변으로 몰려든 자들도 만만하게 볼 수 없을 정도로 강한 세력을 형성하게 되었다. 따라서 섣부르게 일을 벌였다가는 오히려 사택씨 가문이 멸문지화를 당할지도 모를 일이었다.

다음날 일찍 사택지적은 왕후에게 가서 미륵사 창건과 관련한 일련의 이야기들을 간자에게서 들은 그대로 자세하게 털어 놓았다.

"내가 금마저 왕궁평성을 완공하고 나서 궁주 밑에 시중드는 나인을 하나 몰래 들여보낸 건 참으로 잘한 일이로군. 그래, 대좌평께선 이 일을 어찌할 생각이시오?"

사택 왕후는 넌지시 사택지적을 바라보았다.

"폐하만 아니라면 어떻게……."

"대좌평! 그것이 일국의 재상으로서 할 말이오? 무릇 세상 무서운 줄 모르는 범도 그 수족을 잘라버리면 힘을 못 쓰는 법이오. 하물며 머리 털 없는 하룻강아지쯤이야 무엇이 대수겠소? 아무리 화려한 금관도 목 끈이 떨어지면 무용지물이 되는 법이거늘."

왕후의 눈썹이 무섭게 일그러졌다.

"……."

사택지적은 묵묵부답인 채 왕후의 눈치만 살폈다. 금관의 끈이라면, 그것은 지명을 이르는 말일 것이다. 왕후는 그 끈을 떨어뜨리라는 무서운 말을 하고 있었다. 자칫 잘못하면 사택씨 세력이 몰락할 수도 있는 사안이었다.

그래서 사택지적은 어떤 쪽으로도 해답을 찾지 못하고 있었다. 그 모습을 보고 사택 왕후가 츳츳, 혀를 찼다. 그러더니 붓을 들어 종이에 글자를 한 자 썼다. 그것은 '수(首)' 자였다. 즉, 그 누군가의 목을 치라는 뜻이었다. 그것은 그대로 명령이었고, 이제는 빠져나갈 구멍조차 없었다. 실행만 남아 있을 따름이었다.

사택지적은 왕후가 누구의 목을 원하는지 이미 알고 있었으므로, 그저 말없이 고개를 끄덕거렸다. 그러자 왕후는 곧바로 그 자리에서 글씨 쓴 종이를 촛불에 태워버렸다.

왕후를 만나고 돌아온 사택지적은 시급히 금마저 왕궁평성의 사걸에게 보내는 밀서를 썼다. 그러고 나서 그는 믿을 만한 수하를 불러 말했다.

"반드시 사걸 장군에게 직접 전해야 한다. 이건 노파심에서 하는 얘기다만, 혹 네 신변에 어떤 일이 생길 경우 이것을 통째로 삼켜버려라. 알겠느냐?"

"넷, 대좌평 어른! 분부 받잡겠나이다."

수하는 밀서를 품안에 깊이 간직한 채 말을 달려 금마저 왕궁 평성으로 떠났다.

그러고 나서도 사택지적은 홀로 장고를 거듭했다. 만약 왕후의 말처럼 지명을 제거하면 왕이 끈 떨어진 금관 신세가 되어버릴 가능성이 컸다. 결국 왕도 스스로 미륵이라 생각하고 있던 야망이 망상임을 깨닫게 될 것이었다.

백제왕 장은 왕자 의자가 서른 살 가까이 되도록 태자 책봉을 허락하지 않고 있었다. 사택지적은 지명을 제거한 후 곧바로 의자의 태자 책봉을 강력히 주청하기로 마음먹었다.

이를 위해서는 사전에 신하들을 설득하여 한목소리를 낼 수 있도록 할 필요가 있었다. 자기 세력은 더욱 규합을 하고, 반대파 세력은 재물로 입을 틀어막아서라도 반드시 의자를 태자로 책봉토록 하겠다고 사택지적은 마음속으로 다짐하고 또 다짐을 했다.

4

드디어 미륵사 중원 앞에 높다랗게 올라간 구층목탑이 완성되었다. 팔월대보름이 가까워지자 미륵사에서는 목탑 완성을 경축하는 연등행사를 준비하느라 한창 바빴다.

막근개는 자신이 건축한 목탑을 바라보면서 어떤 환상을 보고 있는 듯한 착각에 잠시 빠졌다. 실제로 목탑은 없는데, 그의 눈에 환영처럼 서 있는 것이라고 생각했다. 그런데 눈을 씻고 보아도 목탑은 그 자리에 우뚝한 모습으로 웅장한 자태를 내뿜고 있었다. 가까이에서 올려다보면 탑 상륜부의 꼭지 장식이 까마득하게 하늘을 찌를 듯했다. 아홉 개 층의 기와지붕 위에 금동 주물로 만든 첨탑 형식의 장식은 목탑 두 개 층 높이를 이루고 있으므로, 꼭지 장식까지 합한 목탑 전체 높이는 11층 정도 된다고 보아야 했다.

목탑이 완성된 직후 선화가 와서 보고 그 거대한 높이와 아름다움에 놀라움을 금치 못했다.

"법사님! 정말 아름답습니다. 그리고 대목장! 수고 많았어요. 이처럼 탑이 아름다울 수 있다니 경이로운 일입니다. 달밤에 보면 더욱 아름다울 것 같아요."

선화가 보기에 구층목탑은 바로 앞의 중원보다 까마득히 높아 보였다.

"궁주님의 기원이 하늘나라에 닿아 이렇게 아름다운 목탑을 완성할 수 있었사옵니다. 고구려에도, 신라에도 일찍이 없었던 거대한 목탑이옵니다."

그러면서 지명은 동원이나 서원보다 가로의 길이가 더 긴 중원이 안정적인 느낌을 주어, 그 앞에 우뚝 솟은 구층목탑이 더욱 돋보인다고 설명했다.

선화와 지명 사이에 오가는 대화를 들으면서, 이만큼 떨어져 목탑을 바라보고 있는 막근개는 그저 감개무량할 따름이었다. 중앙에 목탑이 우뚝하게 섰으므로, 이제 동원과 서원 앞에 목탑 크기의 절반쯤 되는 석탑 두 개가 서게 되면, 미륵사는 대가람으로서 손색이 없는 최고의 사찰이 될 것이었다. 그 규모면에서 볼 때에도 신라의 황룡사보다 두 배 가까이 되는 대가람이었다.

"이 목탑 안은 어떻게 되어 있나요?"

선화가 굳게 잠긴 목탑의 문을 가리키며 물었다.

"어이, 대목장! 궁주님께 탑 내부를 보실 수 있게 해드리시오."

지명이 막근개를 불렀다.

"네, 알겠사옵니다."

막근개는 그때서야 제정신으로 돌아와 허리춤에 차고 있던 열쇠로 목탑 문을 열었다.

목탑 1층은 사면 벽에 사천왕상이 그려진 벽화로 장식되어 있었으며, 그 가운데에는 위층으로 오르는 나무 층계가 놓여 있었다. 2층으로 올라가자 금으로 도금한 거대한 불상을 모신 법당이 마련되어 있었다. 다시 3층으로 올라가자, 이곳 역시 사방으로 금도금을 한 108기의 작은 불상들이 오와 열을 지어 모셔져 있었다. 4층부터는 올라갈수록 점점 더 공간이 좁아지게 되어 있었으므로, 층계가 있으나 위로 오르는 출구는 막아둔 상태였다.

"이 나무 층계로는 어디까지 오를 수 있나요?"

선화가 막근개에게 물었다.

"구 층까지 연결되도록 설계했사옵니다."

"그런데 왜 잠가놓았나요?"

"사 층부터는 목공들이 이용하는 층계이옵니다. 작업을 할 때 이 층계를 이용하여 목재를 올렸고, 혹시라도 나중에 보수 공사를 할 필요가 있을 시에 이용하기 위한 목적도 있사옵니다."

막근개가 연신 허리를 굽혀가며 설명했다.

"과연 대단합니다. 대목장의 솜씨가 아주 훌륭해요. 천하에 대목장의 솜씨를 따를 공장이 없을 듯싶습니다."

"황송하옵니다. 궁주마마!"

막근개의 허리가 아까보다 더욱 구부러졌다.

목탑에서 나온 선화는 이미 완성된 동원과 서원도 둘러보았다.

"여기가 석탑이 들어설 자리인가요?"

선화가 누구라 지목을 하지 않고 물었다. 그때 뒤따르던 석주가 대답했다.

"네, 궁주마마! 중원을 가운데 두고 그 양편에 동원과 서원이 나란히 서 있듯이, 석탑 역시 목탑을 중심으로 좌우에 일직선이 되도록 세울 것이옵니다."

이때 선화는 잠시 석주를 돌아보았다.

석주는 선화와 눈길이 마주치자 얼른 허리를 숙였다.

선화는 팔월대보름 연등행사 때 오겠다며 금마저 왕궁평성으로 돌아갔다.

드디어 팔월대보름이 하루 앞으로 다가왔다. 그날 밤 목탑에는 1층부터 3층까지 불이 환하게 밝혀져 있었다. 내부에 촛불을 켤 수 있도록 안전한 철제 받침대를 해두었으므로, 화재의 염려는 없었다. 그래서 촛불을 환하게 밝히자, 밖에서 바라보는 목탑의 정경은 낮에 보는 것보다 훨씬 아름다웠다. 더구나 3층까지 각 층마다 지붕의 네 귀퉁이 수막새와 줄을 연결하여 연등을 매달았다. 그 형형색색의 연등이 뿜어내는 불빛 또한 환상적인 분위기를 연출하고 있었다. 거기에다 사방을 환히 비추는 달빛이 첨탑처럼 높이 솟은 구층목탑의 상륜부까지 볼 수 있게 해주어 자연과 조화를 이룬 미륵사의 정경은 그야말로 장관이 아닐 수 없었다.

막근개는 밤이 늦도록 미륵사의 경내를 거닐며 목탑의 아름다움에 취해 있었다. 그는 지금까지 지명에게 자신의 출신에 대해 단 한마디도 말한 적이 없었다. 그러나 이제 증조부 때 반역으로 패가망신했던 가문을 어떻게 해서든 일으켜 세워야 한다는 것이 그의 욕심이었다. 팔월대보름 연등행사가 끝나고 나면 지명에게 솔직하게 자신의 출신에 대해 털어놓고 명예 회복을 할 수 있는 길을 찾아보리라 결심했다.

구층목탑 안의 2층 법당에서 지명의 불공을 드리는 독경 소리가 들려왔다. 목탁 소리는 달빛이 조요하게 내리는 경내로 은은하게 울려 퍼졌다. 낭랑한 독경 소리도 구층목탑을 타고 하늘 높이 오르는 것 같았다.

어느 사이 석주와 아비지는 잠을 자러 갔는지 그림자도 보이지 않았다. 막근개는 그러나 혼자 있는 것이 전혀 외롭지 않았다. 천천히 목탑 둘레를 도는 것만으로도 시간이 가는 줄 모를 정도였다.

막근개는 목탑을 바라보며 하품을 하다 말고, 이젠 들어가서 잠을 청해야겠다고 생각했다. 그러나 마지막으로 미륵사 경내를 한 바퀴 둘러보기로 했다. 그때까지도 지명의 독경 소리가 목탑 안에서 들려왔기 때문에 조금 더 시간을 끌어보려는 심산이었다. 서원의 뒤뜰을 돌아 중원을 거쳐 동원을 돌 때 목탑 안에서 들려오던 독경 소리가 갑자기 뚝 끊겼다.

그런데 그 순간 막근개는 뭔가 좀 이상한 기분이 들었다. 독경 소리가 끊김과 동시에 짧게 외치는 비명소리를 들은 듯했던 것이다.

동원의 뒤뜰을 돌아 나오다 말고 막근개는 그 자리에 우뚝 서 버렸다. 가슴이 철렁, 했다. 구층목탑의 2층 법당에서 불길이 일고 있었던 것이다.

"불이야!"

막근개는 구층목탑을 향해 뛰기 시작했다. 숨이 턱을 막아 '불이야!' 소리도 더 이상 나오지 않았다. 막 목탑 출입구로 들어서려는 순간, 검은 두건으로 얼굴을 가린 괴한이 막근개를 칼로 베어 넘기며 뛰쳐나갔다.

그 순간 막근개는 비명 한 번 제대로 질러보지 못하고 쓰러졌다. 어깻죽지로 번개 같은 것이 지나갔다고 생각했는데, 깜빡 기절을 했다가 정신을 차리고 보니 온몸이 피범벅이 되어 있었다.

"아아, 안 돼! 법사님!"

막근개는 아픈 어깨를 감싸 쥐고 2층 나무 층계를 뛰어올라갔다. 이미 2층 법당은 시커먼 연기로 가득 차 있었고, 불길이 3층을 향해 치솟으며 옮겨 붙고 있었다.

연기 속을 더듬으며 막근개는 불전 쪽으로 접근해 갔다. 손에 아무것도 쥔 것이 없었으므로 막근개는 불을 끌 엄두조차 내지 못하고 있었다. 그렇게 어렵게 접근한 막근개는 자욱한 연기 속에서 지명의 장삼자락을 겨우 잡을 수 있었다.

"법사님! 정신 차리세요!"

막근개가 외쳤으나 이미 지명은 꼼짝도 하지 않았다.

간신히 지명을 둘러업고 일어선 막근개는 아래층으로 내려가는 층계를 찾기 위해 다시 연기 속을 더듬었다. 그러나 도무지 위치를 가늠할 수가 없었다. 불길은 더욱 거세게 타올라, 3층 천장에서 불에 탄 목재가 떨어지면서 막근개의 머리를 강타했다.

막근개는 지명과 함께 그 자리에서 쓰러졌다. 불길은 구층목탑의 내부 공간을 타고 치솟아오르면서 미륵사 전체를 온통 검은 연기로 뒤덮었다.

5

그처럼 허망한 일이 또 있을까 싶었다. 미륵사 구층목탑이 완전히 소실되고, 그 자리에서 미륵사 대불사 총책을 맡았던 지명과 대목장 막근개가 불에 타 유골만 남은 채로 발견되었다. 중원을 비롯한 동원과 서원에 불이 옮겨 붙지 않은 것만도 천만다행이었다.

끝내 구층목탑에 불을 지른 범인은 밝혀지지 않았다. 따라서 누구의 입에서 비롯된 풍문인지는 몰라도 목탑 안의 2층 법당에서 불공을 드리던 지명과 대목장 막근개의 실수로 불이 났다는 낭설만 난무했다.

화재 사고가 발생한 후 석주는 아비지와 함께 공장들을 동원하여 목탑지의 중앙에 있는 주춧돌을 들춰내고 심주석 안에서 보물들과 금제사리봉안기, 사리호 등을 꺼냈다. 워낙 큰 주춧돌로 심주석 위를 덮었기 때문에, 그 안에 있던 것들은 다행스럽게도 녹지 않고 원형 그대로를 유지하고 있었다.

심주석 안에서 나온 모든 것들은 왕궁평성의 선화에게 전달되었다. 구층목탑 화재 사건 이후 선화는 왕궁 내실에서 꼼짝도 하지 않았으며, 따라서 동원과 서원 앞에 세우려던 석탑 조성 작업도 일단 뒤로 미루어질 수밖에 없었다.

석주와 아비지는 매일 하릴없이 놀았다. 일반 공장들도 모두 떠났지만, 두 사람은 미륵사에서 아직 할 일이 남아 있었다. 언제가 될지 모르지만, 석탑을 조성해야만 했던 것이다.

지명이 죽는 바람에 미륵사 창건이 제대로 마무리되지 못하였고, 그 이후 왕은 날개 잃은 독수리처럼 머리만 곧추세울 줄 알았지 힘을 제대로 쓰지 못했다. 안간힘을 다해 실추된 왕권을 회복하려고 신라의 국경을 쳤으나 연달아 두 번씩이나 실패를 거듭했다.

백제왕 장처럼 기력을 잃어가는 또 한 사람이 있었다. 금마저 왕궁평성의 궁주 선화였다. 구층목탑 화재 사건 이후 몇 년째 시름시름 앓기만 했다.

바로 그 무렵 신라에서는 왕 백정이 죽었다. 그가 신라 제26대 진평왕이었다. 진평왕에게는 아들이 없었으므로, 그 뒤를 이어 공주 덕만이 왕위를 계승했다. 이때 백제왕 장은 왕후와 대좌평 사택지적 이하 신료들이 주청하는 바람에 결국 왕자 의자를 태자로 삼았다. 그리고 다음해에 군사를 동원해 신라의 서곡성(西谷

城)을 쳐서 30일 만에 함락하였으나, 그 이후 장은 이상하게도 의욕을 잃고 정사를 태자인 의자에게 맡기다시피 한 채 뱃놀이를 즐기며 술 마시는 일로 나날을 보냈다.

장은 금마저 왕궁평성에 거둥하는 일도 시들해졌다. 그러다 보니 선화는 몸도 허약해진 데다 외로움이 더욱 극심해 좀처럼 내실 밖으로 모습을 보이지 않았다.

어느 날 조금 기력을 되찾은 선화는, 석주와 아비지를 왕궁으로 불러 지시를 내렸다.

"죽기 전에 석탑의 완공을 보고 싶소. 지금부터라도 다시 석탑 조성 공사를 서둘러주시오."

이에 무기력에 빠져 있던 석주와 아비지는 힘이 솟았다. 두 사람은 다시 흩어졌던 전국의 석공들을 불러모아 미륵사 근처의 화강암이 많은 야산을 개발하여 채석장을 만들었다.

"여보게, 아우! 자넨 전에 구층목탑을 만들 때 설계도를 응용하여 석탑 설계도를 작성토록 하게. 석탑 역시 구층으로 하되 구조 또한 목탑과 똑같이 할 생각이네. 크기는 목탑의 절반으로 하면 될 걸세. 다만 석탑은 그 재질로 볼 때 목탑과 전혀 다르니, 하중을 정확히 계산해야 하네."

석주는 아비지보다 10여 세 연상이었는데, 친동생처럼 대하여 '아우'라고 불렀다. 아비지 역시 석주를 친형처럼 따랐으며, '형님'으로 깍듯이 모셨다.

"네, 형님! 구층목탑이 불탈 때 저 역시 스승님처럼 뛰어들어

죽고만 싶었습니다. 이번에 동원과 서원에 두 개의 석탑을 세우게 된 것만도 천만다행이라고 생각합니다. 저는 구층목탑에 맺힌 한을 석탑 세우는 일로 풀어볼 생각입니다. 그것이 먼저 가신 스승님께 보답하는 길이 아니겠습니까?"

"이를 말인가? 앞으로 우리 두 사람은 석탑 세우는 일에 온 열정을 바쳐야 하네. 그것이 바로 선화 궁주마마를 위하는 일이고, 먼저 하늘나라로 가신 지명법사와 막근개 대목장을 위로하는 길이 아니겠나? 시일이 꽤나 걸리겠지만, 동서 양원 앞에 석탑을 세운 후에는 다시 중원 앞에 먼저 세운 모양 그대로 구층목탑을 세워야 하지 않겠나? 그것도 우리들이 해야 할 일이네."

두 주먹을 불끈 쥔 채 아비지를 바라보는 석주의 눈은 이글이글 불타고 있었다. 그것은 분노와 열정이 뒤범벅이되어 타오르는 아집의 불덩어리였다.

석주와 아비지는 석탑 조성 작업에 의기투합이 되어 열심히 일했다.

석탑 건설을 재개한 지 불과 1년 남짓 지났을 때였다. 분이가 채석장까지 찾아와 다급하게 말했다.

"궁주마마께서 급히 찾으십니다. 얼른 가셔야겠습니다."

분이는 따로 석주가 탈 말을 준비해 두고 있었다. 그만큼 뭔가 다급한 상황이 발생했다는 뜻이었다.

채석장에서 일하던 차림 그대로 석주는 말 위에 올라 채찍을 휘둘렀다. 금마저 왕궁평성에 도착해 선화 앞에 섰을 때, 석주는 숨이 턱까지 차올라 헐떡거리고 있었다.

그러나 석주보다 더 숨을 헐떡거리는 쪽은 선화였다. 곧 숨이 넘어갈 듯한 목소리로 선화가 말했다.

"거기 탁자 위에 있는 것은 구층목탑에 사용했던 사리봉안기와 보물들이에요. 석탑 완공을 보고 싶었지만 내 목숨이 그렇게 허락하지 않을 모양입니다. 그대는 반드시 내 소원을 들어주리라 믿어요. 석탑 밑에 저것들을 넣어주세요. 오직 그대만 믿겠어요."

선화의 입에서 '그대'라는 말이 나오자, 석주는 어찌해야 할지 몰라 도무지 눈길 줄 곳을 찾지 못했다.

"네, 궁주마마! 분부대로 거행하겠나이다. 어서 쾌차하시옵소서."

석주의 말은 사뭇 떨려서 나왔다. 그러면서 선화를 정면으로 바라보았는데, 그동안 못 본 사이 말라도 너무 말라 있었다. 얼굴은 백짓장 같았고, 말을 할 때마다 가래 끓는 소리가 들릴 정도였다. 그래서 선화는 더욱 말을 하기 힘들어 했다.

"나는 내 명을 알아요. 그대가 나의 소원을 들어주겠다니, 이제 마음 편히 어머님이 계신 곳으로 갈 수 있겠군요!"

선화의 얼굴에 미소가 피어올랐다.

그때 석주는 똑똑히 보았다. 선화의 환하게 미소 짓는 얼굴이 그의 눈앞에 어른거렸는데, 그런데 그 두 눈에는 그렁그렁 눈물이 맺혀 있었던 것이다. 석주는 어찌 저렇게 한 사람에게서 두 가지의 감정이 하나로 어우러질 수 있는지 도무지 알 수 없는 일이라고 생각했다.

"궁주마마, 어찌 그런 마음 약한 말씀을……. 어서 빨리 쾌차하셔서 미륵석탑이 완공되는 걸 보셔야 하옵니다."

석주는 자신도 모르는 사이에 울먹이는 목소리가 되어 말했다.

"그대의 눈에도 눈물이 맺히는구려. 그 연유를 알 것 같아요. 고마워요."

선화는 눈물이 그렁그렁한 눈으로 석주를 바라보았다.

"궁주마마!"

그 순간 석주는 도무지 자신이 어찌해야 할지 몸 둘 바를 몰랐다. 마땅히 시선 둘 곳을 찾지 못하여 허둥거렸다.

그때 선화가 가녀린 손을 들어 석주에게 이제 나가도 좋다는 시늉을 했다.

그것을 본 분이는 망연자실한 표정으로 멍하게 서 있던 석주의 옷자락을 잡아당겨 눈짓을 주었다. 그 눈짓은 험악하기까지 했다.

"처사님, 나가시죠."

얼떨결에 분이의 손에 이끌려 왕궁 밖으로 나온 석주는 방금 자신에게서 일어난 일들이 사실인지 아닌지 분간조차 할 수가 없을 만큼 그저 정신이 멍하기만 했다.

"아아!"

석주는 자신도 모르는 사이에 이마를 감싸쥐었다.

"정신 차리고, 이거나 받아요."

분이가 내미는 것은 사리봉안기와 보물이 든 작은 함이었다.

"이걸 왜 내게?"

석주는 어리벙벙한 눈으로 분이를 쳐다보았다.

"이 정신 나간 양반 좀 보아! 방금 궁주마마의 부탁 못 들었어요? 귀중한 것이니 절대로 도둑맞지 않게 잘 간수했다 석탑 밑에 넣도록 하세요. 이건 궁주마마의 엄명이란 걸 잘 아실 테죠?"

분이는 작은 함을 석주에게 안겨준 채 매우 화가 난 표정으로 뒤도 돌아보지 않고 왕궁 안으로 들어가버렸다.

그런 일이 있고 나서 불과 한 달을 채 넘기지 못하고 선화는 세상을 떠났다. 백제왕 장은 선화의 위패 역시 지모밀지정사 금당에 모셨다. 그 소식을 접하고 석주는 달밤에 홀로 하늘을 바라보며 울었다. 그러면서 반드시 선화의 마지막 부탁을 들어주겠다고 마음속으로 굳게 다짐했다.

석주는 주마등처럼 지나가는 지난날들을 회상했다. 오래도록 선화를 연모하였지만 그저 멀리서 바라보기만 하는 일방적인 사랑이었다. 신라에서는 범궐을 하는 용기도 있었지만, 백제 땅으로 와서는 워낙 신분상의 차이가 있어서 언감생심 그런 용기가 나지 않았다. 물론 술에 취해 미륵사 공사 현장에서 금마저 왕궁 평성까지 달려가본 적도 한두 번이 아니었다. 그러나 감히 범궐을 할 수는 없었다. 그러다 만약 달솔 사걸의 수하들에게 걸리기라도 하는 날에는 쥐도 새도 모르게 목이 달아날 것이기 때문이었다.

그런데 그렇게 갈등하는 석주의 마음을 다잡아준 것은 불심이었다. 백제로 떠날 때 원광이 한 말을 그는 잊지 않았다. 불심으로 모든 유혹을 이겨냈다. 석주는 그래서 선화를 살아 있는 미륵이라고 생각했다. 그 미륵이 이제 하늘로 떠난 것이었다. 선화가 세상을 떠난 이후 석주는 '미륵하생(彌勒下生)'이 아니라 '미륵상생(彌勒上生)'을 굳게 믿게 되었다.

선화가 세상을 떠나고 나서 왕궁평성의 분위기는 완전히 달라졌다. 먼저 금마산의 금광 채굴권은 사택 왕후에게로 넘어갔고, 궁주가 없는 왕궁평성의 모든 일도 군사권을 장악하고 있던 달솔 사걸에게 맡겨졌다.

사걸은 사택지적의 수족으로 역시 사택 왕후와 함께 사택씨 세력을 등에 업고 출세가도를 달리고 있는 인물이었다. 그래서 사걸은 사택 왕후의 명을 받아 금마산 금광 채굴의 책임자 역할까지 떠맡았다.

이때 금광 책임자였던 아미자는 칭병을 대고 고향으로 돌아가버렸다. 그는 아들에게도 같이 고향으로 가자고 했으나, 아비지는 석탑 조성 공사 관계로 떠나지 못했다.

한편 미륵사 석탑 조성 공사는 사걸에 의해 주도적으로 이루어지게 되었다. 시도 때도 없이 사걸은 왕궁을 지키는 군사들까지 이끌고 와서 채석장에서 일하는 석공들에게 채찍을 휘둘러댔다.

"왕후마마의 분부시다. 어서 서둘러 석탑을 조성토록 하라."

사걸의 휘두르는 채찍이 석공들의 등짝에 떨어질 때마다 석주는 몹시 괴로웠다. 그리고 분개와 한탄의 말이 입속에서 되뇌어졌다.

"어찌 석탑 조성 공사가 왕후마마의 분부로 이루어지는 것이란 말인가? 저 돼지 같은 놈은 또 뭐란 말인가?"

석주는 너무도 답답하여 자신의 가슴을 쾅쾅, 소리가 나도록 두드렸다.

"쉬잇, 형님! 저놈들이 듣겠소. 화가 나더라도 참으시오. 어쨌거나 석탑은 완공을 하고 보아야 하질 않겠소?"

아비지의 위로하는 말에 석주는 애써 화를 죽였다.

드디어 서탑의 심주석에 금제사리봉안기와 보물들을 넣는 순간이 왔다. 석주는 아무도 몰래 숙소의 댓돌 밑에 묻어두었던 작은 함을 꺼냈다. 목탑 조성 때 썼던 사리봉안기는 다시 써야만 했다. 그는 그것을 토대로 하여 미리 석탑에 사용할 금제사리봉안기를 정성들여 작성해 두었다.

그리고 드디어 서탑 사리봉안식이 거행될 때, 석주는 비단 보자기에 새로 쓴 금제사리봉안기와 복장물로 쓸 보물들을 싸들고 작업 현장으로 갔다.

"자네가 들고 있는 그것은 무엇인가?"

사걸이 의심스런 눈초리로 물었다.

"선화 궁주마마가 맡기신 금제사리봉안기와 복장물로 쓸 보물들로, 이곳 석탑 심주석에 넣을 것이옵니다."

석주는 무덤덤한 표정으로 말했다.

"무어라? 선화 궁주마마가 자네에게 그런 부탁을 했다고?"

"네, 장군님! 선화 궁주마마께서 유언으로 남기신 것이옵니다. 반드시 이 금제사리봉안기와 보물들을 석탑 심주석에 넣어 달라고……."

석주는 뭔가 심상치 않은 분위기임을 깨닫고 아까보다 더 분명하고 큰 목소리로 다짐을 받아두기라도 하듯이 말했다.

"그건 안 될 소리! 이 석탑은 사택 왕후께서 금마산 금광에서 나온 금괴를 시주하여 조성한 것이고, 그러므로 심주석 안에는 마땅히 왕후마마의 사리봉안기가 들어가야 한다."

사걸은 눈을 무섭게 부릅떴다.

"네에? 안 됩니다! 선화 궁주마마의 유언을 받들어야 하옵니다. 애초에 석탑 조성을 시작할 때 선화 궁주마마가 시주를 하였으며, 엄밀히 말하면 금마산 금광 채굴권도 선화 궁주마마 소관이었지 않사옵니까?"

석주는 지고 싶지 않았다.

그러나 석주의 말은 씨도 먹히지 않았다.

"이미 사택 왕후의 사리봉안기를 준비해 놓았으니, 이번에는 자네가 양보토록 하게. 선화 궁주마마의 사리봉안기는 다음 동탑 심주석 안에 넣도록 하면 되지 않겠나?"

사걸은 목소리를 한껏 낮추어 석주에게 말했다.

석탑 조성 공사는 석주가 총책을 맡고 있었기 때문에, 그가 아니면 완공을 할 수 없었다. 그래서 기 싸움에서 사걸이 한 발 물러선 것임을 석주는 모르지 않았다.

결국 석주는 일단 서탑 사리봉안기만큼은 사택 왕후에게 양보하기로 했다. 어차피 시주자가 선화로 되어 있는 사리봉안기는 하나뿐이므로 동탑에 들어간다고 해서 크게 손해를 볼 일도 아니라고 생각했던 것이다. 그래서 서탑 심주석에는 사택 왕후의 사리봉안기가 들어갔다.

서탑 사리봉안식이 끝나고 나서 석주는 그날 저녁 무렵 숙소 앞의 화단을 정리했다. 애써 마음을 가라앉히기 위한 것처럼 꾸몄지만, 석주는 화단 어느 한 곳에 구덩이를 파고 아무도 모르게 동탑에 들어갈 사리봉안기와 보물들이 든 작은 함을 묻었던 것이다. 그리고 그 위에 금낭화(錦囊花)를 심어 자신만이 아는 표시를 해두었다.

서탑 조성 공사는 계획대로 빠르게 진행되어 갔다. 이미 채석장에서 설계도에 나온 그대로 석탑 중앙에 세우는 찰주(擦柱)부터 장방형의 석주, 그리고 탑신부의 초층 각 기둥과 면, 지붕을 이루는 옥개석(屋蓋石) 등 층층마다 필요한 석탑 재료들을 다 준비해 두었다. 따라서 석공들은 석주의 지시에 따라 차례대로 조심스럽게 석탑을 짜서 맞추기만 하면 되었다. 간혹 틈이 벌어지거나 밖으로 튀어나오는 부분이 있을 때는 공사 현장에서 다듬어가면서 작업을 했다. 1층, 2층을 올리면서 요령이 생기자 작업은 점차 빨라졌다.

석주는 매일 서탑 공사를 마치고 숙소로 돌아오면 작은 함을 묻은 화단 쪽을 살펴보는 것이 오랜 버릇처럼 되어버렸다. 그 자리에 자신만 아는 별도의 표시로 금낭화를 심어놓았기 때문에, 만약 누가 그곳을 조금이라도 건드리기만 하면 석주는 금세 알 수 있었다.

작은 함을 파묻어놓은 일은 같이 숙소를 쓰는 아비지조차 모르는 비밀이었다. 그런데 어느 날 서탑 조성 공사를 하다가 숙소로 돌아온 석주는 자신이 표시를 해둔 금낭화가 뽑힌 것을 보고 놀라지 않을 수 없었다.

석주는 미친 듯이 금낭화를 심어놓았던 곳을 파보았다. 사리봉안기와 보물들이 들어 있는 작은 함이 어디론가 감쪽같이 없어졌다.

"아아! 이건 분명 사걸, 그놈의 짓이다!"

별이 쏟아져 내릴 듯한 밤에, 석주는 땅바닥에 털썩 주저앉아 울분을 토해냈다.

뒤늦게 석공들과 술자리를 갖고 비틀거리며 돌아오던 아비지는 석주의 한탄하는 소리를 듣고 깜짝 놀라 달려왔다.

"혀, 형님! 왜 그러시오?"

"너, 넌 누구냐? 아비지? 네놈이냐? 네놈이 범인이지? 그 사걸이라는 놈이 시키더냐?"

석주는 제정신이 아니었다.

아비지가 일으켜 세워도 석주는 술을 마신 쪽보다 더 비틀거렸다.

"대체 무슨 소릴 하는 거요?"

석주가 다짜고짜로 멱살잡이를 하려고 들자, 아비지도 맞서면서 소리쳤다.

"네놈이 아니라고? 아아, 나는 망했다! 어찌 하늘나라에 가서 선화 궁주마마를 뵐 수 있단 말인가?"

석주는 다시 주저앉았다.

그때서야 화단의 땅이 마구 파혜쳐져 있는 것을 보고 아비지도 대략 어떤 일이 벌어졌는지 짐작이 간 모양이었다.

"형님! 사리봉안기가 없어졌군요? 그렇죠? 아아! 범인은 사걸, 그놈밖에 없어요. 몰래 졸개들을 시켜 파갔을 겁니다."

아비지는 기가 다 빠져 달아난 듯한 석주를 부축해 간신히 숙소로 들어왔다.

다음날부터 석주의 태도는 돌변해 있었다. 서탑은 대략 4층까지 올라가고 있는 상태였는데, 석주는 층마다 바닥재를 까는 것을 석공들에게 맡긴 채 낮부터 술에 취해 지냈다.

"야, 이놈들아! 대충대충 해! 사걸에게 매를 맞아가며 일하는 게 억울하지도 않느냐?"

석주의 전 같지 않은 행동에 대해 석공들도 의아하게 생각했지만, 더욱 놀란 것은 아비지였다.

"아무리 그래도 형님이 정신을 차리셔야죠! 이 설계도를 무시한 채 아무렇게나 바닥재를 깔면 하중을 견디기 어렵습니다. 제가 석탑 설계도를 작성할 때 형님께서 석탑은 목탑과 재질이 달라 하중에 더욱 신경을 써야 한다고 말씀하시지 않았습니까? 그런데 설계도를 무시한 채 석공들 마음대로 하게 내버려두면, 대체 이를 어쩌려는 것입니까?"

아비지는 따지고 들었다. 왜냐하면 석주가 자신의 평생을 걸고 제대로 된 석탑을 만들겠다며 입버릇처럼 벼르던 것을 옆에서 자주 보아왔기 때문이다.

"내버려둬라! 너도 관여하지 마. 석공들에게 설계도를 주면 다 알아서 할 거야. 너도 설계도 던져버리고 나하고 술이나 마시자. 이제 우리의 할 일은 끝났어. 대충대충 설계도대로 조립만 하면 석탑은 완공되는 거야."

석주는 억지로 아비지에게서 설계도를 빼앗아 일하는 석공들에게 넘겨주고 근처 술집으로 끌고 갔다.

서탑은 그러한 우여곡절을 거쳐 완공을 보았다. 속은 어떤지 모르지만 그래도 겉모습은 그럴 듯했다.

먼저 불에 탄 구층목탑을 그대로 축소시킨 형태여서, 그 외형의 아름다움은 그대로 유지되고 있었다. 특히 지붕의 추녀 끝이 살짝 들려 올라간 형태는 버선 끝을 보는 것처럼 우아한 아름다움을 자아냈다.

그것을 보고 사걸은 뿌듯한 성취감에 취해 입이 귀에 걸렸다. 그러나 사걸 뒤에서 눈을 외로 꼬며 바라보는 석주는 심사가 뒤틀려 입만 삐죽거렸다.

석주는 옆에 선 아비지에게만 들리는 작은 소리로 말했다.

"후훗, 저 탑이 오래 가나 봐라."

그러자 아비지는 사걸이 들을까 무서워 팔 뒤꿈치로 석주의 옆구리를 쳤다.

"형님, 입 조심하시우."

그래도 석주의 뒤틀린 심사는 입가에 오래도록 비웃음으로 남아 있었다.

6

아비지는 완성된 서탑을 바라볼 때마다 마음 한구석이 덜컹, 내려앉는 듯한 야릇한 기분을 지울 수가 없었다. 언제부턴가 그의 마음속에서 뭔가 무너져 내리는 소리가 들려오기 시작한 것이었다. 일종의 이명 현상 같은 것이었는데, 이제는 그 소리와 함께 허상까지 보이기 시작했다. 눈을 감고 있으면 서탑이 우르르 무너지는 형상을 떠올리게 되는 것이었다. 어쩌면 그것은 옆에서 석주가 한숨처럼 내뱉는 주문(呪文) 같은 말에서 비롯된 것인지도 몰랐다.

"저것이 결국 무너지고 말지."

"형님, 제발 빈말이라도 그렇게 하지 마시오. 말이 씨가 된다고 하지 않소? 정말 저 서탑이 무너지기라도 하는 날엔 형님이나 저나 목숨 부지하기 어려울 거요. 저 사악한 사걸이란 작자가 가만두겠소? 그렇지 않아도 시시때때로 형님 바라보는 눈꼬리가 사뭇 휘어져 있더이다."

아비지는 답답하다는 표정으로 석주를 바라보았다.

"네 말이 옳다. 말이 씨가 되는 법이지. 언젠가 저 탑은 무너질 것이다. 그것도 오래지 않은 때에."

"형님, 앞으로 어쩔 셈이오? 동탑을 또 세워야 하는데, 이번에도 저 서탑 세울 때처럼 수수방관만 하고 있을 작정이시오?"

"나는 이미 희망이 없어졌다. 내 마음속에서 탑을 세울 의미를 상실했는데, 어찌 현실의 탑인들 제대로 세울 수 있겠느냐? 저 사걸이 놈이 알아서 하도록 내버려둘 작정이다. 너도 그리 알고, 그저 시늉으로나마 거드는 척이나 해라."

"에이, 정말 형님 속을 알다가도 모르겠소. 형님이 그리도 끔찍이 여기는 하늘나라의 선화 궁주마마도 무너지기를 바라면서 탑을 세우는 일은 원치 않을 것이오. 대체 그것이 말이나 되는 소리요?"

아비지는 화가 나서 벌떡 일어났다. 술이라도 마셔야 속이 풀릴 것 같았던 것이다.

"의리 없이 혼자 가기냐?"

석주가 어느새 아비지의 뒤를 털레털레 따라나섰다.

그로부터 얼마 후, 그러니까 서탑이 완성된 지 한 달 만에 동탑 조성 공사도 착수했다. 사걸은 아예 석주를 거들떠보지도 않았으며, 동탑 사리봉안식도 자신이 준비한 대로 거행했다. 물론 서탑

과 마찬가지로 동탑에도 사택 왕후를 시주자로 해서 쓴 사리봉
안기와 복장물로 쓸 보물들이 심주석 안에 들어갔다.

사리봉안식이 끝나고 나서 동탑 조성 공사는 일사천리로 진행
되었다. 석주는 초기부터 거의 관여를 하지 않았고, 매일 술을 퍼
마시는 것으로 나날을 보냈다. 사걸이 현장에 출동할 때만 일을
하는 척하고, 그렇지 않을 때는 수하에 부리는 석공들에게 모든
공사를 맡겨버렸다.

미륵사 건설 공사장 인근에는 오래전부터 음식점과 술집이 즐
비하게 늘어서 있었다. 건설 공사에 참여하는 석공과 인부들을
대상으로 장사를 하기 위한 것이었다.

어느 날 동탑 공사장에서 석공들의 석탑 조성 과정을 감독하
던 아비지는, 낮부터 술을 마셔 고주망태가 된 석주가 걱정돼 술
집으로 찾아갔다. 단골 술집이 있었으므로 석주를 찾아내는 것은
그리 어렵지 않았다.

이미 석주는 얼큰하게 취한 얼굴로 탁자에 기대어 끄덕끄덕
졸고 있었다.

"형님! 정말 이래도 되는 겁니까?"

아비지는 팔뚝을 걷어붙이고 석주 앞에 마주앉았다.

"오오? 자네 마침 잘 왔네. 혼자서 술을 마시려니 심심하던 차
에 잘됐네."

번쩍 눈을 뜬 석주는 반가운 마음에 아비지에게 술을 따라주
었다.

화가 난 아비지는 석주가 주는 술을 단숨에 비웠다. 그러고 나서 빈 술잔을 큰 소리가 나도록 내려놓으며 따졌다.

"도대체…… 형님, 진정으로 석공이 맞소?"

아비지는 자신의 빈 잔에 스스로 술을 채워 들이켰다. 그렇게 연거푸 석 잔을 마셨다.

"내가 뭘 어쨌다는 건가?"

석주가 아비지 가까이 턱을 들이대며 물었다.

"엄밀히 말하면 저 석탑은, 형님이 전 생애를 걸고 만드는 작품이 아닙니까? 전에, 이런 기회는 일생에서 두 번 다시 오지 않을 거라고 말한 것은 바로 형님입니다. 그런데 저렇게 방치해 둬도 되느냔 말이오?"

아비지는 안타깝게 소리쳤다.

"여보게, 아우! 나는 자네가 왜 지금 그렇게 화를 내고 있는지 잘 알아. 하지만 저건 탑이 아니야. 따라서 내 작품도 될 수 없지. 나는 무너지는 탑을 세우지는 않을 작정이네. 내가 신라 남산 중턱의 바위벼랑 위에 용장사 삼층석탑을 세울 때도 천년 이상 끄떡없도록 만들었네. 왕궁평성 내의 지모밀지정사 금당 앞에 세운 오층석탑도 수천 년은 갈 거야. 그러나 미륵석탑은 아니야. 저건 석탑이 아니라고."

"형님! 지금 대체 무슨 소릴 하고 있는 거요?"

"자네에게는 귀신 씻나락 까먹는 소리처럼 들릴지 모르지만, 이미 저 탑은 저기 세워져야 할 명분이나 진정성을 잃어버렸다

네."

술에 잔뜩 취한 줄 알았는데, 석주의 정신은 맑았다. 적어도 그 순간 아비지가 느끼기에는 그랬다.

"과연 형님이 말씀하시는 명분은 뭐고, 진정성이란 무엇을 의미하는 겁니까?"

아비지도 이젠 냉정을 되찾았고, 그래서 더욱 정색을 하고 물었다.

"이 세상은 실상과 허상이 같이 존재한다네. 진실이 있고, 거짓이 있는 것처럼. 순수가 결여되어 있는 것을 나는 진정성이 없다고 생각하네. 저 탑은, 아니 저 미륵사의 창건은 욕망에서 출발했기 때문에 순수하지 못하다는 걸세. 고인에게는 미안한 일이지만, 지명법사만 하더라도 그런 욕망을 감출 수가 없었네. 그래서 구층목탑으로 위장된 욕망을 실현하려고 하다가, 누군가에게 그 내심의 비밀을 들켜 결국 목숨을 잃고 만 것이지. 바로 내가 말하는 그 누군가는, 자네도 이미 짐작하고 있을 것이네만……."

석주는 잠시 말을 끊었다.

"사택씨 세력을 말하는 겁니까?"

"나는 지명법사나 막근개 대목장을 죽인 범인이 굳이 누구라고 말하고 싶지도 않네. 다만 그들 또한 욕망의 화신들이라는 면에서는 똑같다고 생각할 뿐이네. 그러니 나에게 저들이 요구하는 그 욕망의 탑을 세우라고 강요하지 말게. 나는 지명법사나 막근개 대목장처럼 죽고 싶지는 않으이."

그러더니 석주는 자작으로 술을 따라 벌컥벌컥 들이켰다.

"하지만, 하지만 말입니다. 지금까지 우리가 노력한 그 열정이 아깝지 않습니까?"

아비지가 안타까운 목소리로 말했다.

"열정이 어디 있는가? 저 탑 속에 있단 말인가? 말해 보게나. 저 허상과도 같은 탑 속에 우리들의 열정이 들어 있단 말인가?"

"······."

"나는 자네의 마음을 모르지 않아. 그러나 너무 저 탑에 연연해할 필요는 없다고 생각하네. 열정은 저 탑 속에 있는 것이 아니라 바로 우리들의 이 가슴속에 있는 거야. 진정한 탑의 형상 역시 이 가슴에 새겨져 있으니, 그걸 누가 무너뜨리겠나? 오래전에 내가 신라 남산 은적골에서 석공 일을 배울 때, 스승 정자 거사는 부처의 형상이 이미 바위 속에 들어 있다고 했네. 그러므로 석공은 스스로가 작위적으로 부처의 형상을 만들려고 할 필요도 없이, 그 바위 속에 들어 있는 부처의 형상을 그대로 드러내게 하면 된다는 거야. 그것이 바로 순수 예술이며, 고수의 경지인 것이지. 신선의 눈으로 봐야 볼 수 있는 그런 경지 말일세. 탑도 마찬가지라네. 이미 내 마음속에 있는 탑을 가시적인 형상으로 만들어 세우는 것일 뿐이네. 저 욕망의 화신들처럼 탑을 통하여 무엇을 이루려고 할 때는, 그 탑의 겉모습이 아무리 훌륭하다 하더라도 그것은 그저 허상의 형식에 불과할 뿐이지."

이 같은 석주의 말에 아비지는 몸 둘 바를 몰랐다. 그것은 스스로에 대한 부끄러움이면서, 동시에 어떤 심오한 진실을 발견했을 때의 희열이기도 했다.

"형님, 오늘부터 형님을 저의 스승님으로 모시겠습니다."

갑자기 아비지는 의자에서 벌떡 일어나 바닥에 무릎을 꿇었다.

"아니, 사람 무안하게 왜 그러나? 어서 일어나게."

석주는 당황하여 아비지를 잡아 일으켰다.

"막근개 대목장께서 제게 목탑 건축 기술을 가르쳐주셨다면, 형님은 제게 마음속에 탑을 세우는 법을 가르쳐주셨습니다."

아비지의 눈에서는 굵은 눈물이 뚝뚝 떨어지고 있었다. 어떤 설움과 감동이 마음속에서 여러 갈래로 뒤섞여 감정의 파동을 일으키고 있었던 것이다.

"여보게, 아우! 더 이상 나를 저 탑에 관여시키지 말게. 저 탑에 너무 깊이 관여를 하게 되면 아마 나도 지명법사나 막근개 대목 장처럼 될지도 모르네. 그건 자네 역시 마찬가지야. 지금으로서 는 사걸이 눈을 부릅뜨고 있으므로 완전히 방관할 수만은 없네. 좀 어폐가 있는 말이지만, 대충 그리고 철저히 하는 방법을 찾아 내 보도록 하게."

이젠 이러한 석주의 말을 아비지도 충분히 알아들었다.

그 이후 동탑 축조 공사를 하는 과정에서 아비지는 석주의 말 대로 적당히 눈치껏 일을 했다. 사걸의 감시가 있을 때는 석공들 을 독려하며 열심히 일하는 척했고, 그렇지 않을 때는 절 아래 술 집에 찾아들어 석주와 대작을 했다. 그러다 보니 결국 동탑 축조 공사는 석주와 아비지 아래서 일하는 석공들에 의해 완공되다시피 했다.

"홍, 저렇게 돌담 쌓듯 석탑을 쌓았으니 곧 무너지고 말지."

고주망태가 된 석주는 하늘을 향해 우뚝 솟은 두 개의 석탑을 바라보며 노래 부르듯 말했다.

"탑은 무너지라고 쌓는 것이 아닙니까? 언젠가는 무너지겠죠."

제법 술기운이 오른 아비지도 비틀거리며 석주의 말에 장단을 맞추었다.

그러던 어느 날 밤, 번개와 함께 벼락이 떨어지면서 동탑이 콰르르 무너져버렸다. 그 소리는 마치 하늘이 무너지는 것처럼 요란했다.

"형님, 큰일 났어요!"

낮부터 마신 술로 세상모르는 채 잠에 곯아떨어졌던 석주는 아비지가 흔들어 깨우는 바람에 번쩍 눈을 떴다. 석주 역시 잠결에 크게 땅이 울리는 소리를 들었던 것이다.

"무슨 일이냐?"

석주가 벌떡 일어나며 소리쳤다.

"동탑이 무너졌어요! 사걸이 우리를 가만두지 않을 겁니다. 이제 우린 죽었어요. 우리에게 반드시 책임을 물을 거라고요. 내 이런 일이 곧 일어날 줄 알았지."

아비지는 거의 울상이 되어 소리쳤다.

"뭘 하느냐? 어서 짐을 싸지 않고?"

석주가 멍청하게 서 있는 아비지의 옆구리를 찔렀다.

"네? 뭐라고요?"

"지금 도망가지 않으면 목숨을 부지하기 어렵다. 어서 신라 땅으로 도망치자."

석주는 간단한 짐을 싸서 아비지와 함께 급히 미륵사 경내를 빠져나갔다.

"형님, 저는 고향으로 돌아가고 싶습니다."

산을 하나 넘었을 때, 아비지가 석주에게 말했다.

"넌 사걸이가 어떤 놈인지 몰라서 그런 소릴 하느냐? 네가 고향으로 가면 먼저 거기 가 계신 아버님까지 신변이 위태로워진다. 그러니 나하고 국경을 넘어 신라 땅으로 들어가는 것이 가장 안전하다."

석주의 말을 듣고 보니 일리가 있었다. 결국 아비지는 석주를 따라가기로 했다. 이렇게 하여 그들은 밤새도록 내리는 비를 맞으며, 신라 국경을 향해 줄행랑을 놓았다. 그들이 국경을 넘은 것은 그로부터 사흘 후의 일이었다.

7

하늘에서는 대낮부터 마른번개가 치고 있었다. 저녁이 되면서 빗줄기를 뿌리기 시작하더니, 밤중부터는 남산 일대에 그야말로 물 폭탄 같은 폭우가 쏟아졌다.

은적골 초막에 홀로 누워 잠을 청하던 돌쇠는 가까이에서 천둥이 칠 때마다 깜짝깜짝 놀랐다. 아니 이제는 그도 어른이 되어 '돌쇠'라는 이름 대신 '석금'이라 불리고 있었다. 그는 문창호지를 뚫고 들이치는 번갯불이 방안을 환하게 밝혀놓는 듯싶은 순간, 자신도 모르는 사이에 귀를 틀어막았다. 그래도 막은 귀를 뚫고 벼락치는 소리가 진동을 했다. 초막이 무너질까 겁이 날 정도였다.

석금은 전부터 번개가 치면 마음속으로 하나, 둘, 셋, 하고 숫자를 세는 버릇이 있었다. 그러다 천둥소리가 울리면, 그것으로 대충 얼마쯤 떨어진 거리에서 벼락이 치는지 짐작할 수 있었기 때문이다.

그런데 그날 밤 벼락은 초막에서 아주 가까운 곳에 떨어진 모양이었다. 번갯불이 비치고 나서 거의 동시에 천둥소리가 울린 것이었다. 문득 석금은 열암골(列巖谷)에 가 있는 석주가 걱정되었다. 벌써 오래전부터 석주는 그곳에 가서 움막을 짓고 상사바위에 불상을 새기고 있었던 것이다.

"내일은 석주 형님에게 가봐야겠구나. 그동안 반찬도 떨어졌을 터인데……."

석금은 혼잣소리로 중얼거렸다. 그는 이런저런 생각으로 뒤척이다가 그날 밤을 거의 뜬눈으로 새웠다. 이상하게도 도무지 잠을 이룰 수가 없었던 것이다.

아침에 일어나자 간밤에 언제 그랬냐는 듯, 하늘은 거짓말처럼 청명하게 개어 있었다. 마당에 나오자, 안개가 남산 골짜기와 봉우리들을 감싸고돌며 하늘을 향해 용솟음치고 있었다.

석금이 조반을 마치고 나서 석주에게 가져갈 반찬을 막 챙기고 있을 때 초막 밖에서 인기척이 들렸다.

"석금이 있는가?"

밖을 내다보니 아비지가 서 있었다.

"아니, 이렇게 일찍이 자네가 어쩐 일인가?"

석금과 아비지는 같은 연배여서, 두 사람은 친구처럼 지냈다.

"석주 형님은 안 보이는군!"

아비지는 초막 안을 들여다보다가 말했다.

"말도 말게. 석주 형님의 그 고집을 누가 꺾겠나?"

"아니, 왜? 그동안 무슨 일이 있었나?"

아비지는 걱정이 되는 눈길로 석금을 쳐다보았다.

"저 산 너머에 열암골이라고 있네. 그 계곡을 올라가다 보면 중턱쯤에 상사바위가 하나 서 있는데, 석주 형님은 벌써 오래 전부터 그 바위에 불상을 새기고 있다네. 그 상사바위에다 선화공주를 닮은 불상을 새기겠다는 걸세. 얼마나 열심인지 어떤 날은 식음을 전폐하고 불상 새기는 데만 열중해서, 내가 참 걱정이 이만저만이 아니라네. 스승님도 남산 도처에 천불을 새기겠다며 너무 불상 새기는 일에만 매달리다 일찍 돌아가셨는데, 석주 형님까지 그렇게 될까 봐 두렵단 말일세."

석금의 얼굴에는 정말로 근심이 먹구름처럼 가득차 있었다.

"예끼, 이 사람! 방정맞은 소리 하지도 말게나. 오늘 모처럼 왔는데, 우리 같이 열암골로 석주 형님이나 뵈러 가세."

아비지가 말했다.

"그렇지 않아도 오늘쯤 가려고 마른반찬을 준비해 두었다네. 석주 형님은 아예 열암골에 움막을 짓고 밤낮으로 상사바위와 씨름을 하고 있지 뭔가? 그러니 반찬인들 제대로 해먹겠나?"

그러면서 석금은 미리 준비해 놓은 반찬들을 주섬주섬 삼베보자기에 싸서 바랑에 넣었다.

석주는 아비지와 함께 백제에서 신라로 도망쳐 온 후, 전처럼 남산 은적골 초막에서 은둔 생활을 하고 있었다. 석주가 신라로 돌아오고 나서 몇 년 후 스승 정자는 세상을 떠났다. 그래서 은적골 초막에는 석주와 석금이 남아서 스승의 유지를 받들어 남산 도처의 바위에 불상 새기는 일을 하고 있었다.

한편 아비지는 은적골 초막에서 한동안 생활하다가 신라 승려 자장(慈藏)의 부탁을 받고 황룡사 구층목탑 조성 공사를 맡게 되었다. 정자가 살아 있던 시절, 바로 그가 자장에게 아비지를 소개한 것이었다.

정자가 세상을 떠난 이후, 아비지는 황룡사로 거처를 옮겨 본격적으로 구층목탑 조성 사업 대목장이 되어 본격적인 공사에 착수했다. 그런데 얼마 전 백제의 미륵사 창건 때 막근개 대목장 밑에서 목수로 일했던 공장 하나가 황룡사로 아비지를 찾아왔다.

백제에도 이미 아비지가 황룡사의 구층목탑을 건설하는 대목장이 되어 일한다는 소문이 널리 퍼져 있었다. 그래서 그 공장은 같이 일하고 싶어서 찾아왔다면서, 뜻밖에도 다음과 같은 소식을 전했다.

"한 달 전에 백제 땅에 지진이 있었습니다. 금마저 근처에서 일어났는데, 그 바람에 미륵사 서탑에 금이 갔습니다. 동탑이 무너졌는데 서탑까지 곧 무너질 것 같아 모두들 걱정이 태산입니다. 그래서 사람이 접근하지 못하도록 사방에 목책을 둘러놓았는데, 언제 무너질지 알 수 없습니다."

아비지는 그 충격적인 소식을 듣고도 크게 놀라지 않았다. 석주의 말처럼 애초에 무너지게 되어 있던 탑이었기 때문이다. 그나마 무너지지 않고 금이 간 것만도 천만다행이라고 생각했다.

"그런 일이 있었군! 금이 어떻게 갔는가?"

아비지는 그래도 허탈한 심정이 되어 한참 동안 고개만 끄덕거리고 있었다.

"그나마 사 층까지는 괜찮고 오 층부터 금이 가서 곧 무너질 것 같았습니다. 사선으로 비스듬히 금이 갔습니다."

공장의 말에 아비지는 충분히 짐작 가는 바가 없지 않아 있었다. 서탑 조성 당시 4층까지는 제대로 올렸는데, 선화가 맡긴 금제사리봉안기와 보물들이 든 작은 함을 도난당한 이후 석주가 작업을 등한시하면서부터 이미 그 탑은 무너질 운명에 처해져 있었던 것이다. 5층부터 사선으로 금이 갔다면, 부실 공사로 하중을 견디지 못한 것임에 틀림이 없었다. 머지않아 금이 더욱 벌어지면 곧 무너져버릴 것이라는 걸 아비지는 미루어 짐작하기 어렵지 않았다.

지진으로 서탑에 금이 갔다는 말을 듣고 나서 아비지는 그 소식을 석주에게 전해 주기 위해 미리 날을 잡아놨다가 그날 아침 일찍 남산 은적골을 찾은 것이었다.

석금은 열암골로 가는 도중 아비지로부터 지진으로 미륵사 서탑에 금이 갔다는 이야기를 듣고 나서 말했다.

"서탑을 조성한 석주 형님께서 그 소식을 접하면 어떤 기분이 드실까?"

미륵석탑의 조성 과정을 석주와 아비지로부터 전해 들어 잘 알고 있는 석금은, 제3자의 입장이지만 그래도 안타까운 생각을 저버리기가 어려웠다.

　"글쎄다. 무너지고 말 거라고 늘 입버릇처럼 말했지만, 석주 형님도 마음이 썩 좋지는 않을 걸세."

　아비지가 깊이 한숨을 내쉬며 말했다.

　"그건 자네 마음이 그렇다는 뜻도 되겠군!"

　"왜 안 그렇겠나?"

　석금과 아비지가 이런저런 이야기를 주고받는 사이에, 그들은 곧 열암골에 도착했다.

　열암골 움막에 먼저 들렀으나, 석주는 그곳에 없었다. 움막에 마른반찬이 든 바랑을 놔두고, 석금은 아비지와 함께 다시 상사바위가 있는 열암골 계곡을 찾아 올라갔다.

　그런데 계곡을 오르던 석금이, 어느 순간 장승처럼 그 자리에 우뚝 서버렸다.

　"아아!"

　"여보게, 왜 그러나?"

　아비지는 석금의 외침이 심상치 않아 다급하게 물었다.

　"저곳에 있어야 할 상사바위가 보이질 않네. 이게 어찌된 일인가?"

　석금은 계속 비탈길을 치달려 올라가기 시작했다. 아비지도 무슨 영문인지 몰라 얼떨결에 그 뒤를 쫓아 달려 올라갔다.

숨이 턱에 닿을 듯 상사바위가 있던 곳에 도착한 석금은 주위를 두리번거렸다. 그러더니 그 아래 계곡을 내려다보며 소리쳤다.

"간밤에 상사바위가 벼락을 맞은 모양일세. 아아, 그렇다면……?"

석금은 다시 상사바위가 넘어간 산비탈로 미끄러지듯 달려 내려갔다. 그리고 곧 그는 불상이 새겨진 상사바위를 끌어안은 채, 그 밑에 깔려 있는 석주의 시신을 발견했다.

"앗, 석주 형님!"

석금은 무릎을 꿇고 석주의 시신을 움켜잡은 채 소리쳤다.

"나무관세음보살!"

그 순간 아비지 역시 그 참혹한 모습에 경악을 금치 못하였으며, 자신도 모르게 얼른 두 손을 가슴에 모아 합장을 했다.

〈끝〉

| 작가의 말 |

이 소설의 기획은 지난 2009년 익산 미륵사지 서탑 보수 정비를 위한 해체 작업에서 나온 사라장엄의 금제사리봉안기 내용에서 비롯되었다. 즉 시주자가 『삼국유사』에 나오는 기록처럼 선화공주가 아닌 사택왕후로 되어 있는 데 대하여 학계에서는 많은 논란의 대상이 되어왔다. 그렇다면 선화공주는 단순한 설화에 불과할 뿐이 아니겠느냐는 설이 대두되었던 것이다.

이러한 학술적인 문제는 사학을 비롯한 관련 학계에서 따질 일이고, 이 소설은 다만 선화공주를 역사적 인물로 인식하고 사택왕후와의 대립 관계를 역사 추리적 기법으로 다루어보았다.

나는 나이가 좀 들어서 뒤늦게 역사학에 관심을 갖고 사학과 대학원에 다녔다. 박사 과정 마지막 학기를 수강할 때로 기억된다. 우리나라 탑을 중심으로 한 미술사학 과목을 듣고 있을 때였다. 미륵사지 서탑 해체 작업에 참여했던 교수님께서 해체 과정을 찍은 슬라이드 사진을 학생들에게 보여주다 말고 "엄 선생, 이거 소설로 한 번 써보시면 어때요?" 하고 내게 말씀하셨다. 역사학을 공부하지만 내가 작가라는 것을 알고 계셨으므로 문득 생각이 나서 그런 말씀을 하신 것 같았다. 처음에는 그냥 웃고 말았는데, 강의를 마칠 때 다시 한 번 전체적으로 정리하는 과정에서 또다시 교수님께선 내게 소설 한 번 써보라고 강조를 하셨다. 미륵사지 서탑 해체 과정에서 4층 이상은 "무너질 수밖에 없는 엉성한 구조로 되어 있기 때문에 무너졌다."고 교수님은 판단하셨다는 것이다. 즉, 그 미스터리를 소설 기법으로 파헤쳐 보지 않겠냐는 주문이었다.

그때부터 나는 틈이 날 때마다 관심을 갖고 자료 수집을 했고, 그 얼개를 가지고 미스터리를 풀어 나가다 보니 이 소설의 완성을 보게 되었다. 자료 수집에서 집필을 끝낼 때까지 4~5년이 걸린 셈이었다.

역사소설은 팩트와 픽션의 결합이다. 고대의 역사는 문헌이나 관련 유물이 적어 사실 관계를 따지기가 애매한 경우가 많이 있다. 따라서 상당 부분은 상상력에 의존할 수밖에 없다. 특히 이 소설의 밑그림이 되고 있는 '서동요'는 『삼국유사』에 나오는 설화인데, 이것 역시 소설처럼 팩트와 픽션이 교묘하게 결합되어 있다고 볼 수 있다. 그런데 문제는 설화든 소설이든, 그러한 팩트와 픽션의 결합 형태를 통하여 과연 무엇을 들려주고자 하느냐가 관건이다.

나는 이 소설에서 왜 미륵사지 서탑이 무너질 수밖에 없었는가를 상상력을 통해 추리해 보았다. 결국 나는 그것을 예술가의 진정성 문제에서 찾으려고 노력했다.

예술은 그 주체자(예술가)의 마음속에 내재한 형상을 가시화한 것이다. 마음속이 형상이란 예술가의 진정성을 의미하는데, 그것이 결여될 경우 가시적인 형상화는 가능할지 모르지만 그 속을 들여다보면 텅 빈 허상에 불과할 뿐이다. 따라서 탑도 작가의 진정성이 결여되면 무너질 수밖에 없다. 미륵사지 서탑은 9층인데, 4층 이상이 무너져 버리고 그 하단만 남은 것은 바로 허상과 진실의 역사성을 증거하고 있는 것이다. 허상은 욕망의 껍질이고, 진실은 열정의 알맹이다. 오랜 시일이 지나면서 껍질은 부서져 먼지가 되어버리지만, 알맹이는 남아 생명의 씨앗이 된다.

나는 이 소설이 역사소설의 차원을 넘어서 예술가 소설로 읽히기를 희망한다. 백제 말기에 창건된 미륵사는 그 규모가 당시 동양 최대의 사찰이었지만, 당대의 정치적 욕망과 아첨에 의해 예술가의 진정성이 침탈당한 대표적인 사례라고 나는 생각한다.

이 소설을 쓰는 데 동기부여를 해준 한국 탑파연구의 권위자인 단국대학교 사학과 박경식 교수님께 감사드리며, 책으로 빛을 볼 수 있게 해준 호메로스 김제구 대표께 고마움의 뜻을 전한다. 더불어 점점 열악해져 가는 글쓰기의 환경 속에서 더욱 분발하라고 용기를 주신 서울문화재단 관계자 여러분들에게 다음에는 더 좋은 작품으로 보답할 것을 약속한다.

2017년 11월
엄광용

〈장편소설〉

천년의 비밀

초판 1쇄 발행 2017년 11월 27일

지은이 엄광용

펴낸이 김제구
펴낸곳 호메로스
편집 & 그래픽 김태욱
인쇄 · 제본 한영문화사

출판등록 제2002-000447호
주소 04029 서울시 마포구 잔다리로 77 대창빌딩 402호
전화 02) 332-4037
팩스 02) 332-4031
이메일 ries0730@naver.com

ISBN 979-11-86349-71-7 03810

호메로스는 리즈앤북의 브랜드입니다.

이 책은 서울문화재단 '2016년 문학창작집 발간 지원사업'의
지원을 받아 발간되었습니다.